Cynthia Mc Leod

Surinam

Cynthia Mc Leod

SURINAM

Roman

Aus dem Niederländischen
von Martina den Hertog-Vogt

nymphenburger

Titel der surinamischen Originalausgabe
»*Hoe duur was de suiker?*«
erschienen bei Vaco Uitgeversmaatschappij, Surinam

Die deutsche Ausgabe war nur durch den
Übersetzungszuschuß von
Nederlands Literair Produktie-En Vertalingenfonds,
Amsterdam, möglich.

Aus dem Niederländischen von Martina den Hertog-Vogt.
Schutzumschlaggestaltung: Studio Höpfner-Thoma, München.
Schutzumschlagmotiv:
Aus Moritz Rugendas »Malerische Reise in Brasilien«
mit freundlicher Genehmigung des Daco-Verlags, Stuttgart.
Satz: Typographischer Betrieb Biering-Numberger, München
Gesetzt aus: 11/14,36 Punkt BE Concorde Regular
Druck: Jos. C. Huber KG, Dießen
Binden: R. Oldenbourg, München
Printed in Germany
ISBN 3-485-00744-7

1. KAPITEL

Hebron

Der Tag brach an auf der Plantage Hebron, und während die aufgehende Sonne den Himmel im Osten rötete, öffneten sich die Türen der Sklavenhütten eine nach der anderen, und kleine Feuerstellen wurden unter den angrenzenden Vordächern sichtbar. Faya watra wurde gekocht, heißes Wasser, in das man einen Schuß Melasse gab. Hier und dort stieg herrlicher Duft aus dem Kochtopf, wenn außerdem noch ein Anisblatt oder einige Kräuter dazugekommen waren.
Vor allen Hütten konnte man nun Männer, Frauen und Kinder sehen, manche redend, andere umherschauend. Dann gingen die meisten auf die Südseite der Plantage, wo senkrecht zum Fluß ein Kanal gegraben worden war, der zur Zu- und Abfuhr von Wasser diente. Neben dem Bootshaus, wo das Wasser flach war, badeten sie; die Großen eher ernst, die Kinder manchmal fröhlich lachend und planschend. Mit einem Lendenschurz um den nassen Körper gingen sie dann wieder zurück zu ihren Hütten, meist in kleinen Gruppen, umgeben von nackten großen und kleinen Kindern. Dann war es Zeit, Faya watra zu trinken und zum Frühstück einige Reste vom letzten Abend zu essen.
In der Hütte, in der die fünfzehnjährige Amimba mit ihrer Mutter und ihren Geschwistern wohnte, streute Ma

Leida eine Handvoll getrockneter Kräuter in eine Kalebasse und goß kochendes Wasser auf. Dieser Trank war für Amimba, die wie jeden Monat starke Bauchschmerzen hatte.
Stöhnend hatte sie die ganze Nacht auf ihrer Matte gelegen, sich von der einen auf die andere Seite gewälzt, mal liegend, dann wieder sitzend. Jetzt schlief sie zum Glück ein wenig. Aber auch Leida selbst hatte die vergangene Nacht fast kein Auge zugetan. Nach Faya watra und dem Frühstück ging man in Richtung Lager, eine Frau mit ihrem Kind an der Brust, eine andere hatte ihr Baby bereits auf den Rücken gebunden. Die Türen des Lagers waren noch verschlossen, aber es dauerte nicht lange, bis der weiße Aufseher, Masra Mekers, mit den Schlüsseln kam. Jedem Familienoberhaupt wurde nun die Abendration zugeteilt, und man erfuhr, was an diesem Tag zu tun war.
Die Feldtruppe, etwa vierzig Mann, ging zuerst; schweigend setzte sich die Gruppe in Bewegung. Zwei trugen eine Staude Bananen auf dem Kopf, ein anderer ein Bündel Erdfrüchte für die Mahlzeit, die auf dem Feld in zwei großen Eisentöpfen gekocht wurde. Der Basya mit einer Peitsche in der einen und einem Haumesser in der anderen Hand lief ganz hinten. Eine Sechsergruppe ging zur Zuckermühle, einige ins Zuckerkochhaus. Wiederum andere waren zur Tischlerei unterwegs, zwei zum Bootshaus und zwei ältere in die Umgebung des Plantagenhauses, um mit Harke, Hacke und Gießkanne dafür zu sorgen, daß dort alles hübsch und sauber war. Auch fünf Frauen und Mädchen, die Haussklavinnen und die beiden Laufburschen sowie Sydni, der Leibsklave des Masra, gingen zu dem weißen Haus, dessen Fenster und

Türen noch geschlossen waren. Aufseher Mekers trat zuerst in seine eigene Wohnung, wo ihm seine Sklavin bereits das Frühstück gemacht hatte.
Vom gedeckten Tisch kam ihm ein herrlicher Duft von Spiegeleiern und frischem Kaffee entgegen. Ein neuer Tag hatte begonnen. Für die Sklaven ein neuer Tag harter Arbeit, ein neuer Tag in der Folge endloser Tage ohne Hoffnung.

Elsa

Auf der Vorderseite des schönen großen Hauses waren jedoch nicht mehr alle Fenster geschlossen. Im ersten Stock war eines geöffnet, an dem die siebzehnjährige Elsa stand. Sie blickte über den grünen Rasen, der sich vor dem Haus bis zum Ufer des langsam dahinströmenden Surinamflusses erstreckte. Ein herrlicher Morgen, der Beginn eines schönen Tages. Heute, am 11. Oktober 1765, fuhr die Familie nach Jüdisch-Savanna. Der morgige fünfundsechzigste Geburtstag der Großmutter war zugleich der Gründungstag der Synagoge auf Jüdisch-Savanna, die am 12. Oktober ihr achtzigjähriges Jubiläum feierte.
Großmutter war immer stolz darauf gewesen, am 12. Oktober 1700 geboren zu sein, an dem Tag, an dem die Synagoge Beracha Ve Shalom (Segen und Friede) ihres Geburtsortes fünfzehn Jahre alt wurde. Elsa hatte sich auf die kommenden zwei Wochen gefreut. Nicht so sehr auf Großmutter, sondern auf die Reise und die Feste. Viele Freunde und Bekannte würden da sein, und so manches Zeltboot war in den letzten Tagen schon vorbeigefahren. Manchmal hatten die Reisenden für einige

Stunden auf Hebron haltgemacht oder dort auch übernachtet, weil sie genau auf halbem Wege zwischen Paramaribo und Jüdisch-Savanna lag und man die Flut abwarten mußte. Die gesamte jüdische Gemeinde in Surinam fuhr an hohen Feiertagen immer für einige Tage nach Jüdisch-Savanna. In diesem Jahr fiel das Laubhüttenfest in dieselbe Woche wie Großmutters Geburtstag. Die Besuche waren immer schön und gemütlich, obwohl sich Elsa bewußt war, daß sie eine Sonderstellung einnahm, weil sie zwar einen jüdischen Vater und somit einen jüdischen Namen hatte, selbst jedoch keine Jüdin war. Und es gab genug Leute, die nicht immer besonders freundlich zu ihr waren. Sie empfand oft eine gewisse Bewunderung für ihren Vater, wenn sie überlegte, daß er es vor fünfundzwanzig Jahren fertiggebracht hatte, entgegen den Wünschen seiner Mutter zu handeln. Natürlich war sie damals noch längst nicht auf der Welt, aber sie hatte genug Geschichten gehört, vor allem von Ashana, der Leibsklavin ihrer Mutter.
Levi Fernandez, jetzt fünfundvierzig Jahre alt, war von seinem zwölften Lebensjahr an, als sein Vater starb, allein von seiner strengen Mutter erzogen worden. Sie selbst führte Hebron und bestimmte und regelte alles. Nichts und niemand entging ihrer genauen Kontrolle: die Plantage, der Haushalt, die Sklaven, ihr Sohn... so dachte sie zumindest. Bis dieser sich weigerte, Rachel Mozes de Meza zu heiraten, das jüdische Mädchen, das, seit es auf die Welt gekommen war, als Levis zukünftige Ehefrau betrachtet wurde. Wie ein feuriger junger Hengst hatte der zwanzigjährige Levi seiner Mutter gegenübergestanden. Er würde Rachel nicht heiraten, die Tochter der besten Freundin seiner Mutter, die vier Jahre

jünger war und die er von Kindesbeinen an kannte. Er würde sie nicht heiraten, denn er liebte eine andere, die siebzehnjährige Elisabeth Smeets, Tochter eines erst seit zwei Jahren zur Kolonie gehörenden Armeeoffiziers, die ohne Geld, ohne Plantage und noch dazu eine Christin war. Damals war es der Witwe Fernandez zum ersten Mal nicht gelungen, ihrem Sohn ihren Willen aufzuzwingen. Nachdem Levi seine Elizabeth geheiratet hatte, war seine Mutter sofort nach Jüdisch-Savanna zurückgekehrt, in ihre Heimat. Hebron, das ihrem Sohn seit seinem achtzehnten Lebensjahr rechtmäßig zustand, verließ sie, »weil ich nicht vorhabe, mit diesem Christenmenschen unter einem Dach zu leben«.

Erst neun Jahre später kam sie wieder auf die Plantage, zur Beerdigung ihrer Schwiegertochter Elisabeth, die wenige Tage nach der Geburt ihrer Tochter gestorben war, die auch den Namen Elisabeth bekam und Elsa genannt wurde. Hatte die Witwe Fernandez damals vielleicht gehofft, die Zügel auf der Plantage Hebron wieder in die Hand nehmen zu können und erneut das Zepter über Sklaven, Haushalt, den Sohn und dessen Kinder, den damals achtjährigen David, den sechsjährigen Jonathan und Baby Elsa, zu schwingen? Weit gefehlt. Levi war höflich und korrekt seiner Mutter gegenüber, doch die Plantage gehörte ihm, und seine autoritäre Mutter konnte in Jüdisch-Savanna bleiben. Die Kinder wurden gut versorgt von Ashana, der Leibsklavin seiner verstorbenen Frau, und von Ashanas Tochter, der achtzehnjährigen Maisa. Als Elisabeth starb, hatte Maisa gerade ihren zweiten Sohn an der Brust, deshalb war es kein Problem, auch das neugeborene Kind der Misi zu stillen. Und so war Hebron gut sieben Jahre lang ohne Herrin

geblieben; nur Ashana und Maisa waren im Haus und sorgten für alles.
Dieser Zustand dauerte bis 1754, als der zwölfjährige zweite Sohn Jonathan starb. Scheinbar war es nur ein kleines Mißgeschick gewesen, er hatte sich mit einem spitzen Stock in den Fuß gestochen, aber es war immer schlimmer geworden, und Jonathan war gestorben. Und Großmutter Fernandez konnte nun behaupten, daß sie schon immer so etwas befürchtet hätte. Die Kinder würden schließlich von Sklavinnen großgezogen, rannten barfuß über den Hof, spielten in Wassertümpeln, kletterten auf Bäume, betrugen sich kurzum überhaupt nicht so, wie es sich für artige weiße Plantagenkinder gehörte. Aber was solle man auch anderes erwarten, wenn Sklavinnen das Sagen hätten. Die hätten doch keine Ahnung, wie es in einer weißen Familie zuzugehen hätte. Daß Jonathan starb, war also letztlich die Schuld seines Vaters Levi.
Hatte Levi unter dem Gewicht dieser Vorwürfe nachgegeben? Hatte er vielleicht wirklich Schuldgefühle? Wie dem auch sei, einige Monate nach dem Tod von Jonathan heiratete er doch noch Rachel, die Frau, die er fünfzehn Jahre zuvor hätte ehelichen sollen und die bereits selbst seit fünf Jahren die Witwe von Aaron war und drei Töchter hatte. Also siedelte Tante Rachel mit den Töchtern Esther, Rebecca und Sarith nach Hebron über. Sarith und Elsa waren etwa gleich alt, und es war für die siebenjährige Tochter des Hauses wundervoll, daß ein Spielkamerad ins Haus kam. Und bald schon konnte sich Elsa kaum mehr an die Zeit ohne Sarith erinnern.
Elsa schaute aus dem Fenster und sog die frische Morgenluft ein. Alles sah noch so schön und frisch vom Tau

aus. In ein paar Stunden würde es staubig sein; es war sehr trocken zur Zeit, weil es schon seit mehr als drei Wochen nicht mehr geregnet hatte. Zum Glück blieb der Rasen immer grün, denn der alte Sklave Kwasi goß ihn ständig mit Eimern und Gießkannen. Er ging gerade zum Steg, wo er den Eimer in den Fluß fallen ließ, um dann die Gießkannen zu füllen. Elsa drehte sich um und rief leise: »Sarith, Sarith, bist du schon wach?«

»Hmm, nein, ja. Ach Elsa, laß mich noch ein bißchen schlafen«, kam Sariths Stimme aus dem Bett auf der anderen Seite des Zimmers. Sarith drehte sich um, so daß sie mit dem Rücken zu Elsa lag, und zog das Laken über den Kopf.

Leise Schritte auf dem Flur und ein bescheidenes Klopfen an der Tür.

»Ja, komm rein, Maisa, ich bin schon längst auf.«

Maisa trat ein mit zwei Tassen Kakao in der einen Hand und einem Eimer Wasser in der anderen.

»Ah, Maisa, ist heute nicht ein herrlicher Tag?«

»Ja, Misi«, antwortete Maisa lächelnd, während sie das Tablett auf den Tisch stellte und die Kannen auf den zwei Waschtischen mit Wasser füllte. Dann ging sie zum Schrank, nahm ein hellgrünes Musselinkleid heraus und fragte: »Zieht Misi das hier an?«

Wenige Augenblicke später hatte Elsa sich frischgemacht und saß auf dem Bett, während Maisa vor ihr kniete und ihr die Strümpfe anzog, nachdem sie ihrer Herrin zuerst die Unterbeinkleider angezogen hatte. Der Spitzenbesatz der zarten weißen Baumwolle reichte bis an die Knöchel, dazu ein weißes Batistunterhemd und zwei Unterröcke.

Wieder bescheidenes Klopfen an der Tür. Auf das »Ja« von Elsa kam ein schönes dunkelhäutiges Mädchen her-

ein; es war Mini-mini, die fünfzehnjährige Sklavin, die Sarith anziehen sollte.
Elsa sah zu dem Bett herüber, in dem noch immer keine Bewegung unter dem weißen Laken zu sehen war, und sagte: »Sarith, steh jetzt auf; du weißt, Vater möchte, daß wir pünktlich sind.«
»Ach was, immer dieses Getue«, tönte es; mit einem Ruck wurde das Laken auf den Boden geworfen, und Sarith ging mit mürrischem Gesicht in Richtung Kammer, in der die Nachttöpfe standen. Elsa und Maisa wechselten kurz einen bedeutsamen Blick, während die schüchterne Mini-mini an der Wand stehenblieb und den Kopf hängen ließ. Elsa seufzte, Sarith hatte mal wieder schlechte Laune, wie so oft in letzter Zeit. Was war nur mit ihr los? Früher hatte sie ihr immer alles erzählt, in letzter Zeit jedoch nicht mehr. Na ja, es nützte nichts, sich darüber Gedanken zu machen. Maisa bedeutete Elsa, sich zu setzen und zündete die Kerze auf dem Tisch an. Dann hielt sie einen kleinen Frisierstab in die Flamme und begann vorsichtig, Locken in das Haar ihrer jungen Herrin zu drehen.
Als Elsa wenig später in den Speisesaal ging, traf sie nur ihren Vater am Frühstückstisch an.
»Guten Morgen, Papa.«
»Guten Morgen, Liebes, seid ihr fertig? Wir fahren pünktlich, wenn die Flut kommt, hörst du? Das ist in einer dreiviertel Stunde.«
Die alte Sklavin Ashana kam herein mit einem Teller frisch gebratenem Fleisch, mit Eiern und Brot. Sie stellte ihn Elsa hin und sagte mit beifälligem Nicken: »Ach, Misi Elsa, wie schön du bist.«
Leise Schritte näherten sich, und von der hinteren Gale-

rie kam Rebecca herein. Die einundzwanzigjährige Rebecca war Tante Rachels zweite Tochter. Sie war taub. Im Alter von neun Jahren hatte sie typhöse Fieberschübe gehabt, die sie zwar überlebte, die ihr aber den fast völligen Verlust ihres Gehörs eingebracht hatten. Sprechen konnte sie noch, allerdings nur sehr monoton, und sie sprach sehr wenig. Rebecca lebte ganz und gar ihr eigenes Leben, still, meistens in ihr Zimmer zurückgezogen, wo sie las, malte, zeichnete und Puppen herstellte. Wunderschöne Puppen. Jeder, der sie sah, sagte, sie sollte ein Geschäft damit aufmachen. Hin und wieder fertigte Rebecca eine Puppe im Auftrag und nahm dafür dann auch Geld, aber oft verschenkte sie sie an Bekannte, und die meisten Puppen standen einfach in ihrem Zimmer. Keiner gab sich viel mit Rebecca ab, ihre Mutter sah sie kaum, und auch zu ihrer Schwester Sarith und ihrer Stiefschwester Elsa sagte sie nie mehr als das Nötigste. Die einzigen Personen, mit denen sie sprach, waren ihr Stiefvater Onkel Levi und ihre Sklavin Caro. Als die Witwe Rachel Aaron vor zehn Jahren nach Hebron umsiedelte, hatte sie einige Sklaven mitgebracht: Kwasiba und deren Töchter Caro und Mini-mini, die damals acht und fünf Jahre alt waren, und außerdem ihre Leibsklavin Leida mit deren Mann Isidor und derem einjährigen Enkel, dessen Mutter, Leidas und Isidors Tochter, einige Monate zuvor gestorben war.

Caro war Rebeccas Sklavin; sie folgte ihrer Herrin überallhin und ging ihr beim Auswaschen der Pinsel, beim Farbenmischen, dem Nähen der Puppenkleidchen und ähnlichem zur Hand. Die fünfzehnjährige Mini-mini war Kwasibas ganzer Stolz. Sie war offensichtlich ein Mischling. Kwasiba hatte nie gesagt, wer Mini-minis Vater war, aber man vermutete, daß es entweder Rachels verstorbener Mann Jacob Aaron oder dessen Sohn Isaak war. Auf jeden Fall hatte Mini-mini eine bronzene Haut, leicht gelocktes Haar, ein schmales Gesicht und große dunkle Augen. Mini-mini war Sariths Sklavin, und wer die beiden zusammen sah, konnte sich des Eindrucks nicht erwehren, daß eine ausgeprägte Ähnlichkeit in Gesichtsform und Figur bestand.

Der Vater Levi lächelte Rebecca an, als sie sich zu Tisch setzte. »Fertig für die Reise?« fragte er, während er sehr deutlich die Lippen bewegte.

Rebecca schüttelte den Kopf. »Ich fahre nicht mit.«

»Ach, warum denn nicht?« fragte er weiter.

»Keine Lust«, hörte er, und noch mal schüttelte Rebecca den Kopf.

Elsa sah Rebecca an. Sie verstand sehr gut, daß sie keine Lust hatte mitzufahren. Was hatte eine Taube denn schon von einer Party, auf der hauptsächlich getratscht und Musik gespielt wurde? Sie würde nichts mitbekommen und sich dort ohnehin nur einsam fühlen. Oft verspürte sie Mitleid mit Rebecca; was für eine Zukunft gab es für sie? Mit ihren einundzwanzig Jahren war sie jetzt schon eine alte Jungfer und dazu verurteilt, auch eine zu bleiben, denn wer würde schon eine taube Frau heiraten? Außerdem begegnete sie fast nie einem jungen Mann.

Von der hinteren Veranda her war Tante Rachels Stimme zu hören, die Maisa und Kwasiba fragte, ob sie alles für die Misis richtig vorbereitet hätten. Als Tante Rachel in den Speisesaal kam, war ihre erste Frage: »Wo ist Sarith?«

»Ach, die wird gleich kommen«, antwortete Elsa.

Was immer Sarith auch tat, Tante Rachel würde ihr niemals böse sein, denn Sarith war der Liebling ihrer Mutter. Elsa hatte sich oft gefragt, ob das daran läge, weil Tante Rachel erstaunt darüber war, eine so schöne Tochter bekommen zu haben. Da kam Sarith die Treppe hinuntergerannt. Ihre Wangen waren leicht gerötet, und sie sah in ihrem zartgelben Kleid wunderschön aus. Die schwarzen Naturlocken tanzten um ihre Ohren, als sie sich mit bösem Gesicht bei ihrer Mutter beschwerte: »Diese blöde Mini-mini; ich hatte ihr aufgetragen, mein rosa Kleid zu waschen, aber sie hat es vergessen, und jetzt kann ich es nicht anziehen.«

»Du hast doch genug andere«, beschwichtigte ihre Mutter.

»Ja, aber ich wollte das anziehen«, und ungeduldig sagte sie zu Kwasiba: »Ich will das Ei nicht, nimm es weg, ich will Pfannkuchen.«

»Ja, Misi«, antwortete diese und eilte zur Küche, um Ashana zu sagen, daß Misi Sarith kein Ei, sondern Pfannkuchen wünsche. Der Vater war inzwischen aufgestanden und hinausgegangen, um am Ufer nachzusehen, ob das Boot schon bereit und das Gepäck gut verstaut war.

Elsa ging auf die hintere Veranda; sie wollte Ashana auf Wiedersehen sagen, bevor sie fuhren. Während sie auf der Veranda stand, sah sie auf die Außenküche hinten auf dem Hof, in der die Köchin jetzt eilig Pfannkuchen für Sarith zubereitete. Sie fragte sich erneut, was denn bloß los sei, was es war, das Sarith in letzter Zeit so böse und launisch machte. Als Kwasiba kurz darauf mit einem Teller Pfannkuchen in Richtung Haus ging, kam Ashana aus der Küche.

»Ashana, ich möchte dir auf Wiedersehen sagen«, rief Elsa.
Ashana eilte zur Veranda. »Paß gut auf dich auf, Misi, du wirst mir fehlen.
»Ach, es sind doch nur ein paar Tage, Ashana.«
»Gib acht auf deinen Vater, ich hoffe, er streitet sich nicht mit der alten Frau.«
Elsa lachte; sie wußte genauso gut wie Ashana, daß niemand Großmutter davon abhalten konnte, ihre scharfe Zunge zu gebrauchen. Aber Papa würde es wie immer über sich ergehen lassen.
»Ich werde Koki eine herrliche Bananensuppe kochen lassen, wenn meine Misi wiederkommt«, fuhr Ashana fort.
»Gut, Ashana, bleib gesund«, und Elsa nickte Ashana lächelnd zu. An der Tür drehte Elsa sich noch kurz um und sagte: »Und sorge gut für Misi Rebecca, hörst du!«
»Ja, Misi«, antwortete Ashana. Für Rebecca würde sie sorgen, die mochte sie gern, ganz anders aber war das mit Misi Rachel und Misi Sarith. Wenn es nach Ashana ging, durften die für immer fortbleiben.

Sarith

Während das Zeltboot, von acht Ruderern angetrieben, langsam über den Fluß Suriname glitt, ruhten Onkel Levi, Mutter Rachel, Elsa und Sarith unter dem Sonnendach. Hinter Mutter Rachel saßen Kwasiba und Minimini, und vor Elsa und Sarith saß Maisa. Sydni, Onkel Levis Leibsklave, hockte dicht am hinteren Ende des Bootes und sprach hin und wieder leise mit Kofi, der das Boot steuerte.

Sarith hatte den Kopf auf die Hände gestützt und starrte vor sich hin. Seit sie abgelegt hatten, hatte sie eigentlich noch nichts gesagt. Ab und zu sprach Elsa mit Maisa oder mit ihrem Vater, und sie sah auch manchmal von der Seite zu Sarith hinüber, aber die blickte so mürrisch drein, daß Elsa es für besser hielt, sie nicht anzusprechen.

Als Elsa heute morgen gerufen hatte: »Sarith, bist du schon wach?« hatte Sarith zwar geantwortet: »Laß mich noch ein bißchen schlafen«, aber sie hatte gar nicht schlafen wollen, sie war schon längst wach gewesen. Sie wollte überlegen, was sie an diesem Tag tun würde. Sie mußte versuchen, Nathan allein zu sprechen. Das würde nicht einfach sein, denn natürlich würde ständig seine Verlobte an seinen Fersen kleben, diese blasse, unscheinbare Leah. Was war die schon im Vergleich zu ihr, Sarith. Sie war hundertmal schöner als Leah. O ja, sie wußte es nur zu gut, daß sie hübsch war, hübscher als alle jungen Mädchen, die sie kannte. Jeder sagte es, und sie konnte es sehen an der Art, wie alle Männer, ob jung oder alt, sie anschauten.

Aber Nathan, dieser Feigling, hatte sich doch mit Leah verlobt; und Sarith dachte wieder daran, was vor gut einem Monat geschehen war. Es hatte ein großes Fest auf der Plantage Eden stattgefunden, ganz in der Nähe der Hauptstadt Paramaribo. Eden war die Plantage von Nathans Eltern. Das Fest wurde zu Ehren der Bar-Mizwa des jüngsten Sohnes, des dreizehnjährigen Joshua, Nathans jüngstem Bruder, gegeben. Viele Gäste hatten eine Woche oder länger dort verbracht. Die älteren Ehepaare waren im Plantagenhaus untergebracht worden, die jungen Damen mit ihren Sklavinnen in der unbenutz-

ten Aufseherwohnung und die jungen Herren in einem Lager, das speziell zu diesem Zweck eingerichtet worden war. Der neunzehnjährige Nathan, der älteste Sohn des Hauses, hatte sich wie ein richtiger Gastgeber verhalten und sich deutlich anmerken lassen, daß er ganz verrückt nach Sarith war. Er und Sarith hatten mehrere Male den Nachmittag, wenn alle ruhten, gemeinsam in seinem Zimmer verbracht, sich viele Male leidenschaftlich geküßt und umarmt und sich jedesmal nach dem nächsten Zusammensein gesehnt. Nathan betete sie an. Immer wieder hatte er ihr gesagt, wie sehr er sie liebe und daß er keine andere wolle als sie. Aber sie müßten ihr Verhältnis vorläufig geheimhalten, denn es sei von seinen Eltern bereits entschieden, daß er Leah Nassy heiraten solle. Sarith müsse ihm Zeit geben, dann würde er es seinen Eltern schon klarmachen, daß er Leah nicht heiraten könne, weil er Sarith liebe.
Sarith hatte sich tatsächlich nichts anmerken lassen; sie hatte mit einem wissenden Lächeln dem Gerede der anderen Mädchen, vor allem Leahs, zugehört und bemerkt, wie diese jedesmal errötete, wenn Nathans Name zu hören war. Kinder waren das doch alle, ach, auch Elsa, ihre Stiefschwester, war doch eigentlich noch ein Kind. Doch sie wußte schon viel mehr über das Leben. Nathan war nicht der erste gewesen, mit dem sie das Spiel der Liebe gespielt hatte. Als sie ab ihrem dreizehnten Lebensjahr für gut zwei Jahre in Paramaribo bei ihrer Schwester Esther gelebt hatte, hatte sie sich mit Charles van Henegouwen, dem Bruder einer ihrer Klassenkameradinnen der französischen Schule, angefreundet. Viele Male hatte sie den Nachmittag zusammen mit ihm verbracht. Wenn seine Eltern einen Besuch mach-

ten, war es Charles und ihr immer irgendwie gelungen, allein zu Hause zu bleiben – bis eines Tages dessen Eltern dahintergekommen waren, wahrscheinlich hatte eine der Sklavinnen sie verraten. Es hatte eine Menge Ärger gegeben. Esther war böse, hatte ihre Mutter kommen lassen. Sarith und Elsa mußten sofort zurück auf die Plantage, und Charles Eltern hatten ihn nach Holland geschickt. Oh, sie wußte genau, warum, sie war Jüdin und Charles nicht; viele gutsituierte christliche Pflanzer wollten eigentlich so wenig wie möglich mit den Juden zu tun haben, als wären sie eine niedere Sorte Mensch. Lächerlich, sie waren doch schließlich auch weiß!
Auf der Plantage hatte Mutter ihr eine Predigt gehalten und versucht herauszufinden, was zwischen ihr und Charles vorgefallen war, aber sie war nicht so dumm gewesen, ihr alles zu erzählen. Sie konnte Mutter unmöglich sagen, daß sie einige Male mit ihm geschlafen hatte, und so hatte sie nur »gebeichtet«, daß sie sich geküßt hätten. Mama hatte erleichtert geseufzt und gesagt, ein Mädchen könne nie vorsichtig genug sein und dürfe kein Risiko eingehen. O ja, so war das, Männer und Jungen durften alles, aber Mädchen durften gar nichts, die sollten als unschuldige und unwissende Engel im Ehebett landen.
Nach Charles hatte es einen jungen Kapitän gegeben, der eine Inspektionsreise zu einem hinter Jüdisch-Savanna gelegenen Militärposten machen mußte. Dort war er erkrankt, und man hatte ihn nach Jüdisch-Savanna gebracht. Einen ganzen Monat lang lag er im Haus ihrer Großeltern krank zu Bett.
Zu dieser Zeit waren sie und Elsa zufällig für zwei Wochen in Jüdisch-Savanna. Zuerst waren sie beide bei

Großmutter Fernandez im Haus gewesen, weil Sariths Großmutter Jesebel fand, daß keine jungen Mädchen in ihrem Haus übernachten sollten, während der Kapitän krank zu Bett lag. Als es ihm besser ging, besuchte Sarith ihn oft, und was eigentlich als Spielerei angefangen hatte, war in einem Liebesabenteuer geendet. Es war nur ein einziges Mal gewesen, denn der Kapitän hatte danach gesagt, daß es ihm leid täte, was geschehen sei; er sei verheiratet, habe Frau und Kinder, und er hatte Sarith gebeten, ihm zu verzeihen und ihn zu vergessen.

Und vor gut einem Monat war es Nathan gewesen. Nathan, der ihr gesagt hatte, er würde seinen Eltern erklären, daß er Leah nicht heiraten könne. Vor zwei Wochen war plötzlich Onkel Levi nach einigen Tagen in Paramaribo nach Hause gekommen und hatte erzählt, Nathan hätte sich offiziell mit Leah Nassy verlobt. Leahs Eltern hatten ein Diner im engsten Kreis für die Verwandtschaft und einige Freunde gegeben, und da Onkel Levi zufällig gerade in der Stadt war, hatten sie auch ihn eingeladen, ebenso wie Sariths Schwester Esther und Schwager Jacob. Es würde keine lange Verlobungszeit werden, denn Nathan und Leah würden bereits in zwei Monaten heiraten. Sarith war bitterböse, als sie das erfuhr. Sie war auf ihr Zimmer gerannt, hatte geweint, mit Gegenständen geworfen, das Bettzeug auf den Boden geschmissen, aufgestampft, kurzum, sie war außer sich gewesen, und auch Mini-mini hatte diese Wut mehrere Male zu spüren bekommen. Alles, was sie in diesen Tagen tat, war falsch, und so manches Mal hatte sie ohne Grund eine schallende Ohrfeige von ihrer jungen Herrin bekommen. Elsa hatte immer wieder verwundert gefragt, was denn wäre, aber Sarith hatte jedesmal kurz angebun-

den geantwortet »Nichts« oder »Das geht dich nichts an«. Jetzt würde sie Nathan in wenigen Stunden sehen und dann alles in Ordnung bringen, wenn sie von ihm verlangte, daß er in Jüdisch-Savanna seinen Verwandten und allen anderen erzählte, daß er sie, Sarith, liebe. Und er würde tun, was sie sagte, denn er liebte sie doch. Er mußte es einfach tun, und diese dumme, häßliche Leah würde sich ganz schön wundern und vielleicht sogar weinen oder in Ohnmacht fallen. Schade, daß es in Surinam keine Möglichkeit gab, mit jemandem durchzubrennen. In einem anderen Land, in Europa zum Beispiel, konnte man weglaufen, eine Kutsche nehmen oder zu Pferde verschwinden, weit weg in eine andere Stadt und dort heiraten, aber wohin konnte man hier schon gehen? Außer der Stadt und den Plantagen gab es nur Urwald, beängstigenden Urwald mit gefährlichen wilden Tieren und den Marrons, entlaufenen Sklaven, die Weiße umbrachten. Sarith seufzte. Aber wenn Nathan sie jetzt sieht, ist er bestimmt so verliebt, daß er alles tut, was sie sagt, und dann wird sich alles finden. Deshalb hatte sie heute morgen eigentlich ihr rosa Kleid anziehen wollen. Mini-mini sollte das Kleid gleich waschen, dann würde sie es morgen, am Festtag, tragen.
Als das Boot nur wenige Stunden später am Steg von Jüdisch-Savanna anlegte und die Gesellschaft von den vielen bereits angekommenen Gästen begrüßt wurde, suchte Sarith sofort nach Nathan. Aber sie sah weder ihn noch Leah. Dafür aber Leahs Eltern, die begeistert erzählten, Leah käme erst morgen zusammen mit Nathan an, weil sie einen Besuch auf der Plantage Rama machten und dort übernachteten.
Rama war kaum eine Stunde von Jüdisch-Savanna

entfernt, und ein Cousin von Nathan war der Besitzer. Leah und Nathan würden am nächsten Tag schon vor dem Ehrengottesdienst in der Synagoge von Jüdisch-Savanna sein.
Bis dahin mußte Sarith sich also noch in Geduld üben. Nun, das gab ihr auf jeden Fall die Zeit, sich genau zu überlegen, was sie Nathan alles sagen würde.

JÜDISCH-SAVANNA

Als das Boot mit Nathan und Leah am nächsten Morgen bereits gegen neun Uhr am Steg anlegte, stellte sich heraus, daß noch mehr Gäste im Boot saßen: Nathans Cousin, der Besitzer von Rama, und Rutger le Chasseur, ein junger Mann, der erst seit wenigen Wochen in der Kolonie war und eine Anstellung als stellvertretender Geschäftsführer der Filiale einer bekannten Amsterdamer Bank hatte. Sarith trug ihr schönes rosa Seidenkleid und glänzende Satinschuhe. Als Elsa morgens gesehen hatte, wie Mini-mini vorsichtig das prachtvolle Kleid über Sariths Kopf gleiten ließ, hatte sie ihre Stiefschwester verwundert gefragt, ob sie nicht lieber das Kleid für den abendlichen Ball schonen wolle. Aber Sarith hatte nur knapp »Nein« geantwortet und dann gefragt: »Kommst du mit zum Ufer?« Als das Boot anlegte, stand Sarith herausfordernd am äußersten Ende des Steges. Nathan wurde krebsrot, als er sie da stehen sah, aber Sarith bekam keine Gelegenheit, mit ihm zu reden. Leahs Eltern führten die ganze Gesellschaft mit sich, zuerst zu dem Haus, in dem sie die Zeit über wohnen würden, und dann zur Synagoge. In der Synagoge bestand für Sarith natürlich keine Möglichkeit, auch nur ein Wort mit Nathan zu wechseln, denn die Frauen saßen im Frauenbereich, während die Männer von ihrem Platz aus dem Gottesdienst folgten.

Elsa

Da nur Juden die Synagoge besuchten, ging Elsa draußen ein bißchen spazieren. Sie hatte gerade beschlossen, sich auf die vordere Veranda von Großmutters Haus zu setzen, als plötzlich ein fremder Herr vor ihr stand.

»Sollten Sie nicht drinnen sein, Fräulein äh...«

»Fernandez«, sagte Elsa, »mein Name ist Elisabeth Fernandez, nein, ich gehöre nicht dazu, ich bin keine Jüdin, und auch Sie sind offenbar nicht jüdisch.«

»Nein, das ist wahr. Aber Sie tragen einen jüdischen Namen.«

»Ja, weil mein Vater Jude ist, aber meine Mutter war keine Jüdin, und wie Sie vielleicht wissen, erkennt das jüdische Gesetz nur Kinder einer jüdischen Mutter als jüdisch an.«

»Sieh mal einer an«, entgegnete der junge Mann, »ich hatte nicht geglaubt, in diesem fernen Surinam so etwas Liberales wie Mischehen zu finden.«

»Vielleicht finden Sie während Ihres Aufenthaltes hier noch viel mehr Liberales, Herr...«

»Le Chasseur, Rutger le Chasseur ist mein Name, verzeihen Sie bitte, daß ich mich noch nicht vorgestellt habe.«

»Seit wann sind Sie schon in der Kolonie?« fragte Elsa nun.

»Oh, noch nicht sehr lange, seit etwa drei Monaten.«

»Und wie gefällt es Ihnen bisher?«
»Ich finde es warm, sehr warm«, antwortete Rutger.
Elsa lachte: »O ja, und die vergangenen drei Monate sind die wärmsten des Jahres, obwohl es in Jüdisch-Savanna meistens noch geht. Es liegt höher als Paramaribo, wissen Sie.«
»Ja, das habe ich schon gemerkt, und wie es mir weiter gefällt? Gut! Paramaribo ist eine schöne, saubere Stadt, nicht groß, aber mit prachtvollen Bauten, frisch und anständig, ich gewöhne mich allmählich ein. Wollen wir ein wenig zum Fluß gehen?«
Zusammen spazierten sie am Fluß entlang, und er erzählte Elsa, wie er als stellvertretender Geschäftsführer nach Surinam gekommen war; er sollte den Beruf im Auftrag seines Großonkels erlernen, der Inhaber einer Bank in Amsterdam und auch Besitzer einiger Plantagen in Surinam und Berbice war. Als Elsa bemerkte, daß dieser Onkel dann wohl ziemlich reich sein müsse, antwortete Rutger lachend, sein Großonkel sei tatsächlich sehr vermögend. Er, Rutger, stamme aus dem verarmten Zweig der Familie und sei auch kein Erbe des Onkels, denn der habe selbst vier Töchter. Seine Großmutter, eine Schwester des Großonkels, habe damals einen geflüchteten Hugenotten geheiratet, daher auch sein französischer Nachname.
Elsa erzählte ihrerseits, daß sie auf der Plantage Hebron wohne, zusammen mit ihrem Vater, ihrer Stiefmutter Rachel und den Stiefschwestern Sarith und Rebecca. Ihr leiblicher Bruder David sei bereits verheiratet und habe eine Plantage am Fluß Para.
»War das hübsche Mädchen, das bei Ihnen auf dem Steg stand, eine der Stiefschwestern?«

»Ja, das war Sarith«, sagte Elsa.
»Wie hübsch sie ist.«
Elsa nickte, ja, Sarith war hübsch. Jeder sagte das. Auch gestern, als sie angekommen waren. Oma Jesebel, Sariths Großmutter, hatte es viele Male zur Großmama gesagt, Tante Sara, die Schwester von Tante Rachel, hatte es bestätigt, und Tante Rachel hatte jedesmal aufs neue gestrahlt, wenn sie hörte, wie hübsch jeder ihre jüngste Tochter fand. Die Blicke der Männer hatten bewundernd auf Sarith geruht, und eine der älteren Damen hatte noch bemerkt, daß Sarith schon eine richtige junge Frau sei, während die gleichaltrige Elsa noch ein Mädchen war.
»Kommen Sie oft nach Jüdisch-Savanna?« fragte Rutger nun.
»Mindestens einmal im Jahr. Meine Großmutter hat heute Geburtstag, und sie legt Wert darauf, daß jeder weiß, daß sie und die Synagoge am selben Tag Geburtstag haben. Oft fällt er auch mehr oder weniger zusammen mit dem Laubhüttenfest, sehen Sie, so ist das.«
»Und Sie müssen dann immer draußen bleiben, wenn ein Gottesdienst in der Synagoge stattfindet?« fragte Rutger.
»Ja, aber das macht nichts«, antwortete Elsa. »Wir selbst sind lutherisch getauft, weil auch meine Mutter lutherisch war, und als wir noch klein waren, ließ Vater uns immer Weihnachten bei unserem Großvater, dem Vater unserer Mutter, verbringen, aber Großvater ist vor fünf Jahren gestorben, und seitdem waren wir zu Weihnachten nicht mehr in der Kirche in Paramaribo.«
»Ist es denn nicht schwierig, sowohl Jude als auch Christ zu sein?« fragte Rutger verwundert.
»Ach, das ist doch viel Lärm um nichts. Ich glaube, es ist Gott gleichgültig, ob jemand nun den jüdischen, prote-

stantischen oder katholischen Glauben hat, solange er ein rechtschaffenes Leben führt und anderen nichts Böses tut.«

»Was für eine weise und durchdachte Bemerkung für ein junges Mädchen«, sagte Rutger, während er sie amüsiert ansah.

»Sind weise Bemerkungen denn nur Männern oder alten Frauen vorbehalten?« konterte Elsa.

»Gewiß nicht, aber man hört sie so selten bei jungen Damen«, antwortete Rutger.

»Das meinen zumindest die Männer«, sagte Elsa schlagfertig.

Rutger lachte jetzt laut: »Fräulein Elsa, Sie sind wirklich besonders geistreich.«

Als sie zurückgingen, zeigte Elsa ihm, wie das Dorf aufgebaut war: rechteckig mit vier Querstraßen. Die Häuser an den Ecken dieses Vierecks waren groß und komfortabel, die anderen manchmal einfach, aber alle waren sehr schön. Die meisten Häuser hatten kleine Gärten. Und inmitten all dessen stand die prächtige Synagoge aus Ziegelstein, etwa dreizehn Meter lang, vierzehn Meter breit und elf Meter hoch. Wenn möglich, müsse er später hineinschauen; da gebe es eine schön gearbeitete Decke, einen großen Schrein aus Zedernholz mit wundervollen Schnitzereien, in dem die Gesetzesrollen aufbewahrt würden, silberne Leuchter, große Kerzenhalter aus gelbem Kupfer und verschiedene Arten von Kandelabern. Juden und Nichtjuden waren sich darüber einig, daß diese Synagoge eine Zierde für die Kolonie Surinam sei. Es war jedoch bedauerlich, daß viele reiche Juden in die Stadt gezogen waren oder andernorts auf Plantagen lebten, wodurch Jüdisch-Savanna in der Entwicklung zu-

rückgeworfen und nun hauptsächlich von Älteren wie ihrer Großmutter und den Eltern von Tante Rachel bewohnt wurde.
Ganz in der Nähe der Synagoge stand die große Laubhütte. Etwas weiter entfernt in der Schlucht waren noch einige kleinere Hütten von Männern errichtet worden, die Wert darauf legten, ihre eigene Hütte zu haben.
Als der Gottesdienst beendet war, kamen die Menschen aus der Synagoge und nahmen an den langen Tischen Platz, die in der Hütte aufgestellt worden waren. Dies war der große Augenblick des Laubhüttenfestes. Drei sehr große runde Brote, die speziell zu dieser Gelegenheit gebacken worden waren, lagen auf dem Tisch. Der Rabbi sprach ein Gebet, brach das Brot und verteilte es unter die Anwesenden, worauf der Wein eingeschenkt und ausgeteilt wurde.
Nach dieser traditionellen Geste wurden von den Sklaven und Sklavinnen aus den Häusern Platten herangetragen, und das Festmahl konnte beginnen. Rutger hatte sich wie selbstverständlich neben Elsa gesetzt, und nachdem ihr Vater Levi am selben Tisch Platz genommen und Bekanntschaft mit Rutger gemacht hatte, ergab sich ein entspanntes Gespräch zwischen allen Tischgenossen. Elsa sah sich hin und wieder um, wo Sarith geblieben war, konnte sie aber an keinem der Tische erblicken. Vielleicht hatte sie sich doch noch umziehen wollen? Elsa hatte keine Ahnung, was mit Sarith los war, na ja, vielleicht hatte sie keinen Appetit und würde später noch auftauchen.
Das Gespräch bei Tisch war nicht immer unbeschwert, denn schon bald kam man auf die Probleme in der Kolonie zu sprechen – die Angriffe der Geflohenen. Erst vor

kurzem hatten sie wieder einige Plantagen überfallen. Bis nach Tempatie waren sie gekommen; dort hatten sie den jüdischen Besitzer und dessen Frau getötet, ebenso den Aufseher. Sie hatten die Sklaven befreit, worauf diese sich den Marrons sofort angeschlossen und danach das Plantagenhaus und das Zuckerrohr auf dem Feld angezündet hatten.
Vor einigen Wochen hatten sie die am Fluß Boven-Commewijne gelegene Plantage Jukemombo überfallen. Der Besitzer, Masra Biertempel, war gerade nicht dagewesen. Die Frau war ermordet und die drei Kinder verletzt worden. Alles hatten die Angreifer mitgenommen, sogar die Kleider der Kinder. Als der Vater am nächsten Tag nach Hause stürzte, hatte er dort seine Kinder halb nackt und weinend auf dem Leichnam der Mutter vorgefunden. Der Schreck war den Kolonisten in die Glieder gefahren. Dem mußte ein Ende gesetzt werden!
Rutger merkte an, daß es seiner Meinung nach am besten sei, wenn das Gouvernement Frieden mit den Marrons schließe und sie nicht mehr verfolge. Surinam sei groß, und niemand brauche das Hinterland. Das könne doch das Gebiet der freien Schwarzen werden. Viele in der Runde widersprachen ihm vehement. Er sei noch neu in der Kolonie und wisse nicht, was er da sage. Außerdem habe das Gouvernement bereits mit den Marrons Frieden geschlossen. Vor einigen Jahren habe man dann jede Menge Arbeit gehabt, nachdem das Gouvernement mit den Entlaufenen am oberen Surinamefluß einen Frieden vereinbart hatte. Dachte Rutger vielleicht, daß man sich jedesmal mit diesen Wilden im Landesinnern gütlich einigen müsse? Dann könne man ja gleich ganz Surinam unter dieser Teufelsbrut verteilen.

Eine dicke Frau in einem schwarzen Seidenkleid erklärte, ihrer Meinung nach sei ein Aufstand nicht mehr fern. Jeder erinnere sich doch noch an diese schreckliche Revolte in Berbice vor einigen Jahren. Nun, das gleiche stehe ihnen jetzt hier auch bevor. Ein Aufstand, bei dem alle Weißen ermordet oder zu Sklaven der Schwarzen gemacht würden.
»Wäre es dann nicht besser, wenn alle Sklavenhalter fortan ihre Sklaven gut behandelten?« fragte Rutger. »Ohne diese schrecklichen Strafen, die jetzt verhängt werden. Ist es nicht die Furcht vor diesen Gewalttaten, die die Sklaven zur Flucht treibt? Das Aufhängen an Fleischerhaken, das Abhacken von Händen und Füßen, die Prügelstrafe, das Verbrennen bei lebendigem Leibe...«
Vater Levi nickte zustimmend, als Rutger das sagte, aber die meisten Gäste bei Tisch lachten laut. Rutger sei wirklich ein ahnungsloser Neuling. Bestrafen müsse man die Sklaven, sie seien dumm und faul. Wenn man sie nicht entschlossen und brutal züchtige und ihnen angst mache, meinten sie am Ende noch, sie könnten tun, was sie wollten. Und schließlich seien sie doch vom Herrn dazu erschaffen, für die Weißen zu arbeiten und sich zu plagen. Rutger wollte gerade einwerfen, daß er gerne wüßte, warum man sich so sicher sein könne, daß die Schwarzen dazu erschaffen worden seien, doch Elsa flüsterte ihm zu: »Rutger, sag lieber nichts, diese Leute sind fanatisch, du fällst bei denen schnell in Ungnade, wenn du der Meinung bist, daß Sklaven gut behandelt werden sollten.«
Rutger schwieg von da an, er war schließlich hier zu Gast.
Elsa schaute sich wieder um, aber noch immer sah sie

Sarith nicht. Vielleicht hatte sie Kopfschmerzen und sich im Haus ihrer Großeltern ein wenig hingelegt.

Sarith

Doch Sarith hatte sich nicht im Haus ihrer Großeltern hingelegt. Als alle die Synagoge verließen, hatte sie ihre Chance gewittert, war zu Nathan gegangen und hatte gesagt: »Komm, ich muß dich sprechen.«

»Muß das jetzt sein?« hatte Nathan mit einem ängstlichen Blick gefragt.

»Ja, jetzt«, hatte Sarith entschieden, »wenn du nicht sofort mitkommst, werde ich schreien.«

Nathan hatte Leah gesagt, sie solle schon mal zur Laubhütte gehen, er müsse kurz etwas holen, und dann war er mit Sarith in die andere Richtung gegangen, hinter das Haus ihrer Großeltern, wo der Garten eine Aussicht über die Schlucht bot.

»Nathan, du hast gesagt, du liebst mich! Ich war doch diejenige, die du heiraten wolltest, und jetzt erfahre ich plötzlich, daß du mit Leah verlobt bist, wie konntest du nur, Nathan?« Sarith stolperte fast über ihre Worte, so schnell sprach sie.

»O Sarith, Sarith.« Nathan nahm ihre Hände. »Ich liebe dich wirklich, aber ich kann einfach nicht anders, weißt du, das wurde schon längst von unseren Eltern so entschieden.«

»Das wußtest du damals schon, aber du wolltest es ihnen erklären.«

»Es geht nicht, Sarith, es geht nicht. Weißt du, mein Vater hat große Schulden. Er könnte die Plantage verlieren. Nach mir gibt es noch drei Kinder, und Leah ist Alleinerbin...«

»Wegen des Geldes also, hab' ich's mir doch gedacht.« Mit einem Ruck entzog Sarith ihm ihre Hände. »Aber du liebst doch mich! Hast du vergessen, was zwischen uns war?«

»Nein, Sarith, ich werde es nie vergessen, ich werde es in meinem Herzen bewahren als meine liebste Erinnerung.«

»Davon habe ich was, stimmt's?« sagte Sarith ironisch.

»O Sarith, bitte versteh mich doch, man heiratet nicht immer die Person, die man tatsächlich liebt.« Nathan sah sie an; er wollte ihre Wange streicheln, doch sie schlug seine Hand weg und sagte: »Und was wäre, wenn ich ein Kind bekäme? Was wäre, wenn ich hier jedem erzählen würde, was zwischen uns war?«

»Nicht, Sarith, nein, tu's nicht, man würde – man würde Schlechtes von dir denken!«

»Von mir, ja? Von mir?« Sarith schrie jetzt. »Von mir, von dir wohl nicht? Du Feigling, oh, wie gemein du bist, ich hasse dich!«

»Aber Sarith, beruhige dich doch.« Nathan wollte ihre Hand nehmen, aber er zögerte; dies war eine andere Sarith als das sanfte gurrende Mädchen, das er in seinem Bett gehabt hatte. Diese kleine Furie ängstigte ihn. Sie schlug erneut seine Hand weg, und bevor er sich's versah, hatte sie ihm eine Ohrfeige gegeben und rief: »Faß mich nicht an, du Feigling! Ich hasse dich, laß mich, geh weg, geh zu deiner Leah«, und sie drehte sich um und rannte durch die Hintertür ins Haus ihrer Großeltern. Nathan stand eine Weile nachdenklich da und strich sich über die Wange, dann ging er langsam dahin, wo die Gäste an den Tischen saßen.

Tränen strömten Sarith über das Gesicht, während sie die Treppe hinaufstürmte und sich auf ein Bett in einem der Schlafzimmer warf. Sie schluchzte wild und schlug auf das Kissen ein. Aber warte, sie würde Nathan schon noch kriegen, sie würde ihm zeigen, wie alle Männer sie umschwärmten, sie würde es ihm beweisen. Sie rief eine der Sklavinnen ihrer Großmutter, weil sie nicht wußte, wo Mini-mini war, und befahl ihr, eine Schüssel kaltes Wasser zu bringen, damit sie sich frisch machen könne.
Als Sarith eine Viertelstunde später an dem langen Tisch Platz nahm, war ihr nicht anzusehen, was soeben vorgefallen war. Sie war ausgelassen und fröhlich, scherzte und lachte mit jedem und flirtete mit den Männern. Jedesmal, wenn ihr Lachen erklang, sah sie, wie Nathan verlegen oder besorgt in ihre Richtung spähte, aber sie tat, als bemerke sie ihn nicht. Sah er jetzt, wie alle Männer ihrem Charme erlagen?
Nachmittags begaben sich die Damen zur Ruhe, einige Herren auch, aber viele blieben im Schatten der großen Bäume oder hatten ihre Laufburschen Hängematten aufhängen lassen, unterhielten sich, rauchten und tranken Rumpunsch. Sarith wollte nicht ruhen wie die anderen Damen, sondern blieb in Gesellschaft der Herren und redete wie ein Wasserfall, während sie mal bei diesem, mal bei jenem in der Hängematte saß und sogar ab und zu einen kleinen Schluck aus dem einen oder anderen Glas nahm.
Abends gab es einen Ball. Das Gelände war mit Lampions geschmückt, und die Damen in ihren schönen Kleidern und die Herren in Abendgarderobe boten einen festlichen Anblick. Elsa tanzte und redete hauptsächlich mit Rutger. Als sie sich zum Ball umzog, hatte Elsa Sarith

mit vor Aufregung geröteten Wangen erzählt, daß dieser neue stellvertretende Geschäftsführer wirklich nett sei und man sich so angeregt mit ihm unterhalten könne. Sarith hatte sich daraufhin kurz überlegt, ob sie ihren Flirt noch auf diesen neuen jungen Mann ausdehnen sollte, aber sie wollte davon absehen. Es war Nathan, den sie kränken wollte, nicht Elsa, und es passierte weiß Gott nicht sehr oft, daß sich ein Mann um Elsa bemühte; außerdem interessierte sie sich überhaupt nicht für einen armen Büroangestellten, der überdies noch ganz gewöhnlich aussah.
Sarith ging lachend und gurrend von einem Mann zum nächsten, sie war sehr fröhlich, herausfordernd sogar, und so manches Mal warf eine Ehefrau oder Verlobte einen bösen Blick in ihre Richtung. Elsa war zu sehr damit beschäftigt, Rutgers Aufmerksamkeit zu fesseln, um auf Sarith zu achten. Mehr als einmal hatte sie Rutger amüsiert zu Sarith hinüberschauen sehen, und er sagte: »Wie hübsch deine Stiefschwester doch ist und wie fröhlich.« Da bemerkte Elsa, daß Sarith sich besonders mit dem Witwer Robles de Medina amüsierte. Der dreiunddreißigjährige Julius Robles de Medina hatte seine Frau und seinen kleinen Sohn voriges Jahr durch eine Pockenepidemie verloren, und er war mit zwei Töchtern von acht und zehn Jahren zurückgeblieben. Dies war das erste Mal nach dem Tod seiner Frau und seines Sohnes, daß er mit seinen beiden Töchtern von seiner Plantage am Fluß Boven-Commewijne nach Jüdisch-Savanna gereist war, um dem Fest beizuwohnen. Verwundert sah Elsa, wie ihre Stiefschwester mit Noso flirtete, und wie kokett sie sich ihm gegenüber verhielt. Sie und Sarith hatten weder Julius Robles de Medina

noch seine Frau je sehr gemocht, und sie hatten ihm schon als kleine Mädchen den Spitznamen Noso gegeben, weil er so eine schrecklich große Nase hatte. In den letzten Jahren waren sie ihm auf Festen immer aus dem Weg gegangen, weil Sarith es langweilig fand, daß er immer von seiner Plantage Klein Paradijs erzählen wollte. Und jetzt saß dieselbe Sarith so dicht neben ihm und redete und lachte, während sie ihm sogar neckisch über den Kopf strich und ihm erzählte, daß er gut aussehe. Elsa begriff überhaupt nicht, was mit ihr los war.
Fast eine Woche blieb der größte Teil der Gesellschaft in Jüdisch-Savanna, und Sariths Verhalten änderte sich nicht. Wenn sie und Elsa abends zu Bett gingen, hatte Elsa keine Gelegenheit, sich mit ihrer Stiefschwester zu unterhalten, denn Leah schlief auch in ihrem Zimmer, ebenso wie eine Schwester von Nathan. Und während Sarith von Mini-mini ausgezogen wurde, lachte sie weiter oder machte Bemerkungen wie »Manche schaffen es nicht allein, einen Mann zu bekommen, und müssen deshalb verheiratet werden« oder ähnliches.
Nach fünf Tagen fuhr zuerst Nathan mit seinen Eltern und Geschwistern ab. Auch Nathans Cousin von der Plantage Rama und Rutger fuhren in diesem Boot mit. Zwei Tage später reisten Vater Levi, Mutter Rachel und die Mädchen ab. Vor allem Rachel war froh, daß der Besuch zu Ende war. Es war ihr nicht entgangen, daß sowohl jüngere als auch ältere Damen Sarith mißbilligend und ihre Ehemänner besorgt beobachtet hatten. Eine der Damen hatte sogar behauptet, Sarith benehme sich wie die erstbeste farbige Konkubine. Als aber ihre Schwiegermutter, die Witwe Fernandez, zu ihr gesagt hatte, daß Sarith sich doch allzu herausfordernd und frei

inmitten all der Männer verhielte, hatte Rachel geantwortet, das arme Kind dächte sich wirklich nichts Schlechtes dabei, das sei einfach die Fröhlichkeit und Ungezwungenheit eines jungen Mädchens. Obwohl sie ihrer Schwiegermutter tief im Herzen recht geben mußte, konnte sie es nicht ertragen, jemand etwas Böses über ihren Liebling sagen zu hören.

Im Boot betrachtete sie ihre Tochter, die nun nicht mehr das fröhliche, ausgelassene Mädchen war, sondern mit gelangweilter Miene vor sich hinstarrte, und Mutter Rachel fragte sich besorgt, was in dem hübschen Kopf ihrer Tochter vorging.

2. *KAPITEL*

Rutger le Chasseur

Die Reise von Jüdisch-Savanna nach Paramaribo im Zeltboot, das von zehn Sklaven gerudert wurde, dauerte Stunden. Als die Flut kam, hielt man an einer Plantage und verbrachte dort die Nacht. Am nächsten Tag, bei Ebbe, wurde die Reise fortgesetzt. Die Sonne ging bereits unter, als sie die Stadt erreichten, und vom Boot aus betrachtete Rutger die schöne, kleine, weiße Stadt, die immer näher kam. Vom Landesinnern her sah sie natürlich anders aus als vor drei Monaten, als er vom Meer aus nach Paramaribo gekommen war. Wie sauber und gepflegt sie wirkte. Ganz anders als Amsterdam, wo er herkam und wo die engen Gassen mit Steinen gepflastert waren. Die Straßen von Paramaribo, die mit Scheinquitten bepflanzt waren, boten einen viel bunteren Anblick, und Rutger dachte sich, daß dieser Gouverneur Mauricius, von dem fünfzehn Jahre zuvor soviel die Rede gewesen war, doch gute Ergebnisse mit seinen Verbesserungen der Stadt erzielt hatte. Nicht nur Paramaribo, sondern die gesamte Kolonie hatte einen raschen Aufschwung während der Amtszeit dieses fortschrittlichen Gouverneurs erfahren. Von einer Gruppe konservativer reicher Pflanzer war ihm jedoch entgegengearbeitet worden, weil diese einfach nicht begreifen konnten, daß eine bessere Behandlung der Sklaven und der Friede mit den Marrons nur zu ihrem eigenen Vorteil wäre. Zermürbt und von den Pflanzern verkannt, schließlich zu Unrecht beschuldigt, hatte Gouverneur Mauricius die Kolonie verlassen müssen. Obwohl er in den Niederlanden Recht bekommen hatte, war er nicht mehr nach Surinam zurückgekehrt, um sein Lebenswerk zu vollenden. Zum Glück war jetzt die gepflegte und saubere Stadt eine bleibende Erinnerung an seine guten Absichten.

Rutger le Chasseur wohnte bei seinem Chef, dem Geschäftsführer Van Omhoog. Dieser lebte mit seiner Frau in einem großes Haus in der Gravenstraat, in dem in einem der großen Räume im Erdgeschoß das Büro eingerichtet war.

Rutger erinnerte sich noch gut daran, wie erstaunt er gewesen war, als er das schöne Herrenhaus zum ersten Mal gesehen hatte. Solche Häuser hatte er in einer fernen Kolonie nicht erwartet. Inzwischen wußte er aber, daß es in Paramaribo viele solcher Häuser gab, die alle etwa im gleichen Stil gebaut und eingerichtet waren.

Vor dem Gebäude befand sich eine große, hohe Eingangstreppe, welche die gesamte Vorderseite einnahm. Man betrat das Haus durch eine Tür im Renaissancestil, die mit einem glänzenden kupfernen Klopfer versehen war, und befand sich dann direkt in der großen Vorhalle, die in typischer Weise möbliert war. Meistens stand auf der einen Seite ein Klavier, über dem ein großer Spiegel mit schwer vergoldetem Rahmen hing; in der Mitte stand ein Mahagonitisch mit vier Schaukelstühlen, und darüber hing ein prächtiger Kerzenleuchter aus Glas. An der Wand befanden sich oft weitere Mahagonistühle. Zwei Sofas standen einander gegenüber, und in einer der

vier Ecken an der Wand war noch ein großes Büfett, ebenfalls aus Mahagoni, auf dem verschiedene wertvolle Gegenstände wie Kristallgläser, Karaffen mit Wein, Likör und Madeira ihren Platz hatten. Im Innern des Büfetts glänzte das teure Porzellan und das Tafelsilber. An den Wänden befanden sich Gemälde, eine Standuhr und Kerzenhalter mit fein geschliffenen Glasornamenten. Die Fenster hatten Jalousien und waren mit feinem grünem Maschendraht bespannt. Herrliche Seiden- oder Spitzenvorhänge waren mit Schleifen und Bändern neben den Fenstern hochgebunden.
Bei den Van Omhoogs war neben der Vorhalle ein weiterer Raum, der als Büro diente, hinter diesem befand sich ein Wohnzimmer; der Speiseraum lag hinter der Vorhalle. Auf der Gebäuderückseite erstreckte sich eine breite Galerie, auf der Tee oder Kaffee getrunken wurde. Am Ende dieser Galerie befanden sich Vorratskammer und Innenküche. Dort stand eine Vielzahl unterschiedlich großer Teller in langen Reihen an der Wand, und unter der offenen Anrichte befanden sich die vielen Kupfertöpfe und Backformen. Auf der Hintergalerie war die Treppe, die in das obere Stockwerk führte, in dem sich vier große Zimmer befanden. In den Schlafzimmern standen stattliche Mahagonibetten, die mit Kupferbändern und -kugeln verziert waren. Im Hof hatten die Kochküche, das große Waschhaus und das Lager ihren Platz, und etwas weiter standen sich die Sklavenwohnungen in zwei Reihen gegenüber, an die noch ein Garten mit Obstbäumen grenzte. Dazwischen befand sich ein gemauerter Brunnen, und direkt am Haus stand ein Regenwasserbecken.
Als das Boot an der Platte Brug angelegt hatte, verab-

schiedete sich Rutger herzlich von seinen Mitreisenden und ging durch die Molenstraat und die Kerkstraat zu dem Haus, in dem er untergebracht war, während ihm sein Sklave Alex folgte. Als Rutger in Surinam angekommen war und an der Mole von Herrn Van Omhoog erwartet wurde, hatte dieser den sechzehnjährigen Alex bereits dabei, und schon auf der Mole hatte der Geschäftsführer seinem jungen Assistenten gesagt, Alex gehöre ihm, und er solle darauf achten, daß dieser ihn auf sein Geheiß bediene und ihm überallhin folge. Ab diesem Augenblick ging der Junge tatsächlich immer hinter ihm, half ihm beim An- und Ausziehen, brachte ihm Getränke, Pfeife und Tabak, versorgte ihn mit allem, was er brauchte, und hielt beim Ausgehen Hut und Spazierstock bereit. Auch jetzt ging Alex hinter ihm und schob die Schubkarre mit dem Gepäck seines Herrn.

Frau Van Omhoog war froh, daß ihr Gast nach fast einem Monat wieder da war. Er war verreist, um zwei Plantagen am Surinamefluß, die unter der Verwaltung des Büros standen, zu besuchen, und da er sich ganz in der Nähe von Jüdisch-Savanna befand, hatten sie bereits vermutet, daß er bei dem jährlichen Laubhüttenfest zu Gast sein würde. Die Van Omhoogs hatten selbst keine Kinder, und die Dame des Hauses fand es sehr angenehm, diesen jungen Herrn nun bei sich im Haus zu haben, denn ihr Mann war ein eher stiller Mensch, und so hatte sie ein wenig Unterhaltung. Zeit hatte sie auch genug, weil noch vier Sklavinnen und drei Sklaven sowie ein Laufbursche im Haus waren. Herr Van Omhoog hielt sich schon seit fünfzehn Jahren als Vertreter eines Amsterdamer Handelshauses in der Kolonie auf, und er wollte in einigen Jahren gerne seine wohlverdiente Ruhe

genießen, was er auch vor einiger Zeit seinem Vorgesetzten in den Niederlanden mitgeteilt hatte. Der Vorgesetzte hatte seinen Neffen als Stellvertreter von Herrn Van Omhoog mit der Absicht in die Kolonie geschickt, daß Rutger dessen Nachfolge antreten würde, wenn sich dieser in einigen Jahren tatsächlich zur Ruhe setzte.
Es gab viel zu lernen. Rutger mußte die Bücher der letzten Jahre genau durcharbeiten, um sich einen Überblick über alles zu verschaffen. Am Anfang war es ihm vor allem schwergefallen, die Preise richtig einzuschätzen, weil früher alles in Pfund Zucker ausgedrückt wurde. Seit einigen Jahren kannte Surinam nun das Kartengeld, eine Art Münzpapier mit Stempel, Wappen und Siegel, in Noten von 1 Gulden, 2 Gulden 50 und 10 Gulden. Auffällig war, daß das Münzpapier aus Spielkarten bestand, auf denen Kreuz und Pik, Könige und Bauern eingezeichnet waren. Als Rutger dieses Geld zum ersten Mal sah, hatte er Van Omhoog nach dem Sinn gefragt, und der hatte geantwortet, daß das Gouvernement die Kartensymbole wahrscheinlich als Hilfsmittel für die vielen Analphabeten hätte anbringen lassen.
Am Tag nach seiner Rückkehr war Rutger wieder im Büro bei Herrn Van Omhoog, der alles mögliche über Rutgers Erfahrungen wissen wollte. Wie war sein Eindruck von der Plantage Mijn Geluk, und wie war es auf der Plantage De Goede Verwachting gewesen? Und wie hatte ihm Jüdisch-Savanna gefallen? Waren viele Gäste dagewesen? Natürlich, hauptsächlich Juden. Und Rutger erzählte, wie er die Gastfreundschaft der Leute genossen und schon viele Leute kennengelernt hätte, unter anderem Elsa Fernandez und ihren Vater Levi, Eigentümer der Plantage Hebron. Natürlich wußte

Herr Van Omhoog, wer Levi Fernandez war. Rutger solle sich besser nicht allzu sehr mit den Juden anfreunden. Sie bildeten so einen völlig eigenen Kreis, und in den letzten Jahren gebe es bei den Christen starke Vorbehalte gegenüber der jüdischen Gemeinde. Rutger verstand das nicht recht. Seien es nicht gerade die Juden gewesen, die in dieser Kolonie den Anfang gemacht und unter anderem mit der Gründung der Plantagen ein gutes Beispiel gegeben hätten? Warum dann die Vorbehalte? Geschäftsführer Van Omhoog wußte es auch nicht, aber es gab sie, und es war sogar die Rede davon, daß man die Juden in einem gesonderten Viertel der Stadt unterbringen wollte, einer Art Ghetto also. Rutger zuckte die Achseln: »Kleinkariertes koloniales Getue, ich bin Manns genug, mir meine eigenen Freunde zu wählen, und ich werde mich nicht von den Vorurteilen anderer leiten lassen.«

»Natürlich ist die Position der kleinen Fernandez eine andere«, fuhr Herr Van Omhoog fort, »sie selbst ist keine Jüdin, denn ihre Mutter war Lutheranerin, aber immerhin hat sie einen jüdischen Namen.«

Rutger entgegnete, daß, soweit er das habe feststellen können, diese kleine Fernandez ein sehr gesundes Urteil über den Stellenwert von jüdisch und nicht jüdisch, christlich und nicht christlich hätte; ein wahrlich erfrischender Geist unter all diesen kleinlichen Seelen. Herr Van Omhoog mußte lachen über das, was Rutger ziemlich kurz angebunden sagte, fand aber dennoch, daß es besser wäre, sich auch mit der Familie Fernandez nicht allzu sehr anzufreunden.

»Was weibliche Gesellschaft anbelangt – wenn du eine Frau brauchst, kann ich dir eine schöne Farbige besor-

gen. Fast alle Weißen hier haben eine Mulattin als Konkubine; das kommt den Bedürfnissen des Mannes entgegen und schafft keinerlei Verpflichtungen. Denn natürlich sollte kein weißer Herr so dumm sein, diese Frau heiraten zu wollen. Wenn eine Farbige Kinder aus so einer Beziehung bekommt, reichen schon wenige Gulden aus, um sie zu versorgen. Ich selbst habe auch eine Konkubine. Sie wohnt in einem Häuschen an dem Weg zum Oranje Kerkhof am Rande der Stadt und hat zwei Kinder von mir. Es gibt tatsächlich Weiße, die den Kindern ihren eigenen Namen geben, aber das liegt mir fern. Viele dieser Farbigen und Mulatten werden dann so eingebildet, daß sie sich wie Weiße benehmen zu können glauben, nein, dem sollte man keinen Vorschub leisten.«
Erstaunt lauschte Rutger den Worten seines Chefs. Es war nicht das erste Mal, daß er so etwas hörte. Was für Vorstellungen, welch eine Doppelmoral, eine Frau zu gebrauchen, Kinder mit ihr zu zeugen, und dann die eigenen Kinder zu verachten, weil sie Farbige sind. Rutger dachte: »Gott steh mir bei, daß ich nie so werde.« Wenn er die Weißen in Surinam so über die Schwarzen reden hörte, fragte er sich, ob er wohl in diesem Land würde bleiben können, und oft hätte er gerne gewußt, ob er der einzige war, der so dachte. Von allen Menschen, denen er bisher begegnet war, war sein sechzehnjähriger Sklave Alex vielleicht sogar der intelligenteste. Er hatte bereits gemerkt, daß die Hauptbeschäftigungen der Kolonisten darin bestand, zu essen und zu trinken, Karten und Hazard zu spielen, mit verschiedenen Frauen zu schlafen und scheinbar wichtige Gespräche zu führen, die immer von Geld, dem Gouverneur, den Angriffen der Geflohenen und von ihrer eigenen kleinen Welt handel-

ten. Bei den Frauen war es nicht anders, Klatsch und Tratsch, die Klage über die Faulheit der Sklavinnen und das Betragen der Ehemänner. Und ansonsten wurde geprotzt und gefeiert und stets versucht, sich bei der Zurschaustellung von Ansehen und Wohlstand gegenseitig zu übertreffen.

Als Rutger am ersten Sonntag mit Herrn und Frau Van Omhoog in deren Kutsche zur Kirche gefahren war (obwohl sich diese keine fünf Minuten zu Fuß entfernt in einem großen Raum über dem Rathaus befand), hatte er nicht verstanden, warum neben dem Fahrzeug noch zwei Sklaven, zwei Sklavinnen und sein Alex mitgingen. Erst als sie auf dem kleinen Platz am Rathaus ausstiegen, hatte er gesehen, wozu das Gefolge diente. Das Ehepaar Van Omhoog trug die prunkvollsten Kleider, und auch die Sklaven und Sklavinnen waren schön herausgeputzt worden. Sie trugen natürlich keine Schuhe, denn das war für Sklaven absolut verboten. Als die Gesellschaft aus dem Wagen stieg, hielt Herr Van Omhoogs Leibsklave ihm einen großen Sonnenschirm über den Kopf, während ein anderer Sklave mit dem Gesangbuch in der Hand hinter ihm ging. Bei Frau Van Omhoog war es ebenso: eine Sklavin hielt den Sonnenschirm, die andere das Gesangbuch. Da Rutger keinen Sonnenschirm besaß, war es Alex, der hinter ihm herging und das Gesangbuch trug. So waren alle Kolonisten zur Kirche gekommen, manche mit, manche ohne Wagen, aber allesamt begleitet von fünf oder sechs Sklaven. Rutger hätte Lust gehabt, über dieses Possenspiel, diesen Blödsinn, dieses dumme und eitle Getue zu lachen. Und als er die ernsten Gesichter der Kirchgänger bemerkte, hätte er es auch fast getan. So viele Feste und Einladungen es gab, so

oft mußte man sich gegenseitig an wertvoller Kleidung und aufwendigen Diners den Rang ablaufen.
Auch jetzt war wieder eine Einladung ausgesprochen worden. Sie kam vom Gouverneur und Frau Crommelin und galt einem festlichen Ball, der in vier Wochen stattfinden würde. Herr Van Omhoog hatte ihm erzählt, daß die ganze »high and white society« von Surinam anwesend sein werde. Rutger hoffte von Herzen, Elsa würde zu dieser Zeit in Paramaribo sein und er könnte sie dann auf dem Gouvernementsball treffen. Ihre Familie war ebenfalls eingeladen.
Was für ein leeres und eitles Leben das in so einer Kolonie eigentlich war. Menschen, die lasen und sich nicht mit kleinkarierten Dingen beschäftigten, gab es nur wenige, so daß es eine Überraschung gewesen war, einem Mädchen wie Elsa Fernandez zu begegnen. Sie lebte auf einer Plantage, aber sie wußte viel über Bücher und hatte über bestimmte Dinge ihre eigenen Ansichten. Sie war tatsächlich eine Ausnahme unter all den Frauen und Damen, denen er bisher begegnet war. Sie hatte sich nicht ein einziges Mal abfällig über eine Sklavin geäußert, sondern im Gegenteil betont, daß neben ihrem Vater, ihrem Bruder und ihrer Stiefschwester die beiden Sklavinnen, die sie aufgezogen hatten, die wichtigsten Menschen in ihrem Leben seien. Er hatte bemerkt, daß sie nie im Befehlston zu ihrer Sklavin sprach, sondern immer wohlwollend und freundlich. Er hatte sich in ihrer Gesellschaft richtig wohlgefühlt. Sie hatten sich über alle möglichen Dinge unterhalten, über Bücher, Sklaverei, die Marrons. Doch diese Stiefschwester, das war eine unverbesserliche Kokette gewesen, so ein richtig verwöhntes Mädchen aus der Kolonie, das nur das tat, wozu sie Lust hatte. Rutger

mußte kurz lächeln, als er an die besorgte Art zurückdachte, in der Elsa ihre Stiefschwester beobachtet hatte, wenn diese ihren Charme versprühte; und Sarith hatte getan, als würde sie die bösen Blicke der Frauen gar nicht bemerken, hatte neckisch mal mit dem einen und dann mit dem anderen Mann geflirtet. Dennoch fragte sich Rutger, ob tatsächlich alles so harmlos gewesen war, wie es den Anschein gehabt hatte.

Elsa

Einige Wochen später fuhr die Familie Fernandez tatsächlich mit dem Zeltboot von Hebron nach Paramaribo. Vater Levi, Tante Rachel, Elsa und Sarith würden im großen Haus von Jacob de Ledesma wohnen, der mit Tante Rachels ältester Tochter Esther verheiratet war. Das Ehepaar hatte drei kleine Söhne, die dreijährigen Zwillinge Samuel und Joshua, die von allen Sammy und Jossy genannt wurden, weil die Sklaven ihre Namen nun einmal so aussprachen, und ein wenige Monate altes Baby namens Esau. Jacob de Ledesma war ein sehr erfolgreicher Geschäftsmann, der außer den Geschäften in Paramaribo noch drei Plantagen besaß. Es war offensichtlich, daß die Familie sehr wohlhabend war: ein schönes Herrenhaus in der Saramaccastraat, ein prachtvoller Hof mit vielen Obstbäumen, Gemüsegärten und mehr als zehn Sklavenhütten. Im Haus selbst arbeiteten dreißig Sklaven und Sklavinnen. Die große Vorhalle und der Speisesaal waren mit kostbarem Mobiliar, das eigens aus Europa gekommen war, ausgestattet, mit Seidenvorhängen, teurem Porzellan, Tafelsilber und großen Kristalleuchtern, in die hundert Kerzen gesteckt werden konnten, um bei Bällen und Diners für eine wunderbare Beleuchtung zu sorgen. Dieser Teil des Hauses war meistens ein verbotener Bereich für die beiden Jungen, die mit ihren frechen Streichen das ganze Haus in Trab hielten. Ihre Sklavinnen, Mädchen von etwa vierzehn Jahren, taten den ganzen Tag nichts anderes, als hinter den kleinen Masras herzurennen und dafür zu sorgen, daß ihnen nichts zustieß. Darüber hinaus gab es einen kleinen Laufburschen, der ständig weggeworfenes Spielzeug wieder aufheben mußte.

Tante Rachel mochte ihre beiden Enkelkinder sehr, aber sie durften nie lange in ihrer Nähe bleiben, denn sie wurde schrecklich nervös von deren Rennen und Rufen, und wenn sie die Chance bekamen, kletterten sie an ihr hoch und grapschten ihr mit ihren flinken kleinen Händen in die tadellos zurechtgemachte Frisur. Wenn Sarith und Elsa in der Stadt waren und morgens die kleinen Füße die Treppen hochrennen hörten, beeilten sie sich, die Tür abzuschließen, »denn wenn die Räuberbande hereinkäme....«

Als sich die Gäste in ihren Zimmern eingerichtet hatten und während der üppigen Mahlzeit ausführlich über das Fest in Jüdisch-Savanna erzählt worden war, kam das Gespräch auf den Ball mit Souper, der in wenigen Tagen beim Gouverneur stattfinden würde.

Rutger war einer der ersten, der Elsa sah, als sie den großen Saal des Gouverneurspalastes betrat. Mit ausgestreckten Händen kam er auf sie zu, und es war ihm anzusehen, daß er sich freute, sie wiederzusehen. Auch Elsa freute sich. Sie hatte gehofft, ihm wieder zu begegnen, und errötete, als sie bemerkte, daß er ihre Gesellschaft so offensichtlich genoß. Den ganzen Abend über waren sie zusammen, redeten, lachten und tanzten. Sarith war der Mittelpunkt des Abends. Sie war sehr hübsch in ihrem zartgrünen Kleid, die schwarzen Locken hochgesteckt; ihre graugrünen Augen glänzten vor Vergnügen über soviel männliche Aufmerksamkeit. Alle Herren, ob jung oder alt, wollten mit ihr tanzen, und wie ein Schmetterling war sie mal hier und mal dort, scherzend und lachend. Irgendwann war sie auch bei Elsa und Rutger und sagte lächelnd zu ihm, daß er ihrer Schwester doch nicht den ganzen Abend seine Aufmerksamkeit schenken dürfe, sie sei ja auch noch da, und vergnügt hatte er sie zur Tanzfläche geführt. Elsa hatte zugesehen, wie die beiden tanzten, einen Tanz und danach noch einen, und sie hatte auch gesehen, daß in Rutgers Augen ebensoviel Bewunderung für Sariths Schönheit lag wie bei den anderen Männern. Kurz darauf war es Zeit für das Souper. Der Gewohnheit entsprechend waren die Tische für die jüdischen Gäste im oberen Saal. Das war im Hause des Gouverneurs immer so; an gesonderten Tischen bekamen die Juden ihre Speisen, die auf koschere Weise für sie zubereitet worden waren. Sarith ging also hinauf, zusammen mit ihrem Vater, Tante Rachel, Jacob, Esther und allen anderen Juden. Elsa war froh, daß das Souper begann, denn sie hatte sich schon gefragt, wie lange Sarith und Rutger noch miteinander weitertanzen würden.

Einige Tage nach dem Ball traf in der Saramaccastraat ein Brief für Elsa ein. Es war eine Einladung zum Essen bei den Van Omhoogs. Es lag auch ein Schreiben für Herrn und Frau Fernandez bei, in dem die Van Omhoogs um Erlaubnis baten, Elsa einladen zu dürfen.

Darüber wurde in der Familie ausführlich gesprochen. Tante Rachel hatte Bedenken. War das statthaft? Rutger gehörte ganz anderen Kreisen als die Familie Fernandez an. Wäre es nicht besser, wenn Elsa einen Mann aus ihrem eigenen Umfeld bekäme? Vater Levi jedoch war sehr einverstanden. Elsa sei zwar seine Tochter, aber keine Jüdin. Innerhalb der jüdischen Gemeinde würde sie doch nie richtig akzeptiert. Würde ein jüdischer Mann sie jemals heiraten wollen? Nein, das sei doch wunderbar, daß dieser Neuling in der Kolonie seiner Tochter soviel Interesse entgegenbringe. Elsa errötete, als so offen darüber gesprochen wurde, vor allem, als Sarith bemerkte, daß alles ja richtig ernst zu werden scheine. Die Einladung wurde angenommen, und Rutger war zufrieden. Eigentlich hätte Rutger es gerne gesehen, daß nicht nur Elsa, sondern die ganze Familie Fernandez eingeladen worden wäre, aber ihm war klar, daß die Van Omhoogs das nicht so bald tun würden. Er wußte nicht, daß Herrn Van Omhoog schon sehr viel Überredungskunst hatte aufbringen müssen, um seine Frau soweit zu bekommen, wenigstens Elsa einzuladen. Elsa ging also zu den Van Omhoogs zum Essen. Vor ihr her ging ein Sklave mit einer brennenden Lampe, und zwei Schritte hinter Elsa ging Maisa.

Frau Van Omhoog fand Gefallen an ihrem lieben, vernünftigen und bescheidenen Gast. Es war ein gelungener Abend. Danach wurde Elsa von Rutger nach Hause begleitet. Diesmal ging Alex mit der Lampe vor ihnen her, und hinter dem Paar ging Maisa, die den ganzen Abend auf der Hintertreppe auf ihre Herrin gewartet hatte.

An den darauffolgenden Tagen machten Rutger und Elsa

viele Spaziergänge; manchmal gingen sie auch zu Frau Van Omhoog, stets begleitet von Alex und Maisa, und nahmen eine kühle Erfrischung zu sich. Immer ging Alex vor dem Paar und Maisa hinter dem Paar her. Rutger fragte sich, ob er sich je daran gewöhnen würde, daß immer Sklaven um ihn waren, sprichwörtlich auf Schritt und Tritt.

Abends im Bett führten Elsa und Sarith oft ausführliche Gespräche über Rutger. Ja, Sarith wußte es genau, Elsa war verliebt. Zuerst hatte sie es geleugnet, aber Sarith war sich da ganz sicher, Elsa konnte über niemand anderen sprechen als über Rutger, an nichts anderes denken; das war zweifellos Verliebtheit. Als sie ihre Stiefschwester lachend fragte, ob Rutger sie schon geküßt habe, hatte diese empört erwidert: »Aber Sarith«, denn solche Dinge tat man doch nicht vor der Hochzeit, und Sarith hatte herzlich lachen müssen über soviel Naivität. Sie gönnte Elsa diesen Geliebten von Herzen, er war sicher sehr nett, und für sie wäre so jemand nichts. Sie wollte einen reichen Mann mit Geld und Plantagen.

Die de Ledesmas hatten am Silvesterabend ein großes Diner mit anschließendem Ball. Viele Gäste waren da, auch Elsas Bruder David, der mit seiner Frau Susanna und ihren beiden Söhnen von ihrer Plantage am Fluß Para für eine Woche nach Paramaribo gekommen war und bei Susannas Schwester in der Malebatrumstraat wohnte. Natürlich war auch Rutger einer der geladenen Gäste. Elsa und er tanzten viel, saßen aber auch lange draußen auf der breiten Treppe und unterhielten sich, weil es drinnen sehr warm war.

Als die Familie Fernandez einige Wochen später nach Hebron zurückfuhr, war es selbstverständlich, daß Rutger der Plantage bald einen Besuch abstatten würde. Er tat das auch, und während dieses Besuchs hielt er bei Vater Levi um Elsas Hand an. Levi mochte diesen jungen Mann wirklich sehr. Reich war er nicht, aber er würde Elsa zweifellos ein guter Ehemann sein.

Ashana und Maisa freuten sich über Elsas Wahl. Ja, Masra Rutger war ein guter Mensch. Und wenn Rutger auf der Plantage war, wurde er von den beiden geradezu schändlich verwöhnt. Ashana wollte genau wissen, was seine Lieblingsspeisen waren, und Maisa gab acht, daß seine Kleider immer gewaschen und gebügelt wurden und daß Alex ihm immer Getränke brachte. Jetzt begann eine geschäftige Zeit für Tante Rachel. Elsas Aussteuer mußte gerichtet werden, vierundzwanzig Laken, vierundzwanzig Kissenbezüge, Handtücher, Badetücher und so weiter. Sobald sie entbehrt werden konnten, saßen Caro, Mini-mini und einige andere Sklaven im Nähzimmer, um zu sticken und zu nähen.

Wenn Rutger da war, kümmerte er sich um jeden. Er sprach mit Rebecca, betrachtete ihre Zeichen- und Malarbeiten, unterhielt sich mit ihr über Bücher, und es war offensichtlich, daß sie sich bei ihm wohlfühlte. Auch Sarith redete und scherzte viel, sie war wieder in ihrem Element; auf der Plantage Vooruitzicht, die nur anderthalb Stunden Bootsfahrt von Hebron entfernt war, waren drei junge Herren zu Gast, die sich sehr um sie bemühten, und die jungen Damen und Herren besuchten sich gegenseitig auf den jeweiligen Plantagen. Doch Sarith konnte es auch nicht lassen, mit Rutger zu kokettieren. Als Elsa merkte, wie Rutger Sarith amüsiert beobachtete, fragte sie sich, ob Rutger sie vielleicht langweilig fände.

Eines Nachmittags saßen sie auf der Bank am Flußufer, ganz in der Nähe des Bootshauses. Es war ein ruhiger Nachmittag, sie sahen über den Fluß auf das Grün des Waldes am anderen Ufer. Elsa war ein bißchen einsilbig; sie hatten gerade zu dritt Karten gespielt, und Sarith hatte viel mit Rutger geredet und gelacht. Jetzt war sie ins Haus gegangen. Rutger hatte ihr bewundernd nachgesehen und gesagt: »Wie schön sie ist.«
Leise fragte Elsa: »Würdest du vielleicht lieber eine schöne Frau heiraten?« Rutger sah sie lächelnd an und sagte: »Du bist doch nicht etwa eifersüchtig, Elsa?«
Elsa antwortete nicht und zuckte mit den Achseln, und Rutger sagte: »Hör mir mal gut zu, Elsa, ich würde deine Stiefschwester nie heiraten wollen, ich bewundere ihre Schönheit, so wie ich eine Blume oder einen Vogel oder ein Gemälde bewundere, aber sie heiraten? Nein, ganz bestimmt nicht. Eine schöne Frau ist ein zu schwieriger Besitz, und eine schöne Frau mit dem Charakter von Sarith noch dazu ein gefährlicher. Ich wäre schon bald in der Situation, mich duellieren zu müssen, und das ist nichts für mich. Außerdem, Elsa, mußt du mir eines versprechen, sei niemals eifersüchtig. Ich finde Männer, die eine eifersüchtige Frau haben, immer so bedauernswert, und selbst möchte ich auch keine haben. Vertraue mir, ich liebe dich und werde dich immer lieben, immer.«
Elsa lächelte ihm zu: »Das klingt gut.«
Bedächtig fuhr Rutger fort: »Dieses Land ist manchmal so fremd, hier herrschen so merkwürdige Gewohnheiten, versprich mir, Elsa, daß du mir nie böse sein wirst wegen einer anderen Frau, selbst wenn ich etwas mit ihr hätte; man kann ja nie wissen, aber auch dann mußt du mir

vertrauen und daran denken, daß ich dich liebe und dich niemals verlassen werde.«
»Etwas mit einer anderen Frau?« fragte Elsa, während sie überlegte. Ja, solche Dinge waren in dieser Kolonie etwas völlig Normales. Viele Männer hatten neben ihrer gesetzlichen Ehefrau noch eine Konkubine. Letztere war meistens eine Farbige und manchmal sogar eine Sklavin. Hatte Rutger so etwas vor?
»Willst du dir etwa eine Konkubine nehmen, Rutger?«
»Wollen? Sicher nicht!« rief Rutger jetzt. »Oh nein, aber man weiß nie, wie das Leben spielt, und ich möchte, daß du weißt, daß ich dir treu bleiben werde, auch wenn ich mal eine kurze Affäre oder ein Verhältnis mit einer anderen Frau hätte. Verstehst du? Versprich mir, daß du dann nicht böse sein wirst oder denkst, du müßtest dich mit einem anderen Mann dafür rächen.«
»Ja, das verspreche ich dir«, sagte Elsa, »aber wenn, wenn...« Sie zögerte.
»Wenn was?« fragte Rutger nun.
»So eine Affäre oder Verhältnis, das wird sich doch nicht in meinem Haus abspielen?«
Rutger lachte. »Aber nein, mein Liebling, hattest du davor Angst? Oh, es regnet, komm, Liebes, geh hinein, schnell, beeil dich.« Es hatte plötzlich angefangen zu regnen, und innerhalb weniger Sekunden regnete es sehr stark. Rasch half er Elsa auf, und sie rannten über den Rasen ins Haus, Alex hinter ihnen her, der die leeren Gläser und Teller in die Küche brachte.
Als Rutger einige Wochen darauf wieder auf der Plantage war, sah Elsa sofort, daß irgend etwas mit ihm los war. Er sah abgespannt aus, und es schien, als würde ihn etwas sehr beschäftigen.

»Was hast du denn, Rutger?« fragte sie leise, als sie zu zweit auf der Veranda saßen.
»Van Omhoog möchte, daß ich jetzt allmählich seine Stelle am Zivilen Gerichtshof einnehme«, antwortete Rutger.
»Aber das ist doch fabelhaft, Rutger, eine Ehre, und so gut für deine weitere Karriere«, meinte Elsa.
»Vielleicht hast du recht, aber ich werde es wahrscheinlich trotzdem nicht annehmen; ich müßte zu sehr gegen den Strom schwimmen. Ich war kürzlich bei einer Verhandlung und bekam danach Einsicht in die Akten. Es ist furchtbar, Elsa, was ich da gelesen habe. Es ging hauptsächlich um drakonische Strafen für die Sklaven. Ich traute meinen Augen kaum. Meinst du, daß die Besitzer bestraft werden? Sie bekommen eine Verwarnung! Man muß sich fragen, wie es möglich ist, daß sich Menschen solche Brutalitäten ausdenken. Weißt du, ich las von einem gewissen Basdow; der hat vor einigen Jahren einem Sklaven die Finger einzeln abschlagen lassen und ihn dann gezwungen, die abgehackten Finger zu essen!« Rutger zitterte, während er das sagte.
»Oh, wie abscheulich«, rief Elsa.
»Warte, das ist noch nicht alles«, fuhr Rutger fort, »er hatte denselben Sklaven zunächst bei lebendigem Leibe verbrennen lassen wollen, aber als das Holz nicht schnell genug Feuer fing, hat er ihn schließlich lebendig begraben lassen. Sollte man so einen Kerl nicht strengstens bestrafen?«
»Wer soll bestraft werden?« fragte Sarith, die auf die Veranda gekommen war und die letzten Worte gehört hatte.
»Leute wie dieser Basdow, der einen Sklaven auf brutale

Weise bestraft und mißhandelt«, sagte Elsa.
»Na, dann wird der Sklave es auch verdient haben«, sagte Sarith.
»Niemand hat es verdient, die eigenen abgehackten Finger essen zu müssen und dann lebendig begraben zu werden.« Rutger war sehr erregt, während er das sagte.
»Ach, Rutger«, rief Sarith nun, »du scheinst noch immer nicht zu verstehen, daß Sklaven hart bestraft werden müssen. Wenn wir das nicht täten, würden sie uns am Ende noch umbringen!«
»Das hat mit Strafen nichts zu tun«, sagte Rutger kurz, »eine Strafe muß die Möglichkeit der Besserung zulassen, und das tun diese Greueltaten gewiß nicht.«
»Ach komm, du tust gerade so, als könnte man Sklaven mit normalen Menschen vergleichen, Sklaven sind Schwarze, man straft den einen, um dem anderen ein abschreckendes Beispiel zu bieten, verstehst du?« Sarith setzte sich in den Schaukelstuhl, während sie das sagte.
»Weißt du, was ich finde?« fuhr Rutger fort, »ich finde, daß Menschen, die sich solche Greueltaten ausdenken wie das Aufhängen an Fleischerhaken, Versengen von Zunge und Lippen und Lebendig-Verbrennen, die Bezeichnung Mensch nicht verdienen. Sogar in der Tierwelt töten die Tiere ihre Beute nur, aber mißhandeln sie nicht.« Rutger regte sich auf; Elsa sah ihn an, sein Gesicht war hochrot, und an seinem Hals pochte ein Äderchen.
Sarith schaukelte langsam hin und her. »Rutger«, sagte sie, »was weißt du schon von Sklaven? Du bist noch zu kurz hier, um darüber urteilen zu können. Wenn du schon länger hier wärst, würdest du anders reden.« Dann rief sie: »Mini-mini, ich will etwas trinken.«

»Was Rutger sagt, hat nichts damit zu tun, wie lange er schon hier ist«, sagte Elsa. »Er hat recht, die Sklaven werden einfach mißhandelt. Auf manchen Plantagen bekommen sie für jede Kleinigkeit schon heftige Prügel oder hundert Peitschenhiebe. Hast du gehört, was Susanna Duplessis wieder getan hat? Sie hat ein Kind vor den Augen der Mutter ertränken lassen. Und bei ihr bekommen sogar Kinder die Prügelstrafe!«

»Dann lernen die zumindest von Kindesbeinen an zu arbeiten«, sagte Sarith. »Wenn Onkel Levi hier ein bißchen strenger zu den Sklaven wäre, würde diese Plantage viel mehr Ertrag abwerfen, das sagt jeder.« Und dann rief sie laut: »Mini-mini, komm her! Was ihr immer mit euren Sklaven habt«, sagte sie. »Habt ihr nichts Netteres, über das ihr euch unterhalten könnt?«

In diesem Augenblick ertönte die Klingel am Flußufer.

»Ein Boot, ein Boot!« Sarith war aufgesprungen. »Oh, schaut mal, Besuch!«

Vom Flußufer her kamen zwei Herren. Einer war Joshua de Miranda, der älteste Sohn von der Plantage Ephrata, und der andere Herr war ein Unbekannter.

Als er die Veranda erreichte, sagte Joshua: »Das ist Moshe Bueno de Mesquita, er ist erst vor kurzem aus Amsterdam angekommen, und seit gestern ist er bei uns zu Gast. Wir wollten fragen, ob die Damen und der Herr einen gemütlichen Nachmittag mit uns verbringen möchten.«

Sarith freute sich sehr, natürlich wollte sie. Hier war sowieso nichts los. Sie langweilte sich schon lange. Rutger hatte keine rechte Lust, und natürlich blieb daher auch Elsa lieber zu Hause.

Als Sarith an jenem Abend nach Hause kam, war sie

fröhlich und ausgelassen. Sie hätten soviel Spaß gehabt. Abends in ihrem Zimmer erzählte sie Elsa aufgeregt, daß dieser Neuling Moshe Bueno de Mesquita doch offensichtlich sehr von ihr angetan sei. Eigentlich sei er für Joshuas Cousine Naomi bestimmt, aber er hätte seine Augen nicht von ihr abwenden können, und diese Naomi, die hätte immer trauriger und am Ende sogar böse dreingeschaut. Aber sie selbst hätte sich köstlich amüsiert!
»Und du? Was hast du den ganzen Nachmittag gemacht?« fragte Sarith noch, bevor sie einschlief. Daß dieser Rutger sich so viele Gedanken über so unwichtige Dinge wie die Strafen für Sklaven und solchen Unsinn machte. Ob Elsa sich denn ganz sicher sei, daß sie so einen Langweiler heiraten wolle? Und gähnend erklärte Sarith noch: »Wenn ihr verheiratet seid, komme ich bestimmt nicht oft zu Besuch; es wird bei euch ohnehin nicht viel los sein. Hm, ich kann es mir vorstellen, ein richtig langweiliges Ehepaar, das werdet ihr.«

3. KAPITEL

Elsa

Die Hochzeit von Elsa und Rutger fand am Sonntag, dem 14. August 1766 statt. Die letzten Wochen vor dem großen Tag waren sowohl für die Braut als auch für den Bräutigam anstrengend und aufregend gewesen. Rutger hatte ein Haus in der Wagenwegstraat mit einem großen Hof und ausreichend Sklavenunterkünften mieten können. Vater Levi war sehr spendabel gewesen und hatte dafür gesorgt, daß die Einrichtung perfekt war. Die Möbel im vorderen Saal und die Einrichtung der Küchen, aber auch die schönen Seidenvorhänge nahm er auf seine Rechnung, während Rutger selbst für die Einrichtung des Speisesaals sorgte und beim Schreiner das Mahagoni-Himmelbett und die großen Mahagoni-Spiegelschränke anfertigen ließ.
Elsa war die letzten zwei Wochen täglich in ihrem zukünftigen Haus gewesen, um darauf zu achten, daß alles an den richtigen Platz kam, das schöne Porzellanservice, Silber und Kristall, und während Maisa tadellose Stapel in die Schränke legte, gingen Sarith und Elsa durch das Haus, blieben da und dort vor einem geöffneten Schrank stehen oder sahen aus dem Fenster auf den großen Hof. Im Schlafzimmer machte Sarith Elsa vor, wie Elsa nun eine vornehme Dame werden und mit anderen Damen Kakao trinken, ihren Haushalt führen und die Sklavin-

nen herumkommandieren würde. Laut lachend über Sariths Schauspielkunst ließen sich beide Mädchen auf das Bett fallen, und als sie sich beruhigten, sagte Sarith plötzlich leise: »Oh, Elsa, du wirst mir so fehlen.«
Elsa antwortete: »Du wirst mir auch fehlen, Sarith, ich kann mir einfach nicht vorstellen, ohne dich zu sein.«
»Ich werde dir nicht fehlen, du hast schließlich Rutger.«
»Das ist etwas anderes. Sarith, versprich mir, daß du mich oft besuchen wirst.«
»Ich komme dich sicher besuchen, aber nicht zu oft, denn ich denke, daß dein Mann mich doch nicht ständig im Haus haben will, und außerdem würde ich mich wie das fünfte Rad am Wagen fühlen.«
»Oh, nein, Sarith, so ist Rutger nicht, versprich mir, daß du oft kommen wirst«, hatte Elsa gesagt und ihre Stiefschwester herzlich umarmt.
Die Hochzeitszeremonie fand am Samstagnachmittag in der lutherischen Kirche statt; ein Fest gab es danach nicht, denn am Sonntag würde die Gesellschaft bereits um acht Uhr nach Hebron abfahren, um dort zu feiern. Die geladenen jüdischen Gäste waren nicht in der Kirche, denn viele reisten schon am Freitag nach Hebron oder kamen im Laufe des Sonntagvormittags.
Elsa übernachtete am Freitag und Samstag vor der Hochzeit zusammen mit Vater Levi und Sarith bei Esther und Jacob de Ledesma. Es war ein fröhliches Treiben am Flußufer an diesem Sonntagmorgen, an dem viele Gäste in ihren schönsten Kleidern bereitstanden; die Sklaven und Sklavinnen hielten den Sonnenschirm über den Kopf ihrer jeweiligen Misis. Ein lautes Hurra ertönte, als das Brautpaar aus der Kutsche stieg und dann in dem schön geschmückten Zeltboot von Hebron Platz nahm.

Man konnte eine ganze Reihe von Zeltbooten mit wehenden Fahnen über den Surinamefluß auf dem Weg zum Hochzeitsfest fahren sehen.
Auf Hebron herrschte geschäftiges Treiben, alles war vorbereitet und geschmückt worden, auf dem großen grünen Rasen standen Holztische und -stühle unter offenen Hütten mit Blätterdach. Mehr als hundert Lampions hingen in den Bäumen, denn abends würde ein großer Ball stattfinden. Die Sklaven hatten allesamt schöne Lendenschurze um und erhielten den Auftrag, sofort zu kommen, wenn sie die große Glocke läuten hörten.
Als die Boote anlegten und die große Glocke geläutet hatte, stellten sich die Sklaven in Zweierreihen vom Anleger zum Plantagenhaus auf und bildeten so ein Ehrenspalier. Sie winkten mit Palmwedeln, und die Sklavenkinder streuten Blumen und Reis. Mit geröteten Wangen ging Elsa an Rutgers Arm durch das Spalier und hörte alle guten Wünsche, die man ihr zurief. Auf der Treppe des Hauses hielt Vater Levi einen großen Beutel mit Münzen bereit. Elsa und Rutger warfen nun mit vollen Händen die Münzen, und alle Sklaven jubelten und hoben sie auf. Als das zu Ende war, gingen die Sklaven zurück zu ihrem eigenen Bereich, während sie zum Abschied noch viele gute Wünsche riefen. Elsa hatte darauf bestanden, daß die Sklaven für das Fest zwei Tage frei haben sollten.
Tagelang war hart gearbeitet worden, um alles zuzubereiten: Pom, Pasteten, verschiedene Kuchen wie Fiadu, Keksi, Inglish Boru, verschiedene Sorten Wein und Ingwerbier. Die Sklaven erhielten eine zusätzliche Ration gesalzenen Fisch und Eier. Alle Männer hatten Schnaps bekommen, und für die Sklavenkinder gab es Kekse.

Das große Diner fand an Tischen statt, die auf der rückwärtigen Galerie zusammengeschoben worden waren. Es dauerte zwei Stunden, und immer wieder erklang ausgelassenes Lachen über die Gelegenheitsgedichte, die dem jungen Brautpaar zu Ehren gemacht worden waren. Abends war der Ball, und während das Orchester spielte, tauchten die bunten Lampions die Damen mit ihren schönen Abendkleidern und kunstvollen Frisuren in ein festliches Licht; im Hintergrund liefen Sklaven und Sklavinnen hin und her, die die Gäste immerfort bedienten und ihnen nach dem Tanzen mit Fächern Kühle verschafften.

Irgendwann waren sowohl Elsa als auch Rutger verschwunden, denn sie wollte, daß er etwas von dem Fest der Sklaven zu sehen bekam. Er sollte einen echten Winti Dansi, einen rituellen Tanz der Schwarzen sehen. Nach diesem einen Mal würde er sicher keine Gelegenheit mehr dazu haben, denn in der Regel mochten die Schwarzen es nicht, wenn Weiße ihnen bei den Tänzen zusahen, und auf allen Plantagen war so etwas eigentlich verboten. Elsa hatte ihrem Vater gesagt, daß sie mit Rutger zu dem Sklavenfest gehen würde, und Levi war unter der Bedingung einverstanden gewesen, daß ihr Bruder David und Maisa sie begleiteten. Er wußte, daß die Sklaven nichts dagegen haben würden, wenn seine Kinder dabei waren. Früher waren sie es öfter gewesen. Als Tante Rachel auf die Plantage gekommen war, hatte sie das aber sofort unterbunden, weil sie es unschicklich fand, und auch jetzt war es besser, daß sie es nicht erfuhr.

Als Elsa, Rutger und David sich vom Rest der Gesellschaft absonderten, kam ihnen Sarith entgegen, die auch gerne mitkommen wollte, weil sie so etwas noch nie gesehen hatte, und vor allem ihr Begleiter, der junge Lehrer der jüdischen Schule, der erst seit drei Wochen in der Kolonie war, wollte sich ihnen anschließen.

Leise machten die fünf sich nun mit Maisa und dem alten Sklaven Felix auf den Weg zur Lichtung, wo die Sklaven ihr Fest feierten. Der Klang der Trommeln war schon von weitem zu hören, und als sie näherkamen, sahen sie die halbnackten dunklen Körper, die von den Flammen des großen Feuers in der Mitte beleuchtet wurden. Man beachtete sie nicht, weil ein Sklave gerade mit einem kleinen Schemel zwischen den Beinen tanzte. Seine Füße bewegten sich immer schneller im Takt der Trommel, aber wie schnell es auch wurde, der Schemel fiel nicht herunter. Der Körper einer Frau, die die Musik in ihren Bann geschlagen hatte, begann zu zittern. Sie fing an zu tanzen, während die Umstehenden lauthals sangen. Rutger wußte gar nicht, wohin er zuerst schauen sollte. Auch der neue jüdische Lehrer betrachtete das Schauspiel mit großen Augen. Plötzlich, bevor jemand wußte, was geschah, sprang der Sklave ins Feuer und tanzte sicher zwei Minuten auf den glühenden Kohlen weiter, bis eine Frau ihn aus dem Feuer holte.

Ständig erklangen die rhythmischen Trommeln, zu denen sich die Schwarzen bewegten. David beobachtete Sarith von der Seite; sie hatte einen eigentümlichen Glanz in den Augen, und auch sie begann den Körper langsam aber sicher in Richtung der Sklaven zu bewegen. David nahm Sarith beim Arm, sie sah so merkwürdig aus, sie hörte gar nicht, daß er sie rief, ihr Körper bewegte sich immer heftiger. Der Lehrer und Rutger sahen jetzt auch zu Sarith. David nahm sie bei den

Schultern und sagte dann: »Rutger, hilf mir, wir müssen sie wegbringen.«
Als David und Rutger Sarith fortbrachten, sagte Maisa zu Elsa: »Es ist besser, wenn die Misi auch zurückgeht!« Und so kehrten sie alle zurück zum Ball, auf dem irgendein Gast, der reichlich tief ins Glas geschaut hatte, gerade einen Trinkspruch auf das Ehepaar ausbrachte. Er war jedoch so betrunken, daß seine Zunge ihm den Dienst völlig versagte. Von dem Wunsch, den er aussprach, konnte keiner etwas verstehen, vor allem deshalb, weil er sogar die Namen der Eheleute vergessen hatte.

Oktober 1766

Zwei Monate wohnten Elsa und Rutger jetzt schon in ihrem Haus in der Wagenwegstraat. Von Hebron waren Maisa, Amimba und Ta Dani mitgekommen. Als Elsa noch zu Hause gewesen war und darüber gesprochen wurde, welche Sklaven mit ihr gehen würden, hatte sie sofort gesagt: »Maisa geht mit«, und jeder hatte laut gelacht. Ihr Vater Levi entgegnete: »Stell dir vor, Maisa würde nicht mitgehen, das würde sowohl dein als auch ihr Ende bedeuten«; er zielte damit auf die Tatsache, daß ihr Maisa seit ihrer Geburt nie von der Seite gewichen war. Zögernd hatte Elsa gefragt: »Und Ashana?«
Doch darauf hatte Levi direkt geantwortet: »Nein, Liebes, ich gönne dir alles auf der Welt, das weißt du, aber Ashana geht nicht fort.«
Elsa hatte das sofort akzeptiert. Sie hatte es versucht, aber schon vorher gewußt, daß Papa Ashana nie gehen lassen würde. War doch Ashana der einzige Mensch, der

ihn noch mit seiner verstorbenen geliebten Frau verband. Er und Ashana hatten Elisabeth sterben sehen, und es war Ashana, die für ihn sorgte, alles für ihn tat, auf sein Essen und auf seine Kleider achtete, seinen Rücken massierte, wenn er nach einem langen Tag im Zeltboot oder von einem anstrengenden Ritt zu Pferd erschöpft nach Hause kam. Sie wußte genau, wie er sein Badewasser haben wollte und die Kissen auf seinem Bett gerichtet werden mußten. Kurzum, die alte Ashana sorgte für ihren Masra wie niemand sonst dazu im Stande wäre.
Nein, Elsa konnte Amimba mitnehmen, sie war zwar eine Feldsklavin, jedoch zu schwach für diese Arbeit, und sie war noch jung. Unter Maisas Anleitung würde sie bestimmt eine gute Haussklavin werden. Ta Dani war ein alter Sklave, der in der Schreinerwerkstatt arbeitete. Er war als »Salzwasserneger« aus Afrika gekommen und bereits auf Hebron gewesen, bevor Levi Elisabeth geheiratet hatte. Jetzt war er alt und humpelte und war auf der Plantage nicht mehr von Nutzen, aber bei Elsa konnte er Schreinerarbeiten erledigen und den Hof beaufsichtigen. Alex war natürlich auch da, und zudem hatte Rutger einen kräftigen jungen Schwarzen namens Kwasi gekauft, und als Rutger sagte, daß er noch eine Köchin suche, hatte Kwasi seinen neuen Herrn gebeten, doch unbedingt seine Frau Lena zu kaufen, die sehr gut kochen könne.
Jetzt wohnte Elsa also mit ihrem Mann und sechs Sklaven und Sklavinnen in ihrem neuen Haus. Maisa schlief in einem Raum hinter der Vorratskammer, der sich im Haus befand, und die restlichen fünf schliefen in den Unterkünften im Hof.
Wenn Rutger tagsüber im Büro war, hatte Elsa natürlich

nicht viel zu tun. Maisa sorgte dafür, daß der Haushalt wie am Schnürchen lief. Elsa besuchte dann ihre früheren Klassenkameradinnen von der französischen Schule, von denen die meisten jetzt auch schon verheiratet waren, und manche hatten sogar schon ein Kind. Manchmal besuchte sie Frau Van Omhoog, oder sie bekam selbst Besuch, aber am häufigsten ging sie zu Esther de Ledesma. In dem Haus, in dem sie als heranwachsendes Mädchen zwei Jahre gewohnt hatte, fühlte sie sich immer wohl, obwohl das jetzt ein völlig anderer Haushalt war als damals. Die jetzt vierjährigen Zwillinge hielten nach wie vor das gesamte Haus in Atem, und das Brüderchen Esau, das gerade ein Jahr alt war, wurde durch den ganzen Trubel, der immer um Masra Sammy und Masra Jossy herrschte, fast völlig vergessen. Esau war ein lieber kleiner Junge, der stundenlang zufrieden in seinem Bettchen lag oder auf seiner Matte am Boden im Kinderzimmer saß, wo er mit einer Stoffpuppe oder mit Klötzchen spielte. Elsa fand ihn so süß, und wenn sie bei Esther war, ging sie immer zum kleinen Esau, um sich mit dem vernachlässigten kleinen Jungen zu beschäftigen.
Am 21. Oktober erlebten die Einwohner Surinams ein heftiges Erdbeben. Die Einwohner von Paramaribo hörten gegen fünf Uhr morgens ein tiefes unterirdisches Grollen, gefolgt von einigen schweren Erschütterungen, die insgesamt an die fünf Minuten dauerten. Elsa und Rutger lagen im Bett, sie waren beide von dem dumpfen Grollen aufgewacht, doch bevor sie sich über das Geräusch klarwerden konnten, begann das ganze Haus zu wackeln. Elsa hatte stammelnd gesagt. »Das ist ein Erdbeben.« Rutger war mit einem Satz aufgesprungen, hatte Elsa mit sich auf den Boden gezerrt, und im nächsten

Augenblick lagen sie unter dem großen Mahagonibett. »Oh, Rutger, was machst du denn?« Zähneklappernd hatte Elsa sich an ihn geklammert. »Warum müssen wir unter das Bett?«

»Das ist am sichersten«, antwortete Rutger.

Maisa erschien laut rufend auf der Treppe : »Oh, mein Gott, Misi Elsa, was ist denn bloß los?«

Elsa rief: »Hier, Maisa, unter dem Bett.«

Maisa bückte sich, und dann hatte Rutger auch sie unter das Bett gezogen. Zu dritt hatten sie da gelegen, während das Haus wackelte, ächzte, ja hin und her schwankte, Türen und Fenster lärmend auf und zu schlugen und draußen im Brunnen und in der Regentonne das Wasser hochschwappte. Sie hatten die Sklaven schreien hören. Maisa hatte geseufzt und gestöhnt, die Augen fest zugekniffen, jeden Augenblick darauf gefaßt, daß das Haus auf sie einstürzen würde. Als alles nach zehn Minuten vorbei zu sein schien, das letzte Grollen leise in der Ferne erstorben war, gingen die drei vorsichtig hinunter. Dort fanden sie die anderen Sklaven in heller Aufregung. Amimba weinte lauthals und rief, sie wolle zu ihrer Mutter. Maisa mußte sie kräftig schütteln, um sie zu beruhigen. Alex redete wie ein Wasserfall, er wisse genau Bescheid, das sei ein Erdbeben, er würde jetzt mal genau erklären, wie so etwas entstehe. Doch Maisa sagte kurz, er solle den Mund halten, man würde fast glauben, das ganze Erdbeben sei von Alex verursacht worden.

Inzwischen war es hell geworden, und die Straßen waren voller Menschen. Jeder wollte von seinen Erfahrungen oder Ängsten berichten. Viele Menschen waren davon überzeugt, daß die Welt unterginge, und die Sklaven wußten ganz genau, daß die Geister ihrer Vorfahren nun

endlich auferstanden waren, um sich zu rächen und nun Gerechtigkeit walten zu lassen. Wartet nur, die Weißen würden jetzt alle Greueltaten büßen, die den Schwarzen angetan worden waren.
Tage- und wochenlang wurde von nichts anderem gesprochen, vor allem deshalb, weil man in der Nacht vom 25. auf den 26. Oktober wieder heftige Beben spürte.
Persönliche Unglücksfälle hatte es glücklicherweise nicht gegeben, nur Herr Daniel Forques, ein Gouvernementsbeamter, war vor lauter Schreck aus dem Fenster im ersten Stock gesprungen. Dabei war er mit dem Kopf aufgeschlagen und hatte das Bewußtsein verloren. Als er nach einigen Stunden wieder zu sich kam, war er davon überzeugt, im Himmel zu sein, und fand, daß dieser erstaunliche Ähnlichkeit mit seinem Zuhause hatte.
Der Vorfall jedoch, der für die größte Erheiterung sorgte, war wohl der, daß seine Exzellenz der Gouverneur und Frau Crommelin barfuß und im Nachthemd aus dem Palast auf die Straße gerannt waren. Gouverneur Crommelin fand nichts dabei zu bekennen, daß das in der Tat stimmte. Er und seine Frau hätten Todesangst gehabt. Als sie das Beben spürten und das Krachen hörten und vor ihren Augen einen großen Riß in der Wand entstehen sahen, hatten sie nicht gewußt, wie schnell sie ihre alten, dicken Körper die Treppe hinunterbewegen sollten, so sicher waren sie, daß jeden Augenblick der Gouvernementspalast über ihren Köpfen einstürzen würde. In den ersten Tagen danach waren sie nicht zu bewegen, wieder zurück zum Palast zu gehen, und Sklavinnen hatten ihnen Kleidung und andere Dinge holen müssen, während sie selbst zwei Häuser weiter im großen Herrenhaus von Herrn Jan Nepveu blieben.

Der Gouverneur war so dankbar, daß er und alle Surinamer mit dem Leben davongekommen waren, daß der 29. Oktober zum allgemeinen Dank- und Bettag erklärt wurde.

Elsa

In der ersten Dezemberwoche gab es eine große Überraschung. Eines Nachmittags standen Papa, Tante Rachel und Sarith vor der Tür. Elsa fiel ihnen um den Hals, und in ihrer neuen Rolle als Gastgeberin spornte sie Maisa an, für alle zu essen und zu trinken zu holen. Wie ging es allen, was machte die Plantage, wie ging es Ashana? Papa und Tante Rachel lächelten. Alles war in Ordnung. Aber wie stand es um Elsa und Rutger? Die Familie war vor einigen Stunden angekommen, und nachdem sie sich in der Saramaccastraat ein wenig frischgemacht und etwas ausgeruht hatten, waren sie sofort zu Elsa gegangen. Wollten sie denn nicht bei ihr übernachten? fragte Elsa. Nein, Papa und Tante Rachel wohnten doch immer bei Esther und Jacob, hatten dort ihr eigenes Zimmer, aber wenn Sarith bleiben könnte... Elsa freute sich sehr, natürlich sollte Sarith bei ihr übernachten. Ihr Gepäck konnten sie später schicken. Aber alle sollten doch bleiben, bis Rutger wiederkäme, er hätte eine Geschäftsbesprechung und würde in einer Stunde bestimmt zu Hause sein. Auch Rutger war überrascht, als er seine Schwiegerfamilie sah. Und natürlich war er auch dafür, daß Sarith bei ihnen bliebe; das wäre schöner für Elsa, wenn er tagsüber nicht da wäre.
An den folgenden Tagen hatten sich Elsa und Sarith

wirklich sehr viel zu erzählen, über das Erdbeben, über Sariths neuesten Anbeter. Diesen jüdischen Lehrer, der auch auf ihrer Hochzeit gewesen war, Abraham Cohen, den hatte sie auch auf dem letzten Laubhüttenfest in Jüdisch-Savanna getroffen; er war etwas schüchtern, aber Sarith hatte deutlich gespürt, daß sie viel Eindruck auf ihn gemacht hatte. Die Sklaven auf Hebron hatten eine ganze Woche nach dem Erdbeben nicht gearbeitet, weil sie Angst hatten, daß die Erde aufreißen und sie verschlingen würde, wenn sie auf dem Feld wären. Onkel Levi hatte sie auch nicht zur Arbeit gezwungen, obwohl das dem Aufseher Mekers gar nicht gefallen hatte, denn auf vielen anderen Plantagen, auf denen die Sklaven auch Angst gehabt hatten, trieb man sie mit Peitschenhieben zur Arbeit zurück. Was machte Elsa denn so den ganzen Tag, gingen sie und Rutger oft aus? Wie früher hatten die beiden sich wieder ausgesprochen und viel gelacht, und Rutger hatte oft amüsiert zugesehen und dem fröhlichen Plaudern gelauscht. Er war ein perfekter Gastgeber, sehr aufmerksam, sowohl Elsa als auch Sarith gegenüber.

Wie immer fanden im Dezember und im Januar viele Feiern statt, und einige Male in der Woche spazierten die drei auf ein Fest oder auf einen gemütlichen Abend, immer mit Alex voran, der eine Lampe trug.

Einige Wochen später, es war Anfang Februar, saß Elsa morgens im Eßzimmer am Fenster. Amimba war gerade damit beschäftigt, den Boden und die Wände mit halbierten sauren Orangen zu bearbeiten. Das wurde in allen Häusern einmal in der Woche gemacht, die Böden blieben dann schön glänzend, es war ein probates Mittel gegen Ungeziefer, und es roch dadurch im Haus immer schön frisch.

Elsa sah zu Amimba, ohne sie eigentlich wahrzunehmen, denn sie war tief in Gedanken versunken. Dazu hatte sie auch allen Grund. Allmählich hatte sich etwas verändert. Zuerst hatte sie gedacht, daß sie es sich nur einbildete, aber jetzt war es so offensichtlich, daß sie beim besten Willen nicht mehr glauben konnte, daß sie sich Flausen in den Kopf setzte. Rutger und Sarith hatten etwas miteinander. Oh, Elsa hatte es kommen sehen, diese Aufmerksamkeiten, die zuerst für sie beide und schließlich nur noch für Sarith waren, die Art, wie er manchmal Sariths Hand oder ihren Arm nahm, wenn sie eine Stiege hoch oder hinuntergingen, und sie selbst ging hinterher und schien völlig vergessen worden zu sein. Sarith flatterte auf Festen nicht mehr wie ein Schmetterling vom einen zum anderen, sondern blieb immer in ihrer Gesellschaft. Zuerst hatte Rutger mit ihnen beiden getanzt, doch in letzter Zeit tanzte er viel öfter mit Sarith, und sie saß dann da wie ein Mauerblümchen oder wurde schließlich von einem anderen Mann aufgefordert.
Außerdem interessierte sich ihre Schwester plötzlich für ernste Gespräche. Sie, die sich früher nie über etwas Gedanken gemacht hatte, was außerhalb ihres Gesichtskreises lag, interessierte sich plötzlich für alle möglichen Dinge, wollte sogar lesen, um sich mit Rutger darüber unterhalten zu können. An den Abenden, an denen sie nicht ausgingen, unterhielten sie sich zu dritt stundenlang im Vorderzimmer, es wurde oft sehr spät, und manchmal hatte Rutger gesagt: »Elsa, wenn du zu Bett gehen möchtest, dann geh schon mal, ich komme dann«, und ihr war klar gewesen, daß er das sagte, weil er mit Sarith allein sein wollte. Ohne ein weiteres Wort war sie dann aufgestanden und hinaufgegangen. Wenn Maisa sie

umgezogen und ihr ins Bett geholfen hatte, dauerte es manchmal noch über eine Stunde, bis Rutger endlich zu ihr kam.
Gestern abend war es wieder so gewesen; Rutger hatte gesagt, sie solle schon mal hochgehen, aber nachdem Maisa in ihre eigene Kammer gegangen war, war Elsa ganz leise aufgestanden und vorsichtig, damit keine Stufe knarrte, hinuntergeschlichen. Auf der Hintergalerie, wo eine Lampe bis zur Treppe leuchtete, hatte sie Mini-mini am Boden schlafen sehen. Das arme Kind, hatte Elsa gedacht, denn natürlich mußte Mini-mini die ganze Zeit über aufbleiben, um ihrer Herrin später beim Auskleiden zu helfen, bevor sie selbst in ihre Kammer im Hof gehen durfte.
Auf Zehenspitzen war Elsa zum Hinterzimmer geschlichen, das Rutger zu seinem Büro gemacht hatte und in dem sein Bücherschrank und sein Schreibtisch standen. Ohne ein Geräusch zu machen, hatte sie sich gebückt, durch das Schlüsselloch geschaut und gesehen, was sie bereits vermutet hatte. Im hellen Schein des großen Kristalleuchters hatte Sarith auf der Lehne von Rutgers Sessel gesessen und ihm über das Haar gestrichen; er hatte hochgeschaut, und sie hatten sich lange und leidenschaftlich geküßt. Elsa war schnell weggerannt, die Treppe hoch, sich nicht darum kümmernd, ob die Stufen knarrten oder nicht. Während ihr die Tränen über das Gesicht liefen, hatte sie sich hingelegt und sich mit abgewandtem Gesicht schlafend gestellt, als sich Rutger eine halbe Stunde später neben sie legte.
Wie konnte Sarith das tun? Von allen Menschen ausgerechnet Sarith! Wie konnte Rutger dazu nur fähig sein? Was war denn eigentlich los? Sie mußte und sie würde

mit Rutger hierüber reden. Aber wie? Sie war fast nie mehr allein mit ihm. Auch mit Sarith konnte sie nicht allein darüber reden, denn Elsa war schon seit einer Weile aufgefallen, daß Sarith es peinlichst vermied, mit ihr allein zu sein. Morgens schlief sie lange, Mini-mini mußte ihr meistens das Frühstück ans Bett bringen, und wenn sie gegen zehn Uhr angezogen war, ging sie hinaus. Oft wußte Elsa nicht einmal, wohin, und sie kam immer erst zurück, wenn es Zeit für das Mittagessen war und Rutger gerade selbst nach Hause kam. Nach dem Essen legte sich jeder zur Ruhe, und Rutger schlief immer sofort ein, sobald sein Kopf auf dem Kissen lag. Um halb vier stand er wieder auf und nahm eilig ein Bad, damit er um vier Uhr wieder ausgeruht im Büro bei Herrn Van Omhoog sein konnte.

Sie mußte hierüber mit Rutger sprechen, sie wußte zwar noch nicht, wie, aber es mußte doch einen Weg für eine Frau geben, mit dem eigenen Mann zu reden.

Diese Sarith! Wenn doch bloß etwas passieren würde, das sie zum Gehen veranlaßte, wieder nach Hebron oder sonstwohin. Elsa wußte auch, daß es im Haus noch jemanden gab, der genau Bescheid wußte: Maisa. Sie hatte es an der Art gesehen, wie Maisa den Kopf schüttelte, wenn Sarith ins Zimmer kam, oder daran, wie Maisa Sarith betrachtete, wenn diese aufgeregt etwas erzählte. Wenn sie doch mit Maisa darüber reden könnte; sie sehnte sich so sehr danach, die Arme um Maisa zu legen, sich an deren Schulter mal richtig auszuweinen und ihre liebe tröstende Hand auf ihrem Kopf zu spüren, wie früher, als sie noch ein Kind gewesen und mit all ihrem Kummer immer zu Ashana oder Maisa gegangen war. Aber jetzt war sie eine erwachsene Frau, sie mußte Haltung bewahren, und überhaupt, wie sollte sie über dieses schwierige Thema reden können. Sie wußte auch, daß Maisa von sich aus nie davon anfangen würde. Manche Dinge unterlagen nun einmal einem ganz bestimmten Verhaltenskodex, und eine Sklavin begann niemals über eine delikate Angelegenheit zu sprechen, nicht einmal dann, wenn sie ihre Herrin gestillt und von Geburt an wie eine Mutter versorgt hatte.

Elsa seufzte. Sie hörte Geräusche und Stimmen an der Tür, dann die aufgeregte Stimme Amimbas, die die Tür geöffnet hatte, und auf einmal stand Papa im Eßzimmer.

»Oh, Papa«, flog Elsa ihm um den Hals, »mein Papa«, und als sie spürte, wie ihr Tränen in die Augen stiegen, sagte sie zu sich: »Nicht weinen, er darf nichts merken.« Um zu verhindern, daß er ihr Gesicht sah, ging sie rasch zur hinteren Galerie, wo sie die Tränen trocknete und rief: »Maisa, Maisa, komm schnell, Papa ist da.«

Auch Maisa freute sich, Masra zu sehen. Wie ging es allen, wie ging es Ashana? Und Papa erzählte, daß Ashana sie beide schrecklich vermißte und jeden Tag schimpfte, daß es im Haus so langweilig sei, jetzt, da all ihre Kinder fort seien. Auch Amimba und Mini-mini wollten hören, daß es ihren Müttern gut ging und sie ihnen Grüße schickten.

»Wo ist Sarith?« fragte Papa dann, und als Elsa erzählte, sie würde noch schlafen, bemerkte er lachend, er hätte eher gedacht, daß die Stadt mit den vielen Aktivitäten Sarith doch früh aufstehen lassen würde. Er hätte für Sarith eine Nachricht. Ihre Mutter wünschte, daß sie nach Hause käme, sie erwarteten bald einen Gast auf der Plantage. Er selbst sei nur für zwei Tage in der Stadt, war

gestern nachmittag angekommen und würde am nächsten Tag schon wieder abfahren.
Mini-mini wurde von Elsa hochgeschickt, um Misi Sarith zu melden, daß sie unten erwartet würde. Als Sarith eine halbe Stunde später herunterkam und Onkel Levi nett begrüßt hatte, erzählte er ihr, daß ihre Mutter sie gerne auf Hebron hätte. In einigen Tagen würde der neue jüdische Lehrer Abraham Cohen sie besuchen kommen. Vor einigen Wochen, auf der Fahrt nach Jüdisch-Savanna, war er bereits eine Woche auf Hebron gewesen und hatte sich auch nach Sarith erkundigt. Auf dem Rückweg von Jüdisch-Savanna nach Paramaribo wollte er wieder für etwa fünf Tage ihr Gast sein. Sarith erklärte daraufhin, daß sie natürlich mitfahren würde nach Hebron, wenn Abraham Cohen dort einige Tage verbringen wollte. Hatte er es denn nicht langweilig gefunden, als er kürzlich eine ganze Woche dort gewesen war, so völlig allein, ohne Gesellschaft?
»Rebecca war doch da«, hatte Levi geantwortet, und Sarith hatte nur abwehrend gesagt: »Rebecca«, als wollte sie sagen, daß Rebecca ja wohl nicht zählte.
Elsa schloß kurz die Augen. So eine Erleichterung, Sarith fuhr ab! Papa blieb natürlich zum Essen, und Maisa ging zur Küche im Hof, um Lena zu sagen, daß etwas ganz Besonderes zubereitet werden müsse, weil Misis Vater da sei.
Rutger kam um halb eins aus dem Büro und fand zu seiner Überraschung seinen Schwiegervater vor. Als er erfuhr, daß Sarith abfahren würde, sagte er, das sei schade, sie würden sie sehr vermissen. Und Elsa dachte bei sich: Ja, vonwegen. Vater meinte, es sei wohl das beste, wenn Sarith gleich nach dem Essen mit ihm zu

Esthers Haus ginge, weil er am nächsten Morgen schon um sieben Uhr abfahren würde, doch Sarith hatte Einwände: Nein, das ginge nicht, es gebe soviel zu packen, und sie müsse aufpassen, daß Mini-mini nichts vergaß. Auch Rutger protestierte: Nein, Sarith müsse heute abend noch hier übernachten, er selbst werde dafür sorgen, daß sie am nächsten Morgen um sieben Uhr mit ihrem gesamten Gepäck und Mini-mini an der Platte Brug sein würde. An diesem Abend gingen alle früh zu Bett, denn die Mittagsruhe war durch Vaters Besuch ausgefallen, und sie mußten am nächsten Tag früh aufstehen.
Als Elsa neben ihrem Mann im großen Bett lag, überlegte sie, daß es vielleicht besser wäre zu schweigen. Alles hatte sich von allein gelöst. Sarith ging weg. Rutger würde wieder ihr gehören. Gott sei Dank!

Sarith

Während der stundenlangen Fahrt nach Hebron war Sarith sehr schweigsam. Onkel Levi hatte glücklicherweise andere Gesellschaft. Ein neuer weißer Aufseher für eine benachbarte Plantage reiste mit ihnen; er war noch ganz neu in der Kolonie, und Onkel Levi erzählte ihm vieles.
Sarith hatte sehr wohl bemerkt, wie dieser blonde junge Mann, der gerade aus Holland gekommen war, einige Male in ihre Richtung geschaut hatte. Sie hatte ihn mit einem kurzen Nicken gegrüßt, als sie am Morgen von Rutger an der Platte Brug abgesetzt worden war.
Sie hatte keine Lust, sich zu unterhalten, es gab zuviel, über das sie nachdenken mußte. In was für eine Lage

war sie da geraten? War sie in Rutger verliebt? Sie wollte Elsa nicht weh tun, von allen Menschen Elsa am wenigsten, sie waren doch immer so gute Freundinnen gewesen. Aber wie hatte es denn soweit kommen können, daß Rutger soviel Gefallen an ihr gefunden hatte? Hatte sie ihn ermutigt? Nein, sie meinte nicht, oder vielleicht doch? Auf jeden Fall mußte sie sich eingestehen, daß sie ihn nicht entmutigt hatte. Ach, es hatte alles wie immer eher wie ein Spiel begonnen, aber durch die ständige Nähe zu ihm war mehr daraus geworden. Nun ja, glücklicherweise war nichts Dramatisches passiert, ein paar leidenschaftliche Küsse, mehr nicht.

Sie hatte wohl gemerkt, daß Elsa auch sah, was gespielt wurde, und deshalb hatte sie sich in den letzten Wochen weniger wohl in ihrer Haut gefühlt; sie war morgens lange in ihrem Zimmer geblieben, um danach sofort auszugehen und wegzubleiben, bis Rutger nach Hause kam. So verhinderte sie, mit Elsa allein zu sein. Eigentlich merkwürdig, daß er Elsa geheiratet hatte. Wenn sie gewollt und sich etwas mehr um ihn bemüht hätte, als er sie beide erst kurz kannte, hätte er sie geheiratet. Aber ehrlich gesagt, hatte sie für sich keinen Büroangestellten im Auge, so etwas war gut genug für Mädchen, die nicht so hübsch waren wie sie, für Elsa zum Beispiel. Sie wollte einen Plantagenbesitzer. Rutger hatte zwar die Chance, Geschäftsführer zu werden, aber das konnte noch lange dauern. Sie würde auch nicht in so einem einfachen Haus wohnen wollen, das nichts weiter als einen Vordersaal, ein Eßzimmer, zwei Schlafzimmer, sechs Sklaven und nicht einmal eine Kutsche besaß. Aber jetzt würde der jüdische Lehrer einige Tage auf Hebron verbringen, das war schon etwas anderes, ein jüdischer Lehrer, der zudem Rabbiner-Anwärter war und später Rabbiner sein würde. Das war jemand mit Prestige und Ansehen. Das Lehrerhaus an der Ecke Heerenstraat und Klipstenenstraat war ein sehr schönes Anwesen, und sein Jahreseinkommen würde bestimmt auch nicht übel sein. Und natürlich würde dieser Abraham sofort fasziniert von ihr sein, und sie würde es schon hinkriegen, daß er um sie anhielt; sie war schließlich im letzten Monat schon neunzehn geworden, nein, es war wirklich höchste Zeit zu heiraten. Nicht auszudenken, wenn sie als die hübscheste von all ihren Altersgenossinnen übrigbliebe.

In der stärksten Hitze des Tages schlummerte sie manchmal ein. Mini-mini saß mit einem großen Federfächer vor ihr und reichte ihr ab und zu etwas aus dem Proviantkorb, der für die Reisen immer reichlich gefüllt wurde.

Als sie auf Hebron waren, und Sarith nach der Mittagsruhe zusammen mit ihrer Mutter im Vorderzimmer saß, mußte sie über alles berichten, was in den letzten zwei Monaten vorgefallen war, und sie fragte ihrerseits, wann Abraham Cohen genau eintreffen würde und ob er sich sehr gelangweilt hätte beim letzten Mal. Mama antwortete: »Offenbar nicht, denn sonst würde er nicht auf der Rückfahrt schon wieder vorbeikommen und einige Tage hier verbringen wollen«, aber sie sagte weiter nichts dazu. Sie erzählte nur, daß er so nett und aufmerksam sei, so voller Interesse für alles, und wie sie die ganze Zeit bedauert habe, daß Sarith ihm nicht Gesellschaft leisten konnte.

Einige Tage später kam das Zeltboot der jüdischen Gäste an. Sarith stand bereits am Anleger. Auch Rebecca stand

am Ufer, was Sarith mit Verwunderung zur Kenntnis nahm, denn Rebecca kümmerte sich praktisch nie um die Gäste, doch sie maß dem keine weitere Bedeutung bei. Mit einem Lächeln kam Abraham Cohen auf sie zu.
»Oh, Fräulein Sarith, Sie sind zu Hause, was für eine angenehme Überraschung.«
»Finden Sie?« hatte Sarith geantwortet, während sie kokett lächelte.
Abraham hatte sie einen Augenblick lachend angeschaut, sich danach umgedreht und war mit ausgestreckten Händen auf Rebecca zugegangen: »Rebecca, wie schön, dich wiederzusehen.«
Er hatte ihren Arm genommen, und zusammen waren sie zum Haus gegangen. Ab und zu blieben sie stehen, so daß er kurz mit ihr sprechen konnte, während er ihr ins Gesicht sah.
Sarith war höchst erstaunt. War das die verlegene, zurückgezogene Rebecca, die selten etwas sagte? Sie sah eine junge Frau, die nicht die Spur von Verlegenheit zeigte, sondern redete und lachte und sich nicht um ihre monotone Sprechweise zu kümmern schien. Also war es Rebecca, deretwegen Abraham wiedergekommen war, kaum zu glauben. Als Sarith richtig hinsah, bemerkte sie auch, daß Rebecca ein schönes neues Kleid anhatte und ihr Haar sehr elegant frisiert war. Und dieser Abraham, der sah Rebecca mit soviel Wohlgefallen an und zollte ihr, Sarith, nicht die geringste Aufmerksamkeit.
Ach ja, dachte Sarith, das war natürlich so gekommen, weil niemand sonst auf der Plantage gewesen war, als er seinen letzten Besuch gemacht hatte, aber jetzt war sie da, und das würde die Situation natürlich ändern. Wer wollte denn schon eine taube Frau?

Doch in den folgenden Tagen änderte sich gar nichts an der Situation. Abrahams Interesse galt einzig und allein Rebecca. Sie unterhielten sich über Bücher und über die Thora, sie zeigte ihm all ihre Puppen und Gemälde, sie gingen zusammen spazieren, setzten sich mal auf eine Bank am Flußufer, manchmal auch auf die Vorderveranda, fuhren mit dem Boot, und wenn Sarith dabei war, schien Abraham sie kaum zu bemerken. Er wechselte einige flüchtige Worte mit ihr und hatte dann wieder nur Augen für Rebecca. Sarith wurde immer wütender. War sie dafür nach Hebron gekommen? Sah Abraham denn nicht, wie hübsch sie war? Wußte er denn nicht, daß sie von allen Männern begehrt wurde, aber dennoch zustimmen würde, wenn er sie fragte? Sie mußte irgendwie seine Aufmerksamkeit gewinnen.
Eines Nachmittags, als sie draußen saßen und Rebecca kurz hineingegangen war, bemerkte Sarith: »Du interessierst dich sehr für sie, nicht? Meinst du es ernst?«
»Ob ich es ernst meine?« fragte Abraham. »Aber natürlich, sie ist die faszinierendste Frau, der ich je begegnet bin.«
»Aber sie ist doch taub«, rief Sarith.
»Was macht das schon? Das macht sie nur noch faszinierender. Ich glaube, daß die Zeit, die ich mit ihr verbracht habe, die glücklichste meines Lebens ist.«
Klarer hatte die Antwort nicht sein können, und Sarith mußte sich eingestehen, daß sie für nichts und wieder nichts zurückgekommen war.
Als Abraham nach zehn Tagen mit dem Versprechen nach Paramaribo reiste, unmittelbar nach dem jüdischen Osterfest wiederzukommen, wollte Sarith mit ihm zurück in die Stadt fahren, um wieder bei Rutger und Elsa

zu wohnen. Das war auf jeden Fall besser, als auf der Plantage zu bleiben, doch sie wußte nicht recht, wie sie es anstellen sollte, zumal das Osterfest bevorstand und Esther, Jacob und die drei Jungen für eine Woche nach Hebron kommen wollten. Schließlich blieb sie. Nach wie vor geschah einiges auf der Plantage. Wie immer legten viele Zeltboote an. Bei allen Flußfahrten mußte man die Gezeiten berücksichtigen. Fuhr man in Paramaribo flußaufwärts, so mußte man möglichst bei Flut ablegen. Wechselten dann die Gezeiten, so hielt man an der nächsten Plantage und wartete sechs Stunden, und wenn es inzwischen dunkel geworden war, übernachtete man dort auch. Das war für alle selbstverständlich, und auf den Plantagen wurden die Reisenden immer gastfreundlich bewirtet. Besitzer luden die Weißen an ihre Tische, Schlaf- und Badezimmer durften mitbenutzt werden, und gab es nicht genug Betten, so durfte der Gast immer seine Hängematte aufhängen, selbst drinnen, wenn er das wünschte, tagsüber dann draußen im Schatten der großen Bäume. Sklaven wurden bei den Plantagensklaven untergebracht.

Rebecca ging in diesen Wochen immer mit einem glücklichen Lächeln auf den Lippen durch das Haus, zeigte jetzt auch Interesse für andere Dinge als Malerei und die Puppenmacherei und ging manchmal zu Ashana und Kokki in die Küche, um ihnen über die Schulter zu sehen.

Abraham kam tatsächlich nach dem Osterfest wieder, und was jeder schon längst hatte kommen sehen, geschah nun: Er bat Onkel Levi um Rebeccas Hand. Diese strahlte. Onkel Levi freute sich für sie; er hatte das stille Kind zu einer einsamen jungen Frau heranwachsen

sehen, und es machte ihn glücklich, daß sie trotz ihrer Behinderung ihre Bestimmung gefunden hatte. Abraham selbst sah mit seinem leicht geröteten Gesicht sehr glücklich aus, Mutter Rachel war zufrieden, und Sarith sah unbeteiligt vor sich hin.
Als Abraham nach einigen Wochen zurückfuhr, saßen auch Mutter Rachel, Rebecca und Sarith mit im Boot. Die ersten beiden fuhren nach Paramaribo, um alles mögliche anzuschaffen, Baumwolle für die Laken, Kissenbezüge, Badetücher und so weiter. Das mußte nun alles schnell hergerichtet werden, denn Abraham wollte schon in drei Monaten heiraten. Sarith fuhr mit, fest entschlossen, ihren Besuch bei Rutger und Elsa fortzusetzen.

Elsa

Es war für Elsa eine glückliche Zeit gewesen, sie sang und summte und war fröhlich. Nie hatte sie mit Rutger darüber gesprochen, was sie an jenem Abend durch das Schlüsselloch beobachtet hatte. Zwar hatten sie oft über Sarith gesprochen, und eines Abends hatte Rutger gesagt: »Sarith fehlt mir, sie war immer so lebhaft.«
Elsa hatte leise gefragt: »Liebst du sie, Rutger?«
»Ach ja, ich denke schon, vielleicht ein wenig, sie ist ja wirklich sehr hübsch.«
Aber ansonsten waren sie sehr glücklich gewesen zu zweit. Sie unterhielten sich über vieles, gingen oft aus oder empfingen selber Gäste, doch dann plötzlich, es war schon Mai, standen eines morgens Tante Rachel, Rebecca und Sarith vor der Tür. Mini-mini und ein Laufbursche von den De Ledesmas kamen mit einer Schub-

karre mit Sariths Gepäck hinterher. Seufzend wurde Elsa klar, daß nichts ausgestanden war, wie sie gehofft hatte, sondern nun alles wieder von vorne losging. Tante Rachel erzählte aufgeregt die große Neuigkeit: »Rebecca ist verlobt mit dem jüdischen Lehrer Abraham Cohen.« Rebecca selbst lächelte glücklich und ging durch das Haus, um sich alles anzusehen. Sarith befahl dem Laufburschen, ihr Gepäck hochzubringen und Mini-mini, sofort ihre Koffer auszupacken. Sie hatte selbstverständlich vorausgesetzt, daß sie in Elsas Haus wohnen konnte, wann immer sie wollte.

Als Tante Rachel und Rebecca schon gegangen waren, kam Rutger nach Hause und war sehr überrascht, Sarith zu sehen, und er machte auch keinen Hehl daraus. Er umarmte sie herzlich und sagte immer wieder, wie sehr er sich freue und wie sehr er sie vermißt habe. Nach dem Mittagessen begaben sich alle zur Ruhe; meistens ging Rutger sofort zu Bett und schlief bereits, wenn Elsa hochkam, denn er mußte um vier Uhr wieder im Büro sein, um danach zusammen mit Herrn Van Omhoog an die Börse zu gehen. Heute war Elsa jedoch schon längst oben, und Rutger kam nicht. Wo blieb er denn so lange, dachte sie, er würde doch nicht auf seinen Mittagsschlaf verzichten wollen, vor allem, weil sie heute abend noch ausgingen. Sie stand auf, um unten nachzusehen, und ging über den Flur. Als sie bei Sariths Tür am anderen Ende des Flurs angekommen war, hörte sie in ihrem Zimmer Geräusche. Deutlich erkannte sie das gurrende Lachen von Sarith und Rutgers Stimme.

Nein, das durfte nicht wahr sein. Elsa hätte alles erwartet, nur das nicht. Sie widerstand dem Drang, durch das Schlüsselloch zu schauen, denn auch ohne zu sehen, wußte sie, was sich in dem Zimmer abspielte. Eilig lief sie zurück in ihr eigenes Zimmer. Heiße Tränen stiegen ihr in die Augen, während sie auf dem Bett lag und dachte: Wie gemein, wie abscheulich, wie konnte Rutger das nur tun! Wie konnte Sarith das nur tun! Es war, als hörte sie plötzlich Rutgers Stimme an jenem Sonntagnachmittag auf Hebron: »Versprichst du mir, daß du nie eifersüchtig sein wirst?«

Sie hatte es versprochen, aber dies hatte sie nicht erwartet. Wer würde auch mit so etwas rechnen? Auch wußte sie noch, daß sie an jenem Nachmittag gesagt hatte: »Wenn es nur nicht in meinem Haus geschieht.« Hatte er ihr das nicht versprochen? Was hatte er geantwortet, als sie ihn darum gebeten hatte? Sie wußte es nicht mehr. Aber nein, das hier war untragbar, und sie würde es ihm auch sagen, sobald er aus dem Zimmer käme. Doch Rutger kam gar nicht; sie hörte ihn eine Weile später pfeifend nach draußen gehen, ins Badehaus, und wie immer hatte Alex seine Kleider in dem kleinen Büro ganz nah bei der Außentür bereitgelegt. Sie hörte nur noch die Tür zufallen.

Als Elsa gegen sechs Uhr unten im Vorderzimmer auf Rutger wartete, war Sarith sofort bei ihm, nachdem er nach Hause gekommen war. Während des Besuchs, den sie an diesem Abend bei Bekannten machten, war Elsa schweigsam. Rutger unterhielt sich mit dem Gastgeber, Sarith lachte viel, unterhielt sich sehr artig mit der Gastgeberin und versuchte hin und wieder, Elsa in die Unterhaltung einzubeziehen.

War Rutger wegen seines verpaßten Mittagsschlafs sehr müde? Oder waren es Schuldgefühle Elsa gegenüber, die bewirkten, daß er beim Heimkommen sagte: »Wir gehen am besten sofort zu Bett. Gute Nacht, Sarith.«

Im Schlafzimmer dachte Elsa: »Jetzt oder nie« und sagte: »Rutger, du warst heute nachmittag bei Sarith im Zimmer.«
Rutger stritt nichts ab, er sagte: »Ja, da war ich.«
»Und du bist mit ihr ins Bett gegangen«, sagte Elsa.
»Tja, äh, ja«, sagte Rutger.
»Oh, Rutger, wie konntest du nur so etwas tun?«
»Hör mal, Elsa, du hast mir versprochen, nicht eifersüchtig zu sein, weißt du noch?«
»Ja, das habe ich, aber... aber... das...«
Rutger fuhr fort: »Ach, mein liebes Mädchen, nimm es doch nicht so schwer, schau, ich wollte eigentlich gar nicht, sie wollte es so gerne, sie hat mich eigentlich dazu gezwungen.«
»Rutger, wie gemein von dir, so etwas zu sagen, du weißt, daß das nicht stimmt.« Elsa war wütend.
»Wieso? Wie meinst du das, daß es nicht stimmt; es ist die Wahrheit, ich wollte es nicht«, sagte Rutger.
»Ein unschuldiges Mädchen kann einen Mann nie zu so etwas zwingen.«
»Ein unschuldiges Mädchen?« Jetzt wurde Rutger böse. »Ein unschuldiges Mädchen? Denkst du wirklich, daß Sarith ein unschuldiges Mädchen ist? Mein liebes Kind, sie ist eine erfahrene Frau. Du bist ein unschuldiges Mädchen, aber sie? Meinst du, ich wäre der erste bei ihr gewesen? Wenn das der Fall gewesen wäre, hätte ich es sicher nicht getan. Du kennst deine Stiefschwester aber schlecht; sie hat mindestens drei oder vier Männer gehabt.«
»Oh, nein, das kann nicht sein.« Elsa traute ihren Ohren nicht. »Ich dachte... ich habe immer geglaubt...«
»Hör zu, Elsa, glaube mir, sie wollte es so gerne, und als

ich sagte, wir sollten lieber darauf verzichten, hat sie mir selber erzählt, daß sie zuerst einen Charles van Henegouwen gehabt hätte, anschließend einen Kapitän und dann noch jemanden, dessen Namen sie nicht nennen wollte, weil ich ihn kenne und ihr das peinlich war.«
Elsa setzte sich auf das Bett. Das Gespräch war ganz anders verlaufen, als sie erwartet hatte. Sarith eine erfahrene Frau, dachte sie. Rutger hatte recht; wie schlecht sie ihre Stiefschwester doch kannte. Sie hatte gedacht, sie wüßten alles voneinander, aber sie wußte gar nichts über sie.
»Komm her, meine kleine Frau«, sagte Rutger nun, »solche Dinge gehen vorbei, sei nicht böse, schau, einem Mann bedeutet so etwas nicht viel, ich liebe Sarith nicht, ich liebe dich. Glaube mir, das ist nichts Besonderes; komm her, sei wieder lieb.«
Lachend nahm er sie in den Arm und begann sie zärtlich zu liebkosen. Elsa ließ sich beruhigen; hoffentlich war es dann nach diesem einen Mal gleich zu Ende. Vielleicht würde Sarith sich dafür so schämen, daß sie abfuhr. Und Elsa erzählte Rutger, was sie ihm schon früher hatte sagen wollen, nämlich, daß sie vermutete, schwanger zu sein. Rutger freute sich sehr. Er küßte sie und sagte, daß das Kind hoffentlich genauso lieb und vernünftig werde wie die Mutter.
Am nächsten Tag war Sarith überhaupt nicht anzumerken, ob sie sich etwa schämte; sie ging lachend und singend durch das Haus; zwar war sie nicht mit Elsa allein, aber wenn Rutger dabei war, merkte man ihr nichts an.
Eine ganze Woche lang geschah nichts, und Elsa hoffte bereits, daß das, was an jenem Nachmittag geschehen war, gleichzeitig das Ende bedeutete.
Eines Abends hatte Rutger eine wichtige Besprechung.

Auf Fürsprache von Herrn Van Omhoog hin war er zum Regenten der Waisenkammer benannt worden, und nun fand die Jahreshauptversammlung statt. Bevor er ging, sagte er bei Tisch: »Ihr braucht nicht auf mich zu warten, es wird bestimmt spät.«

Nachdem Rutger gegangen war, sagte Sarith, daß sie gleich zu Bett ginge, sie habe leichte Kopfschmerzen. Auch Elsa ging früh hinauf. Einige Stunden später hörte sie Rutger nach Hause kommen, er schien etwas zu Alex zu sagen. Oben an der Treppe hörte sie ihn dann innehalten und sagen: »Oh, Sarith, du schläfst noch gar nicht?«

Danach war es ruhig. Über eine Stunde verstrich, bevor Rutger in ihr Zimmer kam. Elsa war böse, es war also nicht vorbei, es blieb nicht bei dem einen Mal. Was für eine unerträgliche Situation. Oh, Sarith, dachte sie, warum das alles? Und Rutger? Warum machte er weiter? Ja, sie hatte ihm versprochen, nicht eifersüchtig zu sein, aber was hatte sie jetzt davon?

Als Rutger gesagt hatte, sie solle keine eifersüchtige Frau sein, hatte sie geglaubt, er meinte ein kleines Abenteuer mit irgendeiner Mulattin, ab und zu einen Beischlaf mit einer Sklavin oder einer farbigen Konkubine; das war so üblich, das taten alle weißen Männer, und ihre Ehefrauen konnten damit leben, aber das hier? Von allen Menschen ausgerechnet Sarith, ihre Stiefschwester, ihre Busenfreundin, das Kind, mit dem sie zusammen aufgewachsen, von der sie seit ihrem siebten Lebensjahr unzertrennlich gewesen war. Wie war das möglich? Oh, sie haßte Sarith, ja, sie haßte sie, aber während sie das dachte, sah sie sich und Sarith, wie sie als Kinder gewesen waren. Immer zusammen, richtige junge Mädchen, kichernd und lachend, abends im selben Zimmer, flüsternd im Bett, und da wußte sie, daß sie Sarith eigentlich nicht hassen konnte. Nun, dann war sie eben Rutger böse, er hatte diese unangenehme Situation schließlich herbeigeführt, es war alles nur seine Schuld. Doch dann hörte sie wieder, wie er ihr versicherte, daß so etwas für ihn nicht viel bedeutete. Elsa wußte sich keinen Rat mit ihren Gefühlen, sie war wütend. Und als Rutger nach einer guten Stunde ins Zimmer kam, stellte sie sich schlafend.

Am nächsten Morgen fing Rutger selber davon an. Elsa hatte vorgehabt, gar nichts mehr zu sagen, doch Rutger streckte den Arm nach ihr aus, zog sie an sich und sagte: »Du bist so lieb, wirst du immer so bleiben? Weißt du, daß Sarith mich gestern abend abgepaßt hat?«

Elsa sagte nichts. Was gab es da zu sagen?

Einige Tage später an einem Sonntagmorgen beschlossen Rutger und Elsa, nicht in die Kirche zu gehen. Elsa fühlte sich nicht wohl, sie hatte sich übergeben. Als Sarith herunterkam und die beiden zu ihrer Überraschung im Vordersaal vorfand, sagte Rutger: »Wir bleiben lieber zu Hause, Elsa fühlt sich nicht wohl, und sie sollte sich jetzt schonen, nicht wahr, Elsakind?«

Sarith hatte Elsa fragend angeschaut. Dann sah sie die leicht geröteten Wangen und begriff, was Rutger meinte. Elsa blickte auf und sah Sariths Augen auf sich gerichtet. Sie sah keinen verlegenen Blick, auch keinen Blick voller Verständnis und Mitgefühl, sondern zwei harte, eisgrüne Augen. Elsa erschrak, und ihr wurde in diesem Moment klar: Das ist nicht nur meine Schwester, sondern eine Rivalin, eine Feindin, die mir entgegensteht; ich werde kämpfen müssen.

Es war Ende Mai, wurde Juni, und es regnete immerfort. Nieselregen wechselte mit heftigen Schauern, die alles aufweichten. Meistens blieb Sarith den ganzen Vormittag in ihrem Zimmer. Wenn der Regen mal aufhörte, ging sie kurz hinaus, war das nicht der Fall, kam sie erst wieder herunter, wenn Rutger aus dem Büro kam. Und es geschah immer öfter, daß Rutger einen Mittagsschlaf ausließ oder daß Elsa nachts allein im Zimmer war, weil er angeblich noch einige Dinge zu erledigen hatte, und sie wußte dann, daß er bei Sarith war. Elsa hatte manchmal das Gefühl, ihrer Stiefschwester die Augen auskratzen zu können. Sie würde ihr am liebsten etwas antun; wenn sie doch nur ginge, aber danach sah es nicht aus. Elsa wußte schließlich ganz genau, daß sie so auf gar keinen Fall weitermachen würde, hatte aber keine Ahnung, wie sie allem ein Ende machen konnte.

Jedesmal, wenn sie mit Rutger darüber sprach, versicherte er ihr, daß es nichts bedeute und solche Dinge von selbst vorbeigingen. Sie solle Geduld haben und vor allem daran denken, daß sie versprochen hatte, nicht eifersüchtig zu sein. Oft nahm Elsa sich vor, mit Sarith zu sprechen, aber sie bekam einfach keine Gelegenheit, weil diese schon dafür sorgte, nie mit Elsa allein zu sein.

Elsa beobachtete auch, daß sich Sariths Verhalten allmählich änderte. Hatte sie früher noch darauf geachtet, niemals in Elsas Beisein eine intime Geste Rutger gegenüber zu machen, so schien sie jetzt nichts dabei zu finden, seinen Arm zu berühren, ihm die Hand auf die Schulter zu legen oder sich gar an ihn zu lehnen, als wollte sie zeigen, daß Rutger ihr gehöre. Stets war das gurrende Lachen zu hören, und wenn sie zu dritt im Vor-

derzimmer waren, bewegte sich ihre Hand oft genug in Rutgers Richtung.
Wenn Elsa allein war und die ganze Situation überdachte, sah sie diese besitzergreifende Geste und Sariths triumpherfüllten Blick vor sich. Elsa versuchte, mit Rutger darüber zu sprechen, aber der sagte, daß Elsa sich das einbilde, wie könne Sarith denn eine besitzergreifende Geste machen? Er sei doch schließlich nicht ihr Eigentum.
Nichts entging Maisas wachsamen Augen. Elsa hörte, wie sie oft etwas in Sariths Anwesenheit murmelte. Sie sagte kaum ein Wort zu ihr, und Rutger gegenüber war sie meistens kurz angebunden. Zu Mini-mini sagte sie allerdings Dinge, die offensichtlich nicht für sie, sondern für ihre Herrin bestimmt waren.
Eines Morgens wurde Felix, der neunjährige Laufbursche, Lenas Sohn, von Mini-mini beauftragt, eine Besorgung zu machen. Er sollte in einem Geschäft in der Saramaccastraat einige Sachen für Misi Sarith einkaufen. Als Felix die Treppe herunterkam, wartete Maisa unten an der Treppe auf ihn und fragte: »Wo gehst du hin?«
»Ich gehe in den Laden«, antwortete Felix.
»Hat Misi Elsa dich geschickt?« fragte Maisa.
»Nein, die andere Misi«, sagte Felix.
»Du gehst nirgendwo hin, das hier ist Misi Elsas Haus, und du bist Misi Elsas Sklave, und nur sie kann dich schicken, um Besorgungen zu machen; bring das Geld zurück.«
Maisas kräftiger Arm wies nach oben. Felix zögerte, was sollte er jetzt tun? Er wußte, daß alle Sklaven im Haus taten, was Maisa sagte, aber jetzt hatte die weiße Misi von oben ihm eine Besorgung aufgetragen, wem sollte er

jetzt gehorchen? Doch Maisa, die sein Zögern bemerkte, griff ihn an der Schulter und rief: »Los, bring das Geld zurück, sonst prügele ich dich an die Wand, wo du noch mehr Schläge bekommen kannst«, und sie schubste ihn so kräftig, daß er die Treppe nach oben flog. Oben an der Treppe stand Mini-mini. Sie nahm das Geld von Felix zurück. Auch Sarith hatte in ihrem Zimmer alles gehört, ebenso wie Elsa, die unten im Vorderzimmer war. Als Felix die Treppe wieder herunterkam, nahm Maisa sein Ohr zwischen Daumen und Zeigefinger und sagte mit gehobener Stimme: »Jetzt hör mir mal gut zu, Junge, wenn ich noch einmal sehe, daß ein anderer dir Besorgungen aufträgt, dann bekommst du von mir solche Prügel, daß du drei Tage nicht sitzen kannst.«
Elsa im Vorderzimmer lächelte, denn sie wußte, daß Maisa Felix überhaupt nicht böse war; es war ihre Art, Sarith klarzumachen, daß in diesem Haus nicht sie das Sagen hatte, sondern nur Elsa. Wahrscheinlich bekam Felix jetzt in der Küche ein extra großes Stück Kuchen, um ihm zu zeigen, daß sie ihm nicht böse war.
Oben ging Mini-mini langsam in das Zimmer ihrer Herrin. Jetzt mußte sie in das Geschäft in der Saramaccastraat gehen, was sie nicht gerne tat, weil sie Angst vor all den Männern hatte, Weißen und Farbigen, die oft Bemerkungen und eindeutige Angebote machten. Noch bevor sie im Zimmer war, klangen ihr die Worte von Misi Sarith entgegen: »Was stehst du noch herum, beeil dich und komm sofort wieder, sonst setzt es was.«
Und da es keinen anderen gab, an dem die Misi ihre Wut auslassen konnte, wußte Mini-mini, daß sie gute Chancen hatte, noch einige schallende Ohrfeigen zu bekommen, und sie eilte davon.

4. KAPITEL

Rutger

Als Rutger in der letzten Juniwoche eines Morgens ins Büro kam, wartete Herr Van Omhoog bereits ungeduldig auf ihn. Am Abend zuvor hatte er Besuch von Daniel Jeremiah bekommen, dem Besitzer der Plantage Jericho am Fluß Cottica. Auf dieser Plantage war zwei Wochen zuvor ein Aufstand ausgebrochen. Sie hatten das Rohr auf den Feldern, das Lager und die Zuckermühle angezündet. Der Schaden hatte sich auf einen Teil der Felder beschränkt, aber das Lager war vollständig abgebrannt. Die Zuckermühle hatte man retten können, aber nur, weil Soldaten, die einen Posten in der Nähe hatten, zu Hilfe gekommen waren und weil Aufseher Vredelings mit seinem Gewehr sofort die Anführer erschossen hatte. Zur Abschreckung war der Kopf des Rädelsführers auf einen Stock gespießt und inmitten des Sklavendorfes aufgestellt worden. Nun war Daniel Jeremiah nach Paramaribo gereist, um Herrn Van Omhoog um ein Darlehen bei der Bank zu bitten.
Herr Van Omhoog wollte Rutgers Rat. Daniel Jeremiah hatte bereits hohe Schulden bei der Bank. Die Gesamtschuld war höher als der Wert der gesamten Plantage. Der Eigentümer war dafür bekannt, mehr betrunken als nüchtern zu sein und seine Zeit hauptsächlich mit dem Würfelspiel zuzubringen.

Was sollte nun geschehen?

»Kein Darlehen mehr«, riet ihm Rutger, »die Plantage nehmen und effizienter machen oder verkaufen.«

Das wäre vielleicht das beste, dieser Meinung war auch Herr Van Omhoog, aber dann erhielt das Unternehmen nie sein Geld zurück, und konnte man das eigentlich verantworten? Es würde bedeuten, daß Herr Jeremiah auf seine alten Tage bankrott ginge, keine Plantage und kein Einkommen mehr hätte.

»Das hat er sich selbst zuzuschreiben«, sagte Rutger.

Herr Van Omhoog zögerte. »Er wird behaupten, daß ich ihm ein Darlehen verweigert habe, weil er Jude ist; du weißt, wie es hier läuft, man ist immer geneigt, Böses zu reden.«

Außerdem hatte Herr Van Omhoog das Gefühl, daß etwas an der ganzen Geschichte faul sei. Herr Jeremiah behauptete, daß es zum Aufstand gekommen sei, weil etwa drei Wochen zuvor die Marrons die Plantage Voorspoed en Uitzicht an der Cottica überfallen hatten. Besitzer und Aufseher waren getötet worden, die Frau und die Kinder des Besitzers unversehrt geblieben, aber die meisten Sklaven hatten sich den Aufständischen angeschlossen und alles, was sie gebrauchen konnten, von der Plantage mitgenommen. Der Aufstand auf Jericho war nach Meinung des Besitzers durch diesen Vorfall angezettelt worden, aber Herr Van Omhoog vermutete, daß mehr dahinter steckte.

Er hatte Daniel Jeremiah gesagt, daß er die Angelegenheit mit seinem Partner besprechen müßte. Er schlug vor, daß Rutger nach Jericho reisen sollte, um sich selbst ein Bild der Lage zu machen, bevor eine Entscheidung gefällt würde. Wie sah die Plantage aus, in welchem

Zustand befanden sich die Felder, wie behandelte man die Sklaven? Zuerst mußte eine befriedigende Antwort auf all diese Fragen gegeben werden, bevor das Unternehmen einem weiteren Darlehen zustimmen konnte.
Kurze Zeit später kam Daniel Jeremiah ins Büro. Was für ein heruntergekommener Typ, dachte Rutger, während er den nachlässig gekleideten Mann betrachtete. Van Omhoog hatte das Gespräch mit der Bemerkung begonnen, daß das Unternehmen in Anbetracht der hohen Schulden, mit denen die Plantage bereits belastet sei, einem Darlehen kaum zustimmen könne. Herr Jeremiah begann zu jammern, als er das hörte. Hatte er umsonst sein ganzes Leben lang so hart gearbeitet? Sollte er nun sein Leben als Bettler beschließen?
Hätte er nur weniger gesoffen und gewürfelt, dachte Rutger, während er den dicken, ungepflegten Mann musterte. Er sah zu Van Omhoog, der sich von den Krokodilstränen des Mannes überhaupt nicht beeindrucken ließ, sondern ruhig weitersprach und ihm erklärte, daß Herr le Chasseur mit ihm nach Jericho reisen würde, um zu sehen, ob das Handelshaus vielleicht noch etwas tun könne.
»Sei auf der Hut, Rutger, das ist ein schlauer Fuchs«, sagte Herr Van Omhoog noch, nachdem Daniel Jeremiah erleichtert das Büro verlassen hatte.
Mittags bei Tisch erzählte Rutger Elsa und Sarith, daß er in zwei Tagen nach Jericho abreisen würde.
»Können wir nicht mitfahren?« hatte Sarith gefragt.
Doch Rutger hatte geantwortet: »Auf keinen Fall. Es wird sicher keine angenehme Reise; drei Tage Fahrt, bevor wir da sind, und es regnet so viel. Wer weiß, was mich dort erwartet. Außerdem wäre es für Elsa viel zu

anstrengend. Bleibt ihr beiden besser hier und amüsiert euch, ich werde ja nur etwa zwei Wochen weg sein.«
Sarith hatte offenbar kein Bedürfnis, zwei Wochen mit Elsa allein zu bleiben, und überlegte, daß es dann am besten wäre, mal wieder nach Hebron zu fahren. Gott sei Dank, dachte Elsa, und hoffte, daß Sarith dort noch viel länger als zwei Wochen bleiben würde.
Schon am folgenden Tag begab sie sich auf ein Zeltboot einer Plantage, die ein Stück weiter flußaufwärts als Hebron an der Suriname lag.
Daniel Jeremiah hatte alles getan, um dem Mann, der entscheiden sollte, ob die Bank ihm ein weiteres Darlehen gewährte, die Reise so angenehm wie möglich zu machen. Das Zeltboot war gut bestückt mit verschiedenen Weinsorten, Rum, Obst und Braten. Es war daher auch eine Enttäuschung für ihn, als Rutger die Getränke mit der Begründung ablehnte, daß er zwar Alkohol möge, ihn jedoch nie vor dem Abend trinke.
Bevor sie sich auf die Reise begaben, hatte Rutger Alex gesagt, er solle Augen und Ohren aufsperren. Er solle versuchen, von den Sklaven auf der Plantage zu erfahren, wie es da zuginge, und ständig den Aufseher im Auge behalten. Rutger wußte, daß er sich auf Alex verlassen konnte. Seit ihrer ersten Begegnung hatte er gewußt, daß dieser ein sehr intelligenter Knabe war. Zum Beispiel verstand Alex Niederländisch und sprach es auch. Er war als Kind der Küchensklavin von Van Omhoogs praktisch im Haus aufgewachsen, war aber immer schlau genug gewesen, die Herrin nicht merken zu lassen, daß er alles verstand.
Rutger hatte es jedoch bald bemerkt und es sich dann zur Gewohnheit gemacht, immer Niederländisch zu spre-

chen, wenn Alex und er unter sich waren. Als sich zeigte, daß Alex sich für viele Dinge interessierte, hatte er ihm Lesen und Schreiben beigebracht. Innerhalb weniger Monate hatte Alex schon große Fortschritte gemacht, und Rutger hatte ihm oft etwas zu lesen gegeben.

Wenn Alex etwas wissen wollte und ihn danach fragte, gab Rutger ihm meistens ein Buch und sagte: »Lies es selber nach, dann können wir später darüber reden.«

Als Rutger im Boot die Getränke seines Gastgebers ausschlug, sah er kurz zu Alex und zwinkerte ihm zu. Das Zeltboot war bei Paramaribo zuerst zum anderen Ufer und dort entlang bis Fort Nieuw Amsterdam gefahren. Dort erreichten sie die Mündung des Flusses Commewijn. Die Tide war günstig, man war bei Ebbe bis zur Flußmündung gefahren, und die Flut kam gerade, als man in den Commewijn einbog. Das Boot fuhr an verschiedenen Plantagen vorbei, die mit den herrschaftlichen Häusern und Nebengebäuden sehr hübsch anzusehen waren; am Flußufer stand oft ein schöner Freisitz, auf denen manchmal jemand saß, der aufsah und der vorbeifahrenden Gesellschaft zuwinkte. Nachmittags um fünf Uhr erreichten sie die Plantage Mon Tresor, auf der man für die Nacht anlegte.

Schon gegen Mittag hatte Daniel Jeremiah soviel getrunken, daß man es ihm deutlich ansah und er mit schwerer Zunge sprach. Der kleine Laufbursche, der ihm immer nachschenken mußte, bekam ab und zu eine Ohrfeige, weil das Glas nicht schnell genug nachgefüllt wurde. Ständig erzählte Daniel Jeremiah Rutger, daß seine Plantage früher eine richtige Augenweide gewesen sei. Oh ja, früher, als seine Frau noch lebte, das waren noch Zeiten, da sei alles noch gut versorgt gewesen. Die Plantage sei auch jetzt nicht etwa verwahrlost, das solle Rutger gewiß nicht denken, aber ach, dem Haushalt fehle irgendwie die weibliche Hand. Frauen genug für das übrige, daran fehle es nicht, er würde eine gute Auswahl haben, jeden Abend eine andere, wenn er das wolle. Aber die meisten Schwierigkeiten würden doch ohnehin von Frauen, weiß oder schwarz, verursacht. Ob Rutger da mit ihm einer Meinung sei?

Der nächste Tag verging genau wie der erste. Sobald die Flut kam, fuhr man weiter flußaufwärts. Noch immer gab es vereinzelt Plantagen auf beiden Seiten, aber dazwischen auch große Gebiete mit Urwald, und an manchen Stellen waren Sklaven vollauf damit beschäftigt, eine neue Plantage anzulegen.

Surinams Gold, dachte Rutger, während er an den Plantagen vorbeifuhr und die Geschäftigkeit sah. Ja, die Entdeckungsreisenden hatten recht gehabt. Es gab Gold in Südamerika, nicht das gelbe Gold, das sie zuerst gesucht hatten, sondern den fruchtbaren Boden, der so begehrte Produkte wie Zucker hervorbringen konnte und jetzt auch Kaffee, Kakao, Tabak und Baumwolle.

Eine goldene Zeit für Plantagenbesitzer und für die Banken in den Niederlanden, die mit vollen Händen Kredite vergaben und immer reicher wurden. Waren die großen Herrenhäuser an den berühmten Grachten in Amsterdam nicht ein eindeutiger Beweis dafür? Hatten die Bewohner dieser Herrenhäuser eigentlich überhaupt eine Ahnung, wie dieses Gold gefunden wurde? Wußten sie etwas über das trostlose Dasein, das viele Sklaven fristeten?

Das Boot konnte bis zur Plantage La Felicité an der Cottica weiterfahren, dort mußte man wegen der Gezeiten wieder anlegen. Die Bewohner von La Felicité freuten sich sehr, den stellvertretenden Geschäftsführer des bekannten Unternehmens auf der Plantage zu Gast zu haben. Als Alex an jenem Abend bei Rutger im Zimmer war, sagte er, daß sie am nächsten Tag nur noch zweieinhalb Stunden zu fahren brauchten. Er habe beobachtet, wie Masra Jeremiah zwei seiner Ruderer mit einem kleinen Boot von La Felicité nach Jericho hatte weiterfahren lassen, um dort dem weißen Sklavenaufseher Bescheid zu geben, alles für den Empfang eines wichtigen Gastes vorzubereiten.

Jericho war eine ziemlich große Zuckerplantage mit mehr als hundert Sklaven. Als das Zeltboot am nächsten Tag gegen zwölf Uhr ankam, stand tatsächlich alles bereit, um eine Gesellschaft von zehn Leuten zu verköstigen: gebratene Hühner, Brot, Bananen, Grillfleisch, viel Gemüse und Obst. Nach dem Mittagessen, an dem auch der Aufseher, Herr Vredelings, teilnahm, wurde Rutger von seinem Gastgeber zur Mittagsruhe gedrängt. Eine nette Sklavin sollte ihm sein Zimmer zeigen. Abends würden die Herrschaften Karten spielen, der Direktor und der Aufseher einer benachbarten Plantage waren bereits eingeladen worden; es wäre doch am nächsten Tag noch früh genug, mit der Inspektion zu beginnen.

Nach der Mittagsruhe, während der Gastgeber noch schlief, machte Rutger einen Spaziergang. Er ging ans Flußufer zum Bootshaus, am halb verbrannten Lager vorbei ins Sklavendorf, und es fiel ihm auf, daß es sehr still war. Auf anderen Plantagen hatte er immer lachende und spielende Kinder gesehen, hier nicht.

Er ging noch durch das Dorf, als die Sklaven von der Feldarbeit zurückkamen. Eine ausgemergelte Menschengruppe, keiner lachte, keiner sprach auch nur ein Wort. Als er ankam, blieb die Gruppe stehen, und mit hängenden Köpfen und mit den Füßen scharrend murmelten sie: »Sei gegrüßt, Masra« und warteten, bis er vorübergegangen war.

Beim Kartenspiel am Abend wurde viel getrunken, laut gelacht und um große Beträge gespielt. Die hübschen Sklavinnen, die hatten aufbleiben müssen, um den Masra und seine Gäste zu bedienen, wurden öfter in die Brüste oder in den Hintern gekniffen; die zwei Jungen bekamen oft genug einen Tritt in den Hintern. Rutger sagte nicht viel; er sorgte dafür, daß er nicht zuviel trank, und beim Kartenspiel blieb er lediglich geduldiger Zuschauer. Er war froh, als der Abend vorüber war und er zu Bett gehen konnte. Sein Gastgeber hatte ihm eine der Sklavinnen für die Nacht angeboten. Als Rutger dankend ablehnte, hatte Daniel Jeremiah lachend gefragt, ob sein Gast vielleicht eine andere wolle, es gebe eine reichliche Auswahl auf der Plantage. Er solle es nur sagen, und Aufseher Vredelings würde alles weitere regeln. Rutger hatte freundlich, aber bestimmt abgelehnt.

Als er am nächsten Morgen aufwachte und die Zimmertür öffnete, lag Alex nicht auf seiner Matte neben der Tür, wo er immer schlief, wenn sie auf Reisen waren, sondern stand im Flur am Fenster und sah mit starrem Blick hinaus.

»Schau, Masra«, sagte er und zeigte in die Ferne, als Rutger sich neben ihn gestellt hatte. An einem großen Baum hingen drei nackte Körper mit zusammengebundenen Händen an einem Ast. Der Aufseher stand daneben und sah zu, wie der Basya mit der Peitsche auf einen der Körper einschlug.

»Schnell, komm«, sagte Rutger, und noch in Schlafhose, mit Pantoffeln an den Füßen, rannte er die Treppe hinunter nach draußen, gefolgt von Alex.
»Halt!« rief Rutger, als er an der Stelle angelangt war.
Der Basya sah zum Aufseher, der kurz nickte, und hörte auf.
»Bindet sie los«, befahl Rutger.
Wieder sah der Basya zum Aufseher und begann, als dieser sein Einverständnis gegeben hatte, die hängenden Körper herunterzulassen und loszubinden. Das Gesicht des Aufsehers war angespannt, er mochte keine Einmischung in seine Angelegenheiten, und meistens ließ ihn der Besitzer machen, was er wollte, aber er hatte ihn angewiesen, es Rutger möglichst recht zu machen.
»Warum die Peitschenhiebe?« fragte Rutger den Aufseher.
»Die haben sie verdient. Er da«, er zeigte auf den Schwarzen, der gerade die Schläge bekommen hatte, »hat Schnaps geklaut, und der«, er zeigte auf den anderen, »ist stinkfaul, und die da«, mit dem Stock stach er in die Brust eines Mädchens von etwa sechzehn Jahren, »hat mich beleidigt.«
»Beleidigt?« fragte Rutger verwundert. »Wie denn?«
»Sie hat mir ins Gesicht gespuckt.«
»Ach ja? Wann?« Rutger sah das Mädchen an, das noch immer mit festgebundenen Händen zu Boden sah.
»Gestern abend, äh, gestern nacht«, sagte der Aufseher kurz.
»Tja, dann war Ihr Gesicht wohl sehr nahe an ihrem«, bemerkte Rutger sehr ruhig.
»Warum hast du gestohlen?« fragte er den Sklaven, der den Schnaps geklaut haben sollte.

»Ich habe nicht gestohlen, Masra, es ist heruntergefallen«, war die geflüsterte Antwort.
»Und du, willst du nicht arbeiten?« Der Mann drehte sich schweigend um und zeigte Rutger seinen Rücken. Von oben bis unten war dieser mit großen Geschwüren und vereiterten Striemen bedeckt. Die Folgen einer früheren Bestrafung.
»Du arbeitest heute nicht«, sagte Rutger zu ihm, »geh zum Heiler. Genug gepeitscht für heute«, wandte sich Rutger nun an den Aufseher. »Haben sie ihre Tagesration schon bekommen?«
»Nein, noch nicht«, antwortete dieser.
»Nun, dann warten Sie noch kurz mit dem Austeilen, ich möchte dabei sein. Komm, Alex.« Mit großen Schritten ging Rutger zurück ins Haus.
Eine halbe Stunde später sah er bei der Nahrungsausgabe, was die Sklaven bekamen.
»Ist das alles?« fragte er und zeigte auf die wenigen Knollen und das winzige Stückchen gesalzenen Fisch. »Kein Wunder, daß sie so mager sind und nicht arbeiten können. Verdreifachen Sie die Portionen und geben Sie ihnen mehr Fisch.«
»Es ist kein Fisch mehr da, sie haben doch das Lager selbst angezündet.« Der Aufseher ließ es Rutger deutlich spüren, daß ihm dessen Einmischung nicht paßte.
»Nun, dann geben Sie ihnen Eier und allen Kindern und Schwangeren Milch.«
»Milch und Eier?« Der Aufseher traute seinen Ohren kaum.
»Ja, und zwar ein bißchen plötzlich.« Er wandte sich an einen jungen Sklaven: »Geh in die Küche und hol die Köchin.«

Als die verwunderte Köchin kurz darauf mit dem Jungen angelaufen kam, sagte Rutger zu ihr: »Gibt es Eier und Milch in der Küche?«
»Ja, Masra«, sagte die Frau, während sie sich verbeugte.
»Laß es herbringen.«
Alles ging schweigend zu. Eine Eisenschüssel mit Milch und ein Korb mit Eiern wurden gebracht, und alles wurde unter den Sklaven verteilt, die nicht wußten, wie ihnen geschah. Am Frühstückstisch sagte Herr Jeremiah zu Rutger, er hoffe, es mache ihm nichts aus, mit dem Aufseher allein zu den Feldern zu gehen, weil er in letzter Zeit nicht mehr reite.
Während des Ritts durch die Zuckerrohrfelder versuchte Rutger, ein Gespräch mit Aufseher Vredelings anzufangen. Er erkundigte sich, wie Vredelings die Arbeit auf der Plantage gefiel.
»Geht so«, murmelte dieser. »Weit weg von der Stadt, und der Chef kümmert sich nicht besonders. Alles wäre natürlich besser, wenn dieses schwarze Pack mehr arbeiten würde und nicht so unzuverlässig wäre.«
»Ich habe gehört, daß unlängst eine Art Aufstand oder so etwas war«, sagte Rutger nun in der Hoffnung, Vredelings würde darauf eingehen, doch der sagte nur: »Sie haben es zwar versucht, aber wir haben sofort kurzen Prozeß mit ihnen gemacht. So muß das sein, sonst ist man verloren.«
Rutger war klar, daß er nicht viel mehr aus dem Aufseher herausbekommen würde. Ob es Alex gelingen würde, etwas von den Sklaven zu erfahren? Nein, wenn er wirklich wissen wollte, was sich zugetragen hatte, mußte er sich etwas anderes einfallen lassen. Vielleicht sollte er es mal bei einer der Sklavinnen versuchen, die ihm gestern

abend so freigebig angeboten worden waren. Das war eine Möglichkeit.
Die Sonne brannte, der Ritt dauerte lange. Überall waren schweigende Gruppen hart am arbeiten, und der Basya stand mit der Peitsche in der einen und dem Buschmesser in der anderen Hand dabei.
Als sie vom Ritt zurückkamen, stiegen sie an der Zuckermühle ab. Dort wurde das Zuckerrohr zwischen drei zylinderförmigen Rollen zerquetscht, wobei jeder Stengel zweimal hindurchgeführt wurde. Der Saft wurde aufgefangen und zum Heizhaus geleitet, wo er in einem großen Holzfaß gesammelt wurde. Dort wurde er abgeseiht und in einem großen Eisenkessel, dem Kapa, aufgefangen. Er wurde gekocht und von Verunreinigungen befreit, bevor er in den nächsten Kapa geleitet wurde, wo er wieder gekocht und wieder gereinigt und dann noch zweimal eingekocht wurde. Danach setzte man eine Art Säure zu, um den Saft auskristallisieren zu lassen, und dann wurde die Masse erneut eingekocht. Wenn sie schließlich in die Holzkühler kam, mußte das ganze ständig umgerührt werden. Dann kam die dicke, sirupartige Flüssigkeit in ein Oxhoft, und durch eine kleine Öffnung wurde alle Flüssigkeit, die noch enthalten war, entzogen. Diese Flüssigkeit nannte man Melasse. Nach der letzten Bearbeitung war der Zucker fertig, um nach Europa verschifft zu werden, wo er raffiniert und in große Blöcke gegossen wurde. Zu dieser Zeit wurden nicht weniger als 10.000 Tonnen pro Jahr nach Amsterdam transportiert. Die Melasse exportierte man meistens nach Nordamerika.
Rutger ging von der Zuckermühle, die durch Wasserkraft angetrieben wurde, zum Kochhaus. Auch dort sagte niemand etwas, niemand unterbrach die Arbeit.

Als er wieder in der Zuckermühle war und durch das Fenster hinaussah, hörte er hinter sich plötzlich einen Aufschrei. Mit einem Ruck dreht er sich um und vernahm jetzt das aufgeregte Rufen unter den Sklaven. Er hörte, wie der Basya zornig etwas brüllte, und dann erblickte er plötzlich eine abgehackte schwarze Hand zwischen den Rollen. Der Mann, der sie bediente, hatte die Augen weit aufgerissen und sah auf sein Handgelenk, aus dem das Blut strömte. Einige Sekunden später wurde er ohnmächtig. Der Sklave hatte kurz nicht aufgepaßt, und die Arbeit an der Maschine war sehr gefährlich: Wenn nur ein Finger zwischen die Rollen geriet, wurde die Hand und dann der Arm und schließlich der ganze Körper der Person mitgerissen und zerquetscht, noch bevor man das Antriebsrad stoppen konnte. Um das zu verhindern, bestand die Lösung im Abschlagen der Hand oder des Armes. Deshalb stand auch immer ein Basya mit einem messerscharfen Beil neben den Sklaven an der Zuckerrohrpresse.
Rutger brachte vor Entsetzen kein Wort heraus. Er sah nur die schwarze Hand zwischen den Rollen und den blutenden Mann am Boden.
»Steh auf, Mann, steh auf«, rief der Basya, während er mit dem Fuß den reglosen Körper trat.
»Herr Vredelings«, rief Rutger nun.
Der kam angelaufen, und als er sah, was passiert war, sagte er ruhig: »Wieder so ein Trottel, stoppt das Rad.«
Ein Sklave war bereits hinaus gerannt, um das Rad zu stoppen. Herr Vredelings sagte zum Basya: »Nimm die Hand weg, sonst verdirbt die den Zucker noch«, und zu seinem Laufburschen: »Ruf den Heiler.«
Dieser kam, und der immer noch bewußtlose Mann

wurde hinausgetragen. Dort spritzte man ihm Wasser ins Gesicht und flößte ihm ein wenig Schnaps ein. Dann wurde er von einem anderen Mann zu den Sklavenhütten gebracht, wo der Heiler ihn behandeln sollte.
Die ganze Zeit über hatte Rutger nichts gesagt. Nur ein Gedanke beherrschte ihn: Das alles geschah für den Zucker, ein Pfund Zucker kostete nur fünf Cent! Fünf Cent für ein Pfund Zucker, doch wie viele Hände, Arme, Beine, Menschenleben kostete er? Er sah zu Herrn Vredelings, für den so etwas offensichtlich alltäglich war, denn sobald der Mann aus dem Gebäude gebracht worden war, rief er einen anderen Sklaven zur Presse und sagte rauh: »Paß du besser auf«, und alles ging weiter, als sei nichts geschehen.
Während des Mittagessens wurde über den Vorfall gesprochen, und der einzige Kommentar von Herrn Jeremiah war: »Daß diese Idioten auch nicht besser aufpassen können.«
Als sie vom Tisch aufstanden, sagte Rutger zu seinem Gastgeber: »Herr Jeremiah, ich würde heute abend gerne auf Ihr Angebot zurückkommen, das mit der Sklavin, Sie wissen schon.«
Herr Jeremiah nickte angenehm überrascht. »Ach, das ist gut, haben Sie vielleicht einen speziellen Wunsch?«
»Aber nein, die Wahl überlasse ich ganz dem kundigen Urteil Ihres Aufsehers«, sagte Rutger mit einer Kopfbewegung zu Herrn Vredelings. Er rückte den Stuhl zurück und erhob sich mit den Worten: »Wenn Sie erlauben, werde ich mich jetzt zurückziehen.«
An diesem Abend gab es keine Gäste von einer benachbarten Plantage. Die drei Herren unterhielten sich. Das Gespräch handelte überwiegend von der wirtschaftli-

chen Situation der Kolonie. Zucker sei ein begehrter Artikel auf dem europäischen Markt, ebenso Kaffee und Kakao. Rosige Zeiten für die Plantagenbesitzer. Die Banken in den Niederlanden gewährten leicht Kredite. Wenn diese Schwarzen nur ein bißchen mehr arbeiten wollten. Sie konnten es doch, denn sie waren stark und schließlich von Gott erschaffen worden, um als Sklaven für die Weißen zu arbeiten. Als Rutger die Herren fragte, woher sie das so genau wüßten, sagte Herr Jeremiah: »Kommen Sie, junger Mann, es steht lang und breit in der Thora.«
»Nun«, antwortete Rutger, »ich habe das Alte Testament von vorn bis hinten gelesen, aber dieser Passage bin ich nie begegnet, vielleicht sind Ihre Thora und mein Altes Testament nicht identisch.«
Rutger ging früh auf sein Zimmer. Nachdem er sich ausgezogen und Alex seine Stiefel mitgenommen hatte, legte er sich auf das große Bett und verschränkte die Hände hinter dem Kopf. Er beobachtete eine kleine Eidechse, die nach Insekten suchte. Plötzlich hörte er ein leises Klopfen, und auf sein »Ja« hin wurde ein Mädchen hineingeschoben. Rutger erschrak, denn er hatte eine junge Frau erwartet, aber das, was dort neben der Tür stand, war ein Kind, ein mageres kleines Mädchen von dreizehn, höchstens vierzehn Jahren. Sie ließ den Kopf hängen und hatte große Angst. Er sah das an ihren zitternden Fingern, die die Unterseite ihres Lendenschurzes hochzupften und dann wieder losließen. So, der Aufseher hatte sicher geglaubt, ihm mit einer unberührten Jungfrau einen Gefallen zu tun. Dieser Schuft! Und wieder sah er die schwarze Hand zwischen den Rollen. Jetzt dieses verschreckte Kind, und das alles für Zucker.
»Wie heißt du, Mädchen?« fragte Rutger nun.

Ganz leise sagte es: »Afanaisa, Masra.«
»Afanaisa«, sagte Rutger leise und noch mal: »Afanaisa.« Er sah das Kind an und schüttelte langsam den Kopf, dann streckte er die Hand aus und sagte: »Du brauchst keine Angst zu haben, ich werde dir nichts tun.«
Das Kind kam vorsichtig einen Schritt näher, blieb jedoch außerhalb seiner Reichweite.
»Wer hat dich hergeschickt?«
»Der Basya, Masra«, war die geflüsterte Antwort.
So, also der Aufseher hatte einen Basya diese Sache machen lassen. Schufte, diese Schufte, dachte Rutger wieder.
»Weißt du, was du hier machen sollst?« fragte Rutger jetzt.
»Ich weiß es nicht, Masra«, war die Antwort, doch Rutger vermutete, daß sie sehr genau wußte, um was es ging.
»Hast du schon mal mit einem Mann geschlafen?«
Einen Augenblick sah das Kind ihn an und sagte dann: »Nein, Masra.«
»Was sagt deine Mutter hierzu?« fragte Rutger.
»Ich habe keine Mutter, Masra.«
»Afanaisa, du kannst gehen, ich werde dir nichts tun.«
Rutger war aufgestanden und stand nahe bei dem Mädchen, aber das Kind ging nicht, sie blieb stehen und sah auf ihre Füße.
»Du darfst gehen, hörst du«, sagte Rutger erneut.
Ganz leise fragte sie jetzt: »Wird der Masra mir wirklich nichts tun?«
»Nein, Kind, das werde ich nicht.«
Noch immer ging sie nicht weg, sondern flüsterte ganz verlegen: »Es ist besser, wenn der Masra es tut.«

Rutger verstand überhaupt nichts mehr, wußte das Kind eigentlich, was es da sagte? Mit dem Finger hob er das Gesicht des Mädchens, so daß er ihr ins Gesicht sah. Sie hatte Tränen in den Augen und blinzelte kurz.
»Warum willst du, daß ich es tue?« fragte Rutger jetzt leise. Während sie antwortete, lief ihr eine Träne über die Wange. »Sonst wird der Basya mich verprügeln.«
Nun wurde Rutger alles klar, er begriff auch sofort, wie der Basya es herausfinden würde. Diese Schufte, oh, diese Schufte. Was sollte er nun machen mit diesem Kind, er hatte wahrlich nicht vor, sie zu mißbrauchen, aber so konnte er sie auch nicht gehen lassen. Sollte er sie vielleicht die ganze Nacht in seinem Zimmer behalten? Unschlüssig, was er tun sollte, ging er im Zimmer auf und ab. Dann setzte er sich wieder auf das Bett und sagte zu dem Mädchen: »Setz dich«, während er auf den Boden seinem Bett gegenüber deutete.
Das Kind setzte sich hin. Rutger sagte nun: »Ich werde dir nichts tun, Afanaisa, du brauchst keine Angst zu haben. Keiner wird erfahren, was hier passiert, der Basya auch nicht, dafür werde ich sorgen. Aber ich werde dir einige Fragen stellen, und du mußt mir darauf genaue Antworten geben. Ich muß erfahren, was hier vorgefallen ist. Einverstanden?«
Das Kind nickte. Und so bekam Rutger zu hören, was eigentlich den Aufstand auf der Plantage verursacht hatte:
Aufseher Vredelings hatte alle jungen Frauen für einige Nächte in sein Haus kommen lassen. Irgendwann war seine Wahl auf Sylvia gefallen, die Frau eines großen Sklaven namens Kwaku. Dieser Kwaku hatte seiner Frau geraten, den Befehl des Aufsehers Vredelings zu ignorie-

ren und nicht hinzugehen. Als der Aufseher das herausfand, hatte er Kwaku von einigen Basyas an einen Baum binden und zuschauen lassen, wie er Sylvia vergewaltigte. Nicht nur einmal, gleich dreimal.

Als Kwaku losgebunden wurde, hatte dieser nichts tun können, denn der Aufseher hatte ein Gewehr, und es waren außerdem zwei Basyas mit scharfen Buschmessern bei ihm. Dennoch war es zwei Freunden von Kwaku gelungen, mit ihm zu sprechen; zu dritt wollten sie zusammen mit Sylvia fliehen, doch vorher wollten sie Feuer legen. Sie begannen im Lager. Eine große Gruppe schloß sich ihnen an, aber Vredelings hatte Lunte gerochen, und Kwaku und Sylvia waren sofort erschossen worden. Soldaten eines nahe gelegenen Militärpostens waren zu Hilfe gekommen, und als die Sklaven die Soldaten mit den Gewehren sahen, hatten sie aufgegeben. Da man nicht genau wußte, wer an dem Aufstand beteiligt gewesen war und wer nicht, war zur Strafe zwei Tage lang keinem einzigen Sklaven Nahrung zugeteilt worden. Die Männer wurden ausgepeitscht.

Afanaisa erzählte nichts von sich aus. Rutger mußte ihr alles aus der Nase ziehen, aber sie beantwortete seine Fragen genau und schwieg dann wieder. So erfuhr Rutger schließlich doch alles. Gegen elf Uhr, das Mädchen war fast zwei Stunden in seinem Zimmer gewesen, ließ Rutger Alex herein. Er sagte, Alex solle das Kind zurück in seine Hütte bringen und ausrichten, daß niemand sie berühren dürfe. Morgen solle sie wiederkommen. Als er bemerkte, daß Alex ihn vorwurfsvoll ansah, sagte er schnell auf Niederländisch: »Ich habe sie nicht angefaßt, Alex, aber sie hat Angst vor dem Basya.«

Als Alex das Mädchen an der Hütte absetzte, sagte er zu

der Frau, die die Tür öffnete: »Masra sagt, daß kein Mann sie berühren darf, sonst gibt es Prügel.«

Auch an den folgenden Abenden kam Afanaisa in Rutgers Zimmer, und immer saß sie auf dem Boden und beantwortete die Fragen. Nach einigen Abenden getraute sie sich, mehr zu erzählen, und so erfuhr Rutger eine ganze Menge über Jericho.

Als Jeremiahs Frau noch lebte, war es tatsächlich eine erstklassige Plantage und ein tadelloser Haushalt gewesen. Für die Sklaven war es auch damals nicht angenehm, denn auch Frau Jeremiah war eine erbarmungslose Herrin, die oft von der Peitsche Gebrauch machte, aber damals bekamen die Sklaven immer ausreichend zu essen, und sie sorgte dafür, daß die Kranken gepflegt wurden. Für Schwangere und Kinder wurde ausgesprochen gut gesorgt, denn die Misi war sich darüber im klaren, daß das für sie die beste Investition war. Der Masra war immer gleichgültig gewesen, hatte viel getrunken und Karten gespielt. Alles war erst richtig schlimm geworden, als vor zwei Jahren der frühere weiße Aufseher weggegangen war und Herr Vredelings an dessen Stelle trat.

Als Rutger nach etwa zehn Tagen sagte, daß er ihr danke und ihr eine Münze geben wollte, begann sie zu weinen und flehte ihn an: »Bitte, Masra, nehmen Sie mich mit, nehmen Sie mich doch mit, der Basya wird mich auspeitschen, ich flehe Sie an, Masra.«

Rutger verabschiedete sich am folgenden Tag von Herrn Jeremiah und sagte: »Sie werden bald von uns hören, Herr Jeremiah, es scheint mir am besten, daß Sie, in sagen wir zwei Wochen, zu uns ins Büro kommen, dort wird sich alles Weitere finden; und, ach ja, ich werde Ihnen die kleine Sklavin abkaufen.«

Herr Jeremiah lachte mit weit geöffnetem und halb zahnlosem Mund, als er das hörte, und sagte mit erhobenem Finger: »Sagte ich es nicht, le Chasseur, daß meine Frauen Ihnen gefallen würden?«
Drei Wochen später stand Daniel Jeremiah wieder im Büro von Herrn Van Omhoog. Dieser erzählte ihm, daß er und sein Partner folgendes beschlossen hätten:
Das Unternehmen würde Jeremiahs Darlehen unter bestimmten Bedingungen erweitern. Der weiße Aufseher Herr Vredelings müsse abgelöst werden.
Dagegen hatte Herr Jeremiah nichts einzuwenden. Er hätte schon immer die Vermutung gehabt, daß Vredelings kein guter Aufseher sei. Während er das sagte, rieb er sich vergnügt die Hände. Herr Van Omhoog sprach weiter: »Der neue Aufseher bleibt im Dienst unseres Unternehmens. Er erstattet dem Büro monatlich Bericht, er bezieht sein Gehalt direkt von uns und führt Aufträge, die vom Büro erteilt werden, aus. Für Vredelings werden wir eine andere Plantage finden. Es gibt immer Plantagen, die einen weißen Aufseher brauchen.«
Wenn Herr Jeremiah mit allem einverstanden sei, könne er nun gleich den neuen Aufseher kennenlernen. Der würde dann mit ihm zurückfahren, und er könne Vredelings zurückschicken. Herr Jeremiah war mit allem einverstanden. Da sei ihm ein Stein vom Herzen gefallen. Dieser le Chasseur sei eigentlich gar kein so übler Kerl. Offenbar habe er das Essen und die appetitlichen Frauen auf seiner Plantage genossen.
»Einen Augenblick noch, Sie können gleich ihren neuen Aufseher kennenlernen, ich hole ihn«, sagte Rutger, während er aus dem Raum ging. Kurz darauf kam er wieder herein, gefolgt von einem dunkelhäutigen Mann, und

sagte: »Herr Jeremiah, das ist Herr Rozenblad, Ihr neuer Aufseher.« Daniel Jeremiahs Mund blieb zunächst offen vor Verwunderung. Was? Ein Farbiger? Wolle man ihm einen Nigger als Aufseher auf seine Plantage mitschicken? »Das ist doch nicht möglich«, stammelte er.
»Was ist nicht möglich?« fragte Rutger mit unbewegtem Gesicht.
»Ein Farbiger, ein Nigger als Aufseher?«
»Ein kompetenter und sehr gebildeter Mann, Herr Jeremiah«, sagte Rutger ruhig.
Daniel Jeremiah wurde wütend; was für ein übler Streich. Und er konnte sich nicht wehren, sonst würde ihm das Darlehen bestimmt nicht gewährt.
»Also Sie wollen mir einen Mulatten aufhalsen, ja?«
»Es zwingt Sie niemand«, sagte Rutger, »kein Herr Rozenblad, kein Darlehen.«
»Dann muß ich ihn wohl auch noch an meinen Tisch bitten, oder was?« Herr Jeremiah war nun außer sich.
Rutger blieb äußerst beherrscht, ebenso wie Rozenblad und Van Omhoog, und entgegnete ruhig: »Wer sagt denn, daß Herr Rozenblad mit Ihnen an einem Tisch sitzen möchte? Er verweilt meistens in sehr gebildeter Gesellschaft.«
»Ich werde Ihrem Vorgesetzten in Holland hierüber berichten.« Jeremiahs Gesicht war jetzt puterrot angelaufen.
»Gerne, tun Sie das, Herr Jeremiah, ich bin sicher, Herr Rozenblad kann Ihnen dabei behilflich sein. Er hat eine tadellose Schrift und macht keine orthographischen Fehler. Auch in der Buchhaltung ist er ein Fachmann. Wenn Sie ihm nun sagen wollen, wann er am Anleger sein möchte, um auf Ihre Plantage zu fahren, dann wären wir fertig.«

Als zehn Minuten später ein immer noch wütender Daniel Jeremiah das Büro verlassen hatte, lachte Rutger lauthals. Herr Van Omhoog hatte sich zunächst nicht allzu viel Erfolg von Rutgers Plan versprochen, aber er hatte zugeben müssen, daß ein neuer Aufseher am besten wäre, und was gab es gegen Herrn Rozenblad einzuwenden? Seine Hautfarbe? Rutger legte Herrn Rozenblad den Arm um die Schultern und sagte: »Traust du es dir noch zu, mein Freund? Laß dich nicht einschüchtern, hab keine Angst, tu das, was du für das Beste hältst.«
»Angst habe ich nie«, antwortete Stanley Rozenblad ruhig, »ich weiß, was mich erwartet, und ich traue es mir zu.«

5. *KAPITEL*

Elsa

Inzwischen war es Mitte August, und die Hochzeit von Rebecca und Abraham Cohen sollte nun stattfinden. Obwohl Rebecca selbst gar keine großartige Hochzeit wollte, fand Tante Rachel, daß sie doch richtig gefeiert werden mußte, sicher auch deshalb, weil der Bräutigam schließlich nicht irgend jemand war. Ein gelehrter Mann, Lehrer, Rabbiner-Anwärter sogar, Chef der Jedishva, der jüdischen Schule, in die alle orthodoxen Eltern ihre Söhne schickten und in der sie unter der Leitung von Abraham Cohen den Talmud studierten.

Als Elsa die Nachricht erhielt, daß die Hochzeit von Rebecca und Abraham in der Woche vom 15. bis 20. August gefeiert werden sollte, planten sie und Rutger, etwa zehn Tage auf der Plantage zu bleiben. Sie freute sich darauf, wieder in ihrem Elternhaus zu sein, Ashana und all die vertrauten Dinge wiederzusehen; aber wie würde es mit Sarith werden? Nach Rutgers Rückkehr von seiner Inspektionsreise war er sehr rücksichtsvoll und nett zu ihr gewesen. Sie hatten oft herzlich lachen müssen über alles, was er von Daniel Jeremiah erzählte, und sie hatte seine Wut und Empörung über die Mißhandlung der Sklaven geteilt.

Maisa hatte Afanaisa sofort unter ihre Fittiche genommen. Sie hatte gesagt, daß das Kind zunächst mal durchgefüttert werden müsse, und nachdem sie bemerkt hatte, was für ein folgsames und fleißiges Mädchen sie war, hatte sie zu Elsa gesagt, daß Afanaisa ein gutes Kindermädchen werden würde, wenn das Baby einmal da sei. Es war so schön und friedlich zu Hause. Wie würde es auf Hebron werden, würde Rutger dann wieder unter Sariths Einfluß geraten? Und wenn etwas passierte? Würde es dann jeder erfahren? Wie würde sie sich dann verhalten?

Maisa freute sich sehr auf die Reise und auch Amimba, die eigens mitfuhr, um eine Woche bei ihrer Mutter zu sein. Es waren hauptsächlich jüdische Gäste, die zur Hochzeit nach Hebron kamen. Die Hochzeitszeremonie hatte am vorangegangenen Sabbat in der Synagoge von Jüdisch-Savanna stattgefunden. Das hatte Abraham so gewollt. Am darauffolgenden Sonntag war man dann nach Hebron gefahren, wo die Gäste bereits warteten. Rutger und Elsa waren nicht nach Jüdisch-Savanna gefahren, sondern schon zwei Tage zuvor auf Hebron angekommen.

Als Elsa Ashana sah, hatte sie sich buchstäblich in ihre Arme geworfen und geseufzt: »Ashana, oh, Ashana, du hast mir so gefehlt.«

Danach war sie durch das ganze Haus gegangen, um zu sehen, ob noch alles so war wie früher. Natürlich schlief sie nicht mehr in ihrem alten Zimmer, das sie früher mit Sarith geteilt hatte. Statt dessen würden sie und Rutger in dem Zimmer neben Rebeccas übernachten, »dem Brautflügel des Hauses«, wie Tante Rachel lachend gesagt hatte.

In den ersten Tagen, noch bevor die Festgäste eintrafen, waren außer Rutger und Elsa auch Esther und Jacob de Ledesma mit ihren drei Söhnen im Haus und außerdem

David und Susanna mit ihren beiden Kindern. Wie kam es, daß Sarith bei Tisch immer neben Rutger saß? Wie kam es, daß bei jedem Spaziergang, jeder Bootsfahrt, die Elsa und Rutger machten, Sarith mit dabei war? Manchmal erzählte sie aufgeregt etwas, zog ihn am Arm, und wenn sonst niemand dabei war, legte sie sogar den Arm um seine Schultern und schmiegte ihre Wange an seine.
Als die Gäste an jenem Sonntag eintrafen und das große Fest begann, änderte sich Sariths Haltung. Sie war lieb und nett zu Elsa und ganz normal zu Rutger. Alle Gäste erkundigten sich interessiert nach Elsa. Wie gut sie aussehe! Geflüster – war ein Baby unterwegs? Was für eine liebe Frau sie doch sei. Und wie nett die drei miteinander umgingen. Elsa und Sarith seien ja immer schon gute Freundinnen gewesen. Wie schön für sie, daß Sarith so oft nach Paramaribo reiste und bei ihr wohnte, um ihr Gesellschaft zu leisten.
Elsa hätte es bei dem Gerede am liebsten herausgeschrien, ihnen zugerufen: »Sieht denn niemand, was hier los ist? Seid ihr denn alle blind? Sieht denn keiner, wie sie ihn um den Finger wickelt und ihn mir wegnimmt?« Aber das war natürlich unmöglich, und so hatte sie nur genickt und gesagt, daß sie sich freue, daß Sarith ihr in Paramaribo Gesellschaft leiste.
An nichts hätte ein Außenstehender bemerken können, daß Sarith ein besonderes Interesse an Rutger hatte. Elsa gegenüber verhielt sie sich völlig ungezwungen. Genau wie früher, als sie noch junge Mädchen waren, lehnte sie sich oft zu Elsa hinüber, um eine Bemerkung über den einen oder anderen Gast zu machen. Prustend vor Lachen fragte sie: »Hast du die Tante ›Sturmwind‹ gesehen? Heute hat sie bestimmt drei drunter.«

Tante »Sturmwind« war eine Cousine von Tante Rachel, eine schwerreiche jüdische Witwe, die immer in weite Seidenröcke gekleidet war. Bei jeder Bewegung, die sie machte, rauschten die Seidenröcke und es schien, als würde der Wind im Haus wehen, darum hatten die Mädchen ihr früher den Spitznamen »Sturmwind« gegeben. Oder Sarith flüsterte Elsa kichernd ins Ohr: »Hast du Noso gesehen? Seine Nase sieht heute besonders groß aus, und er will immer meine Hand halten.«
Elsa begriff, daß Sarith nur spielte, um ja keinen Argwohn zu erwecken. Tante Rachel hatte darauf bestanden, einen großen Ball zu veranstalten, denn was war schon ein Fest ohne Ball. Am Abend des dritten Tages des Hochzeitsfestes wurde also getanzt.
Die Musiker spielten, und genau wie auf Elsas Hochzeit hingen überall Lampions; die Gäste saßen auf Holzbänken an den Tischen, die Damen in prächtigen Kleidern, die Herren im Abendanzug.
Elsa sah, wie Sarith beim Anfang fast jedes Tanzes in Rutgers Nähe stand und etwas zu ihm sagte, woraufhin er sie aufforderte.
Elsa ging zum Haus und blieb auf der Vorderveranda, während sie den tanzenden Paaren zuschaute. Als die Musik schwieg und die meisten sich wieder hinsetzten, sah sie, wie Rutger stehenblieb und ein Gespräch mit einigen Herren begann; fünf Herren standen da in einem Kreis und unterhielten sich angeregt. Während Elsa ihren Mann beobachtete, überlegte sie sich, wie rasch Rutger sich diesem Land angepaßt hatte. Er ist ein echter surinamischer Mann geworden, dachte sie, und als sie genau hinsah, wer die Herren waren, mit denen er sich unterhielt, wurde ihr klar, daß alle mehr als eine Frau

hatten. Jeder von ihnen hatte neben seiner gesetzlichen Ehefrau noch eine Konkubine oder eine Geliebte irgendwo in Paramaribo, und bitter dachte sie: Auch was das betrifft, ist er ein echter surinamischer Mann, auch er hat zwei Frauen.
Die Musik setzte wieder ein. Sie sah, wie Sarith sich dem Kreis der Herren näherte und scherzend etwas sagte, woraufhin alle lachten. Elsa sah, wie Sarith Rutgers Hand nahm und ihn in Richtung Tanzfläche dirigierte, während sie über die Schulter den anderen Herren zurief: »Diesen hier nehme ich schon mal mit.«
Elsa schloß kurz die Augen, ging durch den großen Vorsaal zur Rückseite des Hauses und stellte sich auf die Hintergalerie. In der Ferne sah sie die Lichter der Sklavenhütten und hörte entferntes Trommeln.
In der Ecke der Galerie sah sie die alte Hängematte, die dort schon seit Jahren an zwei Pfosten hing. Dort hatten sie und Sarith als Kinder zusammen gelegen oder gesessen, redend, lachend, kichernd, und einander Geschichten und Vorfälle erzählt. Wie viele Stunden hatten sie wohl dort in der Hängematte verbracht? Sarith und Elsa, Elsa und Sarith, das unzertrennliche Paar.
Traurig lehnte Elsa ihren Kopf an einen der Pfosten und spürte plötzlich einen Arm um ihre Schultern, und eine Stimme sagte: »Was hat denn meine kleine Misi?«
»Ashana, oh, Ashana.« Elsa legte ihren Kopf an Ashanas Schulter und schlang ihre Arme um sie. Tränen strömten ihr über die Wangen. Sie konnte sich nicht mehr zurückhalten, konnte nur noch schluchzend sagen: »Ashana, oh, Ashana!«
Ashana führte sie zu dem alten Schaukelstuhl, der auf der anderen Seite der Galerie stand, setzte sich hin und

zog Elsa auf ihren breiten Schoß. Derselbe Schaukelstuhl, auf dem Ashana ihre Misi als kleines Kind in den Schlaf gewiegt hatte, derselbe Schaukelstuhl, auf dem sie mit ihrer Misi auf dem Schoß immer gesessen hatte, wenn diese sich einfach geborgen fühlen wollte. Hier war keine Rede von Herrin und Sklavin, hier war nur ein Kind, das Kummer hatte, und das Liebe und Geborgenheit in den Armen derjenigen suchte, die ihr dies immer gegeben hatte, ihre Ashana.

»Ruhig, ruhig, mein Liebes, ruhig«, sagte die tröstende Stimme von Ashana. Elsa würde nie wissen, wieviel Ashana tatsächlich wußte und wieviel sie vermutete, das spielte auch keine Rolle. Tatsache war, daß sie die vertrauten und liebenden Arme Ashanas um sich spürte.

»Elsa, Elsa, wo bist du denn?« Das war Rutgers Stimme. Mit großen Schritten kam er durch das Vorderzimmer.

»Hier«, rief Ashana.

Rutger kam auf die beleuchtete Hintergalerie und sah verwundert, daß Elsa wie ein kleines Mädchen auf Ashanas Schoß hockte! Er wollte eine ironische Bemerkung machen, aber dann sah er ihre Tränen.

»Du weinst ja«, sagte er erschrocken. »Warum weinst du denn, Elsa, was ist los, bist du krank?«

Als sie kurz den Kopf schüttelte, sagte er zu Ashana: »Was fehlt Misi Elsa, Ashana?«

Ashana sah ihm gerade in die Augen und sagte kurz: »Vielleicht wissen Sie allein, was ihr fehlt.« Mit diesen Worten ließ sie Elsa von ihrem Schoß aufstehen und sagte: »Geh zu deinem Mann, mein Liebes, er muß für dich sorgen.« Und Ashana selbst ging ins Haus. Rutger legte seinen Arm um Elsa und sagte: »Weinst du wegen mir, Elsa, bin ich schuld daran? Antworte mir!«

Elsa schluchzte und sagte: »Rutger, ich weiß, daß ich dir versprochen habe, nicht eifersüchtig zu sein, aber wenn ich dich und Sarith so sehe, ich weiß nicht... Ich kann nichts dagegen tun.«
»Elsa, weine nicht darüber, du weißt, daß Sarith mir nichts bedeutet. Wirklich nicht. Glaub mir. Aber wenn sie mich zum Tanz auffordert, kann ich das ausschlagen? Darf ein Herr eine Dame so beleidigen? Weine nicht mehr, schau, ich habe dich überall gesucht, komm, laß uns tanzen«, und mit seinem Taschentuch trocknete er ihre Tränen, küßte sie zuerst auf die Augen, dann auf den Mund und nahm sie mit hinaus, wo sie sich unter die Tanzenden mischten.
Den ganzen weiteren Abend blieb er neben Elsa sitzen und tanzte nur mit ihr. Sarith sah ab und zu in ihre Richtung, doch als sie die beiden so innig beieinander sitzen und Händchen halten sah, kam sie nicht mehr in ihre Nähe und tanzte mit den anderen Herren.
Als das Fest beendet war und die Gäste in Grüppchen wieder abreisten, kündigte Sarith an, daß sie mit Elsa und Rutger in die Stadt zurückfahren würde. Oh, Himmel, nein, dachte Elsa, geht das schon wieder los, aber was konnte sie schon dagegen tun. Wie hätte sie sagen können, daß Sarith in ihrem Haus nicht willkommen war. Keiner würde das verstehen. Sarith fuhr also mit zurück nach Paramaribo und machte es sich in dem Zimmer bequem, das schon nicht mehr Gästezimmer hieß, sondern Misi Sariths Zimmer.
Im September 1767 gab es in Surinam ein Ereignis, das die Gemüter der Kolonisten heftiger erregte als das Erdbeben ein Jahr zuvor. Ein gewisser Zobre, ein Weißer, würde eine Schwarze heiraten. Wie schrecklich. Wie

konnte ein Weißer denn so etwas tun. Eine Schwarze heiraten? Wirklich heiraten? Mit einer Schwarzen konnte ein Weißer schlafen und Kinder zeugen, aber wie konnte er nur so etwas Unanständiges tun, wie sie zu heiraten? Es war eine Schande! Und zudem war diese Heirat von der Sozietät in Holland genehmigt worden. Als die betreffenden Personen nämlich den Vorsatz gefaßt hatten zu heiraten, bekamen sie in Surinam selbst keine Erlaubnis.

Die Räte der Justiz beriefen sich dabei auf einen Erlaß, der zu Zeiten des Gouverneurs Van Sommelsdijck vor etwa hundert Jahren herausgegeben worden war und so eine Ehe verbot; aber die reiche und freie Elisabeth Samson hatte zusammen mit ihrem Heiratskandidaten ein Gesuch in Holland eingereicht, und die Direktoren der Sozietät sahen keine Gründe, diese Ehe zu verhindern. Die Weißen in Surinam waren wütend und schrieben etliche böse Briefe nach Holland, in denen unter anderem stand, »daß solch eine Ehe widerlich und abscheulich und eine große Schande für die Weißen ist« und außerdem »wohl unbestritten ist, daß Weiße von einer besseren und edleren Natur sind als Schwarze. Wo führt es hin, wenn die Kinder von Schwarzen sich einbilden, daß sie den weißen Kindern gleichwertig sind!«

Aller Kritik und Beschimpfungen zum Trotz heiratete die Schwarze Elisabeth Samson den Weißen Hermanus Zobre, und diese schändliche Ehe war in allen Häusern Surinams das Tagesgespräch.

Elisabeth Samson wohnte nicht weit von Rutger und Elsa entfernt in einem sehr schönen Haus in der Wagenwegstraat. Obwohl sie sich nur oberflächlich kannten, ließen Rutger und Elsa ein schönes Blumengesteck besorgen. Vor allem Rutger war von dieser Ehe begeistert. Er fand, daß den Kolonisten ein herrlicher Streich gespielt worden war, und verkündete überall mit lauter Stimme, daß die Eheleute eine gute Wahl getroffen hätten, daß er sich freue und hoffe, daß noch mehr solcher Ehen folgen würden.

Im Hause der le Chasseurs gab es manchmal heftige Diskussionen, denn Sarith war eine erbitterte Gegnerin dieser Ehe.

Hatte Rutger endlich begriffen, daß er Elsa Kummer bereitete, wenn er mit Sarith intim war? In den Wochen nach Rebeccas Hochzeit ging er auf jeden Fall nicht auf Sariths Angebote ein, und diese wurde immer gereizter; oft schnauzte sie Elsa an oder schwieg bockig und sah mit unzufriedenem Gesicht vor sich hin. Elsa fand, daß sie die Stimmung im Haus verdarb und wünschte sich, Sarith würde abreisen. Die arme Mini-mini hatte einiges auszuhalten. Wie oft bekam sie nicht eine Ohrfeige oder einen Stoß in den Rücken?

Eines Sonntags waren die drei bei der jüdischen Familie Lobo auf eine Feier eingeladen. Es war ein Baby geboren worden, und man feierte den achten Tag, den Tag der Beschneidung. Nach der Zeremonie, die von einem Rabbiner durchgeführt worden war, wurde gegessen und getrunken und sogar getanzt. Alle Gäste brachten Geschenke, und obwohl die Mutter noch im Wochenbett lag, ließ man sich unten nicht stören. Während Elsa oben bei der Mutter im Zimmer war, ausgiebig alle Babysachen bewunderte und sich anhörte, was alles zu tun und zu lassen war, tanzte unten Rutger mit Sarith, die ihn fragte, warum er ihr aus dem Weg ginge.

»Ach, ich gehe dir nicht aus dem Weg, Sarith, aber fin-

dest du nicht, daß das Ganze einmal ein Ende haben muß, es bereitet Elsa Kummer, und das möchte ich nicht.«
Es schien, als würde Sarith von da an ihren Ton ändern. Als sie nach der Feier nach Hause gingen, war sie nicht mehr fröhlich und aufgekratzt, sondern traurig und leidend, und wenn sie nur kurz mit Rutger in einem Zimmer war, sorgte sie dafür, daß ihr eine Träne über die Wange lief, so daß er fragen mußte, warum sie weine, und die Antwort war dann: »Weil ich dir nichts bedeute, und du mir das so deutlich zeigst, während ich dich liebe, Rutger, ich liebe dich so sehr.«
Rutger machte die Situation sehr zu schaffen, und als Sarith ihn eines Tages an ihrer Zimmertür abpaßte und hineinbat, konnte er nicht anders, als nachzugeben.
Natürlich merkte auch Elsa, was los war, und sie hatte durchschaut, welche Masche Sarith jetzt ausprobierte. Was konnte sie tun? Oh, sie haßte Sarith, aber gleichzeitig sah sie sich und Sarith wieder als Kinder, als Mädchen, die unzertrennlich waren. Wie hatte es so weit kommen können?
Einige Wochen später, gegen Ende September, kam eine Nachricht von Esther, daß Sarith Ende der Woche mit ihnen nach Hebron fahren müsse, um danach mit zum Laubhüttenfest nach Jüdisch-Savanna zu reisen. Rutger und Elsa würden nicht fahren. Rutger fand, die lange Fahrt sei für Elsa zu anstrengend, und diese dankte dem Himmel, daß sie auf diese Weise ihre Stiefschwester endlich loswurde.
Elsas Ruhe währte jedoch nicht lange, denn kaum vier Wochen später stand Sarith wieder vor ihrer Tür. Wie selbstverständlich richtete sie sich in »ihrem« Zimmer ein. Maisa konnte ihren Unwillen kaum verhehlen. Es

war, als hätte sich Sarith diesmal vorgenommen, Rutger endgültig für sich zu gewinnen. Sie suchte unentwegt nach Möglichkeiten, um mit ihm allein zu sein und ihm zu erzählen, daß sie ihn liebte. Nicht Elsa hätte er heiraten sollen, sondern sie, war sie denn nicht viel hübscher als Elsa, wußte er denn nicht, wieviel Männer sie gerne hätten, doch sie wies alle ab, denn sie wollte nur ihn, Rutger, und sonst keinen.
Obwohl Rutger selbst diese Situation äußerst peinlich war, schmeichelte es ihm doch ungemein, daß die schöne Sarith ihm offen ihre Liebe gestand. Obwohl er wußte, was er Elsa damit antat, fand er oft den Weg in Sariths Zimmer und gab sich dort seinen Leidenschaften hin. Er fand, daß er es wirklich nicht leicht hatte; war er bei Elsa, war Sarith traurig, und die konnte ihre Tränen doch so leicht fließen lassen; war er bei Sarith, war Elsa traurig.
Elsa sagte nicht viel. Sie saß oft still in ihrem Zimmer, sah in den Spiegel und beobachtete, wie das Kind in ihrem Körper heranwuchs, wie ihr Leib dicker und runder wurde. Wie anders hatte sie sich das alles vorgestellt. Sie fragte sich oft, ob sie Rutger geheiratet hätte, wenn sie vorher gewußt hätte, daß sich alles so entwickeln würde, und wie sie gehandelt hätte, wenn die Rollen umgekehrt gewesen wären, doch sie wußte die Antwort. Niemals hätte sie so etwas getan. Niemals würde sie der Person, die sie als ihre beste Freundin betrachtete, den Mann wegnehmen.
Maisa war vollauf damit beschäftigt, Babysachen zu machen. Sie brachte Afanaisa bei, wie es ging, und nachmittags saß sie mit Afanaisa und Amimba auf der hinteren Treppe, und die beiden nähten, was Maisa zuge-

schnitten hatte. Außer auf Sarith war Maisa auch böse auf Rutger. Sie sprach oft sehr kurz angebunden mit ihm, und wenn sie wußte, daß Rutger bei Sarith im Zimmer gewesen war, ging sie ihm mindestens zwei Tage aus dem Weg, ständig vor sich hinschimpfend über »Menschen, die sich wie Hunde aufführen«.

Dann kam Ende November Elsas Vater in die Stadt. Er blieb nur kurz, um zu sehen, wie es Elsa ging, war aber eigentlich gekommen, um Sarith abzuholen, die ihn nach Jüdisch-Savanna begleiten sollte. Ihre Großmutter, Oma Moses de Meza, war sehr krank und würde nicht mehr lange leben. Sarith sollte sie mit ihrer Mutter besuchen, denn sie war schließlich ihre Lieblingsenkelin. Sarith fuhr ab, und Elsa hoffte von ganzem Herzen, daß Oma Moses de Meza viele Wochen im Sterben liegen würde. So lange dauerte es jedoch nicht, denn schon nach einer Woche starb Sariths Großmutter und wurde beerdigt. Tante Rachel war der Meinung, daß sie während der Trauerzeit auf keinen Fall nach Paramaribo reisen konnte. Es schickte sich nicht, auf Bälle zu gehen, wenn die Großmutter gerade erst gestorben war, und der traditionelle Ball der de Ledesmas würde wegen des Todesfalls ohnehin nicht stattfinden. Die de Ledesmas verbrachten den Jahreswechsel auf Hebron, Gründe genug also für Sarith, ruhig zu Hause zu bleiben.

In der Nacht auf den 10. Januar 1768 wurde Elsas Baby geboren. Alles verlief gut und problemlos. Maisa war sehr aufgeregt gewesen, und als die Wehen am Abend zuvor einsetzten, hatte Alex die Hebamme geholt. Nervös hatte Rutger die Nacht in seinem Büro verbracht und gegen drei Uhr morgens ein leises Schreien gehört. Eine halbe Stunde später hatte Maisa ihn gerufen, und er hatte eine glückliche Elsa sehen können, die Haare noch schweißnaß, aber mit einem Lächeln im Gesicht, während sie den kleinen Jungen neben sich betrachtete. Rutger hatte das kleine Köpfchen gesehen und unter Protesten der Hebamme die Decke zurückgeschlagen, um zu sehen, ob bei seinem Sohn auch alles an der rechten Stelle wäre, hatte Elsa auf die Stirn geküßt und gesagt: »Meinen herzlichen Glückwunsch, mein Liebling, was für einen prächtigen Sohn wir haben. Wie sollen wir ihn nennen?«

»Sag du es, welchen Namen hattest du gedacht?« sagte Elsa.

»Was hältst du von Gideon?« fragte Rutger. »So hieß mein Großvater.«

»Dann heißt er Gideon Rutger«, sagte Elsa.

Maisa trug ein Tablett mit mehreren Tassen Kakao herein, und Rutger wurde von ihr ohne Pardon ins Gästezimmer geschickt, in dem er schlafen sollte, denn, wie sie sagte, sei es höchste Zeit, daß »nun endlich mal geschlafen wird«.

6. KAPITEL

SARITH

Einige Tage später hielt an der Plantage Hebron ein Zeltboot, das auf dem Weg zu einer Plantage am Oberlauf der Suriname war. Die Klingel des Bootes läutete, und ein Laufbursche rannte zum Steg, um zu sehen, was los war. Mit einem Brief wedelnd, lief er wieder zurück zum Haus, wo Masra Levi bereits auf der Vorderveranda stand, um ihn entgegenzunehmen. Kurz darauf war die Aufgeregung im Haus groß. Im Brief von Rutger stand, daß Elsa vor einigen Tagen einen Sohn bekommen habe. Ein kräftiger, gesunder Junge von fast sieben Pfund. Mutter und Kind seien wohlauf. Strahlend erzählte Onkel Levi es seiner Frau, Sarith und Ashana, die angerannt kamen. Innerhalb weniger Augenblicke wußte es die ganze Plantage. Ashana wollte mehr wissen. Wie hieß das Kind? Wem sah es ähnlich, war alles gut gegangen? Stand wirklich nicht mehr in dem Brief? Hatte das Kind Haare? Welche Augenfarbe? Onkel Levi mußte lachen. »Ich weiß es nicht, Ashana, aber wir fahren in die Stadt, um es anzusehen. Fahr doch mit, dann kannst du es selbst begutachten.«
Und Ashana, die die Plantage fast nie verließ und nur ganz selten einmal in der Stadt gewesen war, beschloß, mitzufahren, um ihre Misi und deren Kind zu sehen. Während aufgeregt geredet und diskutiert wurde, setzte

sich Sarith draußen in den Freisitz. Mit einem Buch auf dem Schoß sah sie vor sich hin. So, das Baby war also da. Elsa hatte einen Sohn. Nein, Elsa und Rutger hatten einen Sohn. Rutger! In was für eine Lage waren sie drei geraten. Eigentlich verstand sie selbst nicht recht, wie alles so weit hatte kommen können, aber die Tatsachen sprachen für sich.

In den letzten Wochen auf Hebron hatte sie ausgiebig über alles nachdenken können. Sie hatte von der Möglichkeit geträumt, daß Elsa im Kindbett sterben könnte. So viele Frauen starben schließlich im Kindbett. Elsas eigene Mutter doch auch? Dann wäre Rutger frei und würde sie heiraten. Zuerst hatte sie sich überlegt, daß es vielleicht besser wäre, wenn das Baby auch gleich stürbe, aber später hatte sie sich ausgemalt, daß es besser wäre, wenn es am Leben bliebe, denn mit einem Baby wäre es selbstverständlich, daß Rutger wieder heiraten müßte. Und man fände es dann noch selbstlos von ihr, daß sie die Mutter des Kindes ihrer Stiefschwester würde. Ein Baby war schließlich kein Problem, Sklavinnen gab es genug, die es pflegen und stillen konnten. Natürlich würde sie dann diese Maisa nicht behalten, aber die würde vielleicht auch nicht bleiben wollen, wenn ihre geliebte Misi Elsa nicht mehr da wäre, obwohl, vielleicht doch, wegen des Kindes, nun, sie würde schon sehen. Das Baby war jetzt da, aber in dem Brief war von Krankheit keine Rede, im Gegenteil, Mutter und Kind waren wohlauf; na ja, es konnte noch alles mögliche passieren. Oft hatte sich Sarith gefragt, ob sie Rutger wirklich liebte. Eigentlich mußte sie sich eingestehen, daß er nicht ihr Typ war; manchmal fand sie ihn sogar langweilig, wenn er über bestimmte Dinge redete oder sich über das

Unrecht der Sklaverei aufregte. Das war doch Unsinn, jeder wußte, daß es die Schwarzen nur deshalb gab, um Sklaven zu sein, und die mußte man eben streng bestrafen, um sie im Zaum zu halten. Aber wenn sie dann sah, wie charmant, aufmerksam und voller Fürsorge er Elsa gegenüber sein konnte, dann spürte sie einen Stich der Eifersucht in ihrem Herzen und wollte ihn ganz für sich haben. Manchmal hatte sie das Bedürfnis, in deren Schlafzimmer zu gehen, um Elsa aus dem Ehebett zu zerren und sich selbst an Rutgers Seite zu legen.
Manchmal fragte sie sich auch, wie Elsa reagiert hätte, wenn die Rollen vertauscht gewesen wären, hatte sich aber eingestehen müssen, daß Elsa an ihrer Stelle niemals so gehandelt hätte. Wenn sie mit Rutger oder wem auch immer verheiratet wäre, würde Elsa nie versuchen, ihr den Mann wegzunehmen, einfach deshalb, weil es nicht ihre Art war.
Jedesmal, wenn Sarith sich überlegte, daß Elsa, Rebecca, und alle anderen Mädchen in ihrem Alter bereits verheiratet waren, dann ärgerte sie sich. Wie war das nur möglich? Sie war doch viel hübscher als alle anderen. Nächste Woche, am 22. Januar, war ihr zwanzigster Geburtstag. Welche zwanzigjährige Frau in der Kolonie war denn noch ledig? Ausgerechnet sie, Sarith , die hübscheste von allen. Wenn sie darüber nachdachte, wurde sie wütend und aufsässig. Es mußte dringend etwas geschehen. Aber was? Sie wußte es nicht.
Drei Tage später waren sie in Paramaribo. Onkel Levis Gepäck und das ihrer Mutter wurde zu den De Ledesmas gebracht, das von Sarith hingegen in die Wagenwegstraat, denn natürlich würde sie dort wohnen. Was für eine Überraschung, als dort plötzlich die ganze Familie

stand. Jeder mußte das Baby bewundern, und Elsa kamen die Tränen, als sie Ashana sah. Daß Ashana die Reise in die Stadt einzig und allein gemacht hatte, um ihr Baby zu sehen! Maisa erzählte stolz, daß es Misi Elsa ausgezeichnet ginge, sehr gut, ja, fast unanständig gut. Eine Wöchnerin sollte doch eigentlich zwei Wochen völlige Ruhe haben, aber bei Misi Elsa war nicht daran zu denken, sie wolle sogar aufstehen, aber davon konnte nach Maisas Meinung keine Rede sein, und die Hebamme fand das auch. Alle Wöchnerinnen blieben doch mindestens zwei Wochen im Bett, und wer hatte je von einer Weißen gehört, die schon eine Woche nach der Entbindung aus dem Bett kam?
Als Rachel fragte, ob sie denn eine gute Amme hätten, lachte Maisa. Keine Amme, nein, Misi Elsa stille ihr Kind selbst, sie habe Milch genug und bestehe darauf, es selbst zu tun, auch Masra Rutger sei damit absolut einverstanden. Er habe sogar gesagt, daß Misi Elsa so gesund sei, daß für seinen Sohn nichts besser sein könne als die Milch seiner eigenen Mutter; eine Amme könne dem Kind wer weiß was für eine Krankheit übertragen. Und dieser Masra Rutger, der freue sich so über seinen Sohn. Ja, Misi Rachel, er lege sich sogar zu Frau und Kind auf das Bett und genieße es richtig, beiden beim Stillen zuzuschauen. Maisas dunkles Gesicht strahlte, während sie das alles erzählte, und Sarith konnte sich des Eindrucks nicht erwehren, daß sie das so stolz vor ihr ausbreitete, um ihr zu zeigen, daß zwischen ihrer Misi und ihrem Masra alles in bester Ordnung war.
Sarith hatte Elsa herzlich umarmt, um ihr zur Geburt ihres Sohnes zu gratulieren. Sie hatte an der Wiege gestanden und gesagt: »Oh, Elsa, er ist bildhübsch.«

Später war Mini-mini mit einem großen Gesteck, auf dem »Herzlichen Glückwunsch zur Geburt von Gideon Rutger« stand, hereingekommen. Als die übrige Verwandtschaft dabei war, hatte Sarith Rutger nur die Hand gegeben und gesagt: »Meine Glückwünsche zu deinem Sohn.« Doch als sie Rutger abends im Flur begegnet war, hatte sie gesagt: »So, du bist also Vater.« Sie hatte ihn damit provozieren wollen, aber das war ihr nicht gelungen, denn Rutger hatte bereits die Klinke in der Hand und nur kurz erwidert: »Ja, ist das nicht toll?«, war ins Schlafzimmer gegangen, wo Elsa ihn mit dem Baby im Arm schon erwartete, und hatte die Tür hinter sich geschlossen.

Elsa

Vater Levi konnte nicht lange in der Stadt bleiben, er hatte Elsa noch einige Male besucht, mußte aber nach wenigen Tagen wieder zurück auf die Plantage, weil Aufseher Mekers seinen Jahresurlaub nahm; Ashana fuhr natürlich mit ihm zurück. Als Sarith einige Tage in der Stadt war – das Baby war jetzt zehn Tage alt –, hatte Rutger gesagt, daß er am Abend auf eine Feier müsse. Die Einladung war schon vor zwei Wochen erfolgt. Elsa konnte ihn natürlich nicht begleiten, statt dessen wollte er mit Sarith hingehen. Elsa hatte nichts geantwortet; sie wußte, daß Sarith sich nur allzusehr freute, allein mit Rutger ausgehen zu können.
Als sie nach Hause kamen, lauschte Elsa angespannt, ob Rutger in Sariths Zimmer ging. Sie erwartete es fast, aber sie hatte das Schließen der Eingangstür gehört, die Schritte auf der Treppe und dann Rutgers Stimme: »Also

dann, gute Nacht, Sarith«, und im nächsten Augenblick war er in ihrem eigenen Zimmer. Sie hörte noch, wie Sarith hinunterrief: »Mini-mini, wo bist du?«

»Oh, du bist ja noch wach«, sagte Rutger, und er begann zu erzählen, wie nett es gewesen sei. Die Schwestern Lobo, Mädchen von fünfzehn und sechzehn Jahren, Elsa kenne sie doch, hätten sehr schön gesungen: französische, englische, niederländische und vor allem portugiesische Volkslieder. Und er habe sich überlegt, daß es gut wäre, auch eine Feier zu organisieren.

In zwei Tagen, am zweiundzwanzigsten, hätte doch Sarith Geburtstag, sie würde zwanzig; das sei doch ein guter Anlaß für eine Feier, und dann könnte auch jeder das Baby sehen.

»Eine Feier?« hatte Elsa verwundert gerufen. »Aber Rutger, ich liege noch im Bett, wie soll denn das gehen?«

»Ach, Elsa, du brauchst doch nichts zu tun, Maisa wird für alles sorgen, ich gebe ihr zusätzliches Geld, um alles einzukaufen. Ich habe die Musiker schon bestellt und werde selber zusammen mit Alex dafür sorgen, daß die Beleuchtung und alles andere in Ordnung ist.«

»Aber wie kann ich denn Gäste empfangen, wenn ich im Bett liege?« Elsas Stimme klang nun wirklich böse.

»Das ist hier eine ganz normale Sache. Wenn die Beschneidung eines jüdischen Kindes stattfindet, liegt die Mutter doch auch noch im Wochenbett, und die Feier findet ohne weiteres im Haus statt. Ich habe vorhin schon einige Leute eingeladen, und es ist für Sarith doch auch nett, wenn ihr Geburtstag mit einem Fest gefeiert wird«, sagte Rutger.

»Für Sarith, natürlich, für Sarith«, sagte Elsa mit Tränen in den Augen.

»Ach Liebling, nun sei nicht böse.« Rutger bückte sich und küßte die Stirn seiner Frau. »Laß uns das doch für sie tun. Schau, du hast gerade einen prächtigen Sohn bekommen, aber was hat sie eigentlich? Es ist doch nichts dabei, eine Feier für sie auszurichten? Sie fühlt sich dann sicher geschmeichelt und wird bestimmt netter zu dir sein.«

Elsa sagte nichts mehr. Vielleicht hatte Rutger ja recht, vielleicht war alles zwischen Sarith und ihm schon vorbei. Er war schließlich sofort zu ihr gekommen.

Am nächsten Tag herrschte reges Treiben im Haus. Sarith selbst ging zu Esther und Rebecca, um ihnen mitzuteilen, daß eine Feier zu ihrem zwanzigsten Geburtstag stattfinden würde. Tante Rachel, die noch in der Stadt war, hatte Bedenken gehabt; schließlich war Oma Moses de Meza erst vor kurzem gestorben. Aber gut, die Feier war bei Elsa, und sie war keine direkte Verwandte der Verstorbenen.

Elsa hatte Maisa ständig bekniet, doch bitte aufstehen zu dürfen, sie fühle sich prima, aber Maisa war nicht umzustimmen. Eine weiße Frau könne nun einmal nicht vor dem sechzehnten Tag aufstehen. Wer weiß, was das für Folgen haben würde, und als Elsa verstimmt entgegnete, daß die meisten Sklavinnen mit ihren Babys schon nach drei Tagen wieder herumliefen – was für einen Unterschied mache das denn, eine Frau sei schließlich eine Frau –, hatte Maisa kurz angebunden und bestimmt gesagt: »Schwarze sind eben Schwarze.«

Am 22. Januar war alles auf den Beinen. Rutger hatte sich extra einen Tag frei genommen. Elsa lag mit einem skeptischen Gesicht oben und hörte die Schritte unten hin und her gehen. Im Vordersaal wurden Stühle be-

reitgestellt, für das Souper würde der lange Tisch im Eßzimmer gedeckt, und Porzellan, Kristall und Silber waren von Amimba und Afanaisa tadellos geputzt worden.
Als Rutger zwischendurch kurz bei ihr im Zimmer war und sie betrachtete, fragte er: »Was machst du für ein böses Gesicht, Elsa.«
»Ach«, antwortete Elsa schulterzuckend, »ist das alles nicht sehr bezeichnend, was sich hier im Haus abspielt? Eine Feier wird zu Ehren einer anderen Frau ausgerichtet, und ich darf hier oben im Bett liegen.«
»Liebling, fühlst du dich ein bißchen vernachlässigt? Nicht doch, schau, die Feier ist doch auch zu Ehren unseres Sohnes! Und wer hat diesen wunderbaren Sohn bekommen, du doch, komm, sei fröhlich.« Rutger sah ihr lächelnd in die Augen, während er ihr Gesicht mit dem Finger hochhob. »Aber weißt du was? Damit du dich nicht so allein fühlst, essen wir heute Mittag hier im Zimmer, einverstanden?« Und er rief an der Treppe Maisa zu, sie solle einen Tisch in Misi Elsas Zimmer stellen, damit sie dort essen konnten.
Maisa tat dies sehr ungern: »Gleich kommen noch Ameisen an das Baby«, wie sie bemerkte, aber sie freute sich auch, daß Masra Rutger offenbar so gerne bei seiner Frau war, daß er bei ihr im Zimmer zu Mittag essen wollte. Sarith kam jedoch nicht zum Essen. Mini-mini gab Bescheid, sie habe keinen Hunger, und so aßen Rutger und Elsa also allein, und Elsa war wieder etwas fröhlicher.
Nach dem Essen – Rutger lag bereits zur Mittagsruhe mit nur einer dünnen Schlafhose und nacktem Oberkörper auf dem Bett, Elsa schlief schon halb – klopfte es leise an

der Tür. Es war Mini-mini, die fragen sollte, ob der Masra Rutger kurz zu Sarith herüberkommen könne.
Rutger ging aus dem Zimmer, Elsa wartete und wartete, doch er kam nicht zurück, eine halbe Stunde verstrich, fast eine Stunde, wo er wohl blieb? Er würde doch nicht die ganze Zeit bei Sarith sein? Elsa wurde wütend, das ging doch zu weit, sie mußte wissen, ob Rutger bei Sarith im Zimmer war. Sie mußte aufstehen. Langsam ließ sie die Füße vom Bett gleiten und stellte sich hin. Oh, was für ein unangenehmes Gefühl sie in den Beinen und Füßen hatte, als würden tausend Nadeln in ihre Füße stechen, und ihre Beine waren so kraftlos. Vielleicht hatte Maisa recht, vielleicht war es schlecht, vor dem sechzehnten Tag aufzustehen, aber sie mußte, sie mußte. Schritt für Schritt schob sie sich vorwärts, ihre Füße brannten, aber sie ging langsam zur Tür und dann auf den Flur, langsam, Schritt für Schritt, oh, die Füße, die Nadeln, da war Sariths Tür. Sie hörte keinen Laut. Vielleicht war Rutger gar nicht dort, vielleicht war er unten. Ob sie ihn an der Treppe rufen sollte? Doch dann hörte sie plötzlich leise Stimmen im Zimmer. Sie bückte sich, sah durch das Schlüsselloch und konnte gerade ein Stück vom Bett sehen. Sie sah Rutgers nackte Schulter, Sariths nackten Arm und ihr schwarzes Haar, das über dem Kissen und an seiner Schulter lag.
Elsa spürte einen stechenden Schmerz in der Brust. Oh, wie gemein, wie schamlos von Rutger, wie konnte er nur! Und sie hatte gedacht, daß alles vorbei war zwischen ihm und Sarith. Sarith; sie könnte sie umbringen. Sie spürte, daß sie ohnmächtig wurde, es war, als könne sie sich nicht mehr auf den Beinen halten, und schon brach sie zusammen, aber im gleichen Augenblick war da ein star-

ker Arm, der sie in der Taille stützte, und eine Stimme, die ganz nahe war und sagte: »Komm, meine kleine Misi, komm.«

Es war Maisa.

Elsa wußte nicht, wie Maisa hatte ahnen können, daß sie da an der Tür war. Der starke Arm hielt sie und führte sie in ihr Zimmer. Noch bevor sie ihr Bett erreicht hatte, weinte Elsa und schluchzte an Maisas Schulter. Maisa sagte zunächst nicht viel, sie half ihrer Misi, ins Bett zu gehen, und sah kopfschüttelnd auf die junge Frau, die dort vor ihr ins Kissen schluchzte.

Als sie sich beruhigte, begann Maisa zu reden: »Wir haben dich großgezogen, Ashana und ich, wir haben dir beigebracht, was wir für richtig hielten für eine weiße Misi, wir haben dir beigebracht, eine liebe Frau zu werden, andere zu lieben, Gutes zu tun, aber nicht das hätten wir dir beibringen dürfen, schau, wie falsch wir alles gemacht haben; wir hätten dich lehren sollen, eine gemeine Frau zu werden. Sieh, was jetzt mit dir passiert, du bist lieb, du bist gut, aber die anderen, die sind nicht gut, die sind nicht lieb, die sind gemein und bringen dich zum weinen. Sei nicht mehr gut, sei nicht mehr die liebe Misi Elsa, werde so gemein wie sie, schick diese Frau weg, laß sie aus deinem Haus verschwinden.«

»Wie kann ich sie wegschicken, Maisa«, Elsa hob schluchzend den Kopf, »jeder denkt, daß wir Freundinnen sind, ich kann sie nicht wegschicken.«

»Du mußt sie wegschicken. Sie liebt dich nicht, sie hat dich nie geliebt, das kann ich dir sagen. Jetzt ist keine Zeit mehr zu glauben, sie wäre deine Freundin, Misi Elsa, jetzt mußt du kämpfen, ja, kämpfen.«

Maisa sah Elsa streng an, dann ging sie zu dem Bettchen,

in dem das Baby schlief, schob den Vorhang beiseite und nahm das Kind hoch, das weinend protestierte, weil es aus dem Schlaf gerissen wurde. Mit dem schreienden Kind auf dem Arm ging sie zum Bett und sagte zu Elsa: »Schau, wenn du nicht für dich kämpfen willst, so kämpfe für ihn, laß diesen Vampir seinen Vater nicht aussaugen.«

Elsa war jetzt still, sie trocknete die Tränen mit einem Lakenzipfel. Es war gut, daß sie nun endlich mit Maisa darüber sprach, aber die hatte leicht reden. Wie konnte sie Sarith bekämpfen, wie konnte sie sie wegschicken? Was würde Rutger dazu sagen?

»Wie soll ich denn kämpfen, Maisa?« Elsa sah verzweifelt zu Maisa, die das Baby wieder in sein Bettchen legte. Maisa drehte sich um, ging wieder zum Bett und sagte: »Sag mir, daß du kämpfen wirst, dann werde ich dir helfen.«

»Aber du wirst doch keine schwarze Magie veranstalten, Maisa?«

»Hab keine Angst, ich bin keine Hexe«, antwortete sie ruhig.

Sie schüttelte Elsas Kissen auf, nahm den Fächer zur Hand, und während sie sich an das Bett setzte, sagte sie: »Schlaf jetzt.«

Elsa sah Rutger an diesem Nachmittag nicht mehr. Als sie später aufwachte, hörte sie ihn unten mit Alex sprechen, und er kam erst wieder in ihr Zimmer, als die ersten Gäste bereits da waren und er sie nach oben führte, um Elsa zu begrüßen und das Baby anzuschauen. Einige Stunden später war das Fest in vollem Gange, es wurde getanzt, getrunken, gegessen. Elsa langweilte sich nicht oben in ihrem Zimmer und war auch nicht allein,

denn immer waren einige Gäste bei ihr, vor allem Damen, die ihr ein bißchen Gesellschaft leisteten, sich mit ihr unterhielten und vor allem wissen wollten, wie die Geburt verlaufen war. Irgendwann wurde es unten ruhiger, und dann konnte man das Singen der Geschwister Lobo hören. Sie sangen verschiedene Lieder, jedesmal durch lauten Beifall unterbrochen, und schließlich kamen sie mit Rutger, einem der Geiger und noch einigen Damen nach oben.
Rutger sagte, daß sie nun Elsa etwas vorsingen würden, und die Mädchen sangen ein Lied nach dem anderen. Rutger saß neben Elsa auf dem Bett und sah sie an: »Nun, Elsa, was sagst du dazu, das war dein eigenes Ständchen. Es gibt bestimmt nicht viele Frauen, die sagen können, man hätte ihnen am Wochenbett ein Ständchen gebracht.« Und er streichelte Elsa zärtlich über das Haar.
Nach dem Singen wollten die beiden Schwestern gerne noch ein wenig oben bleiben, um sich mit Elsa zu unterhalten. Sie saßen in den Korbstühlen, Rutger saß neben Elsa auf dem Bett. Immer mehr Leute kamen nach oben. Das Zimmer war voll, und jeder lachte und redete. Unten wurde indessen weitergetanzt. Rutger forderte im Laufe des Abends eine Dame nach der anderen auf. Als er mit einer der Schwestern Lobo am Arm gerade wieder nach oben gehen wollte, stand plötzlich eine wütende Sarith vor ihm. »Wo bleibst du denn, ich sehe dich überhaupt nicht, du vernachlässigst mich«, sagte sie schnippisch.
»Ich vernachlässige dich?« rief Rutger verwundert. »Mein liebes Kind, dieses ganze Fest ist für dich. Wie kannst du denn sagen, daß ich dich vernachlässige?« Und er ging weiter nach oben, um kurz darauf mit der

anderen Schwester Lobo am Arm wieder hinunterzukommen.
Er schien besonders begeistert von den Sängerinnen zu sein, und ansonsten war er fast den ganzen Abend bei Elsa im Zimmer. Als Sarith Rutger an diesem Nachmittag in ihr Zimmer gelockt und verführt hatte, war sie sich sicher gewesen, er würde den ganzen Abend nur mit ihr tanzen, und Elsa würde allein in ihrem Zimmer liegen. Und jetzt ging er ständig hoch zu ihr. Oh, es gab Männer genug, die mit ihr tanzen wollten. Zornig ging sie wieder in den Vordersaal.
Das Fest ging sehr angeregt weiter, und die Gesellschaft oben wurde immer größer. Weit nach Mitternacht verabschiedeten sich die Gäste; manche bestiegen eine Kutsche, andere waren zu Fuß unterwegs, begleitet von einigen Sklaven mit brennenden Lampen in der Hand. Die hatten den ganzen Abend auf dem Hof bei den Sklavenunterkünften verbracht und waren auch verköstigt worden.
Zu der letzten Gruppe von Gästen gehörten die Geschwister Lobo. Als galanter Gastgeber begleitete Rutger sie zu der Kutsche, die vor der Tür stand. Als er danach wieder hineinging, stand Sarith in der offenen Vordertür.
»Nun, Sarith, hat dir das Fest gefallen?« fragte Rutger freundlich.
»Gefallen, gefallen?« Sariths Stimme klang schrill. »Den ganzen Abend nur Annetje und Meta, Meta und Annetje«, sie sagte es in einem Ton, als würde sie jemanden nachahmen, »ich weiß, was du willst, du bist wohl verliebt in eine von ihnen, ja, gib's doch zu.«
Verwundert sah Rutger sie an. »Ach, Sarith, mach dich doch nicht lächerlich«, sagte er und ging weiter, doch

Sarith kam ihm hinterher. »Ja, jetzt bin ich lächerlich, nicht, das also hältst du von mir.«
»Geh zu Bett, Sarith, du bist sicher müde«, sagte Rutger ruhig.
Er ging weiter nach oben. Sarith lief ihm hinterher, ihre Stimme wurde immer schriller. »Ich weiß, was du willst, du willst eine von ihnen, und mich willst du loswerden.« Während sie das sagte, faßte sie Rutgers Hand. Der wurde böse, schlug ihre Hand weg und sagte knapp: »Wie kann ich dich loswerden wollen, wir gehören nicht zueinander. Stell dich nicht so an.«
»Siehst du, wir gehören nicht zueinander, was?« Sarith schrie jetzt.
»Nein, meine Frau ist hier drinnen.« Mit diesen Worten öffnete Rutger die Zimmertür, ging hinein, und schlug sie krachend vor Sariths Nase zu.
»Pssst, du weckst das Baby noch«, sagte Elsa, die alles mitangehört hatte. Innerlich jubelte sie. Rutger und Sarith hatten Krach, wie herrlich. Sie hatte Rutger eigentlich zur Rede stellen wollen, aber das hier war viel besser.
»Das gibt's doch nicht«, sagte Rutger, »macht mir die Frau da eine Eifersuchtsszene.«
»Tja«, sagte Elsa ruhig, »vielleicht meint sie, daß sie das Recht dazu hat.«
»Recht? Woher denn?« Wütend begann Rutger sich auszuziehen.
Rutger durfte auf keinen Fall böse auf sie werden. Als er sich neben sie legte, sagte sie: »Wie süß die Mädchen gesungen haben, nicht? Wir sollten sie öfter einladen, wir werden bestimmt gute Freunde.«
Und sie überlegte, daß das vielleicht sogar die beste Möglichkeit war, Sarith loszuwerden.

Maisa

Am Morgen nach dem Fest, in aller Frühe, als jeder im Haus noch schlief und auch auf dem Hof alle Fenster der Sklavenräume noch verschlossen waren, ging Maisa durch den Sklaveneingang auf die Straße. Sie begab sich auf den Markt im Oude Oranjetuin. Hier wurde der Sklavenmarkt abgehalten, und es gab auch allerlei Lebensmittel zu kaufen. Auf dem Markt, wo schon ziemlich viel los war, ging sie herum, sprach mit der Obstverkäuferin, kaufte einige große Manjas und ließ sich eine alte Frau zeigen, die getrockneten Fisch verkaufte und mit einer kleinen Tonpfeife im Mund hinter ihrer Ware saß. Maisa kaufte einige Stücke Fisch bei ihr und begann ein Gespräch mit der alten Frau. Die nahm die Steinpfeife aus dem Mund, spuckte hinter sich auf den Boden und begann Maisa umständlich etwas zu erklären.

Kurze Zeit später verließ Maisa den Markt, ging in Richtung Saramaccastraat und eilte weiter. Sie hatte einen langen Weg vor sich, denn sie ging nach Kau-Knie. Dort würde sie Ma Akuba aufsuchen. Nene Duseisi, die Fischverkäuferin, hatte ihr gerade erklärt, wo sie sie finden würde. Bei Ma Akuba würde sie Hilfe finden, um ihrer geliebten Misi Elsa zu helfen und sie von der verfluchten Misi Sarith zu erlösen.

Es war unter den Sklaven allgemein bekannt, daß diese Ma Akuba sich mit der Schwarzen Kunst gut auskannte, und sie wohnte zusammen mit Ta Agosu, der ein Magier war. Als sie das kleine unscheinbare Häuschen erreichte, das in einem offenen und verwilderten Hof stand, blieb sie an der Tür stehen und rief: »Guten Morgen, Ma Akuba.«

»Wer wünscht mir einen guten Morgen?« klang die Stimme aus dem Haus.
»Ich bin es, Maisa, ich will Ma Akuba um etwas bitten.«
Die Tür wurde aufgesperrt. Auf einer Bank im Haus saß Ma Akuba, eine alte Schwarze, großgewachsen und mit groben Zügen, scharf lauernden Augen, das Haar vom Alter ganz gelbgrau. Sie hatte ein gegerbtes Gesicht; Schultern und Rücken waren mit einem Tuch bedeckt, das unter ihren Brüsten festgemacht war.
Sie sah Maisa streng an, wie sie da auf dem Hof stand, nahm die Pfeife aus dem Mund und sagte: »Wer ist Maisa, ich kenne dich nicht.«
»Ich bin die Sklavin von Misi le Chasseur, früher war ich auf einer Plantage und bin erst seit kurzem in der Stadt, aber es ist Ma Akubas Freundin, Nene Duseisi, die mich hergeschickt hat.«
»Setz dich«, brummte Ma Akuba zur Antwort, während sie auf die Schwelle des Häuschens zeigte, »erzähl mir, was los ist.«
Maisa begann zu reden und erzählte von ihrer Misi und deren Mann, zwischen denen eigentlich alles gut sei, und von der anderen Frau, die den Mann ihrer Misi beeinflusse und ihn seiner Frau wegnehme. Die alte Frau ging in eine Kammer und kam mit einem kleinen Wasserkrug, einer tönernen Schüssel, einer Kerze und einem Spiegel wieder heraus. Sie setzte sich, stellte die Schüssel zwischen ihre Beine auf den Boden, goß etwas Wasser aus dem Krug hinein, zündete dann die Kerze an und hielt den Spiegel davor. Während sie unentwegt in den Spiegel sah, murmelte sie einige Worte vor sich hin. Danach blies sie die Kerze aus, schloß die Augen und verharrte so eine Weile. Dann goß sie das Wasser aus der Schüssel

wieder zurück in den Krug und hielt Maisa die leere Schüssel hin. Diese nahm rasch ein zusammengeknüpftes Taschentuch aus der Rocktasche und legte einen Gulden in die Schüssel. Ma Akuba sagte: »Ich werde dir etwas zubereiten, aber dafür mußt du mir morgen abend ein Huhn, drei Eier, eine Flasche süßen Rum und ein Kleidungsstück von deinem Masra und der anderen Frau bringen.«

»Danke, Ma Akuba, vielen Dank!«

Maisa stand auf und verließ schnell den Platz; ihr war das alles schrecklich unheimlich, aber sie würde alles dafür tun, ihre Misi glücklich zu machen.

Als sie nach Hause kam, war jeder bereits auf, und bei Afanaisa, Amimba und Mini-mini gab es viel Geflüster und Gekicher. Was war passiert? Die drei Mädchen beeilten sich, Maisa zu erzählen, daß Misi Sarith und Masra Rutger sich gestritten hätten. Heute morgen, als Masra Rutger frühstückte, war Misi Sarith noch im Schlafgewand heruntergekommen und hatte ihm lauter böse Worte gesagt. Er wurde wütend, war vom Tisch aufgestanden und hatte gesagt, daß er in seinem Haus tun könne, was er wolle, und wenn das Misi Sarith nicht paßte, könnte sie gehen. Mit diesen Worten war er gegangen, und sie war lautlos in ihrem Zimmer verschwunden. Sie hatte sich danach von Mini-mini den Rücken massieren lassen, und Mini-mini hatte gesehen, daß sie weinte.

Gut so, dachte Maisa, alles lief wie geplant. Alle Sklaven im Haus wußten natürlich, was los war, und alle, sogar Mini-mini, standen auf Misi Elsas Seite.

Maisa hoffte, daß das ausreichen würde, damit Misi Sarith endlich ginge. Doch sie blieb schmollend den

ganzen Tag über in ihrem Zimmer und schickte Mini-mini, um ihr zu essen und zu trinken zu holen. Maisa überlegte angestrengt, wie sie an ein Kleidungsstück von Misi Sarith kommen konnte. Sie trug Mini-mini auf, die Wäsche von Misi Sarith zu holen und sagte ihr später, daß Lena beim Bügeln ein Hemd von Misi Sarith versengt hätte. Mini-mini brauche keine Angst zu haben, sie würde es Misi Sarith selber sagen. Kurz darauf klopfte sie an Sariths Zimmertür. Als diese Maisa sah, erschrak sie. Sie hatte Angst vor Maisa, denn sie wußte, daß diese Elsa über alles liebte. Vielleicht war sie hier, um sie fortzuschicken. Als Maisa sich für ein versengtes Hemd entschuldigte, war Sarith sehr erleichtert.
»Es macht nichts, Maisa, laß nur«, sagte sie. Was scherte sie denn ein versengtes Hemd, es gab viel Schlimmeres in der Welt.

Elsa

Am nächsten Tag erlaubte Maisa Elsa endlich aufzustehen. Bevor sie angekleidet wurde, wickelte Maisa eine Bauchbinde von anderthalb Meter Länge sehr eng um ihren Bauch, um dafür zu sorgen, daß ihre Figur wieder schön würde. Danach ging sie ganz langsam und vorsichtig ins Eßzimmer, wo sie in einen Schaukelstuhl ans Fenster gesetzt wurde.
Sarith hatte sich zwei Tage lang wütend in ihrem Zimmer aufgehalten, doch schien sie einzusehen, daß sie in diesem Haus immer noch zu Gast war und sich nicht so verhalten konnte. Sie kam herunter, unterhielt sich mal mit Elsa, mal mit Rutger, und ansonsten las sie in einem Buch.

Elsa wäre es am liebsten gewesen, wenn Rutger und Sarith sich weiterhin stritten, und sie überlegte, wie sie das erreichen konnte.
Abends im Bett fragte sie Rutger, was er davon hielte, wenn sie für den kommenden Sonntag einige Gäste zum Essen einlade.
»Wird das nicht zu anstrengend für dich?« hatte Rutger gefragt.
»Aber nein, im Gegenteil, ich fände es sehr angenehm, am ersten Sonntag, an dem ich wieder auf den Beinen bin, einige Leute um mich zu haben, ich bin ja schließlich nicht krank. Was hältst du von den Van Schaiks und den Mädchen Lobo, und vielleicht auch Chaim und Hanna Lobo mit ihrem Baby?«
Rutger war einverstanden. Morgen war bereits Freitag; er würde Alex mit den Einladungen zu den verschiedenen Adressen schicken.
Unterdessen hatte Maisa am Abend nach ihrem ersten Besuch bei Ma Akuba die geforderten Dinge gebracht und erfahren, daß sie das Nötige am Samstag abholen könne. Nachdem Maisa ihr an jenem Samstagabend noch einen Gulden gegeben hatte, bekam sie eine Flüssigkeit in einer kleinen schwarzen Flasche mit der ausdrücklichen Anweisung, einen halben Löffel davon morgens in das erste Getränk der schlechten Frau zu tun.
Sarith war nun wieder äußerst lieb und nett zu Rutger. Sie hatte gemerkt, daß sie nichts erreichen würde, wenn sie ihm weiterhin böse wäre, und schließlich hatte sie einen Plan. Sie war am Sonntag bei der Familie De Miranda auf deren Landwohnsitz in der Combé eingeladen worden. Sie wollte mit Rutger hingehen, ihm dies aber erst am Sonntagmorgen sagen, denn sie befürchtete,

daß er sonst mit Elsa darüber sprechen und sie ihn bitten würde, bei ihr zu bleiben.

Am Sonntagmorgen war Rutger allein in die Kirche gegangen. Sarith war schon früh auf. Mini-mini machte für ihre Herrin eine Tasse Kaffee in der Küche. Während sie damit beschäftigt war, trug Maisa ihr auf, rasch einen Eimer Wasser an der Regentonne zu holen, und sobald Mini-mini weg war, schüttete Maisa schnell die Flüssigkeit in Sariths Kaffee.

Als Rutger aus der Kirche kam, war Elsa bereits im Eßzimmer. Kurz darauf kam Sarith herein. Sie hatte ein schönes, weißes Musselinkleid mit rosa Schleifen an und sagte mit sanfter Stimme: »Du, Rutger, ich habe eine Einladung zum Essen auf dem Landsitz der De Mirandas. Ich hatte gedacht, es wäre vielleicht nett, wenn du mich begleitest, sonst sitzt du doch nur den ganzen Tag hier zu Hause.«

»Das wird nicht gehen«, sagte Rutger, während er sie ansah, »wir bekommen selber Gäste zum Essen, wußtest du das nicht?«

Das hatte Sarith nicht erwartet.

»Oh, ja, wußtest du das nicht, Sarith«, sagte nun Elsa, »wir bekommen Gäste, die Van Schaiks und Meta und Annetje Lobo. Rutger wird sie nachher mit der Kutsche der Van Omhoogs abholen.«

Sarith wurde böse, schon wieder diese Geschwister Lobo, das hatte Elsa natürlich mit Absicht gemacht, um sie zu ärgern.

»Natürlich, die Geschwister Lobo, was? Also wirst du mich nicht begleiten«, schrie sie Rutger an.

»Nein, ich bleibe hier bei meinen Gästen«, war die ruhige Antwort.

Sarith wurde wütend, sie suchte nach Worten, nach etwas, womit sie sowohl Rutger als auch Elsa kränken konnte und sagte dann zu ihm: »Oh, natürlich, ich weiß, was du willst, du willst sie wohl in deinem Bett haben.«
Rutger errötete heftig und sagte dann knapp: »Diese Dinge überlasse ich besser dir, Sarith.«
»Ihr wollt mich provozieren, stimmt's?« Sarith stampfte auf. »Ich weiß, daß ihr meine Gesellschaft nicht wollt, ich bleibe keine Minute länger hier, ich gehe.«
»Geh nur«, sagte Rutger. »Du bist in der Tat keine sehr angenehme Gesellschaft.«
Sarith stürmte aus dem Zimmer, rief Mini-mini und schlug die Tür mit einem Knall hinter sich zu.
Alle Sklaven und Sklavinnen hatten von hinten die Szene mitverfolgt. Maisa machte einen Freudentanz auf der Hintergalerie. Sie wirkte, die Flüssigkeit wirkte! Misi Sarith hatte wütend das Haus verlassen. Als sie Afanaisa kurz darauf nach oben schickte, um Misi Sariths Zimmer aufzuräumen, weil ja auch Mini-mini nicht mehr da war, sah sie, daß Afanaisa mit einer vollen Kaffeetasse herunterkam.
Also hatte Misi Sarith gar keinen Kaffee getrunken. Nun, dann war die Flüssigkeit wohl so stark, daß schon allein ihre Anwesenheit auf Misi Sarith gewirkt hatte.

7. KAPITEL

Sarith

Eine wütende Sarith hastete über die Straße. Sie ging so schnell, daß Mini-mini, die ihr den Sonnenschirm über den Kopf hielt, fast laufen mußte, um mit ihrer Herrin Schritt zu halten. Als sie aus dem Haus gestürmt war, wußte sie noch nicht, wohin sie gehen sollte. Sie hatte kurz gezögert; vielleicht zu Rebecca, gerade um die Ecke, aber sie hatte es sich anders überlegt. Rebecca und Abraham waren solche Turteltäubchen, die hatten nur Augen für sich und wären sicher sehr verwundert, wenn Sarith plötzlich auftauchte. Nein, sie würde zu Esther gehen, bei der sich auch immer noch ihre Mutter befand. Auf dem Weg zur Saramaccastraat wurde sie immer wütender. »Geh nur«, hatte Rutger gesagt. Oh, wenn sie ihn hier hätte! Sie könnte ihm die Augen auskratzen! Als sie bei den de Ledesmas angekommen war, stellte sich heraus, daß ihre Mutter Rachel vorhatte, in zwei Stunden, wenn die Flut kam, mit dem Boot ihres Schwiegersohnes nach Hebron zu fahren. Sie dachte, Sarith wüßte das und wäre gekommen, um ihr auf Wiedersehen zu sagen. Sarith beließ es dabei.

»Wohnst du nicht mehr bei Elsa?« fragte Esther verwundert, als sie nach Rachels Abfahrt hörte, wie Sarith Mini-mini auftrug, nach der Mittagsruhe mit einem Laufburschen ihre Sachen bei den le Chasseurs abzuholen.

»Nein, ich bleibe lieber hier«, antwortete Sarith, »ich kann dort nicht schlafen wegen des Kindergeschreis.«
So blieb sie also einige Tage bei Esther, ging mal hierhin zu einem Besuch und mal dorthin; manchmal begleitete sie auch Esther und Jacob zu einer Feier oder einem gemütlichen Abend bei Bekannten.
Als sie eines Morgens kurz bei Rebecca war und erfuhr, daß Abraham und seine Frau am folgenden Tag nach Jüdisch-Savanna reisen und auch einige Tage auf Hebron verbringen würden, beschloß Sarith, mitzufahren. Einmal zu Hause angekommen, wollte sie lieber nicht nach Jüdisch-Savanna weiterfahren. Sie blieb zu Hause, langweilte sich, ärgerte sich und schimpfte über alles. Da niemand da war, mit dem sie sich unterhalten konnte, redete sie eben mit Mini-mini. Diese mußte sie jeden Tag massieren und wieder und wieder die Frage beantworten, ob ihre Misi Sarith nicht wirklich sehr hübsch sei. Geduldig sagte Mini-mini jedesmal: »Ja, Misi Sarith, Sie sind sehr hübsch!«
Ab und zu fuhr sie mit dem Boot auf eine benachbarte Plantage oder ging mit ihrer Mutter einen Besuch machen. Manchmal waren auch auf Hebron Besucher, Zeltboote, die angelegt hatten und auf die nächste Flut warteten, Reisende, die manchmal übernachteten, aber alles in allem war es doch ziemlich langweilig. Ständig ärgerte Sarith sich. Sie war zwanzig, sehr attraktiv, ledig, nicht einmal verlobt, und sie wußte auch nicht, wen sie auf die Schnelle heiraten sollte. Und dann dieser Rutger mit seiner Elsa, die da in der Wagenwegstraat das glückliche junge Ehepaar mit Baby mimten. Doch wartet nur, so schnell gab sie sich nicht geschlagen; sie würde nach Paramaribo zurückfahren und sehr lieb zu Rutger sein.

Natürlich würde er ihrem Charme vollkommen erliegen, und wenn sie ihn einmal richtig in ihren Fängen hätte, würde sie ihm schon klarmachen, daß die Rolle des glücklichen Familienvaters nichts für ihn war.

Elsa

Der kleine Gideon wuchs rasch heran, vier Monate war er jetzt alt, ein lebenslustiges Kind, das fast nie weinte und meist zufrieden in seinem Bettchen lag. Elsa stillte ihn immer noch selbst. Wenn Rutger von der Arbeit nach Hause kam, lag er oft stundenlang mit Gideon auf dem großen Bett und spielte mit ihm. Elsa mußte manchmal lächeln, wenn sie hörte, wie überzeugt Rutger davon war, daß es kein intelligenteres und vernünftigeres Kind gebe als seines.

Als Rutger eines Nachmittags aus dem Büro nach Hause kam, sagte er bei Tisch zu Elsa: »Du errätst nie, wer heute bei mir im Büro war. Sarith.«

»Sarith? Was wollte sie denn?«

»Sie wollte sich für ihr Benehmen entschuldigen und fragte, ob sie wieder bei uns wohnen könne.«

»Und was hast du gesagt?« fragte Elsa.

»Daß es uns recht ist, natürlich«, antwortete Rutger, und während er seine Frau ansah, sagte er: »Es blieb mir doch nichts anderes übrig.«

Elsa sagte nichts. Wie dumm von ihr zu glauben, daß sie Sarith endgültig los waren. Sie würde wiederkommen, und alles würde wieder von vorne anfangen.

Am frühen Abend gegen sechs Uhr, als Rutger und Elsa gerade im Vorsaal saßen, kam Sarith tatsächlich. Sie tat, als wenn nie etwas gewesen wäre, begrüßte Elsa und Rutger sehr herzlich und trug Mini-mini auf, ihre Sachen oben auszupacken. An den darauffolgenden Tagen war sie ausgesprochen liebenswert, sowohl zu Rutger als auch zu Elsa; das Baby beachtete sie kaum.

Eines Tages, als sie Rutger allein im Speiseraum mit seinem Sohn spielend auf dem Schaukelstuhl antraf, sagte sie abfällig: »So, spielst du jetzt brav die Rolle des hingebungsvollen Vaters?«

»Ich spiele keine Rolle, ich bin ein hingebungsvoller Vater«, sagte Rutger, fuhr fort, mit dem Kind zu reden und beachtete Sarith nicht weiter. Diese begriff, daß sie, wollte sie Rutger zurückgewinnen, es auf eine andere Weise versuchen mußte. Sie nahm sich vor, dem Kind mehr Aufmerksamkeit zu widmen und ständig zu jubeln, wie schlau und wie lieb es war.

Am folgenden Nachmittag, als sie gerade die Treppe herunterkam, sah sie Afanaisa mit dem Baby auf dem Arm auf der Hintertreppe. Sie ging zum Kind, kitzelte es unter dem Kinn, und als es lachte, wollte sie es auf den Arm nehmen, aber Maisas strenge Stimme klang von der Treppe: »Afanaisa, bring den jungen Masra her, die Windel muß gewechselt werden.«

Oben an der Treppe nahm Maisa Afanaisa das Baby ab und ging mit ihm ins Schlafzimmer. Dort sagte sie zu Elsa: »Wenn du nicht willst, daß dein Kind Fyo-fyo bekommt, dann laß die Frau es nicht anfassen.«

Elsa erschrak. Fyo-fyo! Was das genau war, wußte sie auch nicht, aber es war auf jeden Fall etwas ganz Schlimmes, Babys und Kleinkinder konnten daran sterben. Sie würde für Gideon kämpfen. Mit allen Mitteln, wenn es sein mußte.

Sarith war Rutger gegenüber weiterhin sanft und anhänglich. Elsa sah das alles mit an, bemerkte auch, wie Sarith immer unfreundlicher zu ihr wurde, oft einen ganzen Tag nicht mit ihr sprach oder aggressive Bemerkungen machte.

Eines Tages, etwa um die Zeit, als Rutger nach Hause kommen sollte, lag das Baby auf einer Matte am Boden im Eßzimmer, während Afanaisa neben ihm saß. Als Sarith das Kind sah, bückte sie sich, nahm es auf den Arm und stellte sich auf der Treppe vor der Eingangstür in Positur. Elsa kam ins Eßzimmer, sah ihr Kind nicht und fragte Afanaisa: »Wo ist Masra Gideon?«

»Misi Sarith hat ihn mitgenommen; sie steht auf der Treppe«, antwortete Afanaisa.

Elsa eilte hinaus, riß Sarith das Kind aus den Armen und sagte bissig: »Laß deine Finger von ihm, er ist mein Kind.« Drinnen gab sie Afanaisa das Baby und sagte: »Bring ihn nach oben.«

Sarith brachte kein Wort heraus; sie hatte Rutger ein heimeliges Bild bieten wollen, aber sie hatte nicht mit Elsas Reaktion gerechnet.

Nach dem Essen, als sie sich bereits zur Mittagsruhe in ihre Zimmer zurückgezogen hatten, hörten sie ein leises Klopfen an der Tür. Es war Mini-mini: »Misi Sarith bittet Masra Rutger kurz zu ihr zu kommen.«

Rutger ging aus dem Zimmer. Elsa war wütend. Voller Spannung wartete sie ab, ob Rutger zurückkommen oder bei Sarith im Zimmer bleiben würde wie das letzte Mal. An Sariths Zimmer blieb Rutger im Türrahmen stehen. »Was gibt's, Sarith?« fragte er.

»Ach, Rutger, könntest du mal meinen Rücken ansehen, ich glaube, irgendein Insekt hat mich da gestochen.«

Rutger betrachtete die schöne junge Frau, die da mit gelöstem Haar und nur mit einem hauchdünnen Batisthemd bekleidet vor ihm stand. Er wußte, was sie wollte und sagte ruhig: »Ich denke, es ist besser, wenn Mini-mini nachschaut, ist sonst noch etwas?« und wollte sich umdrehen. Das hatte Sarith nicht erwartet. Mit einem Satz war sie bei ihm, nahm ihn beim Arm und stieß die Tür zu. »Oh, Rutger, was ist mit dir, liebst du mich nicht mehr, willst du mich nicht mehr?« Sie umarmte ihn und lehnte ihren Kopf an seine Brust. Er machte sich los von ihr und antwortete: »Nein, Sarith, das lieber nicht mehr« und ging aus dem Zimmer.

»Was wollte Sarith?« fragte Elsa, als Rutger zu ihrer Erleichterung so schnell wieder da war.

»Ach, ich sollte mir irgendwas auf ihrem Rücken anschauen.«

»Es nimmt kein Ende, nicht?« sagte Elsa nun böse. »Das nächste Mal wird es ihr wieder gelingen, dich herumzukriegen.«

»Elsa, Elsa, denk an dein Versprechen, nicht eifersüchtig zu sein«, sagte Rutger.

Jetzt oder nie, dachte Elsa, ich muß jetzt handeln; und sie dachte daran, daß Maisa gesagt hatte, sie müsse kämpfen. »Warum soll ich mich an mein Versprechen halten und du dich nicht an deins?« fragte sie scharf.

»Was meinst du?« Rutger hatte sich schon hingelegt, richtete sich aber wieder auf.

»Als du sagtest, ich solle versprechen, niemals eifersüchtig zu sein, hatte ich darum gebeten, daß sich so ein Verhältnis nicht in meinem Haus abspielen würde. Was hast du damals geantwortet?«

»Ich war einverstanden«, antwortete Rutger.

»Brauchst du denn nicht zu halten, was du versprochen hast? Hattest du deine Affären mit Sarith nicht in diesem Haus, oder ist das hier nicht mein Haus?«
»Natürlich ist das dein Haus, Elsa«, antwortete Rutger, der jetzt einsah, daß sie recht hatte. Er hatte sein Wort nicht gehalten.
»Nun, wenn es mein Haus ist, dann will ich nicht, daß Sarith hier noch länger wohnt, und außerdem will ich nicht, daß mein Kind Fyo-fyo bekommt.«
»Ach, was, Fyo-fyo, das ist doch nur abergläubisches Geschwätz von den Schwarzen«, sagte Rutger.
»Aberglaube oder nicht, ich will nicht, daß Sarith hier wohnt.« Elsas Stimme klang nun sehr bestimmt.
»Dann sag es ihr«, sagte Rutger ruhig.
»Nein, nicht ich, du mußt es ihr sagen, sie kommt doch nur noch wegen dir hierher.«
Rutger stand auf und sagte: »Gut, ich werde sie sofort rufen lassen.«
Er öffnete die Tür und rief Mini-mini, die oben an der Treppe saß: »Mini-mini, bitte Misi Sarith herzukommen.«
Kurz darauf stand Sarith, noch immer nur im dünnen Hemd, bei ihnen im Zimmer.
»Sarith, Elsa möchte nicht, daß du hier noch länger wohnst«, sagte Rutger.
Sarith sah beide an und wandte sich dann an Rutger: »So, und was sagst du dazu?«
»Nun, ich finde, daß meine Frau recht hat«, sagte Rutger.
Sarith wurde innerlich eiskalt vor Wut, sie wurde also weggeschickt, einfach so weggeschickt. »Gut, ich werde gehen, ich werde sofort gehen und nie mehr wiederkommen. Natürlich wird jeder sehr verwundert sein und sich

fragen, warum ich so plötzlich nicht mehr im Haus meiner lieben Stiefschwester wohne«, sagte sie gehässig.
»Erzähle ihnen die Wahrheit, Sarith.« Elsas Stimme klang sehr gefaßt. »Sage ihnen einfach die Wahrheit. Sag ihnen, daß deine liebe Stiefschwester dich nicht mehr in ihrem Haus haben will, weil du immer mit ihrem Mann ins Bett willst, sag ihnen das, dann wird es jeder verstehen.«
Wütend drehte Sarith sich um und ging aus dem Zimmer.
Sie hatten nicht gerade leise gesprochen, und Maisa und Mini-mini auf der Treppe hatten alles mitgehört. Maisa kam tanzend die Treppe hinunter.
»Das geschieht ihr recht. Misi Elsa hat's ihr richtig gegeben.«
Aus ihrem Zimmer rief Sarith Mini-mini zu, sie solle packen, und selbst machte sie soviel Lärm, daß an diesem Nachmittag von Ruhe keine Rede sein konnte.
Als Rutger aus dem Zimmer kam, um zu baden, paßte sie ihn im Flur ab und fragte: »Rutger, wenn ich dann woanders bin, wirst du mich da besuchen?«
»Bestimmt nicht, Sarith, das werde ich nicht tun.«
»Also sehe ich dich nicht mehr?« fragte Sarith mit weinerlicher Stimme.
»Ach, Paramaribo ist so klein, wie treffen uns bestimmt mal.«
»Aber du schickst mich weg, es ist vorbei, zu Ende, oder?«
»Ich denke, daß es für alle das beste ist. Leb wohl, Sarith.«
Eine Stunde später verließ Sarith das Haus in der Wagenwegstraat. Noch nie hatte sie sich so erniedrigt

gefühlt. Oh, sie würde es ihnen noch zeigen, sie würde einen Weg finden, ihnen diese Abweisung und Beleidigung heimzuzahlen.

Sarith

Sarith war noch immer wütend, als sie einige Tage später auf Hebron ankam. Rachel war sehr verwundert, ihre Tochter schon so bald wieder auf der Plantage zu sehen, doch sie kannte deren Launen und fragte daher lieber nicht nach. Sarith ging schimpfend durch das Haus, warf in ihrem Zimmer mit Gegenständen, schimpfte ständig mit Mini-mini, die ihr nichts recht machen konnte, kurzum, sie war ungenießbar.

Ashana freute sich, sie hatte genau erfahren, was geschehen war. Mini-mini hatte ihrer Mutter Kwasiba alles erzählt, und die hatte Ashana berichtet. Obwohl Kwasiba und Mini-mini eigentlich Sklavinnen von Mutter Rachel waren, mochten sie Elsa viel zu sehr.

Sarith war einige Tage zu Hause und saß eines Morgens beim Frühstück im Eßzimmer; sie war allein, ihre Mutter war oben, und Onkel Levi war mit dem Boot weggefahren, um eine Plantage zu besuchen. Sie hatte Mini-mini gerade eine Ohrfeige gegeben, weil diese ihr mitgeteilt hatte, daß keine Orangen für ein Glas Saft da waren. In diesem Moment kam Ashana herein. Als sie hörte, wie Sarith sich aufregte, murmelte Ashana etwas in sich hinein.

»Was sagst du, Ashana?« rief Sarith, die begriff, daß es ihr galt.

Ashana sagte ganz ruhig: »Ich freue mich darüber, daß

Misi Elsa Mut gefaßt und den Skorpion aus dem Haus gejagt hat.«

Noch bevor Ashana zu Ende gesprochen hatte, war Sarith aufgesprungen und hatte ihr zweimal ins Gesicht geschlagen. »Du schmutzige Negerin, wie kannst du es wagen, mich so zu beleidigen, wie kannst du es wagen.« Sie nahm Ashana bei ihrer Jacke und schüttelte sie. Ashana war jedoch eine große Frau und stand fest auf den Beinen. Sie sah Sarith in die Augen und sagte: »Es ist nie gut, Böses zu tun.«

Sarith wurde immer wütender, sie begann zu schreien: »Du elende Sklavin, warte, dir werd' ich's zeigen, was bildest du dir ein, dafür wirst du bestraft.«

Sie rannte zur hinteren Veranda und sagte zu dem kleinen Laufburschen, der auf der Schwelle saß: »Junge, ruf schnell den Basya.«

Als der Basya kurz darauf kam, sagte sie, während sie auf Ashana zeigte: »Basya, binde diese Frau an einen Baum und peitsche sie aus.«

Erschrocken machte der Basya einen Schritt zurück. »Nein, Misi«, sagte er, während er den Kopf schüttelte. Für ihn war so etwas unmöglich. Wie konnte er Ashana auspeitschen. Ashana, die mehr oder weniger dem Haushalt vorstand und fast noch mehr zu sagen hatte als die Misi selbst. Ashana, die noch nie ausgepeitscht worden war. Das würde der Masra bestimmt nicht gutheißen. Doch Sarith riß ihm die Peitsche aus der Hand und verpaßte ihm zwei heftige Hiebe, während sie rief: »Peitsche sie aus, Basya, tu, was ich dir sage, sonst lasse ich dich auspeitschen.«

Durch den Tumult war Rachel heruntergekommen. Sie sah ihre wütende Tochter mit der Peitsche in der Hand

und hörte, wie sie dem Basya befahl, Ashana auszupeitschen. »Was ist denn los, Kind, beruhige dich doch.«
Aber Sarith beruhigte sich nicht, sie schrie: »Diese Negerin, sie hat mich beleidigt, beleidigt. Bestraft soll sie werden. Ich werde es ihr zeigen.«
»Muß das wirklich sein?« fragte Rachel, die sich angstvoll überlegte, daß es hier um Ashana ging, die Sklavin, die im Haus den Respekt aller genoß; Levi Fernandez würde hierüber sicher sehr wütend sein.
»Darf das denn sein, Mutter? Kann eine Sklavin mich beleidigen, erlaubst du das? Was soll aus uns werden, wenn wir so etwas zulassen?« Sarith schrie jetzt und stampfte auf. »Geh hinein, Mutter, und halt dich da raus.«
Rachel dachte, daß das vielleicht am besten wäre. Sie war dieser Tochter nie gewachsen gewesen, und Sarith hatte ja eigentlich recht; als Weiße durfte man es nicht zulassen, von einer Sklavin beleidigt zu werden! Das wäre ja noch schöner!
Der Basya nahm Ashana mit hinaus und brachte sie zu einem Baum. Der kleine Laufbursche mußte im Lager ein Seil holen, um sie anschließend so festzubinden, daß sie mit den Füßen unmittelbar über dem Boden hängen würde.
Sarith selbst begann Ashana die Kleider vom Leib zu reißen, bis sie nur noch einen Lendenschurz um die Taille hatte.
Als Mini-mini sah, daß Ashana tatsächlich festgebunden wurde, warf sie sich weinend vor die Füße ihrer Herrin, schlang die Arme um deren Beine und bat sie schluchzend: »Oh, bitte, Misi, ich flehe Sie an, peitsche Ashana nicht aus, laß Ashana keine Prügel bekommen.«

Doch Sarith war wie von Sinnen. Sie versuchte, Mini-mini zu treten, und als diese ihre Beine nicht losließ, nahm sie die Peitsche aus den Händen des kleinen Laufburschen und versetzte Mini-mini damit einen heftigen Schlag ins Gesicht. Mini-mini ließ los, bedeckte mit den Händen den blutigen Striemen im Gesicht und wandte sich ab, um nicht mitansehen zu müssen, wie die alte Ashana ausgepeitscht wurde.

Mit zusammengepreßten Lippen und Blicken, die reine Abscheu zeigten, sahen Kwasiba und die Köchin von der Hofküche aus schweigend zu.

Der Basya begann zu peitschen. Schon nach dem zehnten Schlag war Ashanas Rücken blutüberströmt. Sarith sah zu und zählte selbst die Schläge; als sie beim achtundzwanzigsten angekommen waren, regte sich Ashana nicht mehr, und der Basya warf verzweifelt die Peitsche von sich und rief: »Ich kann nicht mehr, Misi, dann laß mich selbst auspeitschen.«

Sarith beschloß, daß es reichte. »Bindet sie los«, sagte sie.

Sie drehte sich um und ging hinein, während die immer noch weinende Mini-mini ihr folgte.

Als sie weg war, rannten Kwasiba und die Köchin zum Baum, um dem Basya zu helfen, Ashana loszubinden. Der Laufbursche wurde zur Heilerin geschickt. Noch immer bewußtlos wurde Ashana auf die Erde gelegt, die Heilerin wusch ihr das Gesicht und den Rücken, und eine andere Frau holte Wasser aus dem Brunnen.

Als Ashana zu sich kam, wollten die Frauen sie ins Haus bringen, aber sie sagte leise: »Nein, bringt mich nicht ins Haus, bringt mich auf die Seite der Sklaven.«

Vater Levi

Levi Fernandez kam nachmittags nach Hause. Er war müde. Es hatte geregnet. Er war völlig durchnäßt, nachdem er mit seinem Freund zu Pferd durch dessen Felder geritten war; sein Rücken schmerzte, und er war ganz steif vom langen Sitzen im Boot in den nassen Kleidern. Er sehnte sich nach einem heißen Bad und einer kräftigen Massage von Ashana, die mit ihren gelenkigen Fingern den Schmerz im Rücken lindern konnte. Als er auf die hintere Veranda ging, auf der er Ashana meist in einem alten Schaukelstuhl sitzend vorfand, sah er sie nicht. »Wo ist Ashana?« fragte er seine Frau verwundert.
»Ashana ist krank«, antwortete diese.
»Ashana krank?« Das hatte es noch nie gegeben. Er wollte in Ashanas Kammer gehen, aber Rachel sagte: »Sie ist nicht hier, sie ist in einer der Sklavenhütten. Kwasiba hat dir schon Wasser und Handtuch bereitgelegt, und wenn du möchtest, kann sie dich auch massieren.«
»Nein, laß nur«, sagte Levi. Es war Ashanas Massage, die ihm guttat, und wenn sie heute krank war, würde er eben bis morgen warten. Er fragte nicht weiter und ging zu Bett.
Am nächsten Morgen war er schon früh auf. Es wunderte ihn, daß ihm der Kaffee nicht von Ashana gebracht wurde, sondern von Kwasiba. Er würde später mal nachschauen, was Ashana fehlte.
Er schlenderte zum Ufer. Sydni, der immer bei ihm war, stellte sich neben ihn und sagte leise: »Masra weiß nicht, was mit Ashana passiert ist?«
»Nein, was ist denn passiert?« fragte Levi. Er hatte angenommen, daß Ashana sich einfach nicht wohlfühlte.

»Misi Sarith hat sie auspeitschen lassen, der Basya mußte sie aufhängen und auspeitschen. Der Basya wollte nicht, aber Misi Sarith hätte auch ihn peitschen lassen.«

»Was!« rief Levi aus. »Wo ist Ashana jetzt?«

»Sie ist bei der Heilerin.«

So schnell er konnte, lief Levi zur Hütte der Heilerin, stieß die Tür auf und stand mit einem Mal in dem kleinen Raum, in dem in einer Ecke Ashana stöhnend am Boden lag. Mit einem Schritt war er bei ihr und kniete nieder. Er sah den blutigen nackten Rücken und flüsterte: »Ashana, oh, Ashana.«

Ashana, die zuerst mit dem Gesicht zur Wand gelegen hatte, drehte den Kopf und sagte schwach: »Masra, du bist gekommen, oh, Masra.«

Die Heilerin war leise hinausgegangen.

»Ashana, warum hat sie dich ausgepeitscht, was hast du ihr denn bloß getan?«

»Laß nur, Masra, es ist ja passiert. Wasser, ich will Wasser.«

Levi sah sich um und sah in einer anderen Ecke eine Kalebasse mit Wasser, aus der er einen kleinen Schöpflöffel nahm und ihr zu trinken gab. Bestürzt sah er die Wunden, mit denen Ashanas Rücken von oben bis unten bedeckt war. Ihm ging alles mögliche durch den Kopf, während er sie betrachtete. Er war verwirrt und vor allem wütend auf Sarith, die hierfür verantwortlich war, und auch wütend auf seine Frau, die ihm nichts anderes gesagt hatte als: »Ashana ist krank.« Er rief die Heilerin und sagte zu ihr: »Tu alles für sie und mach sie wieder gesund.«

Die Heilerin verbeugte sich und nickte: »Ja, Masra, ich werde tun, was ich kann.«

Levi ging ins Haus. Mit großen Schritten eilte er die Treppe hinauf und stieß ohne anzuklopfen Sariths Zimmertür auf. »Warum hast du das getan?« rief er Sarith zu, die noch im Bett lag. Sarith fuhr hoch und wußte sofort, daß er Ashana meinte. Als sie nicht antwortete, faßte er sie bei den Schultern und schüttelte sie: »Warum, Sarith, warum?«
Rachel kam angerannt, und Sarith schrie: »Laß mich los! Sie hat mich beleidigt, darum, sie hat mich beleidigt!«
»Welche Beleidigung kann so schlimm sein, daß du sie derart auspeitschen lassen mußtest, sag es, welche Beleidigung!« Noch immer schüttelte er sie durch, und ein Träger ihres Nachthemds rutschte herunter.
»Levi, laß das, laß das sein!« Rachel stand in der Tür. Levi bemerkte erst jetzt, daß seine Stieftochter da fast halbnackt im Bett saß. Kopfschüttelnd ging er zur Tür. Sarith rief: »Sie ist eine Sklavin, ich lasse mich nicht von einer Sklavin beleidigen, damit ihr es wißt. Und wenn sie es wieder täte, würde ich sie wieder auspeitschen lassen, damit sie nicht vergißt, daß sie eine Schwarze ist, eine Sklavin und sonst gar nichts!«
Levi ging an seiner Frau vorbei aus dem Zimmer. Ashana war eine Sklavin, ja, eine Sklavin. Könnte er je einem Außenstehenden klarmachen, was diese Sklavin in seinem Leben bedeutete? Wie sie seine Kinder geliebt, wie sie seine Frau gepflegt, wie sie trotz ihres eigenen Kummers ihn getröstet hatte, als seine Frau gestorben war, wie sie seine Kinder versorgt hatte, mit aller Liebe, die in ihr war, und von morgens früh bis oft tief in die Nacht immer für sie dagewesen war?
Noch immer sah er sie vor sich mit Jonathan, seinem Sohn, in den Armen. Sie hatte alles versucht, ihn nicht

sterben zu lassen, und er, Levi, hatte ihr schließlich selbst das tote Kind aus den Armen nehmen müssen.
Unten auf der hinteren Galerie sah er den alten Schaukelstuhl. Wie viele Nächte hatte er das Klack-Klack des Stuhls gehört, weil Elsa nicht schlafen konnte und bei Ashana auf dem Schoß in dem Schaukelstuhl lag. Und Ashana schaukelte und sang ihr Lieder. Wie könnte er das alles einem Außenstehenden erklären?
Ashana, die Sklavin. Elisabeths Ashana. Ashana, die von seinen Kindern geliebt wurde, lag jetzt mit einem völlig zerschundenen Rücken in einer Sklavenhütte. Levi Fernandez hatte sich seit Jahren nicht mehr so einsam und verlassen gefühlt. Er ging zum Ufer und setzte sich auf eine Bank am Wasser.
Sydni kam zu ihm und fragte leise: »Hat der Masra Ashana gesehen?« Levi nickte leicht. Den ganzen Tag blieb er am Wasser sitzen. Ab und zu schenkte Sydni ihm etwas zu trinken ein. Ashana würde sterben. Hatte er sie eigentlich jemals merken lassen, wie sehr er sie schätzte? Natürlich nicht, sie war doch nur eine Sklavin! Sämtliche Arbeit der Sklaven war selbstverständlich. Jede Form des Nichtarbeitens war ein Vergehen. Aber Liebe, Wärme und Geborgenheit zu geben, fragte sich Levi, war das auch Arbeit? War das auch so selbstverständlich?
Nachmittags kam ein Laufbursche mit der Nachricht, die Heilerin würde ihn bitten, zu Ashana zu kommen. Als er bei ihr in der Hütte saß, fragte sie, ob er ein Bündel holen lassen könnte, das sie in ihrem Zimmer in einem alten Koffer hätte. Sydni holte es. Ashana bat den Masra, es aufzumachen. Darin waren eine Korallen- und eine Granatkette. Beide hatten seiner Frau Elisabeth gehört, eine hatte sie Ashana selbst einmal gegeben, und die andere

hatte er ihr gegeben, als sie gestorben war. Ashana gab ihm die Ketten und sagte: »Masra, Sie müssen eine Misi Elsa geben und eine Maisa. Sagen Sie Misi Elsa, sie soll gut für ihr Kind sorgen und auch für ihren Mann. Dieses Geld müssen Sie Maisa geben.« Sie zeigte schwach auf ein kleines Geldbündel, das in einen Lappen geknüpft war. Alles Geld, das sie im Laufe der Zeit von ihrem Masra bekommen hatte, hatte sie gespart. »Masra muß Misi Elsa und Masra David und Maisa von mir grüßen.«
»Ashana, oh, Ashana.« Levi wußte nicht, was er sagen sollte. »Nein, Ashana, du wirst wieder gesund.«
Doch Ashana schüttelte den Kopf und sagte: »Sei nicht traurig, Masra, ich gehe nach Hause, mein Haus kennt keine Sklaverei, sei nicht traurig.«
Levi sah Ashana danach nicht mehr, denn in dieser Nacht starb sie, und er war nicht dabei, als die Sklaven mit ihren eigenen Zeremonien und Ritualen von ihr Abschied nahmen. Und es war erst recht niemand vom Plantagenhaus dabei, als eine kleine Prozession Ashana zu ihrer letzten Ruhestätte brachte. Ein namenloses Grab auf einer Waldlichtung neben vielen weiteren Gräbern von Hunderten namenloser Sklaven.
Einige Tage später war Levi Fernandez bei seiner Tochter in der Wagenwegstraat. Er war eigens nach Paramaribo gereist, um ihr und Maisa zu erzählen, daß Ashana gestorben war, und er wollte von da aus weiterfahren nach Susannas Lust an der Para und dort einige Tage bei seinem Sohn David verbringen.
Elsa freute sich, ihren Vater zu sehen, aber als sie sein bedrücktes Gesicht sah, begriff sie, daß etwas passiert war. »Ashana ist gestorben«, sagte Levi nur. Elsa ergriff seine Hand und sagte: »Wie denn, Papa, Ashana, wie kann

Ashana tot sein. Sie war doch nie krank.« Sie wußte, daß er sehr traurig war, und dachte sofort auch an Maisa. Auch sie mußte erfahren, daß ihre Mutter gestorben war. Als sie in die Küche kam und Maisa dort weinend am Küchentisch sitzen sah, begriff sie, daß sie es bereits wußte. »Oh, Maisa, sie ist tot.« Elsa schlang die Arme um Maisa und lehnte ihren Kopf an deren Schulter. Maisa nickte, und plötzlich rief sie: »Dieser Teufel, diese Verfluchte, diese Schmutzige, warte nur, sie wird ihre Strafe bekommen.«

Erschrocken hob Elsa den Kopf und sah Maisa an, warum sagte Maisa das, warum nannte sie Ashana so? Maisa sah Elsas verwundertes Gesicht und rief: »Oh, Misi, du weißt es nicht, es war Misi Sarith, die Ashana getötet hat; sie hat den Basya Ashana aufhängen und auspeitschen lassen, bis sie bewußtlos war, diese Bestie!«

»Nein, nein!« Mit der Hand vor dem Mund wich Elsa zurück. »Das kann nicht sein!« Mit einem Schrei stürmte sie ins Eßzimmer und rief: »Papa, das ist nicht wahr, sag, daß es nicht wahr ist, hat Sarith das getan, hat sie Ashana auspeitschen lassen?«

»Ja, mein Kind, ja.« Levi schüttelte den Kopf und sagte zu Rutger, der verwundert von seiner Frau zu deren Vater sah: »Sarith hat Ashana aufhängen und auspeitschen lassen, und an den Folgen ist Ashana gestorben.« Elsa schluchzte jetzt laut. Am Tisch sitzend, vergrub sie den Kopf in den Armen und heulte hemmungslos.

»Wie hat Sarith so etwas nur tun können?« sagte Rutger jetzt leise, doch seine Frau hob den Kopf und rief: »Sie hat sie zu Tode prügeln lassen.« Und während sie ihn mit verweintem Gesicht ansah, verstand er, daß andere vielleicht nach den Gründen fragen mochten, daß aber sie beide genau wußten, warum Sarith das getan hatte. Elsa weinte und weinte, denn es drang ihr immer mehr ins Bewußtsein, daß Ashana gestorben war. Die Person, von der sie in ihrem Leben die meiste Liebe empfangen hatte, die ihr Geborgenheit gegeben und alles für sie getan hatte. Diese Ashana war gestorben, nicht umgeben von Liebe und Zuneigung, sondern allein und gedemütigt, als eine Sklavin. Sie würde Sarith vieles verzeihen können, aber das niemals.

8. KAPITEL

RUTGER

Immer öfter wurde man in der Stadt von der Nachricht aufgeschreckt, daß schon wieder eine Plantage überfallen worden war. Es sah so aus, als würden die Entlaufenen immer dreister. Konnte man eigentlich noch von Entlaufenen sprechen, fragte sich Rutger. Seiner Meinung nach waren das festgefügte und gut organisierte Truppen. Die Marrons standen angeblich unter der Führung eines gewissen Boni, und in der Stadt sprach man bereits von »den Boni«.

Es befand sich schon eine Armee von achthundert Mann im Land, die auf wiederholtes Ersuchen des Gouvernements von den Direktoren der Sozietät entsandt worden war. Zudem gab es noch mindestens dreihundert Soldaten, die zu den Kolonialtruppen gehörten. Dennoch gelang es dieser großen Armee nicht, die Boni zu besiegen. Ab und zu konnte eine Gruppe Soldaten einige erwischen. Die wurden dann gefangengenommen und unter großer Beachtung in die Stadt gebracht, aber es sah fast so aus, als würden sie danach nur um so entschlossener angreifen.

Die Kolonisten hatten Angst. Die würden noch die ganze Stadt erobern! Die meisten Plantagenbesitzer waren wütend und empört. Jährlich mußte für nichts und wieder nichts ein erheblicher Beitrag in die Entlaufenen-

Kasse eingezahlt werden. Denn die Soldaten, die soviel Geld kosteten, waren nicht einmal in der Lage, etwas gegen diese wildgewordenen Entlaufenen dort in den Wäldern auszurichten.
Eines Morgens kamen drei Herren in das Büro: Fähnrich Goedkoop, ein Unteroffizier, der im Regiment von Hauptmann Joo diente, der Pflanzer Van Bemmelen, Inhaber der Plantage Groot-Vertier, und dessen weißer Sklavenaufseher. Die drei Besucher waren sehr bedrückt. Nachdem sie Platz genommen hatten, brachte Alex ihnen etwas zu trinken, und dann begann Fähnrich Goedkoop zu berichten, die Marrons hätten Groot-Vertier überfallen und alles erbeutet. Van Bemmelen, dessen Familie und der Sklavenaufseher seien geflüchtet. Sie waren auf einer benachbarten Plantage aufgenommen worden, wo man ihnen militärischen Begleitschutz zur Verfügung stellte.
Van Bemmelen war ratlos; seine Frau weigerte sich, auf die Plantage zurückzukehren. Er wollte Herrn Van Omhoog um ein Darlehen bitten. Die Plantage müsse wieder aufgebaut werden. Wie sollten sie denn sonst leben, ohne Plantage und ohne Sklaven?
Herr Van Omhoog fragte sich, wie es denn möglich sei, daß so eine Handvoll wilder Schwarzer die Soldaten zum Narren hielte. Fähnrich Goedkoop erklärte es ihm. Das Gouvernement solle nicht länger von einer Gruppe vereinzelter Schwarzer ausgehen, die sich in den Wäldern verborgen hielten, um gelegentlich zu rauben, was sie brauchten. In der Stadt sei man offenbar der Ansicht, die Entlaufenen früher oder später zur Aufgabe zwingen zu können. Davon könne jedoch keine Rede sein.
Die Entlaufenen an der Cottica hatten es geschafft, eine

straffe Organisation aufzubauen. Sie nannten sie den Stamm der Aluku. Sie bauten an verschiedenen Orten Gemüse und Getreide an, verfügten über Nahrungsvorräte, und ihre Kenntnisse in Holz- und Schmiedearbeit kamen ihnen sehr zugute. Die Überfälle wurden immer nach einem bestimmten Plan durchgeführt. Die Schwarzen töteten nicht wahllos alle Weißen, sondern hatten es vielmehr auf jene abgesehen, unter denen sie selbst zu leiden gehabt hatten. Kinder ließen sie meistens unversehrt. Boni war einer der zwei führenden Köpfe der Entlaufenen im Cottica-Gebiet, der andere große Anführer hieß Baron.

Vom Gouvernement aus wurde alles getan, um die Jagd auf die Geflohenen attraktiv zu machen. Sklaven und Indianer wurden durch Prämien dazu angespornt, Streifen zu organisieren, aber die Schwarzen waren ihren Verfolgern meistens ein Stück voraus.

Wenn sie einmal von der Plantage weggelaufen waren und sich zusammengeschlossen hatten, streiften die Schwarzen alle Demut ab, die ihnen von den Weißen aufgenötigt worden war; sie konnten wieder selbstbewußt und stolz sein, wie es ihrer Natur entsprach. Dieses Selbstbewußtsein und ihr wiedererlangtes Freiheitsgefühl waren die wichtigsten Triebfedern, um den Kampf gegen eine Gruppe besser ausgestatteter Weißer durchzuhalten. Die Weißen waren zahlreicher, hatten Gewehre, Pulver und ausreichend Nahrung. Dennoch standen sie oft auf verlorenem Posten. Zwar entdeckten sie manchmal die Lager, die Namen hatten wie »Bleib aus meiner Nähe«, »Versteck mich«, »Halt mich fest« und »Gott weiß es«, aber die Schwarzen hatten sich meist schon aus dem Staub gemacht.

1768 hatten die Entlaufenen einen gut geplanten Überfall auf die Plantage 's Hagenbosch verübt. Aus diesem Anlaß wurde ein Kommando unter der Führung von Hauptmann Joo zusammengestellt. Es fand zwei komplette Dörfer. Das größte Dorf hatte zweiunddreißig Häuser, Getreidefelder und Gemüsebeete, Obstbäume, an denen zu sehen war, daß diese Dörfer schon seit langem existierten, eine eigene Schmiedewerkstatt mit einer großen Menge Eisen und einen Geflügelbestand von mehr als fünfhundert Hühnern. Die Einwohner waren verschwunden. Statt dessen fand man eine schriftliche Nachricht, in der stand, daß die Weißen nicht glauben sollten, es würde ihnen gelingen, die Schwarzen zu kriegen. Wenn die Schwarzen es wollten, könnten sie alle Weißen besiegen.
In solchen Fällen vernichtete die Armee das ganze Dorf. Alles wurde angezündet, auch die Anbauflächen und Nahrungsmittelvorräte, nachdem sich die Soldaten genommen hatten, was sie brauchten.
Den Marrons gelang es, zu überleben und den Kampf fortzuführen, denn sie kannten den Wald viel besser als die Soldaten. Es gelang ihnen oft genug, sogar einen Militärposten anzugreifen, Gewehre zu erbeuten und die Soldaten schmählich in die Flucht zu schlagen. Das Gouvernement wurde immer nervöser; nein, sie waren den Marrons nicht gewachsen, das waren keine naiven Entlaufenen mehr, das waren trainierte Guerillatruppen, die Mann gegen Mann bekämpft werden mußten. Es wurde ein reger Briefwechsel mit den Direktoren der Sozietät in den Niederlanden geführt, wo man den Ernst der Lage einfach nicht begreifen wollte.

Rutger lauschte gebannt den Erzählungen von Fähnrich Goedkoop. Das meiste wußte er selbst; jeder in der Kolonie wußte nur allzu gut, wie die Dinge lagen. Tief in seinem Herzen hegte er große Bewunderung für diese Marrons. Das waren doch eigentlich enorm tapfere Männer und Frauen, und sogar einem Soldaten wie Fähnrich Goedkoop meinte Rutger eine gewisse Bewunderung und vielleicht sogar Neid anzumerken.
»Es ist kaum zu glauben, aber sie sind wirklich gute Kämpfer«, sagte Rutger.
»Bestien sind es, Teufelsbrut«, seufzte Van Bemmelen. »Und es ist nichts gegen sie auszurichten, denn sie arbeiten mit Schwarzer Kunst.«
Nachdem Herr Van Omhoog einige geschäftliche Einzelheiten über das Darlehen mit seinem Klienten besprochen hatte, verabschiedeten sich die drei. Herr Van Omhoog ging hinauf, und Rutger stand eine Weile in Gedanken versunken am Fenster. Alex kam herein, um die schmutzigen Tassen abzuräumen und hörte, wie Rutger mit sich selber redete. »Boni, immer wieder Boni. Warum versuchen sie nicht, den als ersten zu fassen?«
»Sie können Boni nicht fassen, Masra«, sagte Alex. »Niemals, er hat einen gewaltigen Tapu, einen magischen Schutz. Keine Kugel kann ihn treffen, und niemand kann ihn fassen.«
»Es sieht so aus, als hättest du recht«, sagte Rutger. »Wer ist dieser Boni denn eigentlich? Ich würde gerne wissen, von welcher Plantage er kommt.«
»Boni kommt von keiner Plantage, Masra, er war nie ein Sklave. Er wurde als Freier im Wald geboren«, sagte Alex. »Ich könnte Ihnen alles über Boni erzählen.«
»Woher weißt du das alles?« fragte Rutger.

Alex lächelte. »Ich höre zu, Masra«, sagte er, »ich höre zu, wenn andere sich unterhalten. Will Masra hören?«
»Natürlich will ich hören«, antwortete Rutger. »Erzähle es mir, erzähle mir alles über Boni.«
Alex erzählte: »Boni ist stolz darauf, sagen zu können, daß er frei geboren ist. Bonis Mutter war die Sklavin einer reichen jüdischen Pflanzerfamilie zur Zeit von Gouverneur Mauricius. Diese Familie hatte einen Namen in Paramaribo; sie waren Mitglieder der sogenannten Cabale, der Gruppe Reicher, die es Gouverneur Mauricius damals so schwergemacht hat. Sie besaßen mehrere Plantagen an der Ober-Cottica. Die Frau war grausam und unerbittlich. Der Mann war ein wollüstiger Typ, der die Sklavinnen oft mißbrauchte. So fiel sein Blick auf eine schöne junge Sklavin, die spätere Mutter Bonis. Als sich herausstellte, daß sie schwanger war, überlegte sich seine eifersüchtige und grausame Ehefrau, wie sie sich rächen könnte. Sie wartete, bis ihr Mann einige Tage verreist war, ließ die Sklavin zu sich kommen und sagte: ›Ich sehe, du bist schwanger. Wer ist der Vater des Kindes?‹
Als die Sklavin antwortete, sie hätte einen Mann und der sei der Vater des Kindes, ließ sie ihn holen und fragte ihn: ›Ist das deine Frau? Hast du sie geschwängert?‹
Der Mann bestätigte das, und die Herrin sagte: ›Sie ist meine Sklavin, wer gab dir das Recht, meinen Besitz zu benutzen. Das werde ich dir abgewöhnen‹, und mit diesen Worten schnitt sie mit einem scharfen Messer sein Geschlecht ab. Zur Frau sagte sie: ›Du bist jetzt schwanger, deine Brüste sind so groß und schön, daß eine bestimmt ausreicht, um dein Kind zu stillen.‹ Und mit demselben Messer schnitt sie eine der Brüste der Frau

ab. Zu dem heftig blutenden Paar sagte sie: ›Verschwindet, ich will euch nicht mehr sehen‹, und sie verließ sich darauf, daß sie mit ihren Verletzungen nicht weit kommen würden. Als ihr Mann zwei Tage später nach Hause kam und beim Mittagessen den Deckel von der Schüssel hob, lag darin eine schwarze Frauenbrust, und seine Frau sagte mit kaltem Lächeln: ›Du magst schwarze Brüste doch so gerne, iß nur, iß.‹
Die verstümmelten Sklaven waren indessen in den Wald geflüchtet, wo der Mann seiner Verletzung erlag. Mit Hilfe anderer Entlaufener gelangte die Frau schließlich in das Lager der Schwarzen im Cottica-Gebiet. Dort brachte sie Zwillinge zur Welt: zwei Jungen. Den Kindern war schon bald klar, daß sie anders waren als die anderen Schwarzen, denn sie waren braun und hatten rotes Kraushaar. Sie fragten ihre Mutter, warum sie anders seien und wie es kam, daß sie nur eine Brust habe. Immer wieder erzählte die Mutter die Geschichte, und immer wieder nahmen sich die Jungen vor, ihre Mutter und den Mann, der eigentlich ihr Vater hätte sein müssen, zu rächen. Als einer der Jungen durch den Schuß eines Soldaten starb, gab es für Boni noch einen Grund mehr, Rache zu nehmen.«
Alex schwieg. Rutger blieb in Gedanken sitzen.

Elsa

In Paramaribo brodelte die Gerüchteküche. Gouverneur Crommelin wollte angeblich abdanken. Schon seit 1748 war er der Kommandeur der Kolonie. Da er sich im Kampf seines Vorgängers gegen die Cabale auf die Seite

des Gouverneurs geschlagen hatte, war er bei vielen der angesehenen Einwohner nicht gerade beliebt, und diese hatten es ihm auch nicht leichtgemacht, als er selbst Gouverneur wurde.
Vor einem Jahr hatte Crommelin die Direktoren der Sozietät ersucht, in Pension gehen zu dürfen. Er wollte eine Reise in die Niederlande unternehmen und danach seine wohlverdiente Ruhe genießen. Dies war ihm jetzt genehmigt worden, doch der Gouverneur blieb noch eine Weile als amtloser Bürger in Surinam; Jan Nepveu übernahm dessen Geschäfte.
Auch Herr Van Omhoog sehnte sich nach Ruhe und wollte in Pension gehen. Er hatte seinem Vorgesetzten, Rutgers Großonkel, bereits geschrieben. Onkel Frederik erachtete es jedoch als notwendig, daß Rutger zuerst in die Niederlande reiste, um sich über bestimmte Angelegenheiten zu informieren, bevor er Geschäftsführer würde. Er hatte Verständnis dafür, daß sein Neffe nicht gerne lange von seiner Familie getrennt sein wollte, und schlug ihm deshalb vor, Elsa und den kleinen Gideon auf die Reise mitzunehmen, vorausgesetzt, Elsa sei einverstanden, denn jeder wußte, daß eine Reise von Surinam nach Holland nicht ohne Gefahren war. Abgesehen von Stürmen und Orkanen gab es auch Seeräuber und in Kriegszeiten zudem feindliche Schiffe. Außerdem war ein achtwöchiger Aufenthalt an Bord wegen der engen Räume, des schlechten Essens und der Krankheiten unter der Besatzung nicht gerade angenehm.
Rutger hatte den Brief seines Onkels im November 1768 erhalten. Elsa hatte keine Bedenken, die Reise zusammen mit Rutger zu unternehmen. Doch weil es nicht ratsam war, mitten im Winter in Holland anzukommen,

würde sich die Familie erst Ende Januar einschiffen, und man hoffte, Amsterdam Ende März zu erreichen. Sie würden dann für sechs Monate bei Großonkel Frederik bleiben, der in einem schönen Herrenhaus an der Keizersgracht wohnte.
Für die Reise mußten viele Vorbereitungen getroffen werden. Alex, Maisa und Afanaisa würden mitreisen, denn wie sollte sich Elsa in Holland ohne ihre Sklavinnen, die ihr immer alles abnahmen, zurechtfinden. Die anderen würden in Ruhe das Haus hüten, bis die Familie Ende des Jahres zurückkäme.
Als man abfuhr, war der kleine Gideon bereits ein Jahr alt, tapste unbeholfen durch das Haus, spielte auf der hinteren Galerie und machte jeden Tag an Afanaisas Hand einen kleinen Spaziergang über den Hof. Er war ein fröhliches Kind, das selten weinte und jeden mit seinen Einfällen erheiterte. Am 28. Januar fuhr die Familie aus Paramaribo ab, und am 29. Mai erhielt Vater Levi Fernandez, der zufällig eine Woche in der Stadt war und bei den De Ledesmas wohnte, folgenden Brief:

Lieber Papa, *Amsterdam, 2. April 1769*

hier also der erste Brief, den ich Euch aus diesem kalten Land schreibe. Die ersten Wochen der Reise verliefen sehr angenehm; die See war ruhig, der Wind günstig, und wir kamen gut voran. Rutger, Gideon und ich hatten einen netten Raum achtern, wo auch die Offiziere untergebracht waren. Die Sklaven mußten eigentlich vorn schlafen bei den Matrosen, aber Maisa und Afanaisa fühlten sich dort so unglücklich, daß wir sie schon in der ersten Nacht zu uns genommen und in der Ecke der Kajüte haben schlafen lassen. Nachdem wir bei Madeira vorübergehend an Land gegangen waren, wurde das Meer unruhiger und die Luft kälter; je nördlicher wir kamen, um so schlimmer wurde es. Wir mußten dann ständig unter Deck bleiben, und die Luken wurden zugenagelt. Wegen der stickigen Luft wurde Gideon sehr unruhig, aber zum Glück ist er nicht krank geworden. Die Ziege, die wir mit an Bord genommen hatten, gab genügend Milch, um ihm jeden Tag seinen Brei zu kochen, und der große Vorrat an Zitronen und Limonen hat verhindert, daß wir Skorbut oder Durchfall bekamen; wir haben sogar der Mannschaft welche gegeben. Auch die Hühner und die Eier konnten wir gut gebrauchen. Maisa ging jeden Tag in die Kombüse, um uns das Essen zu kochen. Sie fand es da so dreckig, daß sie nicht einmal eine Gabel zurückzulassen wagte, und wenn sie fertig war, wanderten all unsere Sachen in einen großen Korb, den sie wieder in unsere Unterkunft brachte. Wir haben einige heftige Stürme erlebt, und ich hatte ehrlich gesagt fürchterliche Angst, doch alles ging gut, und nach sieben Wochen, am 22. März, in aller Frühe, erreichten wir Amsterdam. Und, Papa, es schneite! Wirklich, es schneite! Ich wurde von Afanaisas ängstlichem Rufen wach. Sie stand an der Tür und rief: »Misi, so etwas wie Baumwolle fällt aus dem Himmel, und es brennt.«

Als wir uns der Stadt näherten, sah es wundervoll aus, aber es war so kalt. Was für ein Glück, daß ich Winterkleider von Frau Tallans übernehmen konnte, denn so hatte ich wenigstens warme Schultertücher für mich und für die Sklavinnen. Gideon hatten wir unglaublich viele Kleider angezogen, aber alle waren zu groß, denn das jüngste Kind von den Tallans ist schon vier; Gideon sah aus wie eine kleine Tonne, und er fand das gar nicht lustig. Und dann gab es noch das Problem mit den Schuhen; wir konnten die Sklaven bei der Kälte doch nicht barfuß gehen lassen? Nun, Rutger erklärte ihnen, daß sie Schuhe anziehen müßten. Da wir nicht in Surinam sind, gelten hier die surinamischen Gesetze auch nicht. Maisa weigerte sich; sie hätte nicht vor, diese Dinger anzuziehen. Zum Glück konnte Rutger bei einem der Offiziere dicke Socken besorgen, die sie dann angezogen hat. Afanaisa traute sich nicht, auch nur einen Schritt mit den Schuhen zu machen, sie hielt sich an der Wand fest und wankte, als ob sie befürchtete, jeden Augenblick zu stürzen. Alex hingegen zog die Stiefel an, drehte sich auf den Absätzen herum und ging davon, als hätte er sein Leben lang Stiefel getragen.

Fahrzeug und Kutscher warteten schon auf uns, als wir von Bord gingen, und im Haus wurden wir von Großonkel Frederik und Cousine Marie, die bei ihrem Vater wohnt, herzlich begrüßt. Auch die anderen drei Cousinen sahen wir noch am selben Abend, denn ich glaube, jeder war gespannt darauf, wie ich aussah.

Wenn du mich fragst, sind sie alle hier ein bißchen enttäuscht darüber, daß »das Mädchen aus der Kolonie« offenbar ein ganz normales Mädchen ist; aber die Sklaven faszinieren sie sehr, und sie müssen herzlich lachen, wenn sie mich mit Maisa reden hören. Maisa ist alles schrecklich unheimlich. Sie setzt keinen Fuß vor die Tür. Aber sie hat auch im Haus genug zu tun. Sie haben hier noch eine Küchenmagd, Arbeitsmagd, ein Mädchen für den Haushalt und einen Hausknecht. Alex, Maisa und Afanaisa waren völlig außer sich vor Verwunderung, als

sie entdeckten, daß weiße Menschen hier arbeiten. Afanaisa muß noch immer darüber kichern. Wenn sie die Arbeitsmagd mit Eimer und Besen sieht, wendet sie den Kopf ab, um nicht laut loslachen zu müssen.
Maisa ist tief empört über die Mägde, die es schrecklich finden, daß sie Gideon täglich badet und selbst nicht zu Bett geht, bevor sie sich nicht von Kopf bis Fuß gewaschen hat. »Wie kommt es, daß diese Weißen so dreckig sind?« schimpft sie.
Vorgestern gab es ein großes Familienessen zu unseren Ehren; außer Großonkel Frederiks Töchtern und deren Gatten waren noch weitere Cousins und Cousinen eingeladen worden. Sie haben alle ganz merkwürdige Vorstellungen von unserem Land. Manche glauben, daß man morgens unter sein Bett schauen muß, ob keine Tiger oder Riesenschlangen darunter liegen. Andere meinen, daß in unseren Wäldern Indianer ohne Kopf wohnen. Sie haben gehört, der Boden bei uns sei so fruchtbar, daß man heute einen Ableger in den Boden setzen kann, um in zwei Wochen einen großen Baum mit reifen Früchten zu haben. Einer fragte mich, ob es dort wirklich so heiß sei, daß Papier zu brennen beginne, wenn die Sonne darauf scheine. Natürlich wollten sie die Sklaven sehen, und wir mußten sie hereinrufen. Ganz erstaunt waren sie, als sich herausstellte, daß Alex einwandfrei Niederländisch spricht. Eine Großtante fragte mich, ob ich denn keine Angst habe im Haus mit all den Schwarzen um mich herum. Ich antwortete ihr, daß ich Angst hätte ohne die Schwarzen, und ich konnte sehen, daß sie nichts verstand und mich für reichlich sonderbar hielt.
Es ist immer noch kalt, es regnet viel, aber nicht so wie bei uns, sondern viel dünner und manchmal ganze Tage

lang. Wenn die Sonne scheint, freut sich jeder im Haus und sagt: »Die Sonne scheint, ist das nicht herrlich?« Wir schauen uns an und fragen uns, was daran so herrlich sein soll. Die Sonne hier spendet meistens kaum Wärme, aber jeder sagt, daß es bald Frühjahr werde. Es sprießen schon kleine Blätter an den Bäumen, und dann werde es auch warm, sagen sie. Hoffen wir's.
Papa, kannst du vielleicht Sydni mal in die Wagenwegstraat schicken, wenn Du in der Stadt bist? Unsere Sklaven sollen wissen, daß alles in Ordnung ist mit uns, und Sydni kann ihnen noch mal ausdrücklich sagen, daß sie unbedingt zu Herrn Van Omhoog gehen sollen, wenn sie etwas brauchen. Ich mache mir Sorgen um Amimba, jetzt, da sie ihr Kind erwartet. Sie soll sich nicht überanstrengen. Kannst Du ihre Mutter nicht für ein paar Wochen auf Hebron entbehren? Sie kann dann bei Amimba in der Stadt sein, wenn die Zeit der Niederkunft gekommen ist. Amimba wäre viel ruhiger, wenn ihre Mutter bei ihr wäre, zumal auch Maisa nicht da ist.
Trotz aller Fürsorge hat Gideon jetzt doch einen Schnupfen und hustet. Nichts Schlimmes, aber Maisa macht sich natürlich Sorgen, weil sie ihm keinen Kalebassensirup kochen kann.
Rutger schickt Dir herzliche Grüße. Auch von mir viele Grüße an alle, besonders an Tante Rachel, die Schwestern, David und seine Familie und an alle auf Hebron. Paß gut auf Dich auf, lieber Papa, und einen Kuß auf die Stirn.

Deine Elsa

Onkel Levi freute sich sehr über den Brief. Er hatte ihn bei Tisch vorgelesen, damit jeder alles hören konnte, und er erzählte allen Freunden und Bekannten von ihm. Sarith hatte sich nichts anmerken lassen, während Levi den Brief vorlas, und die Augen starr auf den Tisch gerichtet. Sie war immer noch wütend auf Elsa und Rutger! Als sie erfahren hatte, daß sie auf Seereise gingen, hatte sie sich vorgestellt, wie das Schiff in einem Sturm untergehen oder von Seeräubern überfallen würde. Doch dann kam dieser Brief von der glücklichen Elsa, die jetzt in Holland war und so viel Neues erleben durfte. Kein Schiff gesunken oder überfallen. Wie ungerecht doch alles war. Es schien, als würde Elsa immer das bekommen, was Sarith sich wünschte. Sie hatte einen Mann, ein Kind, wurde von allen geliebt und war jetzt in Holland, wo bestimmt auch schon Rutgers Verwandtschaft von der »lieben Elsa« schwärmte. Und sie, Sarith, was hatte sie? Ja, sie war hübsch, doch sie würde zu gerne etwas von ihrer Schönheit abgeben, um jetzt an Elsas Stelle in Holland zu sein statt in dieser öden Kolonie, wo nie etwas Besonderes passierte. Und immer dasselbe öde Geschwätz: Frau Crommelin sei sehr unfreundlich zu Jan Nepveu. Früher seien sie gute Freunde gewesen, aber seit er Gouverneur auf Abruf geworden war, ließen sie ihn ihre Abneigung deutlich spüren. Die Crommelins seien beurlaubt worden, lebten aber immer noch im Gouvernementspalast, wo Jan Nepveu jeden Tag arbeiten mußte. Gouverneur Crommelin selbst sei ein alter und launischer Mann geworden, und weder das Personal noch die Sklaven im Palast wüßten,

wer denn nun das Sagen hätte, Misi Crommelin oder der neue Gouverneur?
Und hatte sie schon gehört, wie die farbige Konkubine von Klaas Doesburgh es gewagt habe, ihren Sklaven zum Haus der Doesburghs an der Waterkant mit der Nachricht zu schicken, Klaas solle sofort in ihr Haus kommen, weil eines ihrer Kinder krank sei. Und der war auch noch gegangen. So eine Unverschämtheit! Es würde von Tag zu Tag schlimmer mit den Schwarzen. Sarith langweilte und ärgerte sich. Sie war das alles so leid. Sie wollte einen Mann, sie wollte heiraten. Schließlich war sie schon einundzwanzig. Eine alte Jungfer ohne Aussicht auf einen Mann. Wie war es nur möglich, daß ausgerechnet ihr das passierte?
Einige Monate später, Ende September, bekam Onkel Levi den letzten Brief von Elsa aus Holland.

Lieber Papa, *Amsterdam, 2. August 1769*

wenn Du diesen Brief bekommst, reisen wir gerade ab oder sind bereits an Bord. Wir werden uns in der ersten Oktoberwoche einschiffen. Dann sind wir schon weg aus dieser Gegend, wenn die Herbststürme einsetzen. Wenn alles gut verläuft, werden wir in der letzten Novemberwoche oder in der ersten Dezemberwoche in Paramaribo ankommen. Ich werde froh sein, wenn wir wieder in unserem eigenen Haus sind, vor allem, weil Gideon Mitte Januar ein Geschwisterchen bekommen wird. Rutger hofft, daß es ein Mädchen wird. Mir ist alles recht, Hauptsache, es ist gesund. Oh ja, Papa, Du mußt Esther und Jacob ganz herzlich von mir zur Geburt ihres vierten

Sohnes gratulieren. Ich hatte für Esther gehofft, daß es diesmal ein Mädchen sein würde, aber vier Söhne ist natürlich auch großartig. Wie geht es Rebecca und Abraham und ihrem kleinen Zipporah. Erwartet Rebecca auch schon ein zweites? Wie schön, daß Du Leida doch für zwei Monate in die Stadt schicken konntest, um bei Amimba zu sein. Hast Du Amimbas Sohn schon gesehen? Rutger und ich haben uns so gefreut, als wir in Deinem Brief lasen, daß das Kind Rutty nach Rutger heißt.

Es ist hier ziemlich warm gewesen, manchmal sogar wärmer als bei uns. Ich war mit Gideon drei Wochen auf dem Landwohnsitz von Annette und ihrem Mann. Annette ist die dritte Tochter von Großonkel Frederik. Sie haben vier Kinder im Alter von vier bis elf Jahren. Wir sind mit der Kutsche hingefahren; das große Haus ganz in der Nähe von Bussum ist sehr schön. Manchmal hatte ich das Gefühl, ich bin zu Hause auf Hebron.

Gideon hat sich sehr wohlgefühlt; die Cousins und Cousinen haben viel mit ihm gespielt, und es war oft so warm, daß er genau wie zu Hause fast nackt herumlaufen konnte. Das fand er herrlich, er haßt die vielen Kleider.

Er beginnt schon richtig zu reden und sagt unter anderem so etwas wie »Masha«. Maisa und Afanaisa behaupten beide, es sei ihr Name. Auch Rutger war zwei Wochen bei uns auf dem Landwohnsitz. Besonders eine der Cousinen, Marie, bedauert, daß wir abreisen. Sie sagt, daß sie die Gemütlichkeit im Haus vermissen wird. Ich glaube, daß auch Alex es schade findet, zurückzufahren. Rutger hat ihm manchmal erlaubt, allein auszugehen, und ich glaube, er kennt Amsterdam inzwischen

wie seine Westentasche. Ihm werden sicher die Gespräche mit den Bekannten, die er hier hat, fehlen. Er ist begeistert davon, daß er hier einfach so einen Weißen ansprechen kann und keiner ihm das übelnimmt; daß er hier stehen und gehen kann, wohin er will. Er redet schon wie ein richtiger Amsterdamer.
So, Papa, das war es schon, viele Grüße an die ganze Familie, einen Kuß und auf Wiedersehen.

Deine Elsa

Zu Jom Kippur war Onkel Levi gerade mit Rachel und Sarith in der Saramaccastraat bei Jacob und Esther de Ledesma.
Traditionell wurde an diesem Tag gefastet, doch abends fand ein großes Diner statt. Hierzu wurde der Tisch festlich gedeckt. Das schöne Porzellan, Kristall und Silber wurden hervorgeholt und geputzt. Auf dem Tisch standen so viele Schalen und Gerichte, daß wohl hundert Menschen davon hätten satt werden können. Elsas Brief war wieder das Gesprächsthema, vor allem die Nachricht, daß sie bald zurückkehren würden und daß sie wieder ein Kind erwartete.
Sarith sah mit düsterer Miene vor sich hin. Jedesmal, wenn sie Elsas Namen hörte, hätte sie am liebsten laut aufgeschrien. Und eines wußte Sarith ganz sicher; sie mußte dafür sorgen, daß sie verheiratet war, bevor Elsa und Rutger wiederkamen. Sie wußte zwar noch nicht mit wem, aber sie würde bis dahin einen Mann haben und verheiratet sein, koste es, was es wolle.
Als die Familie zwei Wochen später nach Jüdisch-Savanna zum Laubhüttenfest fuhr, erblickte sie nach ihrer Ankunft zwischen den bereits anwesenden Gästen

Julius Robles de Medina. Der war nun schon seit fünf Jahren Witwer. Das war ein geeigneter Kandidat. Oh, sie wußte noch, wie sie und Elsa ihn früher immer ausgelacht und ihm den Spitznamen Noso gegeben hatten wegen seiner großen Nase, aber das machte nichts. Sie würde all ihre weibliche Schliche einsetzen, um zu erreichen, daß er sich in sie verlieben würde und ihr einen Heiratsantrag machte. Und es mußte alles in der Zeit passieren, die sie hier gemeinsam in Jüdisch-Savanna verbrachten.

Julius wußte gar nicht, wie ihm geschah, als diese Sarith Aaron plötzlich soviel Interesse für ihn zeigte. Sie war immer in seiner Nähe, brachte ihm deutlich Sympathie entgegen und erkundigte sich aufmerksam nach seinen beiden Töchtern, die jetzt zwölf und vierzehn waren.

Es hatte angefangen, als sie sich bereits am ersten Tag neben ihn gesetzt und gesagt hatte, er würde wie immer blendend aussehen. Er hatte sie gefragt, wie es ihrer Stiefschwester Elsa in Holland ginge. Sarith würde sich doch gewiß freuen, daß Elsa bald wieder zurückkäme, denn sie müßte ihre Schwester doch sehr vermissen. Er erinnere sich noch genau an die beiden Mädchen, unzertrennlich, immer lachend und kichernd. Und die beiden seien jetzt herangewachsen zu schönen Damen, vor allem sie, Sarith, sei wirklich bezaubernd.

Sarith hatte charmant geantwortet, er habe doch selbst zwei so hübsche Mädchen, seine Töchter Miriam und Hannah. Ob es denn nicht schwer für ihn sei, diese beiden lieben Kinder alleine aufzuziehen, ohne Mutter? Julius hatte geseufzt, ja, das sei tatsächlich der Fall, sie verbrachten jedoch die meiste Zeit in der Stadt bei ihrer Tante, der Schwester ihrer Mutter. Dort besuchten sie die

französische Schule. Ob es denn nicht langweilig für ihn sei, allein auf der Plantage zu leben, hatte Sarith gefragt, und Julius hatte nicht anders als bejahend antworten können. Ja, es sei oft sehr langweilig, so allein auf der Plantage Klein-Paradijs an der Boven-Commewijne.
Immer wieder war Sarith in seiner Nähe, voller Interesse für seine Plantage, für ihn, für seine Töchter. Sie unterhielt sich auch viel mit den beiden Mädchen, die sie schon bald sehr mochten. Und schon innerhalb einer Woche konnte Julius Robles de Medina an nichts anderes mehr denken als an Sarith Aaron. Wie sehr er sich in ihr getäuscht hatte. Er hatte immer gedacht, sie sei ein leichtfertiges, fröhliches und allzu flatterhaftes Mädchen, aber das war sie gar nicht. Jetzt, da er sie besser kannte, sah er, was für ein edler und nobler Mensch sie eigentlich war, eine gute Frau. Ob er ihr einen Heiratsantrag machen sollte? Doch er traute sich nicht, denn sie schien allzu gern auszugehen, und wie konnte er so eine schöne junge Frau, die gerne ausging, bitten, ihn zu heiraten und mit ihm auf Klein-Paradijs zu leben, zwei Tage Fahrt von Paramaribo entfernt! Als Sarith ihm jedoch sagte, daß ihr nichts über die Ruhe einer fernen Plantage ginge, dachte er, daß er es vielleicht doch versuchen sollte. Verlegen fragte er sie, ob sie mit ihm die Ruhe auf so einer fernen Plantage teilen wolle, und er wußte kaum wohin vor Glück, als sie zustimmte. Sie hatte tatsächlich »Ja« gesagt! Diese wunderschöne Frau, die allen Männern den Kopf verdrehte, die alle Männerherzen höher schlagen ließ, wollte ihn, Julius, heiraten!
Onkel Levi und Tante Rachel trauten ihren Ohren nicht, als Julius ihnen mitteilte, daß Sarith zugestimmt hatte, seine Frau zu werden. Er war zwar nicht der Mann, den

Mutter Rachel sich für ihre schönste Tochter gewünscht hatte, aber schließlich war Sarith bereits einundzwanzig, und sie war in letzter Zeit so launisch und bockig. Also lieber Julius Robles de Medina mit der großen Nase als gar keinen Mann.

Das Verlobungsfest wurde sogleich in Jüdisch-Savanna gefeiert, und Sarith selbst sagte Julius, daß es überhaupt keinen Sinn hätte, länger mit der Hochzeit zu warten. Wozu auch? Meistens sei eine lange Verlobungszeit für die Partner gedacht, um sich kennenzulernen, aber sie kannten sich schließlich doch schon seit Jahren. Und so wurde entschieden, daß die Hochzeit bereits in vier Wochen auf Klein Paradijs stattfinden würde, und alle Gäste in Jüdisch-Savanna wurden sogleich dazu eingeladen.

Die vier Wochen vergingen wie im Flug; alles wurde eilig vorbereitet, und in der dritten Novemberwoche fuhr das Zeltboot von Hebron ab. Sarith verließ die Plantage, auf der sie fast vierzehn Jahre gelebt hatte. Mutter und Onkel Levi begleiteten sie, ebenso wie Kwasiba und Mini-mini. Sarith hatte ihre Mutter dazu überredet, ihr auch Kwasiba mitzugeben. Sie war noch nie zuvor auf Klein Paradijs gewesen und hatte eigentlich ein bißchen Furcht vor dem Unbekannten, aber mit der vertrauten Kwasiba und Mini-mini würde sie sich doch wohler fühlen. Kwasiba war froh, daß sie auch in Zukunft mit ihrer Tochter Mini-mini zusammenbleiben würde. Sie blieben einige Tage in der Stadt, wo sich ihnen der Rest der Familie anschloß, und fuhren dann alle zusammen zu der Plantage, die Sariths neues Zuhause werden würde. Klein Paradijs war eine Kaffeeplantage; das Haus war nett, aber bescheiden. Viel zu klein, dachte Sarith enttäuscht. Nach der Hochzeit blieben die meisten Gäste noch eine Woche, und Sarith amüsierte sich sehr mit all den Festen, die ihr zu Ehren gefeiert wurden. Vor der ersten Nacht mit Julius hatte sie Angst gehabt. Sie liebte ihn nicht, das wußte sie sehr gut; sie hatte ihn einfach für ihre Ziele benutzt. Aber sie würde sich Mühe geben, nett zu ihm zu sein. Nach ihrem ersten Zusammensein, bei dem Julius natürlich gemerkt hatte, daß Sarith keine Jungfrau mehr war, meinte er das Recht zu haben, zu erfahren, wer sein Vorgänger gewesen war. Sarith erzählte ihm von Charles van Henegouwen. Sie tat so, als sei sie damals das ahnungslose fünfzehnjährige Mädchen gewesen, das meinte, Verliebtheit wäre wahre Liebe, und Charles selbst, auch noch jung und nicht viel gescheiter, hätte das ausgenutzt. Es gelang ihr sogar, einige Tränen fließen zu lassen, als sie sagte, daß dies nie geschehen wäre, hätte sie alles vorher gewußt, und ob Julius ihr bitte vergeben könne? Das tat er gerne. Sie solle es rasch vergessen. Er, Julius, würde ihr daraus nicht den geringsten Vorwurf machen, er sei viel zu glücklich, daß sie jetzt ihn liebe.

Als Elsa und Rutger am 30. November in Paramaribo ankamen und vom Rest der Familie begrüßt wurden, erfuhren sie als erstes die große Neuigkeit, daß Sarith mit Julius Robles de Medina verheiratet sei und jetzt auf Klein Paradijs an der Boven-Commewijne wohne. Elsa konnte es kaum glauben. Sarith verheiratet mit Noso? Demselben Noso, den sie immer ausgelacht hatten und der nach Sariths Meinung so langweilig war? Wie verzweifelt hatte sie gewesen sein müssen, um so einen Entschluß zu fassen.

Elsa freute sich sehr, wieder zu Hause zu sein, und am ersten Tag ging sie durch das ganze Haus, um alle vertrauten Dinge wiederzusehen. Auf dem Hof ging sie in die Sklavenunterkünfte, bewunderte Amimbas kräftigen Sohn und schenkte ihr einige zu klein gewordene Hemdchen von Gideon. Maisa, Afanaisa und Alex mußten in den ersten Tagen eine Menge erzählen, und Elsa konnte oft beobachten, wie die anderen auf der Schwelle ihrer Zimmer saßen und zuhörten. Das beliebteste Thema war sicherlich die Tatsache, daß in Holland die Weißen mit den Händen arbeiteten. Zuerst hatten die anderen dies gar nicht geglaubt; Maisa und Afanaisa versuchten sie wohl zum Besten zu halten. Auch Alex glaubten sie es nicht, und schließlich mußte Misi Elsa dazukommen und es bestätigen: In Holland arbeiteten die Weißen. Und die Sklaven kullerten über den Boden und hatten Tränen in den Augen vor Lachen. Sie konnten von dieser Geschichte einfach nicht genug bekommen, und von dieser Zeit an wurde im Haus bei einer sehr unwahrscheinlichen Geschichte immer gesagt: »Du willst mir doch nicht erzählen, daß Weiße mit den Händen arbeiten?«

Elsas zweiter Sohn wurde am 17. Januar geboren, gerade eine Woche nach dem Geburtstag seines Bruders. Er bekam den Namen Jonathan. Wie beim ersten Mal verlief auch jetzt alles problemlos. Elsa stillte ihr Kind selbst und fühlte sich nach einigen Tagen wieder kerngesund, aber Maisa erlaubte ihr nicht aufzustehen, weil sie auch jetzt dabei blieb, daß Aufstehen vor dem sechzehnten Tag sehr gefährlich sei. Danach begann eine geschäftige

Zeit, denn Herr und Frau Van Omhoog würden am 27. Februar aus Surinam abreisen, und bereits in der ersten Märzwoche würde die Familie Le Chasseur von der Wagenwegstraat in das große Herrenhaus in der Gravenstraat umziehen.

Sarith

Indessen fand Sarith Klein Paradijs langweilig und öde. Sie ärgerte sich, war mürrisch und schweigsam. Julius war besonders lieb und aufmerksam, aber dieses Getue von ihm ging ihr auf die Nerven, und sie konnte sich oft nur mit Mühe zurückhalten, um nicht aggressiv zu werden. Sarith hatte sich überlegt, daß sie um Silvester herum nach Paramaribo fahren würden, um bei den verschiedenen Festen, wie dem von Esther und Jacob, dabeizusein, aber als sie Julius das vorschlug, sagte dieser, daß er einen ganz anderen Plan habe. So viele Jahre schon habe er den Jahreswechsel auf Festen zubringen müssen. Nein, er wolle etwas anderes. Er wolle gemütlich mit seiner lieben Frau allein auf ihrer eigenen Plantage bleiben, und so geschah es auch. Sarith war wütend; sie mußte da allein mit Julius herumsitzen, während in Paramaribo Feste gefeiert wurden. Oh, sie hoffte, bald einen Vorwand zu finden, weshalb sie dringend und für lange Zeit in die Stadt müßte. Mini-mini mußte sie zu ihrem Zeitvertreib sehr oft massieren. Sarith fiel bei Mini-mini eine Veränderung auf. Bildete sie es sich nur ein, oder war sie träger geworden? Gegen Mitte Januar begriff sie plötzlich, was mit Mini-mini los war; sie war schwanger!

Sarith war verwundert. Sie hatte das Mädchen doch nie mit einem Mann zusammen gesehen. Mini-mini war sehr schön, aber in keiner Weise herausfordernd, eher zurückhaltend. Oft genug hatte sie bemerkt, wie die Männer sie ansahen, und sie wußte, daß schon manche Gäste Onkel Levi gefragt hatten, ob sie diese hübsche Sklavin mit auf ihr Zimmer nehmen könnten. Onkel Levi hatte immer geantwortet, daß er nicht über Mini-mini zu bestimmen hätte, weil sie die Sklavin seiner Stieftochter wäre. Sarith hatte Mini-mini dann und wann gefragt, ob sie mit so jemandem schlafen wollte, und immer hatte Mini-mini geantwortet: »Ich? Nein, Misi, ich will nicht.«
Jetzt wollte Sarith wissen, wer denn der Vater von Miniminis Kind sei. Und Mini-mini erzählte, daß sie Anfang letzten Jahres, als ihre Misi so oft in der Stadt gewesen war, einen jungen Mann kennengelernt hatte. Auch einen Mischling, aber einen Freien. Hendrik de Mees hieß er. Sie hatte ihn zuerst oft in der Saramaccastraat in der Nähe der de Ledesmas gesehen, und später hatte er ihr gestanden, daß er sich wegen ihr so oft dort herumgetrieben hatte. Er war das Kind eines Weißen, der seine Sklavin freigekauft und ihr ein kleines Haus in der Nähe der Gemene Weide besorgt hatte, wo sie als seine Konkubine lebte. Der Vater hatte Mutter und Kind gut versorgt, war aber gestorben, als das Kind vier Jahre alt war.
Mit dem Verkauf von Kuchen hatte die Mutter ihr Kind durchgebracht. Sie waren zwar arm, aber sie waren frei. Hendrik hatte auch Lesen und Schreiben gelernt, und als er vierzehn Jahre alt war, wurde er zu einem Schreiner in die Lehre gegeben. Dort arbeitete er jetzt noch und verdiente zwar nicht viel, aber es reichte für ihn und seine

Mutter, und es würde auch noch für seine Frau reichen. Er hatte Mini-mini viele Male besucht und heimlich die Nacht bei ihr verbracht, denn es war freien Mischlingen verboten, sich bei den Sklaven aufzuhalten. Er hatte ihr versprochen, daß er sparen würde, um sie freizukaufen, und dann könnte sie bei ihm wohnen, aber es würde noch eine Weile dauern, bis es soweit war.

»Und jetzt erwartest du schon sein Kind?« sagte Sarith, als sie die ganze Geschichte gehört hatte.

»Ja, Misi«, sagte Mini-mini verlegen, und mit Schreck dachte Sarith daran, daß sie Mini-mini verlieren würde, wenn ihr Geliebter sie freikaufte. Aber noch war es ja nicht soweit, und selbstlos versprach sie dem Mädchen, daß es, wenn sie freigekauft wurde, sein Kind mitnehmen dürfe, ohne dafür zu bezahlen.

Mini-mini war froh, daß sie es erzählt hatte; die Misi war vielleicht doch gar nicht so böse. Der neue Masra war auch sehr nett. Er war ganz verrückt nach seiner Frau, das hatte Mini-mini sofort bemerkt, und sie wußte auch, daß ihre Misi den Masra nicht liebte. Sie hoffte nur, daß die Misi keine Dummheiten machen würde, wie damals mit Masra Rutger. Der Masra gab ihr und Kwasiba manchmal eine Münze. Kwasiba kaufte sich dafür meistens Tabak, aber Mini-mini sparte alles, was sie bekam, denn so konnte sie eines Tages vielleicht zu ihrem Freikauf beitragen.

Anfang Februar 1770 verbreitete sich die Nachricht, daß Gouverneur Crommelin in Pension ging und daß Jan Nepveu jetzt zum Gouverneur ernannt worden war. Die feierliche Vereidigung sollte am 8. März stattfinden. Aus diesem Anlaß würde ein großes Diner im Palast gegeben werden und am Tag darauf ein hochoffizieller Ball.

Als die Einladung zum Ball eintraf, war Sarith vor Freude ganz aus dem Häuschen. Endlich wieder ein Fest, auf dem sie brillieren konnte. Sie mußte so schnell wie möglich nach Paramaribo fahren, um alles vorzubereiten. Verwundert fragte sich Julius, warum das jetzt schon sein mußte, es dauerte ja noch fast fünf Wochen, bis es soweit war. Aber Sarith konnte ihn überzeugen, daß dies wirklich notwendig sei. Sie mußte sich schließlich ihr Ballkleid schneidern lassen. Er wollte doch wohl nicht, daß sie in einem alten Ballkleid ginge, das jeder schon kannte? Die Leute würden gewiß darüber reden und meinen, er wolle ihr kein neues Kleid schenken. Das hatte Julius nicht bedacht, und so fuhr Sarith schon vier Wochen vor dem Fest in die Stadt und ließ sich wie früher bei den De Ledesmas nieder.
Auch Mini-mini freute sich, daß sie in die Stadt fuhren. Sie würde dann ihren geliebten Hendrik wiedersehen, und kaum waren sie angekommen, bat sie Misi Sarith um Erlaubnis, einen Laufburschen zu ihm zu schicken. Abends kam er zu ihr. Freute sie sich, ihn zu sehen? Sie sei schwanger? Jetzt schon? Eigentlich habe er damit nicht gerechnet. Ja, er sparte, doch das ginge wirklich nicht so schnell.
Einige Tage vor dem 8. März kam Julius zu seiner Frau in die Stadt. Wie ausgelassen und fröhlich sie war. Sie scherzte mit ihm, lachte viel; er konnte sich einfach nicht satt sehen an diesem hübschen Geschöpf, das nun seine Frau war. Überglücklich kaufte er ihr alles, was sie sich wünschte.
Als nun am ersten Tag das Diner beginnen sollte, saßen Hunderte von Gästen an den festlich geschmückten Tischen. Auch Menschen niederen Standes wie Schiffs-

kapitäne und verschiedene Alteingesessene waren eingeladen worden. Für sie waren in einem fünfzig Meter langen Zelt, das draußen aufgestellt worden war, die Tische gedeckt. Speisen und Getränke gab es im Überfluß, und das Fest ging mit einem atemberaubenden Feuerwerk zu Ende.

Am nächsten Tag war der große Ball. Zuerst gab es einen Empfang für die Damen im Hause Nepveu in der Gravenstraat. Danach begaben sie sich zum Gouvernementspalast, wo ihre Gatten schon auf sie warteten, um den Ball mit ihnen zu eröffnen. Zu diesem Zeitpunkt lag das Kriegsschiff »Castor« bereits im Hafen, und Kapitän Hoogwerf und seine Offiziere, die auch zu den Gästen gehörten, trauten ihren Augen kaum, als sie all diese Pracht erblickten. So etwas hatten sie hier nicht erwartet, und sie schlossen daraus, daß die Menschen in Surinam ausgesprochen wohlhabend sein mußten.

Sarith sorgte dafür, daß sie Elsa und Rutger nicht begegnete. Am Tag des Diners war das noch einfach gewesen, denn die Juden hatten ja oben gesessen, getrennt von den anderen Gästen, aber am nächsten Tag war es schon schwieriger.

Bei Frau Nepveu hatte sie Elsa zwar aus der Ferne mit einem Pulk von Damen um sie herum gesehen, aber sie sorgte dafür, daß sie nicht in deren Nähe kam. Im Palast jedoch, während einer Tanzpause, ging Julius plötzlich mit ausgestreckten Armen auf Rutger und Elsa zu; er freute sich aufrichtig, sie zu sehen, und fragte, wie es ihnen ginge. Er drehte sich um und fragte verwundert: »Wo ist denn Sarith so schnell geblieben? Wir wollten zu euch; ach, sie wird von irgend jemand aufgehalten worden sein und nachher kommen.«

Julius erzählte lang und breit, was für ein Schatz Sarith sei. Er klopfte Rutger auf die Schulter und sagte, daß sie sich oft sehen würden, denn die beiden Frauen seien ja nicht nur Schwestern, sondern auch unzertrennliche Freundinnen. Sie sollten doch bald mal nach Klein Paradijs kommen und für zwei Wochen ihre Gäste sein.
Rutger lächelte und fand das eine gute Idee, aber zunächst wollten sie Julius und Sarith zu einem Fest in ihr neues Haus in der Gravenstraat einladen, um seine Beförderung zum Geschäftsführer zu feiern. Dieses Fest sollte in zehn Tagen stattfinden. Sie würden dann doch bestimmt noch in der Stadt sein?
Sarith hatte nicht vor, auf das Fest bei Rutger und Elsa zu gehen, obwohl die ganze Verwandtschaft und viele Freunde eingeladen waren. Sie würde Julius jedoch noch nicht sagen, daß sie nicht gehen würde, denn dann würde er nach dem Grund fragen. Sie mußte einen Vorwand finden.
Am Nachmittag des Tages, an dem das Fest stattfinden sollte, bekam Sarith dann so unerträgliche Kopfschmerzen, daß sie kaum die Augen öffnen konnte. Sie mußte in einem abgedunkelten Zimmer liegen, und Mini-mini mußte ihr feuchte Kompressen auflegen. Besorgt saß Julius an ihrem Bett. Wollte sie einen Arzt? Nein, sie brauche einfach nur Ruhe. Aber sie könne natürlich nicht zum Fest, dazu sei sie zu krank. Als Julius sie fragte, ob er bei ihr bleiben solle, antwortete sie, daß es besser wäre, wenn er einfach ginge, sie könne ohnehin nicht sprechen und wolle am liebsten absolute Ruhe. Julius entschuldigte also seine Frau und erzählte den verblüfften Gastgebern, daß die arme Sarith schreckliche Kopfschmerzen hätte. Abends im Bett sagte Elsa zu Rutger:

»Hast du eigentlich bemerkt, wie Sarith uns aus dem Weg geht?« Elsa dachte sich, daß Sarith ruhig so weitermachen konnte. Dennoch spürte sie einen leisen Kummer, Wehmut über eine Beziehung, die so schön hätte sein können, jetzt aber für immer zerstört war.

Mini-Mini

Am Vorabend des 9. März, dem Abend des großen Balls im Palast des Gouverneurs, saß Mini-mini auf der Schwelle ihres Zimmers in der Saramaccastraat. Sie war müde; sie hatte zwei Stunden damit zugebracht, ihrer Misi beim Ankleiden zu helfen, hatte sich ständig hinknien müssen, um vorne oder hinten etwas zu richten, war angewiesen worden, das Haar mal so, dann wieder anders zu frisieren, und zuletzt hatte sie sich noch bücken müssen, um die Silberschnallen ihrer Schuhe zu polieren. Das war alles nicht mehr so einfach, wenn man im fünften Monat schwanger war.
Jetzt wartete sie auf Hendrik. Er war spät dran. Als er endlich kam, war der Acht-Uhr-Schuß längst gefallen. Er erzählte, daß er in der Gravenstraat zugeschaut hatte. In der Oranjestraat, gegenüber dem Haus von Jan Nepveu, hatten viele Menschen gestanden, zumeist Mischlinge und Sklaven. Jeder wollte den Zug sehen und all die Damen mit ihrer kostbaren Garderobe und dem wertvollen Schmuck. Der Reichtum der Weißen war unübersehbar, und bitter hatte Hendrik hinzugefügt, daß dieser Reichtum einzig auf Kosten der Sklavenarbeit ginge. Natürlich blieb Hendrik die Nacht über bei Mini-mini, doch das Zusammensein war nicht gerade so, wie sie es

sich erträumt hatte. Sie schlief in einem Zimmer, in dem noch drei andere Sklavinnen schliefen. Im Dunkeln konnte man glücklicherweise nichts sehen, aber die Geräusche am Boden ließen keinen Zweifel daran, was geschah, und die anderen machten Mini-mini gegenüber, die sie immer für eine stille und zurückhaltende Frau gehalten hatten, auch ständig ihre Bemerkungen. Als Sklave gab es eben keine Privatsphäre. Und alles mußte zudem heimlich geschehen, weil Hendrik ein freier Mann war. Keiner der Weißen im Haus, mit Ausnahme ihrer Misi, wußte, daß er die Nacht bei ihr verbrachte. Mini-mini lag auf ihrer Matte, sie konnte nicht schlafen. Sie spürte, wie sich das Kind in ihrem Bauch bewegte. Neben ihr schlief Hendrik. Mini-mini träumte von einer gemeinsamen Zukunft als freie Frau. Wie sehr sie ihn liebte und er sie. Bald würden sie ein Kind zusammen haben. Es würde zwar noch lange dauern, bis er sich das Geld zusammengespart haben würde, doch sie würde Geduld haben und auch sparen. Sie war so dankbar, daß kein Masra sie je vor Hendrik genommen hatte. Passierte das hübschen Sklavinnen nicht immer? Und sie war hübsch, das wußte sie. »Hübsch« wurde man schon genannt, wenn man »weißes Blut« hatte, und sie hatte schließlich einen weißen Vater. Ihre Mutter hatte ihr erzählt, daß sowohl Masra Jacob Aaron als auch sein achtzehnjähriger Sohn damals mit ihr schliefen. Einer von beiden war also ihr Vater, aber was hatte sie schon davon, sie war eine Sklavin wie jede andere.
Es war sicher nicht nur ihre hellere Hautfarbe, die bewirkte, daß man sie hübsch fand; sie hatte eine gute Figur, kleine runde Brüste, ein schön geschnittenes Gesicht, regelmäßige weiße Zähne und große dunkel-

braune Augen. Das Haar war schwarz und lockig und ging ihr bis zur Hälfte des Rückens; meistens hatte sie es zu einem Zopf geflochten. Wie oft hatte sie nicht Männer lüstern zu sich herüberschauen sehen, aber durch die Tatsache, daß sie Misi Sariths Besitz war, hatte zum Glück kein Mann sie je zu mißbrauchen gewagt, dafür war sie Misi Sarith auf jeden Fall dankbar. Das konnte sich natürlich ändern, jetzt, da die Misi einen Masra hatte, doch dieser war ein netter und guter Mensch. Er liebte seine Frau so sehr, daß er bestimmt nicht so bald eine Sklavin anrühren würde, und sie gehörte ganz ihrem Hendrik.
Mini-mini hörte, wie die Kutsche auf den Hof fuhr, als die Familie nach Hause kam. Rasch stand sie auf, band sich ein Schultertuch um und eilte zum Haus, wo ihre Misi und der Masra gerade die Treppe hochgingen.
Misi Sarith war gut gelaunt. Sie erzählte Mini-mini, daß sie soviel getanzt hätte; es sei schön gewesen, und sie hätte so viele Komplimente bekommen für ihre kunstvolle Frisur. Das habe Mini-mini gut gemacht. Sie würde ihr dafür morgen eine Belohnung geben.
Masra Julius sah seine Frau lächelnd an, tastete in seiner Tasche und gab Mini-mini eine Münze, während er sagte: »Da, nimm, Mini-mini, deine Belohnung, vielleicht vergißt die Misi es morgen.«
Als Mini-mini zurück in ihr Zimmer kam, war Hendrik fort. Vielleicht war er zum Abort gegangen, aber als er nach einer Weile noch immer nicht zurückgekommen war, begann sie, ihn zu suchen.
»Suchst du deinen Freund?« fragte Nestor, der Kutscher, der gerade dabei war, die Kutsche aufzuräumen, »der ist weg.«

Mini-mini ging wieder hinein. Warum war Hendrik gegangen, einfach so, mitten in der Nacht? Ach, vielleicht befürchtete er, am nächsten Morgen zu verschlafen, sie konnte ihn morgen fragen.
Doch am nächsten Abend kam Hendrik nicht. Mini-mini schickte einen Laufburschen mit der Nachricht zu seinem Haus, daß er rasch zu ihr kommen solle. Der Junge sagte, er hätte es Hendriks Mutter ausgerichtet, doch noch immer tauchte Hendrik nicht auf. Am Sonntag darauf beschloß Mini-mini, selber zu seinem Haus zu gehen. Sie wußte, daß seine Mutter sonntags meistens nicht da war. Als sie das Haus erreichte, waren alle Türen und Fenster verriegelt. Niemand war da. Eine Nachbarin, die am offenen Fenster saß und sie um das Haus gehen sah, fragte freundlich: »Wen suchst du denn?«
»Hendrik«, antwortete Mini-mini.
»Der ist gerade mit seiner Frau weggegangen«, war die Antwort.
»Mit seiner Frau? Vielleicht meinte die Misi seine Mutter?«
»Nein, seine Mutter ist nicht da, aber Hendrik hat jetzt eine Frau, Misi Meta, eine schöne Mulattin, sie sind in die Richtung gegangen.«
Es war Mini-mini, als hätte sie eine Ohrfeige bekommen. Hatte Hendrik jetzt eine Frau? Seit wann denn? Sie war doch seine Frau?
Langsam entfernte sie sich von dem Haus, und wie in Trance ging sie zurück in die Saramaccastraat, während ihr die Tränen über das Gesicht liefen. Den ganzen Tag über saß sie mit dem Kopf in den Händen da und sah traurig vor sich hin, so daß sogar Misi Sarith sich wunderte und sie fragte: »Was ist denn, Mini-mini, bist du krank? Leg dich ein wenig hin.«

Mini-mini mußte mit Hendrik sprechen, und schon am folgenden Tag paßte sie ihn in der Steenbakkersgracht ab, wo er beim Schreiner arbeitete. Als er aus der Tür kam, um nach Hause zu gehen, stand sie plötzlich vor ihm.

»Mini-mini!« sagte er erschrocken.

Mit ihrer leisen Stimme fragte sie ihn, ob es wahr sei, was die Nachbarin gesagt hatte, und warum er nicht mehr zu ihr käme.

Hendrik seufzte. Ja, es stimme; er liebe sie zwar, aber sie sei eine Sklavin. Wann würde er schon soviel Geld zusammen haben, um sie freizukaufen? Es würde Jahre dauern, und was sollte er in all den Jahren tun? Er erzählte ihr lieber nicht, daß seine Mutter massive Einwände gehabt und ihn für sehr dumm gehalten hatte, sich in eine Sklavin zu verlieben, auch wenn sie eine schöne Farbige war, aber Sklavin war Sklavin, und er mit seiner hellen Hautfarbe und dem glatten Haar konnte doch so viele andere schöne Frauen bekommen. Es war seine Mutter, die dafür gesorgt hatte, daß er Meta begegnet war. Es hatte danach nicht lange gedauert, bis diese bei ihnen eingezogen war.

Mit gesenktem Blick hörte Mini-mini, was Hendrik sagte. Sie wußte, eine andere Frau hätte sich damit nicht abgefunden. Die hätte geschrien, gekämpft, wäre zu dieser Meta gegangen und hätte sie verprügelt. Aber Mini-mini konnte so etwas nicht, sie war so schüchtern und so weich und hatte Gewalt nie ertragen können. Sie drehte sich um und ging. Das war's! Vorbei Hendrik! Vorbei Freiheit! Alles war nur ein Traum gewesen. Nachts auf ihrer Matte weinte sie. Ja, alles war nur ein Traum gewesen. Nur das Kind, das war kein Traum, das war Wirk-

lichkeit. Sie legte die Hand auf den Bauch und spürte, wie das Kind sich regte. Sie nahm sich vor, wie auch immer, dafür zu sorgen, daß dieses Kind kein Sklave würde. Es würde als Sklave geboren werden, da gab es kein Entkommen, aber sie würde jeden Pfennig sparen, um das Kind, wenn es groß war, freizukaufen. Alle Erniedrigung und alles Elend der Sklaverei sollten ihm erspart bleiben. Denn deshalb hatte Hendrik sie abgewiesen. Weil sie eine Sklavin war. Mini-mini dachte an Hendriks Worte und auch an das, was Misi Sarith über den Ball beim Gouverneur erzählt hatte, wo die Weißen mit ihrem Gold und ihren Juwelen geprotzt hatten, wo die Tische sich gebogen hatten unter der Last der Speisen und Getränke. All die großen Herrenhäuser in der Stadt, die Kutschen, die teuren Möbel, alles war nur möglich durch die Ausbeutung der Sklaven. Und Mini-mini fragte sich, ob diesen Weißen eigentlich klar war, was sie tranken, wenn sie die Tasse zum Mund führten. Ob ihnen jemals bewußt war, um welchen Preis die riesigen Mengen an Kaffee und Zucker in Wahrheit produziert wurden!
Julius wollte nach dem Fest wieder zurück nach Klein Paradijs, aber Sarith hatte noch keine Lust. Sie konnten doch noch nicht abreisen?
Am 16. März war dem neuen Gouverneur mit öffentlichen Gebeten in der Synagoge gehuldigt worden. Man tat dies, weil Jan Nepveu ein Herz für die Juden hatte und sie nicht, wie viele Weiße, als Bürger zweiter Klasse betrachtete. Die neu angekommenen Weißen in Surinam schienen sich nicht recht im klaren darüber zu sein, daß es gerade die Juden gewesen waren, die begonnen hatten, diese Kolonie zur Blüte zu bringen. Sie waren als erste große Gruppe hierhergekommen, hatten sich meistens

am oberen Flußlauf niedergelassen, hatten Plantagen angelegt und von dem Geld, das sie verdienten, große Beträge an das Gouvernement abgeführt, damit es für den Unterhalt der Kolonie sorgen konnte. Jetzt ging es den meisten Juden weniger gut. Der Boden ihrer Plantagen, oft schon hundert Jahre bearbeitet, war ausgelaugt, wurde unfruchtbar, und wenn sie um Grund und Boden am unteren Flußlauf baten, wo zur Zeit viele Plantagen entstanden, wurde ihnen das verweigert, einzig aus dem Grund, weil sie Juden waren.
Die gesamte jüdische Gemeinde hoffte, daß sich mit der Ernennung von Jan Nepveu daran etwas ändern würde, und sie wollte ihm zeigen, wieviel Vertrauen sie in ihn setzte. Der Gottesdienst in der Synagoge war ein Teil dieses Vertrauensbeweises. Alles war an diesem Tag festlich geschmückt. Und die gesamte farbige Bevölkerung von Surinam sah sich auch jetzt wieder die Pracht an, die hier zur Schau gestellt wurde.
Drei Wochen später, am 4. April, sollte ein Empfang im Hause des jüdischen Lehrers und Rabbiner-Anwärters Abraham Cohen stattfinden. Und Rebecca war doch Sariths Schwester; sie und Julius konnten unmöglich vor dem Empfang schon abreisen, sie mußten dabei anwesend sein.
Julius ließ seiner Frau ihren Willen, aber danach mußten sie wirklich fahren, er wollte unbedingt vor den schweren Regenfällen wieder auf der Plantage sein.
Als sie nach Klein Paradijs zurückfuhren, regnete es bereits. Nach einer nassen und anstrengenden Reise von zwei Tagen kamen sie inmitten eines gewaltigen Unwetters auf der Plantage an. Mini-mini hielt den Regenschirm über Misi Sariths Kopf, als sie ausgestiegen

waren. Sarith ging so schnell, daß Mini-mini kaum mithalten konnte. Und weil der nasse Lehmboden glitschig geworden war, rutschte Mini-mini aus. In der einen Hand den Regenschirm haltend und in der anderen einen schweren Beutel, konnte sie sich nirgends festhalten. Mit einem heftigen Schlag fiel sie zu Boden.

»Mini-mini, paß doch auf«, rief Misi Sarith und rannte schnell weiter ins Haus. Mini-mini fühlte einen heftigen Stich in der Seite; sie versuchte aufzustehen, aber es ging nicht. Der Masra, der noch beim Boot stand und alles mitangesehen hatte, half ihr auf. Er rief Benny, seinen Sklaven, und zusammen stützten sie Mini-mini und brachten sie hinein. Auch Kwasiba kam rasch angelaufen, um ihrer Tochter zu helfen.

In dieser Nacht wurde Mini-minis Kind geboren, gut zwei Monate zu früh. Es lebte schon nicht mehr, als es zur Welt kam. Kwasiba sagte ganz leise: »Armes, mein Armes«, und wollte es wegbringen, bevor Mini-mini es sah, aber diese richtete sich auf und sagte: »Zeig es mir, Mutter.« Sie sah den stillen kleinen Knaben, der ganz hellbraun war und einen dünnen schwarzen Flaum auf dem Kopf hatte. Sie drückte einen Kuß auf seine Stirn und gab das Kind ihrer Mutter. Still legte sie sich wieder hin; es kamen keine Tränen, für solch einen Kummer gab es keine Tränen mehr.

Sarith

Sarith war ziemlich beeindruckt von dem, was Mini-mini passiert war. Sie besuchte Mini-mini einige Male in ihrer Kammer und streichelte die Hand des Mädchens, das so

still dalag. Arme Mini-mini. Wie schlimm, daß sie ihr Kind hatte verlieren müssen.
Sarith hatte ihr erzählen wollen, daß sie seit einigen Wochen glaubte, auch schwanger zu sein. Als sie es ahnte, war ihr gleich eingefallen, wie gut es war, daß Mini-mini selbst auch ein Kind haben würde. Sie hätte dann eine gute Amme, um ihr Kind stillen zu lassen, und es hätte auch gleich einen Spielkameraden, und wenn sie dasselbe Geschlecht hätten, könnte sie Mini-minis Kind später ihrem Kind schenken. Das ging jetzt nicht mehr. Sie erzählte lieber nicht, daß sie selbst schwanger war. Das wäre zu schmerzhaft für das arme Mädchen, das da so still und traurig auf ihrer Matte lag.
Mini-mini kannte den Körper ihrer Herrin jedoch noch besser als diese selbst, und als sie nach einer Woche wieder auf den Beinen war und ihr beim Anziehen half, fragte sie leise: »Bekommt Misi ein Kind?«
Wie sehr freute sich Julius, als seine Frau ihm erzählte, daß sie Nachwuchs bekamen. Er war auch sogleich in Sorge. Sie mußte jetzt ganz vorsichtig sein und durfte sich auf keinen Fall anstrengen. Mit Schrecken fragte sich Sarith, ob er damit meinte, sie solle nicht mehr in die Stadt fahren.
Nach etwa zwei Monaten hielt Sarith es nicht mehr aus. Sie wurde ganz verrückt von der Stille und Langeweile auf Klein Paradijs. Auch auf den anderen Plantagen in der Nähe war nichts los. Da gab es überwiegend ältere Ehepaare, keine Feiern, gar nichts. Und sie hatte auch noch Angst, denn die Angriffe der Marrons waren in letzter Zeit immer schlimmer geworden. Sie griffen immer mehr Plantagen an, brachten oft alle Weißen um und befreiten die Sklaven. Sarith wollte in die Stadt! Sie hatte

Angst! Als sie Julius das sagte, antwortete er, daß sie wirklich keine Angst zu haben brauche. Die Marrons griffen nur Plantagen an, deren Besitzer schlecht zu ihren Sklaven seien. Er war aber bekannt als ein guter Besitzer und hatte treue Sklaven; niemand wolle von seiner Plantage weglaufen, und selbst wenn ein Überfall stattfände, würden alle Sklaven für ihn kämpfen. Außerdem gab es so viele Militärposten in dieser Gegend. Kein einziger Boni würde sich so weit vorwagen. Ganz in der Nähe ihrer Plantage befand sich der nächste.

Als jedoch bekannt wurde, daß der Militärposten überfallen worden war, fünf Soldaten getötet und der Rest geflohen war, verlor Sarith die Beherrschung. Sie weinte, rang die Hände und warf Julius vor, daß er sie nicht liebte, sonst würde er sie nicht solchen Gefahren aussetzen, und das ausgerechnet jetzt, wo sie schwanger war. Also gut, sagte Julius, sie könne für einige Wochen in die Stadt fahren, denn das Gouvernement würde bestimmt Verstärkung schicken und dort einen größeren, stärkeren Militärposten einrichten. Er selbst könne sie jetzt nicht begleiten, aber er würde Benny mitschicken. Ende Juni fuhr Sarith also mit dem festen Vorsatz in die Stadt, vorläufig bestimmt nicht nach Klein Paradijs zurückzukehren.

Nach sechs Wochen kam Julius nachgereist, denn seine Frau fehlte ihm. Sie solle bitte wieder zurückkommen, alles sei jetzt sicher, die Soldaten hätten die Situation gut im Griff. Sarith stimmte zu. Sie wollte jetzt lieber keine Schwierigkeiten machen, denn sie hatte bereits gehört, daß die jüdische Gemeinde im Oktober ein großes Fest in Jüdisch-Savanna aus Anlaß des fünfundachtzigsten Jubiläums der Synagoge und des Laubhüttenfestes feiern wollte. Der Gouverneur und Frau Nepveu waren als Ehrengäste vorgesehen. Nun, Sarith wollte dann auf alle Fälle dabei sein, und deshalb war es besser, Julius seinen Willen zu lassen und für einige Wochen zurück zur Plantage zu fahren.

Dort langweilte sie sich, ging ziellos umher und saß faul in einem Liegestuhl, während Mini-mini, Kwasiba und die anderen Haussklavinnen damit beschäftigt waren, Babykleider zu nähen.

Sarith betrachtete ihren Leib, der sich rundete, und machte sich Gedanken darüber, daß ein Kind zu bekommen zwar ganz nett sei, es aber schrecklich unangenehm war, daß man dabei so dick wurde. Mit Schrecken fiel ihr ein, daß ihr Leib im Oktober, wenn die Feste gefeiert würden, noch viel dicker sein würde und sie dann nichts zum Anziehen hätte.

Sie mußte unbedingt wieder nach Paramaribo, um Kleider nähen zu lassen, die ihren Zustand etwas vertuschen konnten. Als sie Julius das sagte, entgegnete er verwundert: »Aber Sarith, du bist doch erst seit drei Wochen wieder hier, dieses ewige Hin und Her kann doch nicht gut für dich sein.«

»Aber ich brauche neue Kleider für das Fest, nichts paßt mir mehr«, rief Sarith.

»Kwasiba und Mini-mini können dir doch hier etwas machen«, bemerkte Julius.

»Was? Meinst du, ich kann auf einer Feier des Gouverneurs mit einem Kleid erscheinen, das von Sklavinnen gemacht wurde? Willst du wirklich, daß ich von allen belächelt und verspottet werde?« Und wieder weinte sie, weil Julius kein Verständnis für sie hatte und sie bei so einem wichtigen Ereignis blamieren wollte. Julius war

gegen diese Frauenlogik machtlos und stimmte kopfschüttelnd und in Gottes Namen zu.
Anfang September fuhr Sarith also in die Stadt und wohnte wieder im Haus ihrer Schwester, diesmal allerdings, um bei den besten Schneiderinnen Kleider nähen zu lassen. In der letzten Septemberwoche kam auch Julius nach Paramaribo, um zusammen mit seiner Frau und seiner Schwiegerfamilie zuerst nach Hebron und dann weiter nach Jüdisch-Savanna zu reisen.
Es war zwar unvermeidlich, daß Sarith und Elsa sich nun begegneten, aber es gelang Sarith dennoch irgendwie, nie allein mit Elsa oder Rutger zu sein. Obwohl Julius und Rutger sich oft miteinander unterhielten, fand Sarith immer einen Vorwand, um ihnen aus dem Weg gehen zu können. Kam Elsa durch eine Tür ins Eßzimmer, verließ Sarith es durch die andere. War Elsa mit den Kindern im Freisitz, so war Sarith entweder in ihrem Zimmer oder irgendwo sonst im Haus. Elsa bemerkte das wohl, sagte aber nichts. Sie hätte auch gar nicht gewußt, wie sie mit Sarith hätte sprechen sollen.
Die Familien hatten sich darauf geeinigt, die kleineren Kinder nicht nach Jüdisch-Savanna mitzunehmen. Nur die Zwillinge von Esther und Jacob, die jetzt schon sieben waren, durften mit. Die beiden anderen Jungen von Esther, ebenso wie Gideon und Jonathan sowie Rebeccas Sohn Zipporah blieben allein mit ihren Sklavinnen auf Hebron, das war ruhiger und vor allem sicherer, fand Elsa.
Es gab rauschende Feste in Jüdisch-Savanna. Nach den Ehrengottesdiensten in der Synagoge gab es meist üppige Mahlzeiten, und abends wurde ein Ball nach dem anderen gegeben, auf denen Sarith trotz ihres Zustandes fast ununterbrochen tanzte. Die Schneiderinnen hatten gute

Arbeit geleistet und schöne Kleider mit weiten Röcken gemacht oder eine schwarze Satinjacke, die ihr bis über die Hüften reichte, so daß kaum zu sehen war, daß sie schon im siebten Monat war. Sie genoß die Bälle in vollen Zügen und war noch immer die begehrteste Frau, mit der jeder Mann tanzen wollte. Im Gefolge des Gouverneurs gab es mehrere gutaussehende Hauptmänner und Leutnants. Diese machten ihr so unverhohlen den Hof, daß Julius ab und zu eingriff und mit ihr tanzte, damit jedem klar wurde, daß sie seine Frau war.

Elsa und Rutger waren Hand in Hand durch Jüdisch-Savanna spaziert und hatten Erinnerungen an die Zeit vor fünf Jahren aufgewärmt, als sie sich zum ersten Mal begegnet waren. »Weißt du noch, wie böse du wurdest, als ich sagte, daß du für ein junges Mädchen reichlich gescheit seist?« fragte Rutger lachend.

»Ja, aber du sagtest das auch wirklich so, als ob nur Männer gescheit sein könnten«, antwortete Elsa.

»Wo ist die Zeit geblieben? Hättest du gedacht, daß wir hier als Mann und Frau stehen würden?« fragte Rutger. »Als Eltern zweier Söhne?«

Elsa lachte, während sie stehenblieben und über die Schlucht sahen. Rutger nahm sie in die Arme und küßte sie. Als sie zurückgingen, hörte Elsa schon aus der Ferne Sariths Lachen. Auch das ist schon fünf Jahre her, dachte sie, aber was inzwischen mit uns geschehen ist, wissen nur wir drei.

Nach der Abfahrt des Gouverneurs und seines Gefolges wurde in Jüdisch-Savanna noch eine ganze Woche weitergefeiert, aber Elsa und Rutger blieben nicht bis zum Schluß, denn Rutgers Verpflichtungen ließen es nicht zu, daß er sein Büro so lange allein ließ.

Sarith und Julius blieben auf ihr Drängen hin bis zum Ende der Feierlichkeiten, und die letzte Oktoberwoche war schon angebrochen, als sie in Paramaribo ankamen. Nach einigen Tagen bei den De Ledesmas in der Saramaccastraat sagte Julius: »Nun, Sarith, es wird Zeit, daß wir heimfahren.«

»Wir?« fragte Sarith verwundert. »Nicht wir, Julius, denn ich fahre nicht mit!«

»Wie meinst du das, du fährst nicht mit. Du kannst doch nicht hier bleiben? Bald wird unser Kind geboren, dann mußt du doch in deinem eigenen Haus sein.«

»Aber du hast doch selbst gesagt, ich soll mich nicht anstrengen, und dann willst du mir eine zweitägige Reise in einem Boot zumuten!«

»Es wird weniger anstrengend sein als die Tanzerei, die du gerade hinter dir hast. Ich werde dir einen Liegestuhl mit Kissen ins Boot stellen lassen«, sagte Julius.

»Und was ist mit den Angriffen der Marrons?«

»Unsere Plantage greifen sie bestimmt nicht an.«

»Ich will nicht weg, oh nein, ich will nicht, stell dir vor, irgend etwas geht schief, dann ist keiner da, um mir zu helfen!« Sarith schrie jetzt fast.

»Du brauchst wirklich keine Angst zu haben; Kwasiba ist doch da und ansonsten haben wir eine ausgezeichnete Hebamme auf der Plantage, Nene Trude, sie hilft allen Sklavinnen bei Entbindungen, und immer ist alles gutgegangen.«

»Also du willst, daß sie auch mir hilft, ja; was gut genug ist für deine Sklavinnen, ist wohl auch gut genug für deine Frau. Ich will das nicht, hörst du, ich will meine Mutter bei mir haben, wenn es soweit ist, oh, du liebst mich nicht, sonst wärst du nie so zu mir.«

»Aber Liebes«, beeilte sich Julius, seine Frau zu trösten, »deine Mutter kann doch zu dir nach Klein Paradijs kommen. Von mir aus kann sie gerne bei dir bleiben, wenn du das möchtest.«

»Denkst du etwa, daß meine Mutter an so einen entlegenen Ort kommen will? Meine Mutter will im Dezember in der Stadt sein, in Paramaribo, jedes Jahr ist sie um diese Zeit hier.« Sarith schluchzte jetzt auf, denn sie dachte an die Feste, die um den Jahreswechsel herum immer stattfanden, und sie würde sterben vor Elend, wenn sie diese Zeit wie im letzten Jahr wieder auf der Plantage verbringen müßte. »Siehst du«, rief sie laut, begann aufzustampfen und mit Gegenständen um sich zu werfen. »Ich will nicht zurück zur Plantage, hörst du, ich will nicht, du gönnst mir aber auch gar nichts, du willst nicht einmal, daß ich in dieser schweren Zeit bei meiner Mutter bin, siehst du, du liebst mich nicht wirklich.«

Weinen und Aufstampfen und Schreien, das war ihre erprobte Methode. Wie ein verwöhntes Kind hatte sie immer ihren Willen durchgesetzt, wenn sie sich so aufführte, und auch jetzt hatte ihr Heulen und Schreien wieder Erfolg, denn Julius, völlig konsterniert von diesem Ausbruch, kniete sich vor sie hin und sagte besänftigend: »Nein, mein Liebling, so habe ich das doch gar nicht gemeint, aber du hast recht. Meinetwegen bleib du hier; aber strapazieren wir die de Ledesmas nicht zu sehr? Es sind zwar deine Verwandten, aber trotzdem, meinst du, das wird ihnen recht sein?«

Esther sagte jedoch, sie hätte nichts dagegen, wenn ihre Schwester bei ihr bliebe. Dieses Haus sei schließlich Sariths Elternhaus. Sie würden gut für Sarith sorgen. Er brauche sich keine Gedanken zu machen. Und so fuhr Julius allein auf seine Plantage zurück, während er sich traurig überlegte, daß alles anders verlaufen sei, als er es sich vorgestellt hatte.

Am 4. Dezember wurde Sariths Kind geboren. Es war keine leichte Entbindung, vor allem, weil Sarith sich aufführte, als sei sie die erste Frau, die ein Kind zur Welt brachte. Das ganze Haus war in dieser Nacht in heller Aufregung. Kwasiba, die von Julius sicherheitshalber nach Paramaribo geschickt worden war, rannte die Treppen mit heißem Wasser auf und ab und schimpfte auf die Misi, die sich durch ihre übergroße Angst nicht entspannen konnte und alles nur erschwerte. Mini-mini saß neben dem Bett, wischte Misis Stirn ab, hielt ihre Hand und versuchte ihr Mut zu machen.

Nachdem der kleine Junge geboren war und auch kräftig geschrien hatte, war Sarith endlich beruhigt, und als das Kind schließlich neben ihr lag und Mini-mini ihr das Gesicht gewaschen hatte und das Haar kämmte, sagte sie: »Ist er nicht schön, Mini-mini?«

Und diese sagte leise: »Ja, er ist schön, ja, Misi«, und dachte traurig an einen anderen Jungen, der einige Monate zuvor geboren worden war und nicht hatte leben dürfen.

Jacob de Ledesma sorgte dafür, daß sein Schwager so bald wie möglich erfuhr, daß er einen Sohn hatte, und vier Tage später war Julius schon in der Stadt. Glücklich sah er seine Frau an. Er freute sich sehr, daß er wieder einen Sohn hatte. »Wir nennen ihn Jethro«, sagte er.

»Jethro? Warum Jethro?« fragte Sarith, denn sie hatte einen anderen, moderneren Namen haben wollen.

»Das ist ein schöner, bedeutungsvoller Name aus der

Thora«, sagte Julius. »Du weißt doch, daß Jethro der Schwiegervater von Moses war, einer der Richter des Volkes? Und Jethro bedeutet großartig und gewaltig; so wird unser Sohn bestimmt auch sein.«
Sarith war mit dem Namen gar nicht einverstanden; sie hielt es für eine lächerliche Angewohnheit vieler jüdischer Familien, ihre Kinder ausschließlich mit Namen aus der Thora zu bedenken. Jethro! Was für ein Name! Fast genauso dumm wie ihr eigener Name, Sarith, wer hieß denn schon Sarith?
Als sie ihre Mutter einmal gefragt hatte, wie sie denn bloß auf den Namen Sarith gekommen war, hatte diese erzählt, sie wäre nach der Schwester ihrer Mutter, Sarah, und ihrer verstorbenen Schwester Judith genannt worden. Die Kombination beider Namen hätte »Sarith« ergeben. So was Idiotisches, und jetzt bekam ihr Kind auch so einen Namen, Jethro, und das, obwohl es so schöne Namen gab wie Edward, Arthur oder Cedric. Aber nun, sie durfte auch nicht gegen alles sein, was von ihrem Mann kam, und das Kind erhielt also den Namen Jethro.
Nach jüdischem Brauch fand am achten Tag nach der Geburt die Beschneidung statt. Der Rabbi kam, um in der großen Vorhalle dieses Ritual durchzuführen. Wie so viele jüdische Traditionen war auch dies eine Männerangelegenheit. Eine ungerade Anzahl von Männern stand im Raum, alle mit Kopfbedeckung und das Gesicht gen Osten gewandt. Nachdem die Gebete gesprochen worden waren und der Gesang beendet war, wurde das Kind von Kwasiba hereingebracht. Der kleine Jethro lag mit entblößtem Unterleib auf einem weißen Spitzenkissen. Sie legte das Kissen auf den Tisch vor dem Rabbi und ging wieder hinaus. Jethro schrie sehr laut. Sein kleines

Gesicht war ganz rot, und ihm standen kleine Schweißperlen auf der Stirn. Man hatte ihn an diesem Morgen mit Absicht nicht gestillt. Nach der Beschneidung würde er dann großen Hunger haben und viel trinken. Erschöpft und mit vollem Magen würde er danach einschlafen, das wäre das beste für das Abheilen der Wunde. Natürlich war auch mit der Beschneidung wieder ein Fest verbunden. Das Haus der de Ledesmas war voller Leute, es war ein Kommen und Gehen, und Sarith bedauerte es sehr, daß sie oben im Bett liegen mußte.

Auch Elsa und Rutger waren natürlich eingeladen worden. Da die Männer für gewöhnlich nicht an das Wochenbett gingen, konnte Rutger Julius zunächst von Herzen zur Geburt seines Sohnes gratulieren. Für Elsa war es schon schwieriger. Sie konnte Sariths Zimmer kaum fernbleiben, und sie wollte sich eigentlich auch den kleinen Jungen genau ansehen. Zusammen mit vielen anderen Damen ging sie hinein, warf einen Blick in die Wiege und blieb an der Wand stehen, während sie Gideon das Geschenk mit dem Auftrag in die Hand drückte, es der Tante im Bett zu geben und sie zu beglückwünschen.

Julius war klar, daß seine Frau noch nicht reisen konnte, und er blieb ebenfalls in der Stadt. Inzwischen war es bereits Ende Dezember geworden; Sarith konnte schon wieder aufstehen, und beim Silvesterfest ging es ihr bereits so gut, daß sie wieder tanzen konnte. Sie war glücklich, daß ihre Figur kaum gelitten hatte und daß sie schon wieder sehr gut aussah.

Sie stillte das Kind nicht selbst, weil sie ihre schönen Brüste nicht verderben wollte. Glücklicherweise gab es bei den de Ledesmas eine Sklavin, die selbst ein Kind hatte und das Stillen übernehmen konnte. Gegen Mitte Januar fand Julius aber, daß es doch endlich Zeit wurde, zur eigenen Plantage zurückzukehren, aber Sarith weigerte sich.

Julius war sprachlos; Sarith war doch wieder kräftig genug, alles war in Ordnung, sie hatte in den letzten Wochen sogar tanzen können. Sarith mußte zugeben, daß mit ihr alles gut sei, aber dachte er denn gar nicht an das Kind? Wer machte denn so eine anstrengende Reise mit einem sechswöchigen Baby? Und schließlich regnete es viel. Das Kind würde sich sicher erkälten. Wollte er vielleicht riskieren, daß das Kind sich erkälten und am Ende gar sterben konnte?

»Aber wir können es doch gut einpacken, und es liegt in einer Wiege«, warf Julius ein.

»Und was ist mit der Nahrung, mit der Amme? Das ist doch Esthers Sklavin, wie soll das Kind denn gestillt werden«, sagte Sarith.

Julius dachte, er könnte die Sklavin vielleicht kaufen.

»Das wird nicht gehen«, antwortete Sarith. »Esther wird sie nie verkaufen, sie braucht sie selbst viel zu sehr.«

Julius konnte nicht einsehen, wie in einem Haushalt mit mindestens dreißig Sklaven eine einzige so unentbehrlich sein konnte, aber nun, wenn Esther sie nicht verkaufen wollte, würde sie sie bestimmt für eine Weile ausleihen können. Doch auch da widersprach Sarith, und sie begann kläglich zu weinen, sagte, daß Julius ein Tyrann sei, der immer seinen Willen durchsetzen wolle, nie an sie denke und jetzt nicht einmal an sein eigenes Kind. Seufzend gab Julius also wieder nach und reiste allein nach Klein Paradijs zurück.

Sarith aber lebte genau wie früher, sie ging oft aus, das

Kind wurde von der Amme gestillt und ansonsten von Mini-mini versorgt.
Auch Esther fand, daß Sariths Betragen sich nicht ziemte; sie beobachtete beunruhigt, wie ihre Schwester von einer Feier zur anderen ging und völlig zu vergessen schien, daß sie jetzt eine verheiratete Frau war. Als sie darüber eine Bemerkung zu Sarith machte, überlegte sich diese, daß die Stadt zwar angenehmer war als Klein Paradijs, von der Schwester überwacht zu werden aber auch nicht gerade wünschenswert war. Nein, sie mußte dafür sorgen, ein eigenes Haus in Paramaribo zu bekommen. Soweit mußte sie Julius bringen. Ein eigenes Haus mit Möbeln und Sklaven. Sie brauchte dann nicht die Gastfreundschaft anderer zu strapazieren und konnte in der Stadt bleiben, so lange sie wollte. Jetzt mußte sie wirklich lieb zu Julius sein, und als er gut einen Monat später wieder in die Stadt kam, stimmte sie sofort zu, mit ihm zurück nach Hause zu fahren.

9. KAPITEL

Rutger

Soeben war eine Einladung zu einem Fest auf der Plantage Rust en Lust ausgesprochen worden. Rutger war in seinem Büro und hielt die Karte in der Hand. Schon wieder ein Fest. Er hatte überhaupt keine Lust, denn das bedeutete wieder fünf Tage Abwesenheit vom Büro. Außerdem erfüllten all die Feste doch nur den Zweck, seinen Wohlstand unter Beweis zu stellen. Und in diesem Fall war der Reichtum mehr Schein als Wirklichkeit, dachte Rutger. Die Stadt Amsterdam hatte nämlich im April 1770 den Anteil der Familie Van Sommelsdijck der Kolonie aufgekauft. Die Kolonie gehörte jetzt also zu zwei Dritteln der Stadt Amsterdam und zu einem Drittel der Westindischen Handelsgesellschaft. Schon zur Zeit von Gouverneur Mauricius hatten viele Amsterdamer Handelshäuser und Banken erkannt, daß die Plantagen in den westlichen Kolonien die beste Geldanlage darstellten, und da in den sechziger Jahren die Preise für Zucker, Kaffee und Kakao enorm gestiegen waren, wurde ein Großteil dieser Produkte zunächst nach Amsterdam transportiert.
Der jährliche Wert dieser Produkte belief sich auf Millionen. Vor allem die Stadt erzielte hohe Gewinne, und es war eine Tatsache, daß viele der prachtvollen Herrenhäuser an den berühmten Amsterdamer Grachten durch

die Plantagenzeit in Surinam und die harte Arbeit, den Schweiß und das Blut Tausender Sklaven erst möglich geworden war.
Auf alle Fälle wollten die Amsterdamer Handelshäuser ihr Geld nur allzugern in Plantagen in Surinam investieren. Zu diesem Zweck schickten sie Agenten ins Land, die den Pflanzern Geld auf Zinsbasis anboten. Gelang das, so bekam der Agent selbst einen bestimmten Prozentsatz Provision. Die meisten Kolonisten waren völlig geblendet durch diese »verlockenden« Angebote. Alle wollten plötzlich Pflanzer werden. Auch Leute, die kaum eine Kaffeepflanze von einem Kakaobusch unterscheiden konnten, oder solche, die meinten, es würden kleine Zuckerkristalle aus gepreßtem Zuckerrohr herauskullern, ja, jeder, ob Schuster, Metzger oder einfach Nichtsnutz, wollte unbedingt Pflanzer werden und sah sich selbst bereits als reichen Plantagenbesitzer in seinem Lehnstuhl auf der Veranda.
Andere, die eine kleine Plantage hatten, wollten diese um das Dreifache vergrößern. Wieder andere wollten die eigene Plantage verkaufen, um eine größere zu übernehmen. Und es zahlte sich aus, denn man hatte ja Geld, man war schon reich, noch bevor man den ersten Spatenstich getan hatte. Alle möglichen Kniffe wurden angewandt, um an Geld zu kommen. Bestochene Gutachter schätzten die Plantagen auf das Vielfache ihres wirklichen Werts. Zwar gab es einzelne, die ihre Stimme gegen diese Praktiken erhoben, aber niemand schien auf sie zu hören.
Auch Rutger, der selber Agent einer Amsterdamer Bank und Verwalter einiger Plantagen war, wußte sehr wohl, daß das eine unnatürliche Entwicklung war. Er warnte

einige Freunde, nicht auf die Vorschläge der Agenten einzugehen und sich vor allem keine Schulden aufzuhalsen, aber wie immer, wenn man ungebeten einen guten Rat gibt, wurde ihm das übelgenommen. Einige seiner früheren Freunde kehrten ihm den Rücken und meinten, daß lediglich Eifersucht und Neid ihn so reden ließen.
Rutger hielt immer noch die Karte in der Hand, als Alex anklopfte und mit einer Tasse Kaffee hereinkam. War etwas mit Alex, fragte sich Rutger. Er sah so bedrückt aus. »Was ist los, Alex?« fragte Rutger.
»Nichts, Masra«, sagte Alex leise.
»Hast du Sorgen?« fragte Rutger ihn. »Läuft vielleicht etwas mit unserer Abmachung schief?«
Alex war dabei zu sparen, um sich bald freizukaufen. Als sie vor einigen Jahren aus Holland zurückgekommen waren, hatte Rutger an Bord ein ernstes Gespräch mit Alex geführt. Dieser hatte Rutger vorgeschwärmt, daß in Holland alle Menschen Geld durch eigene Arbeit verdienten. Keiner war des anderen Eigentum. Manche Menschen, waren sehr arm, doch sie waren frei, und in Alex' Augen war Freiheit das höchste Gut. Er konnte die Marrons gut verstehen, die lieber in den Wäldern ihr Leben aufs Spiel setzten, als Sklave zu sein.
Rutger hatte vorgeschlagen, Alex von dem Zeitpunkt an ebenfalls für seine Arbeit zu bezahlen, drei Gulden die Woche, und Alex durfte selbst bestimmen, was er mit dem Geld tat. Er konnte es verbrauchen oder Rutger geben, der es für ihn sparte, bis er genug haben würde, um sich freizukaufen. Alex sparte immer noch. Noch einige Monate, dann würde das Geld reichen.
»Warum schaust du denn so bedrückt? Du bist doch nicht etwa krank?« fragte Rutger.

»Nein, Masra, es ist wegen Caesar«, sagte Alex.
»Was ist mit Caesar?« fragte Rutger.
Caesar war Alex' bester Freund. Er war ein Sklave der Familie Bueno de Mesquita. Masra Bueno de Mesquita war vor einigen Monaten gestorben.
»Seine Misi hat ihn an das Gouvernement verkauft, Masra«, fuhr Alex fort, »jetzt soll er die Boni verfolgen.«
»Das ist doch gut«, meinte Rutger, »dann bekommt er bald die Freiheit, das haben die den Leuten doch versprochen.«
»Aber versteht Masra denn nicht«, sagte Alex, »Caesar muß gegen seine eigenen Leute kämpfen. Sie werden ihn für einen Verräter halten. Caesar will das nicht, er will nicht gegen die Boni kämpfen, er will kein Verräter sein. Doch was kann er tun? Er ist ein Sklave. Er muß das tun, was ihm befohlen wird, sonst wird er bestraft, schwer bestraft.«
Rutger sah Alex nachdenklich an. Alex hatte recht. Kein Weißer würde die Sache je von dieser Seite betrachten. Man meinte, man würde den Sklaven einen großen Gefallen tun, denn man stellte ihnen ja schließlich die ersehnte Freiheit in Aussicht. Doch wenn er es sich überlegte, dann hatten die Schwarzen es sehr schwer damit. Das »Korps der Schwarzen Jäger« war erst vor kurzem von Gouverneur Nepveu gegründet worden. Es leuchtete ein, daß sich weiße Soldaten nicht für den Kampf im Urwald eigneten. Gouverneur Nepveu war also auf die Idee gekommen, die Entlaufenen im Urwald am besten von Schwarzen bekämpfen zu lassen, die ebenso stark und kräftig waren wie die Entlaufenen selbst. Kräftige Sklaven wurden zu diesem Zweck aufgekauft. Nach erwiesenen Diensten würden sie die Freiheit und ein

Grundstück bekommen. Frau und Kinder dürften sie dann ab und zu auf der Plantage besuchen. Wie sollten die Schwarzen das verweigern? Sie waren schließlich Sklaven.
Ihre Kleidung in der Armee bestand aus einer wadenlangen Hose und einer roten Mütze. Deshalb wurden sie schon bald von jedem Redi Musu (Rote Mütze) genannt.
»Ich will Masra etwas fragen«, sagte Alex. Rutger fuhr hoch aus seinen Überlegungen. Er hatte völlig vergessen, daß Alex dort vor ihm stand.
»Was möchtest du fragen, Alex?«
»Darf ich heute abend zu Caesar gehen?«
»Ich werde dir einen Passierschein ausstellen«, sagte Rutger, »aber sei vorsichtig, tue nichts Unvernünftiges. Ich weiß, daß Caesar dir leid tut, aber du kannst ihm nicht helfen.«
Es wurde angeklopft, und Herr Van Ritter trat ein. Wie Rutger war auch er Mitglied des Zivilen Gerichtshofs. Alex setzte sich draußen ganz nahe bei der Tür auf einen Hocker. Wie er erwartet hatte, handelte das Gespräch hauptsächlich vom Kampf der Soldaten gegen die Boni. Masra Van Ritter erzählte Rutger, daß der Gouverneur eine heftige Auseinandersetzung mit dem niederländischen Staat hätte. Die Direktoren der Sozietät wären doch früher so ungehalten über den Gouverneur gewesen. Die Herren dort in Holland, die hätten ja keine Ahnung, wie die Lage in Surinam wirklich war. Jan Nepveu hätte doch wirklich sein Bestes getan. Von seinem Amtsantritt 1770 an hätte er ein Korps freier Schwarzer und Mulatten aufgebaut. Daß sich dieses Korps in der Praxis nicht bewährt hat, sei doch nicht die Schuld des Gouverneurs, sondern wohl eher Sache des Militärs.

Jedesmal hätte der Gouverneur die Sozietät in Holland um Verstärkung gebeten, und diese hätten sich schließlich sehr verwundert gezeigt über die Tatsache, daß ein Korps von zwölfhundert Mann nicht in der Lage war, eine Handvoll entlaufener Sklaven unter Kontrolle zu bringen. Sie hatten dem Gouverneur einen bitterbösen Brief geschrieben und ihm vorgeworfen, daß unter den Truppen, die soviel Geld kosteten, ein verheerender Mangel an Disziplin herrsche und daß sie gekennzeichnet wären durch Feigheit, Faulheit, Unfähigkeit und Nachlässigkeit.
Ferner stand in diesem Brief, daß man vom Gouverneur forderte, das Verhalten der Militärs auf ihren Posten gründlich zu prüfen. Ferner sollte eine Liste mit korrekten Beurteilungen der Offiziere nach Holland gesandt werden, denn es wäre eine Schande, daß die guten Offiziere in der Heimat mit diesen Taugenichtsen und Faulenzern in Surinam über einen Kamm geschoren würden. Und eines sei sicher: Neue Truppen würden nicht entsendet!
Doch jetzt hatte der Gouverneur einen verzweifelten Brief an Seine Majestät den Prinzen geschrieben. Er hatte ihm klargemacht, daß die Situation unhaltbar war. Alle hätten Angst. Die Kolonisten erwarteten jeden Augenblick einen umfassenden Aufstand unter den Sklaven. Die Generalstaaten beschlossen, Staatstruppen zu senden, die aus verschiedenen europäischen Ländern rekrutiert werden sollten.
»Und wann kommen diese Truppen?« fragte Rutger. »Das sind doch bisher nur Pläne, es kann Jahre dauern, bis es soweit ist.«
Masra Van Ritter war nicht dieser Meinung. »Die Gene-

ralstaaten haben doch deutlich gezeigt, daß sie den Ernst der Lage erkannt haben«, sagte er. »Inzwischen wird man mit den vorhandenen Truppen kämpfen müssen. Der Gouverneur hat viel Hoffnung in das Schwarze Korps gesetzt. Er will es ausbauen. Haben Sie vielleicht einige kräftige Schwarze zu verkaufen?« fragte Masra Van Ritter noch. »Wie ist das mit dem, der gerade hier war? Der scheint mir doch ein kräftiger Kerl zu sein.«
»Kommt gar nicht in Frage«, sagte Rutger. »Das ist Alex. Alex ist nicht käuflich, für nichts und niemanden, nur für sich selbst. Guten Morgen, Herr Van Ritter.« Und mit der Hand am Türknauf rief er: »Alex, würdest du Masra Van Ritter bitte hinausbegleiten?«

Caesar

An diesem Abend ging Alex zu Caesar, der in der Kaserne der Schwarzen Jäger war. Er traute sich nicht, durch den Haupteingang hineinzugehen, sondern blieb zunächst in einem dunklen Winkel stehen und wartete. Er sah einige Schwarze und vier Weiße, die ganz in der Nähe des Eingangs auf einer Bank saßen. Jeder von ihnen hatte ein Gewehr in der Hand.
»Psst, Kwasi«, flüsterte Alex, als ein Bekannter in seine Nähe kam. »Wo ist Caesar?«
»Warte«, sagte Kwasi leise, »komm mit mir.« Er brachte ihn zu einem kleinen Lager, an dem etwa zwanzig Männer unter einem Blätterdach saßen. Caesar war überrascht, als er Alex erblickte. Dieser wußte nicht recht, was er sagen sollte, aber Caesar begann von sich aus zu erzählen. Er war schon einige Wochen in dem Lager, und

es gab schon mehr als fünfzig Schwarze Jäger; ein Teil hatte bereits einige Streifen mitgemacht. Sie wurden sehr scharf bewacht, seit ein Teil beim ersten Mal einfach übergelaufen war. Caesar fragte sich, ob er auch versuchen sollte, zu den Marrons überzulaufen, aber er hatte Frau und Kinder. Was würde aus ihnen, wenn er überliefe? Würden sie dafür büßen müssen? Nein, er hatte keine Wahl; er würde kämpfen müssen.
Die Marrons machten kurzen Prozeß mit den Redi Musu. Sie kümmerten sich oft gar nicht um die weißen Soldaten, sondern konnten es einfach nicht ertragen, daß die Schwarzen gegen ihre eigenen Leute kämpften. Sie betrachteten die Redi Musu als Verräter und bekämpften sie Mann gegen Mann. Caesar sagte seufzend, daß er nicht wüßte, was er tun sollte. Er war kein Verräter, ebenso wenig wie die meisten anderen Redi Musu. Aber was konnte er tun? Wenn er vor dem Ende der Dienstzeit aus dem Korps austreten wollte, müßte er eine Summe von achthundert bis tausend Gulden bezahlen. Wo sollte denn ein armer Sklave soviel Geld hernehmen? Man hatte einfach keine Wahl! Die Redi Musu waren keine Verräter; es waren einfach Menschen, deren Lebensumstände rücksichtslos ausgenutzt wurden.
Einige Männer, die seit der Errichtung im Korps waren, erzählten, was sie im Wald erlebt hatten: Die Marrons hatten ein richtiges Fort. Ein Fort, das keineswegs schlechter war als eines der Weißen. Dieses Fort trug den Namen Buku, was bedeutete, daß die Schwarzen lieber »zu Staub vergehen würden«, als sich zu ergeben. Das Fort Buku unter der Führung eines gewissen Baron lag inmitten eines Sumpfgebietes, war ganz von Palisaden umgeben und mit kleinen Kanonen versehen. Eine

Fahne mit einem schwarzen Löwen auf gelbem Untergrund wehte über dem Dorf, das sie Mi sa lasi (Ich werde verlieren) nannten. Es gab noch mehr Forts: Gado sabi (Gott weiß) lag auch in einem Sumpf mit ausgedehnten Reisfeldern, in denen gefällte Bäume lagen, die den Guerillakämpfern gute Deckung boten. Ein weiteres Fort der Marrons war gespickt mit scharfen Holzpflöcken, die die Soldaten daran hinderten, näher zu kommen.
Die Marrons wußten sehr wohl, was sie taten. Sie verfügten zwar nicht über die Waffen, wie sie die Kolonialarmee hatte, aber sie waren erfindungsreich und beweglich. Außerdem verstanden sie es, ihre Kenntnisse von den Handlungsweisen der Soldaten geschickt auszunutzen. Oft folgte die Armee einem Pfad der Marrons. Diese legten deshalb Irrwege an; beispielsweise hörte ein Pfad plötzlich mitten im Urwald auf und führte dann einige hundert Meter weiter links oder rechts weiter, oder sie folgten solange einem Pfad, bis sich herausstellte, daß sie im Kreis gegangen und wieder am Anfang angelangt waren. Manchmal stießen sie auf Fallgruben, in denen scharfe spitze Speere steckten, die an den Spitzen mit einem kleinen Haarbüschel versehen waren. Wenn die Soldaten die Spitzen aus ihrem Fleisch gezogen hatten, blieb das Haar in der Wunde zurück und verursachte eine Infektion.
Die Soldaten kamen nachts kaum weiter, aber die Marrons verstanden sich ausgezeichnet darauf, ihren Weg auch im Dunkeln zu finden, und sehr oft hatten sie dann Kontakt mit den Lastträgern der Soldaten, die ihnen viele Informationen gaben. Zum Angriff verbargen sie sich in den Sümpfen und Bächen. Wenn eine Truppe Soldaten gerade mit den Gewehren über den Köpfen durch

einen Sumpf zog, schossen die Marrons von ihrer Deckung aus. Die Soldaten konnten nur ein einziges Mal zurückfeuern, weil es nicht möglich war, die Hände herunterzunehmen, um die Gewehre zu laden.

Überfielen die Marrons eine Plantage, so umstellten sie nachts die Gebäude, die sie dann von vier Seiten gleichzeitig anzündeten. War ein Plantagenbesitzer, Verwalter oder Aufseher dafür bekannt, daß er Sklaven mißhandelte, machten sie kurzen Prozeß. Wurde eine Plantage überfallen, deren Besitzer keinen schlechten Ruf hatte, ließen sie die Sklaven frei, nahmen Gewehre und andere Gebrauchsgegenstände mit, aber ließen die Weißen in Ruhe.

Da die Schwarzen wußten, daß die Armee versuchte, sie auszuhungern, indem sie die versteckten Äcker zuerst plünderten und dann zerstörten, legten sie diese weit von den Dörfern entfernt an. Die Versorgung mit Nahrungsmitteln war Sache der Frauen. Sie bearbeiteten die Äcker und legten große Vorräte an.

Drei der Männer, die jetzt zum Korps der Schwarzen Jäger gehörten, waren zuerst Lastträger gewesen. Sie waren nun schon mehr als fünf Jahre bei der Armee und konnten eine ganze Menge erzählen. Die weißen Soldaten waren doch eigentlich schrecklich naiv, im Grunde konnten sie einem leid tun. Was wußten diese weißen Jungs schon vom Urwald? Wenn sie einen Aufklärungsmarsch unternahmen, taten sie das auf gut Glück mit dem Kompaß in der einen Hand und dem Buschmesser in der anderen. Bei einer etwa vierwöchigen Expedition bestand die Einheit in der Regel aus drei Offizieren, sechs Unteroffizieren, drei Ärzten, fünfundsechzig Soldaten und einhundertundachtzig Lastträgern, die Ausrüstung und Verpflegung trugen: gewaltige Mengen an Fleisch, Brot, Grütze und Getränken, schwere Kisten, gefüllt mit Patronen, Medikamenten, Feuersteinen, Buschmessern und vieles mehr. Es gab nur schmale Waldpfade, also ging man im Gänsemarsch. Die Vorhut bildeten einige Sklaven, die den Pfad freischlagen mußten, dann kam die eigentliche Truppe. Die Lastträger gingen in der Mitte. Wenn man auf die Marrons stieß, mußten alle Soldaten sich sofort in einem engen Kreis um die Lastträger herum aufstellen, um zu verhindern, daß diese zu den Marrons überliefen.

Auch der Wald an sich barg viele Gefahren. Moskitos, Ameisen, und anderem Kleintier war man meist hilflos ausgeliefert, weil man kein Rauchfeuer machen durfte, um nicht entdeckt zu werden. Viele Soldaten schliefen einfach auf der Erde, den Kopf in einer Kuhle, bedeckt mit einer Hängematte. Kam man an einen Wasserlauf, mußte man den mit Hilfe umgeschlagener Bäume überqueren. Ein Sumpf oder Moor war besonders problematisch, denn man wußte nie, wie groß diese waren, also zog man einfach durch. Oft sank man bis zur Brust ins Wasser, wo Schlangen oder Krokodile lauern konnten. Die gefährlichsten Gebiete waren sogenannte Biri-Biri, Moore mit einer dicken Kruste, auf der Gras und Sträucher wuchsen. Befanden sich die Soldaten nichtsahnend auf der Oberfläche, dann brach die Kruste, und die Männer sahen ihre Kameraden in der Tiefe verschwinden.

In den letzten fünf Jahren hatten die Marrons mehr als dreißig Plantagen überfallen und waren mindestens fünfundzwanzig Mal in einen schweren Kampf mit der Kolonialarmee verwickelt gewesen, die schon vor einigen Wochen mit der Hoffnung in das Gebiet der Marrons gezogen war, diese kurzerhand töten oder gefangennehmen zu können. Das müßte doch problemlos möglich sein, denn diese einfältigen Schwarzen waren doch leichte Beute.

Die Männer, die sich dies erzählten, mußten lachen. Einer von ihnen sagte: »Die Weißen meinen, daß Schwarze dumm sind, nun, dann laßt uns sehen, wer hier dumm ist.«

Caesar, Alex und alle anderen lachten mit und stimmten ein: »Ja, laßt uns sehen, wer hier dumm ist.«

Es war weit nach Mitternacht, als Alex zurück nach Hause schlich. In seiner Kammer im Hof in der Gravenstraat lag er noch lange wach. Er dachte an alles, was er an diesem Abend gehört hatte. Was würde Caesar tun? fragte er sich. Was hätte er an Caesars Stelle getan? Er wußte es nicht.

Alex

Alex ging an den folgenden Abenden immer wieder zu dem Lager der Schwarzen Jäger. Stundenlang unterhielt er sich mit den Männern, meistens flüsternd, damit der diensthabende weiße Soldat es nicht hörte. Caesar selbst redete wenig, auch Alex sagte nicht viel, aber er lauschte gebannt den Berichten.

Wie allgemein bekannt, war seit April unter dem Befehl von Hauptmann Oorsinga und Leutnant Keller ein großes Kommando ausgesandt worden. Der Auftrag lautete, ein Fort der Marrons einzunehmen. Anfang Mai hatte Oorsinga bereits gemeldet, daß sie am Fort angekommen seien. Die Eroberung selbst war damals als eine

Frage weniger Tage erschienen. Jetzt war es bereits Ende Juli, und noch immer war es den Soldaten nicht gelungen. Der inzwischen schwer verwundete Hauptmann Oorsinga war durch Hauptmann Halthaus ersetzt worden. Dann machte in Paramaribo plötzlich die Nachricht die Runde, die Truppe sei unverrichteter Dinge und auf die Hälfte reduziert zurückgekehrt. Ausgehungert und ausgezehrt hatten sie die Belagerung aufgeben müssen. Unter dem Hohngelächter der Marrons hatten die Soldaten den schmählichen Rückzug angetreten.
Die Sklaven hatten ihren Spaß, als sie die Geschichte hörten und die ausgemergelten Soldaten durch die Straßen der Stadt taumeln sahen.
Das verzweifelte Gouvernement beschloß nun eine Generalamnestie für jeden, der die Waffen niederlegte und sich den Weißen ergab. Das amüsierte Baron, Boni, Joli-Coeur und ihre Männer und Frauen ungemein. Sich ergeben, jetzt, da feststand, wer hier der Sieger war? Niemals! Sie wollten keine Generalamnestie. Sie wollten einen richtigen Frieden zwischen gleichberechtigten Parteien; sie wollten Forderungen stellen. Wenn das nicht möglich war, würden sie kämpfen, bis das ganze Land von diesen elenden Weißen befreit sein würde.
Im Lager erfuhr Alex, wie es gelaufen war. Die Lastträger, die teilgenommen hatten, berichteten. Man unterdrückte das Gelächter, denn die Weißen sollten nichts merken. Einer der Männer erzählte: Die Soldaten waren bis Buku vorgedrungen, aber es bestand keine Möglichkeit, durch das Moor zu kommen, das vor dem Dorf lag. Schossen sie, so schossen die Marrons zurück. Hauptmann Oorsinga selbst wurde schon bald in den Hals getroffen. Während die Truppen abwartend vor dem

Dorf lagen, hatten die Marrons die Gelegenheit, neue Angriffe auf Plantagen durchzuführen; die Plantage Rozenbeek wurde überfallen, die Weißen ermordet und die Sklaven befreit; Ende Juni wurde die Plantage Poelwijk angegriffen. Auf Poelwijk erbeutete man sämtliches Pulver und Munition, und Baron, der bei diesem Angriff der Anführer war, gab den Befehl, sämtliche Plantagen im Cottica- und Boven-Commewijne-Gebiet zu vernichten. Inzwischen versuchten die Soldaten vor Buku eine Art Brücke über das Moor zu bauen. Hohngelächter von den Schwarzen hinter ihren Deckungen; jedesmal, wenn ein Stück der Brücke fertig war, wurde es zerschossen, wobei auch einige Soldaten verwundet wurden. Und ständig regnete es! Alles in dem Soldatenlager war klatschnaß; die Soldaten hatten keine trockene Faser mehr am Körper; wer nicht verwundet war, wurde krank, und auch die Nahrung verschimmelte.

Abends konnten die Soldaten hören, wie die Marrons in ihrem Dorf feierten, sangen und tanzten. Tagsüber riefen sie Frechheiten herüber, um die Soldaten zu provozieren. Eines Tages wurden zwölf Schwarze des sogenannten Vrij Korps bis nahe an das Fort herangelassen, um Verhandlungen zu führen. Zuerst wurde ihnen angeboten, zu den Marrons überzulaufen. Als sie das verweigerten, wurden elf von ihnen erschossen; dem zwölften wurde das Haar geschoren und das Ohr abgeschnitten, und er wurde mit der Nachricht zurückgeschickt, daß die Marrons im Urwald weder die Weißen noch die schwarzen Verräter fürchteten.

Die Angst der Weißen steigerte sich. Man konnte sie in ihren Augen lesen. In vielen Häusern ging der Besitzer nun mit einer Pistole ins Bett. Bei anderen Familien wur-

den Tür und Fenster der Sklavenhütten abends mit einem Vorhängeschloß verriegelt, um zu verhindern, daß die Sklaven nachts hinausgingen. Die Weißen rechneten jeden Augenblick mit einem Aufstand. Bei Masra Rutger im Büro gab es oft hektische Gespräche. Manche wollten, daß er sofort Alex wegschickte, aber Rutger antwortete immer, daß er dazu keine Veranlassung sähe.
Erneut wurde eine Truppenabteilung in das Marowijne-Cottica-Gebiet entsandt. Gouverneur Nepveu hatte all seine Hoffnungen in das Korps der Schwarzen Jäger gesetzt.
Als Alex Caesar das nächste Mal im Lager besuchen wollte, waren alle Redi Musu bereits weg. Auch Caesar war nicht mehr da. Die Truppenabteilung stand unter dem Oberbefehl von Hauptmann Mayland, und die hundertachtzig Redi Musu hörten auf den Befehl des jungen Leutnants Frederici.
Jeder folgte gespannt den Ereignissen. In allen Häusern lauschten Sklaven an den Türen und versuchten in Erfahrung zu bringen, was nach Meinung der Weißen geschehen würde. Auf allen Höfen wurden flüsternd Gerüchte über die Schwarzen im Urwald, die so überlegen waren, ausgetauscht. Es wurden heimlich Pläne gemacht. Sie mußten handeln, wenn es den Boni endgültig gelungen war, die Weißen zu besiegen.
Die meisten dieser Pläne wurden auf den Plantagen geschmiedet. Alex wußte, daß in der Stadt manche Sklaven zu sehr an ihren Herren hingen, um ihnen Böses anzutun. Er war ganz sicher, daß kein einziger Sklave der Le Chasseurs sich gegen diese wenden würde, auch er nicht. Misi Elsa und Masra Rutger waren immer gut zu ihm gewesen. Wenn es nötig war, würde er sie zu schüt-

zen versuchen, aber er würde sich dennoch für die Seite seiner eigenen Leute entscheiden, wenn es soweit kommen sollte.

Dann, plötzlich, im September, die Nachricht: Buku war besiegt... Buku war in den Händen der Armee... das war doch nicht möglich? Es war unfaßbar. Die Sklaven konnten es nicht glauben, wollten es nicht glauben. Buku war unbesiegbar. Aber es stimmte. Buku war gefallen. Und diese elenden Weißen triumphierten. Sie hatten wieder Grund zum Feiern, zum Trinken, und rissen Witze darüber, wie sie der Armee dieser dummen Schwarzen den Garaus gemacht hätten.

Als die Soldaten unter dem Befehl von Hauptmann Mayland und das Korps der Schwarzen Jäger unter dem Befehl von Leutnant Frederici zurückkamen, wurden sie von den Einwohnern der Stadt mit Jubel empfangen, und schon bald wußte jeder in Paramaribo, wie Buku erobert worden war; überall wurde es weitererzählt und stets etwas Neues hinzugedichtet, aber die wahre Geschichte war folgende:

Die Soldaten hatten sich Buku genähert. Als Baron sie kommen sah, brachte er neben der gelben Fahne noch eine weiße an, nicht als Zeichen der Unterwerfung, sondern als Herausforderung.

Es gelang einem der Schwarzen Jäger, den Pfad an einer Stelle zu entdecken, an der das Moor nicht tief war, sondern kaum ein Fuß unter dem Wasser lag.

Hauptmann Mayland täuschte einen Angriff vor. Baron setzte seine gesamte Truppe auf der Seite des Scheinangriffs ein, während Frederici mit den Schwarzen Jägern auf der anderen Seite den entdeckten Pfad entlangging. Sie kletterten über die Palisaden und richteten ein entsetzliches Blutbad an, bei dem etwa vierzig Schwarze getötet und fünfzig gefangengenommen wurden, davon sechsundzwanzig Frauen und sechzehn Kinder. Einem Teil der Marrons gelang die Flucht, unter ihnen die Anführer Boni und Baron.

Als Alex erfahren hatte, daß die Männer wieder in der Stadt waren, eilte er noch am selben Abend in das Lager. Dort hielt er Ausschau nach Caesar, konnte ihn aber nirgends entdecken. Alex fragte einen der Männer, ob er vielleicht wüßte, wo Caesar sei.

»Ich weiß es nicht«, antwortete dieser.

Alex fragte einen anderen. Auch dieser konnte keine Antwort geben.

Wo mochte Caesar sein? War er zurückgekommen? Er fragte einen weiteren Redi Musu. Der war sich sicher, daß Caesar nicht zurückgekommen war. »Ist Caesar denn tot?« hatte Alex erschreckt gefragt, und wieder hatte er zur Antwort bekommen: »Ich weiß es nicht.«

Es war zum aus der Haut fahren. Schließlich machte Alex sich auf die Suche nach zwei Männern, von denen er genau wußte, daß sie Caesar gut kannten. Den einen fand er nicht. Er erfuhr, daß dieser seinen Verwundungen erlegen war; der andere saß still in einer Ecke und hatte den Arm in einer Schlinge. Als Alex fragte, was mit Caesar passiert sei, antwortete er: »Keiner weiß es, keiner hat Caesar mehr gesehen, wir wissen auch nicht, ob er tot ist, wir wissen gar nichts.«

Still ging Alex zurück zu seiner Kammer. Caesar war verschwunden, vielleicht für immer. Er wußte nicht, was er davon halten sollte, aber er ahnte, daß er seinen Freund niemals wiedersehen würde.

Später erfuhr Alex, daß im ersten Jahr mehr als dreißig

Redi Musu zu den Marrons übergelaufen waren, und es gab noch weitere zwanzig, die als vermißt galten.
Buku war gefallen! Ja, Buku war tatsächlich gefallen, aber daß die Marrons noch lange nicht besiegt waren, das würden die Pflanzer früh genug merken!

Rutger

Der Fall von Buku war wochenlang das wichtigste Gesprächsthema gewesen.
Die Kolonisten waren erleichtert. Gott sei Dank. Dieses Pack im Urwald würde doch besiegt werden. Man konnte wieder beruhigt und im gewohnten Trott weitermachen. In Paramaribo und auf den Plantagen wurden schon wieder aufwendige Feste organisiert. Am Sonntag, dem 27. September 1772 wurden in der Kirche Dankgottesdienste abgehalten. Jetzt hatten die Kolonisten nichts mehr zu befürchten; die wenigen entlaufenen Schwarzen, die sich in den Urwäldern herumtrieben, konnten doch keine Gefahr mehr bedeuten, nein, es gab Grund genug zu feiern.
Inzwischen waren in Europa bereits die Staatstruppen rekrutiert worden, und als die Nachricht des Falls von Buku die Niederlande erreichte, waren sie bereits auf dem Weg nach Surinam, gut formierte Marine-Bataillone und zwei Kriegsschiffe. Gouverneur Nepveu und mit ihm viele Einwohner waren nun der Meinung, daß die Truppen überflüssig seien, und während man noch mit der Sozietät in Holland darüber diskutierte, lag eines der Kriegsschiffe bereits im Hafen von Paramaribo.
Der Oberbefehlshaber, Oberst Fourgeoud, und die Offi-

ziere wurden herzlich empfangen, doch schon bald traten zwischen Fourgeoud und Nepveu Meinungsverschiedenheiten auf, und wie bereits zuvor, bildeten sich in der Kolonie verschiedene Parteien; die eine stand auf der Seite von Fourgeoud, der nach eigenen Worten den Oberbefehl über die gesamte Streitmacht in Surinam vom Prinzen von Oranien bekommen hatte. Diese Partei betrachtete Fourgeoud und seine Männer als die Retter der Kolonie. Die andere Partei stellte sich auf die Seite des Gouverneurs, der Fourgeoud für überheblich hielt und dessen Truppen als eine Belastung für die Kolonie empfand, weil sie so kostspielig waren.

Die Offiziere blieben zunächst abwartend in Paramaribo und waren schon bald gern gesehene Gäste auf den Festen der Kolonisten. Sie selbst fanden, daß sie es so ausgezeichnet getroffen hatten.

Oft, wenn man beisammen war, wurde über die teuren Soldaten diskutiert; die Männer machten sarkastische Bemerkungen über diese Kerle, die es sich von dem Geld, das durch ihre Plantagen aufgebracht wurde, wohlergehen ließen; und die Frauen lachten hinter vorgehaltener Hand und machten heimlich Bemerkungen, die besser nicht laut ausgesprochen wurden.

Rutger ärgerte sich über die ganze Situation. Bei seinen Freunden und Bekannten konnte er es einfach nicht lassen, von der finanziellen Lage der Kolonie zu reden. Der Reichtum war doch oft nur Fassade. Seiner Meinung nach war die Katastrophe nicht mehr fern. Man lachte ihn aus, hielt ihn für einen Schwarzseher, einen Spielverderber.

Rutger wußte, daß die Schulden der surinamischen Pflanzer bei verschiedenen Banken und Handelshäusern

immens waren. Die hierfür zu entrichtenden Zinsen konnten die Plantagen meistens schon nicht mehr aufbringen.
Dann plötzlich, 1773, war es soweit: Die Amsterdamer Banken waren zusammengebrochen. Es stellte sich heraus, daß den surinamischen Plantagenbesitzern viel zu viel Kredit gewährt worden war. Viele Plantagen gingen bankrott, und die Banken würden ihr Geld nie wiedersehen. Viele Handelshäuser sahen sich unvermutet selbst als Plantagenbesitzer. Dann mußte jemand angestellt werden, der im Stande war, diese zu führen, und das war in den meisten Fällen wieder der ehemalige Plantagenbesitzer.
Rutger hielt das für keine gute Lösung, denn der Verwalter bekam sein Geld, ungeachtet dessen, ob die Plantage nun Gewinn abwarf oder nicht. Er wandte eine andere Methode an. Sein Büro gewährte dem Verwalter ein Gehalt, das einen festen Prozentsatz des Gewinns betrug. Damit brachte er natürlich viele Leute gegen sich auf. Der Verwalter, der früher selbst Plantagenbesitzer gewesen war, mußte auf einmal streng haushalten; von rauschenden Festen konnte überhaupt keine Rede mehr sein, und der Schuldige daran war Rutger le Chasseur. Rutger und Elsa wurden von manchen Familien nicht mehr zum Kartenspielen oder zu Festen eingeladen. Am Anfang tat Rutger das leid für Elsa, aber als sie ihm sagte, daß ihr das eigentlich gar nichts ausmache, achtete er nicht mehr auf das Gerede und verfolgte konsequent seinen Weg.

10. KAPITEL

Sarith

Sarith war mit Mann und Kind nach Klein Paradijs zurückgekehrt und hatte den festen Vorsatz, Julius zu überreden, ihr ein Haus in der Stadt zu kaufen. Das war doch nichts Besonderes; viele Plantagenbesitzer hatten ein schönes Herrenhaus in der Stadt. Sie war sehr nett zu Julius, als sie wieder auf der Plantage waren, aber sie langweilte sich entsetzlich. Es war Regenzeit, alles war naß und ungemütlich, und keiner da, um die Zeit zu verkürzen. Sie selbst hatte gar nichts zu tun, denn Mini-mini versorgte das Kind. Alles andere im Haus wurde von Kwasiba erledigt. Sarith beachtete ihren Sohn kaum. Ab und zu sah sie ihn, wenn er bei Mini-mini auf dem Schoß saß oder wenn diese mit dem Kind auf dem Arm herumspazierte. Julius schenkte seinem Sohn hingegen viel Aufmerksamkeit, aber natürlich bemerkte auch er Sariths Gleichgültigkeit.

Plötzlich wurden alle von der Nachricht aufgeschreckt, daß die Marrons einen Militärposten besiegt hätten. Leutnant Leppert, der Chef des Militärpostens in Patamacca, sollte sofort eingreifen, gerade weil in dieser Gegend ein Lager Entlaufener entdeckt worden war. Mit etwa dreißig Soldaten marschierte er in den Urwald.

Die Marrons warteten schon auf ihn; sie lagen in einem Hinterhalt bei einem Moor, das die Soldaten durchqueren mußten. Als sie bis zu den Schultern im Wasser waren, wurden sie beschossen. Leppert und zehn seiner Leute wurden getötet. Die zwanzig anderen flüchteten, die meisten verirrten sich im Wald, und nur zwei kehrten zurück.

Unmittelbar darauf wurde wieder eine Plantage überfallen, und diese war kaum eine Stunde von Klein Paradijs entfernt. Sarith begann Julius zu drängen, doch ein Haus in der Stadt zu kaufen. Sie wären alles andere als sicher auf dieser Plantage. Doch Julius weigerte sich. Sein Zuhause sei Klein Paradijs. Er würde kein Haus in der Stadt kaufen. Die Marrons würden ihre Plantage sicher nicht angreifen. Er könne doch ein Haus mieten, sagte Sarith. Auch das wollte er nicht. Und ganz gleich, ob Sarith nun drängte, weinte, aufstampfte oder schrie, Julius blieb bei seinem Entschluß; er würde in der Stadt weder ein Haus mieten noch kaufen. Sein Sohn würde auf Klein Paradijs aufwachsen und nicht in Paramaribo. Sarith versuchte es mit dem Argument, es wäre doch praktisch für seine Töchter Miriam und Hannah. Wenn sie ein Haus in der Stadt hätte, könnten die Mädchen bei ihr wohnen statt bei ihrer Tante. Julius antwortete, das sei sicher nicht nötig. Seine Töchter seien so vollkommen integriert in der Familie ihrer Tante, daß sie wahrscheinlich nicht einmal bei Sarith wohnen wollten. Außerdem würden sie ohnehin bald heiraten. Für die beiden sei das wirklich nicht nötig.

Nun begann Sarith ihm vorzuwerfen, daß er immer nur an sich dachte. Er würde weder auf sie noch auf seinen Sohn Rücksicht nehmen. Als Julius antwortete, daß er im Gegenteil einen guten Pflanzer aus seinem Sohn machen und ihn deshalb auf der Plantage aufwachsen lassen

wolle, entgegnete Sarith, daß er so sehr an sich selbst dachte, daß es ihm egal wäre, sie der Gefahr auszusetzen, ermordet zu werden.
»Nun«, sagte Julius, »wenn du so viel Angst hast oder dich so sehr langweilst, dann geh du ruhig für einige Wochen in die Stadt, aber kein Hin und Her mit dem Kind. Das bleibt hier.«
Sarith machte sich bereit, um abzureisen. Julius wollte Benny mitschicken, um dafür zu sorgen, daß sie wohlbehalten ankam. Er hörte sie zu Mini-mini sagen, sie solle alles gut verstauen, und dann sagte er ihr, daß Mini-mini sie auf keinen Fall begleiten würde. Julius hatte schon längst bemerkt, daß es Mini-mini war, die sein Kind versorgte. Sie stillte ihn, badete ihn und wiegte ihn in den Schlaf. Sie saß stundenlang mit ihm auf dem Schoß, wenn er weinte, weil er Schmerzen hatte, wenn Zähnchen durchkamen, und sie war auch diejenige, der er die Händchen entgegenstreckte, wenn er sie erblickte.
»Mini-mini bleibt hier, sie muß Jethro versorgen«, sagte Julius zu seiner Frau. Verwundert fragte Sarith, wie das denn gehen solle in der Stadt ohne Mini-mini. Julius sagte, sie könne eine andere Sklavin mitnehmen, Kwasiba zum Beispiel, weil auch Kwasiba Sariths eigene Sklavin war und somit vertraut für sie.
Doch Sarith wollte Kwasiba nicht. Sie hatte Angst vor Kwasibas scharfen, allessehenden Augen. Kwasiba hatte sie von Kindesbeinen an versorgt und meinte, sich daher das Recht herausnehmen zu dürfen, ihre Herrin zu tadeln, sobald sie etwas sah, daß ihrer Meinung nach nicht richtig war. Nein, Sarith konnte ganz gewiß keinen Aufpasser gebrauchen. Sie sagte das zwar nicht zu Julius, warf aber ein, daß Kwasiba doch schon alt wurde und

Schwierigkeiten mit den Treppen hätte. Bei Esther sei Sariths Zimmer schließlich im ersten Stock.
Nein, sie würde Nicolette mitnehmen. Nicolette war die Tochter der Köchin, ein sechzehnjähriges Mädchen. Ganz und gar kein liebes und zurückhaltendes Wesen wie Mini-mini, sondern ein kleiner, magerer Streithahn, der in den Sklavenräumen immer das lauteste Wort führte und wenn nötig auch seine Fäuste parat hatte. Mini-mini mußte Nicolette noch schnell einweisen, wie sie ihre Herrin kleiden und schminken sollte und vieles mehr.
So fuhr Sarith mit dem Zeltboot ab, begleitet von Benny, der sie sicher in der Stadt abliefern sollte, und einer aufgeregten Nicolette, die sich freute, endlich die Stadt kennenzulernen, von der sie schon so viel gehört hatte.
Zu Sariths Verwunderung hatte Mini-mini gesagt, daß es ihr gar nichts ausmachte, auf Klein Paradijs zu bleiben. Sie hatte sogar behauptet, es gefalle ihr auf der Plantage besser als in der Stadt. Sarith wußte nicht, daß Mini-mini nach der Enttäuschung mit Hendrik keine Lust mehr auf Männer hatte, und in der Stadt gab es so viele Männer, die ihr nachstellten.
Sarith sah auch, daß Julius sehr zufrieden war, weil Minimini das Kind so gut versorgte. Nun, was Sarith betraf, ihr konnte das nur recht sein, solange sie nicht ständig auf Klein Paradijs zu bleiben brauchte.
In der folgenden Zeit war Sarith sehr oft in der Stadt. Manchmal blieb sie drei Monate am Stück, weil so viele Feiern stattfanden, und sie konnte die Einladungen doch schlecht ablehnen. Ab und zu kam Julius auch in die Stadt und konnte sie dazu bewegen, auf die Plantage zurückzukehren. Sie blieb jedoch nie länger als einige Wochen dort und war voller Unruhe.

Als im September 1772 die Feste aus Anlaß des Falls von Buku gefeiert wurden, war auch Sarith in der Stadt, und als das erste Kriegsschiff 1773 ankam, war sie ebenfalls da. Schon bald begegnete sie verschiedenen Leutnants und Offizieren auf den Festen.

Nach dem Laubhüttenfest in Jüdisch-Savanna war sie Anfang Dezember mit Julius nach Klein Paradijs zurückgefahren, um den dritten Geburtstag von Jethro zu feiern. Auch ihre Schwester Esther war aus diesem Anlaß für einige Tage mit ihren fünf Söhnen angereist, ebenso Rebecca mit ihren beiden sowie einige andere Damen und Herren, alle mit Kindern, denn Sarith wollte aus dem Geburtstag ihres Kindes ein großes Fest machen. Das wurde es auch. Viele Spiele wurden mit den Kindern gemacht. Mini-mini, Kwasiba und die anderen Haussklaven hatten alle Hände voll zu tun. Zum Glück hatten die Familien ihre eigenen Sklavinnen mitgebracht. Eine Woche nach dem Fest waren alle wieder abgefahren, und Sarith hatte sich gleich angeschlossen. Auf dem traditionellen Silvesterball von Esther und Jacob lernte sie Reindert Andersma kennen. Er war erst vor einigen Wochen in Surinam angekommen. Zu seiner Verwunderung war er schon bald in einen Kreis von Leuten, die ständig Feste feierten, aufgenommen worden. Alles in diesem Land kam ihm so merkwürdig vor, ständig standen die persönlichen Sklaven um einem herum. Mit einem Glas in der Hand stand er am Fenster im großen Vorsaal des Herrenhauses in der Saramaccastraat. Er hatte sich mit Absicht dort hingestellt, weil ihm unter dem großen Kristallüster sehr warm geworden war. Er sah auf die dunkle Straße und hörte plötzlich eine fröhliche Stimme neben sich, die fragte, ob es auf der

Straße interessanter wäre als drinnen. Reindert drehte sich um und sah in das lachende Gesicht einer besonders schönen jungen Frau. Sarith erblickte einen blonden Mann mit hellblauen Augen und fand ihn eine gutaussehende Erscheinung. Sie hatte ihn sofort bemerkt, als er hereingekommen war, ein großer Kerl mit einem so feinen Schnurrbart. Schnell entwickelte sich ein Gespräch; er wußte Bescheid, sie war die Schwester der Gastgeberin. Als sie gerade auf das Fest gekommen waren, hatte ein Kollege ihn vorgestellt und ihm mit Blick auf Sarith ins Ohr geflüstert: »Ein hitziges Rassepferdchen«, und so sah sie auch aus.

Sie wollte alles über ihn wissen, erzählte auch viel über sich; sie sei Frau Robles de Medina, schlug jedoch sofort vor, sich zu duzen. Sarith heiße sie. Nun, seine Freunde nannten ihn Rein; er sei gerade erst in der Kolonie angekommen, für ihn sei dieses Land eine ganz neue Erfahrung, völlig anders, als er es sich vorgestellt hatte, und vor allem sehr heiß. Immer öfter war Sariths gurrendes Lachen zu hören. Sie tanzte viel und amüsierte sich prächtig.

Nach diesem Abend sahen Sarith und Reindert sich oft. Immer, wenn sie ein Fest besuchte, war auch Reindert Andersma zugegen.

Inzwischen war den Kolonisten klargeworden, daß die Marrons keinesfalls besiegt waren. Plantagen wurden angegriffen, Militärposten überwältigt und Soldaten getötet.

Gouverneur Nepveu und Oberst Fourgeoud waren sich nicht einig, wie dem zu begegnen war. Gouverneur Nepveu hatte nun beschlossen, zum Kampf gegen die Marrons einen militärischen Verteidigungskordon zu bilden.

Dabei handelte es sich um einen zehn Meter breiten Pfad durch den Urwald, der für Karren befahrbar wäre. Es sollten Holzbrücken über die Wasserläufe gebaut und etwa alle fünf Kilometer ein Militärposten installiert werden.

Diese Linie würde sich von Jüdisch-Savanna bis Vredenburg am Oranje Kreek erstrecken und eine Länge von etwa hundert Kilometern haben.

Auf einem Fest im Hause der Familie Levens erzählte Rein Andersma Sarith, daß er für einige Wochen nicht in Paramaribo sein würde, weil er mit der Kontrolle der Militärposten beauftragt worden war. Sarith und Rein hatten sich in den letzten Monaten richtig angefreundet, und inzwischen war es sogar schon mehr als Freundschaft. Rein wußte, daß er diese schöne Frau begehrte, und auch sie machte keinen Hehl daraus, daß er ihr alles andere als egal war. Die Art, wie sie sich ansahen, sprach Bände, und des öfteren hatten sie sich geküßt, wenn sie sich unbeobachtet glaubten.

Als Rein Sarith an jenem Abend eröffnete, daß er Paramaribo in einigen Tagen verlassen mußte, sagte sie, wie sehr sie das bedauerte. Er antwortete ihr, er würde nichts lieber tun, als die nächsten drei Tage ständig bei ihr zu sein. Ob sie denn nicht nach dem Fest in sein Haus mitkommen konnte? Sarith wußte, daß sie mit dem Feuer spielte, aber es brauchte ja keiner etwas zu erfahren. Sie würden einfach so tun, als würde er sie nach Hause bringen. Unmittelbar neben dem Fort Zeelandia gab es einige Wohnungen für Offiziere.

Als sie die Wohnung erreichten, entließ Rein seinen Leibsklaven für diesen Abend mit den Worten, er würde ihn heute nicht mehr brauchen. Sie küßten sich leiden-

schaftlich, und langsam zog Rein die schöne Frau aus und löste ihre Frisur.
Nicolette wartete auf ihre Herrin. Sie lag am Boden vor der Zimmertür in der Saramaccastraat und erschrak heftig, als sie den Sechs-Uhr-Schuß hörte. Hatte sie denn die ganze Nacht geschlafen und die Misi nicht nach Hause kommen hören? Ihr war das rätselhaft, denn wenn die Misi nach Hause kam, stupste diese sie immer kurz mit dem Fuß an, woraufhin sie meist sofort hellwach war, um der Misi beim Ausziehen zu helfen. Vorsichtig öffnete sie die Zimmertür und sah hinein, aber das Bett war unberührt. Wo war sie denn? Nicolette ging hinunter, wusch sich und setzte sich auf die hintere Treppe.
Als Sarith in dem fremden Bett erwachte, fragte sie sich erschrocken, wie sie an diesem Morgen allein zurechtkommen sollte. Sie rüttelte Rein wach und fragte: »Was soll ich denn jetzt tun ohne Nicolette?«
»Wer ist Nicolette?« brummte Rein.
»Meine Sklavin«, flüsterte Sarith.
Rein begriff nicht, was sie meinte.
»Hast du keine Sklavin im Haus?« fragte sie.
Nein, hätte er nicht, er hätte nur männliche Sklaven, und sogar die hielt er auf Abstand, denn er konnte es nicht ertragen, diese Leute ständig um sich zu haben und sich auf die Finger schauen zu lassen.
»Aber wie soll ich mich denn dann anziehen, und mein Haar, wie soll das mit meinem Haar gehen?« fragte Sarith.
»Na, dann machst du es dir eben selbst«, hatte Rein verwundert gesagt.
»Aber das kann ich nicht, ich weiß nicht, wie das geht!«

Sarith weinte nun fast. Rein mußte lauthals lachen. Also so was, eine erwachsene Frau wußte nicht, wie sie sich anziehen und ihr Haar hochstecken sollte. Das war doch kaum zu glauben, nein, diese Frauen in der Kolonie, die waren doch ein Volk für sich.

»Hör auf zu lachen«, rief Sarith und warf ihm das Kissen ins Gesicht. Dann balgten sie sich und liebten sich erneut.

»Aber ich weiß immer noch nicht, was ich jetzt tun soll«, sagte Sarith danach.

»Kann ich dir denn nicht helfen?« fragte Rein lächelnd. »Komm, ich werde deine Sklavin sein, erst ein Fuß...«, und lachend nahm er ein Stück Unterwäsche vom Stuhl.

»Nein, hör auf«, sagte Sarith. »Kannst du nicht deinen Sklaven schicken, um Nicolette zu holen?«

»Gut, das wird gehen.« Rein zog sich schnell eine Hose und einen Morgenmantel an und ging hinunter, um Kwasi, seinem Sklaven, zu erklären, wo er eine gewisse Nicolette abholen sollte. Als diese fast eine Stunde später von Kwasi gebracht wurde und ihre Herrin im Beisein des weißen Soldaten sah, war ihr klar, was sich dort abgespielt hatte. Sie half Sarith beim Waschen, kleidete sie an und schminkte sie. Bevor sie das Haus verließen, drohte ihr Sarith: »Wenn du es wagst, etwas zu sagen, lasse ich dich verprügeln und verkaufe dich an die Plantage Suynigheid.«

»Nein, Misi, ich sage nichts«, beeilte sich Nicolette zu versichern, sie würde bestimmt nichts verraten, sie wollte weder Prügel noch an die Plantage Suynigheid verkauft werden, die wegen ihrer schlechten Behandlung der Sklaven berüchtigt war. In der Saramaccastraat teilte Sarith Esther mit, sie hätte die Nacht bei einer Freundin

verbracht, die gestern auf dem Fest so schrecklich krank geworden wäre.
Am nächsten Tag sagte sie Esther, sie würde den Tag wieder bei der Freundin verbringen und dort vielleicht auch übernachten. Nicolette befahl sie, gegenüber dem Haus des Leutnants unter einem Baum auf sie zu warten, denn sie wußte, daß Rein es nicht leiden konnte, Sklavinnen im Haus zu haben.
Beim Acht-Uhr-Schuß mußten eigentlich alle Sklaven in ihren Unterkünften sein. Als Nicolette bei Einbruch der Dunkelheit ihre Herrin immer noch nicht aus dem Haus kommen sah, wurde sie ungeduldig. Sie ging unter dem Baum auf und ab, und als der Acht-Uhr-Schuß gefallen war, lief sie, so schnell sie konnte, in die Saramaccastraat, denn sie hatte Angst, von einem Polizisten aufgegriffen zu werden. Am nächsten Morgen in der Frühe setzte sie sich wieder unter den Baum und wartete, bis sie Kwasi erblickte. Als sie ihrer Herrin beim Ankleiden half, fragte diese, wo sie die Nacht verbracht hätte. Nicolette erzählte, sie hätte bis zum Acht-Uhr-Schuß gewartet und sei dann aus Angst vor der Polizei in die Saramaccastraat gegangen.
»Was hast du dort gesagt?« fragte Sarith.
»Nichts, ich habe nichts gesagt.«
»Wenn du einen Ton sagst, schneide ich dir die Zunge ab und verkaufe dich.«
»Nein, Misi, nein.« Mit großen angsterfüllten Augen klemmte Nicolette sich mit Daumen und Zeigefinger die Lippen zusammen, um die Misi davon zu überzeugen, daß sie wirklich nichts sagen würde, und Sarith nickte.
Als sie wieder bei Esther zu Hause waren, gab sie dem Mädchen zwei Münzen.

Am folgenden Tag verließ Rein für einige Wochen die Stadt, und Sarith beschloß, daß sie in der Zwischenzeit mal wieder nach Klein Paradijs fahren könnte. Julius freute sich sehr, als er seine Frau kommen sah, noch dazu aus eigenem Antrieb. Sie sagte, daß sie froh sei, wieder zu Hause bei ihm zu sein, und er dachte sich, daß sie doch eigentlich ganz lieb war. Ach, sie war noch jung; gewiß brauchte so eine junge Frau ein bißchen Abwechslung. Nun, solange sie nur seine Frau blieb und zu ihm zurückkam, würde er ihr die Feste wirklich nicht verbieten.
Auf Klein Paradijs kam Sarith auf die Idee, einmal selbst ein Fest auf der Plantage zu feiern und dazu einige Leute einzuladen. Auch Soldaten hatten ein Recht auf Urlaub und sicher konnte sich Rein für einige Wochen beurlauben lassen. Julius fand die Idee wirklich gut, das gab Sarith etwas zu tun. Sarith kümmerte sich um die Vorbereitungen und mußte natürlich wieder nach Paramaribo, um herauszufinden, ob alle Gäste, die sie einladen wollte, in den ersten beiden Septemberwochen Zeit hatten.
Rein war inzwischen von seinem Einsatz zurückgekehrt, und wieder verbrachte Sarith einige Nächte bei ihm. Nach ihrer Überzeugung wußte kein Mensch etwas von ihrem Verhältnis, tatsächlich aber sprach die gesamte suriamische Gesellschaft über nichts anderes mehr als Sarith, die es mit einem der Leutnants trieb. Auch Esther entging das Getuschel nicht. Sie hatte bereits so etwas vermutet.
Als Sarith plötzlich drei Tage hintereinander angeblich bei ihrer Freundin Bella Levens verbrachte, ging Esther eines Morgens bei dieser Bella vorbei. Diese fragte sogleich, wie es Sarith ginge, und Esther wußte genug. Als Sarith an jenem Tag gegen Mittag zurückkam, ver-

suchte Esther zuerst, Nicolette auszuhorchen, aber die stellte sich dumm, nein, sie wisse nichts. Die Misi hätte bei einer anderen Misi übernachtet, aber sie, Nicolette, wisse wirklich nicht, wo; sie kenne sich nicht aus in der Stadt. Esther ging zu Sarith ins Zimmer und fragte, wo sie gewesen wäre. Als diese sagte: »Nun, bei Bella Levens«, wurde Esther böse und entgegnete: »Sarith, ich war heute morgen bei Bella Levens, sie fragte, wie es dir geht. Sie hätte dich lange nicht mehr gesehen. Meinst du, ich weiß nicht, wo du warst? Alle reden davon; schämst du dich denn nicht? Was wird dein Mann sagen, wenn er es erfährt?«

Wie eine Furie sprang Sarith vom Bett auf. Esther solle sich um ihre eigenen Angelegenheiten kümmern. Ob es denn so schlimm sei, wenn sie mal bei jemand anderem wäre? Fragte sich überhaupt jemand, was für ein Leben sie auf dieser langweiligen Plantage führen mußte, allein mit einem alten Mann und einem Kind? Und hatte ihr Mann denn noch Interesse für andere Dinge? Nein, nur die Plantage zählte und ob die Ernte gut würde. Esther hätte ein Haus in der Stadt, ihr Mann ging gerne aus, sie hatte Kutschen und teure Kleider, aber sie, Sarith, hätte gar nichts. Nicht einmal ein Haus in der Stadt gönnte ihr Mann ihr.

Esther verfolgte verwundert diesen Ausbruch. Dachte Sarith denn jemals an jemand anderen als an sich selbst? Und begriff sie denn nicht, daß sie auch ihre gesellschaftliche Stellung und ihren Ruf gefährdete? »Aber Sarith, siehst du denn nicht, daß das nicht sein kann, nicht sein darf; überlege doch mal, was für Folgen das auch für dich haben kann. Was wird Julius dazu sagen? Wie wird er reagieren, wenn er es erfährt?«

»Er wird nichts erfahren, zumindest nicht, solange sich meine Schwestern um ihre eigenen Angelegenheiten kümmern.« Als Sarith das sagte, musterte Esther sie scharf, drehte sich dann schweigend um und ging aus dem Zimmer. Bei diesem verwöhnten Geschöpf war jedes Wort nur Verschwendung.

Elsa

Es war die zweite Woche im Oktober 1774. Elsa saß in einem Schaukelstuhl und sah aus dem Fenster des Vorsaals. Die Gravenstraat war trocken und staubig, es hatte schon seit vier Wochen nicht mehr geregnet. Warm war es auch, sehr warm. Für sie war das um so schlimmer, jetzt, da sie hochschwanger war. Das Baby konnte nun jeden Augenblick kommen. Sie hoffte, daß es bald soweit sein würde, es schien dieses Mal so lange zu dauern. Sie hatte auf Maisas Rat die Beine hochgelegt, denn ihre Füße und Knöchel waren geschwollen.

Unten hörte sie die Stimmen und das laute Lachen von Gideon und Alex. Sie mußte Alex doch mal sagen, daß sie etwas leiser sein sollten. Schließlich war das Büro dort auch, und viele Leute gingen ein und aus. Sie wußte, was die beiden machten. Sie dachten sich Geschichten aus, zeichneten und beschrifteten die Zeichnungen. Es war Alex' Idee gewesen, und Rutger freute sich sehr, daß Gideon so große Fortschritte mit dem Lesen und Schreiben machte. Alex war eigentlich ein geborener Lehrer.

Elsas Gedanken wanderten zurück zu dem früheren Alex. Er hatte eisern gespart, um sich freizukaufen, und jetzt war er bereits seit einem Jahr ein freier Mann. Als er die Freiheitspapiere in den Händen hielt, hatte Rutger gesagt: »Jetzt bist du ein freier Mensch, Alex. Was wirst du jetzt tun?« Und Alex hatte geantwortet, daß er gerne weiterhin bei ihm arbeiten würde. Er war jetzt als Gehilfe angestellt, ließ die Leute herein, kümmerte sich um die Termine und so weiter. Er saß an einem Tisch neben dem Eingang, war immer tadellos gekleidet und trug glänzend geputzte Schuhe. Denn das war das erste gewesen, was sich Alex von seinem Geld gekauft hatte: Schuhe. Seit diesem Augenblick hatte ihn niemand mehr ohne Schuhe gesehen. Gideon, der jetzt sechs Jahre alt war, saß ihm oft stundenlang gegenüber am Tisch, und zusammen malten und schrieben die beiden.

Im Büro herrschte meistens ein reger Betrieb. Viele Plantagenbesitzer baten um Darlehen. Doch oft konnte ihnen nicht geholfen werden. Nach Rutgers Meinung war die Situation in der Kolonie bedenklich. Abgesehen von dem Absturz an der Amsterdamer Börse im letzten Jahr, war da immer noch der inländische Krieg, der das Land soviel kostete. Rutger konnte nicht aufhören zu beteuern, das Gouvernement hätte keine andere Chance, als Frieden mit den Marrons zu schließen, sie nicht mehr zu verfolgen und ihnen ein Gebiet in der Marowijne zu überlassen, wo sie als freie Menschen leben konnten. Doch der Gouverneur, Oberst Fourgeoud und ebenso die Direktoren der Sozietät in den Niederlanden waren da anderer Meinung. Dieses Pack in den Wäldern mußte ausgerottet werden. Es gab auch schon wieder Pläne, demnächst noch mehr Soldaten nach Surinam zu entsenden, um die gut fünfzehnhundert, die schon da waren, zu verstärken.

Immer größere Darlehen wurden von den Pflanzern beantragt, und immer höher wurden die Beiträge, die in die Entlaufenen-Kasse eingezahlt werden mußten. Und dennoch waren die bis an die Zähne bewaffneten Soldaten nicht in der Lage, die dreihundert Marrons zu besiegen. Oberst Fourgeoud hatte seine Taktik geändert. Er wollte die Marrons aushungern. Wenn sie systematisch den Wald ausräucherten und ihre Felder vernichteten, mußte sich dieses Pack schließlich ergeben.
Der Kordon, an dem hart gearbeitet wurde, diente dazu, Transporte und Kommunikation zu erleichtern. Alle paar Kilometer befand sich ein Posten mit einem Geschütz und alle fünf Kilometer ein berittener Wachtposten, um, falls nötig, möglichst schnell eine Nachricht weiterleiten zu können.
Nein, es ging nicht gut in der Kolonie. Elsa seufzte. Sie selbst konnten sich nicht beklagen. Rutger verwaltete inzwischen acht Plantagen. Vier davon hatte er übernommen, weil deren Besitzer ihre Schulden nicht hatten bezahlen können. Diese gehörten nun der Bank, aber Rutger hatte die Pflanzer kurzerhand als Oberverwalter eingesetzt. Auf manchen Plantagen funktionierte das gut, auf anderen wiederum nicht, weil der Verwalter sich immer noch als Besitzer sah.
Elsa hörte Schritte auf der Treppe, und Jonathan, der auf der Hintergalerie spielte, rief: »Mama, hier ist Besuch.«
Herein kam Mia van Henegouwen, jetzt Frau Willemsen. Elsa freute sich, sie zu sehen. Sie waren gute Freundinnen, schon seit der Zeit, als Elsa und Sarith die französische Schule besucht hatten. Mia sagte: »Ich dachte eigentlich, daß du schon mit deinem Baby im Wochenbett liegen würdest.«

Elsa lachte: »Wenn es nur schon so weit wäre, ich hoffe, es wird eine Tochter. Wir haben schon so viele Jungen in der Verwandtschaft. Esther hat fünf, ich zwei, mein Bruder David drei, Rebecca hat zwei Söhne und Sarith einen.«
So kam das Gespräch auf Sarith. Ob Elsa denn wüßte, was so alles über sie erzählt wurde? Sie hätte unlängst einige Gäste auf Klein Paradijs gehabt, unter anderem diesen Leutnant Andersma und drei seiner Freunde, und sogar dort, vor den Augen ihres Ehemannes, hätte Sarith es fertiggebracht, sich mit dem Leutnant zusammen zu zeigen. Elsa wußte Bescheid. Jeder redete davon.
»Könntest du nicht mal mit ihr reden, Elsa?« fragte Mia.
»Ich? Warum denn ich?« fragte Elsa erstaunt.
»Ihr wart doch immer so gute Freundinnen, und ich habe früher schon den Eindruck gehabt, daß du einen guten Einfluß auf sie hast. Weißt du noch, diese Sache mit Charles?« Ja, Elsa wußte noch, wie Sarith sich heimlich mit ihm getroffen hatte, während jeder dachte, die drei Mädchen wären zusammen. Wie oft hatte sie Sarith gebeten, es nicht zu tun, aber das war schon lange her.
»Oh, nein, ich nicht«, sagte Elsa. »Wir waren früher gute Freundinnen, aber jetzt führt jeder sein eigenes Leben. Ich habe eigentlich wenig Kontakt zu Sarith, sie hat ganz andere Freunde, weißt du.« Ja, Mia verstand das sehr gut.
»Ob ihr Mann wirklich keine Ahnung hat?« fragte sie wieder. Elsa wußte es nicht. Jeder redete zwar darüber, aber wie so oft erfährt es der Mann als letzter.
Und dies traf tatsächlich zu: Ganz Surinam wußte, daß Sarith ein Verhältnis mit Leutnant Andersma hatte, jeder wußte es, außer Julius.

11. KAPITEL

FEBRUAR 1775: JAN

Elf Kanonenschüsse wurden von Fort Zeelandia abgefeuert, um das Schiff zu begrüßen, und vom Schiff aus wurde auf dieselbe Weise geantwortet. Jan stand zwischen den vielen Soldaten auf dem Schiff und betrachtete die weiße Stadt, die immer näher kam. Das also war Paramaribo. Es sah alles so sauber und freundlich aus, aber er hätte sich auch gefreut, wenn alles grau und schmutzig gewesen wäre. Einundsechzig Tage auf dem kleinen Schiff zwischen diesen finsteren Gestalten eingesperrt zu sein, war kein Vergnügen gewesen. Mitte Dezember waren sie in Amsterdam ausgelaufen. Zuerst hatten sie schweren Seegang gehabt. Haushohe Wellen überspülten oft das Schiff; kalt und stickig war es gewesen, denn man hatte alle Luken geschlossen, und von einer Heizung konnte keine Rede sein. Später war es dann zum Glück wärmer geworden, und man konnte zumindest frische Luft bekommen. Das Essen war fürchterlich, kein Fleisch, nur in Salz eingelegte Erbsen. Nach Meinung des Kapitäns war das gerade richtig für die Soldaten, damit sie sich an die Nahrung im Urwald gewöhnten. Am schlimmsten aber waren die Raufereien zwischen den Soldaten und Matrosen, die hart bestraft wurden.

Einer der Soldaten, der während eines Kampfes mit

einem Matrosen ein Messer gezückt hatte, wurde zur Strafe am großen Mastbaum festgebunden. Später wurden beide kielgeholt, überdies strich man ihnen den Sold für ein halbes Jahr.

Zwei Matrosen, die man bei homosexuellen Handlungen erwischt hatte, waren kurzerhand über Bord geworfen worden. Jan war diesen brutalen Typen möglichst aus dem Weg gegangen, und er war dankbar, daß er nach überstandener schwerer Krankheit noch lebte und gleich wieder an Land sein würde.

Er hatte sich so viel von seiner Reise nach Surinam versprochen. Er war eigentlich nicht zum Kämpfen gekommen, sondern nur wegen des Goldes, das er hier zu finden hoffte. Und während er nun die einladende Stadt, die immer näherkam, in Augenschein nahm, erinnerte er sich wieder an das, was er über dieses wundersame Land gehört und schließlich zu dem Entschluß geführt hatte, gegen die Marrons zu kämpfen.

In Holland hatte er bei seinen Eltern in einem kleinen Bauerndorf in der Nähe von Amsterdam gelebt. Sein Vater war Gelegenheitsarbeiter bei einem Bauern. Er hatte nur Arbeit, wenn es besonders viel zu tun gab, zum Beispiel bei der Heuernte, oder wenn das Getreide eingefahren werden mußte. Im Winter hatte er meist keine Arbeit, dann schnitzte er Löffel und Näpfe aus Weidenholz. Die Mutter half manchmal der Bäuerin beim Weben oder beim Schlachten. Als Lohn für einen ganzen Tag Arbeit gab es dann einen Topf gekochte Erbsen oder ein Stück Speck.

Es war Zufall gewesen, daß Jan, als er vierzehn Jahre alt war, die Stelle als Gehilfe des Stallknechts bei einem reichen Herrn in Amsterdam bekommen hatte. Als dieser

an einem warmen Sommernachmittag an ihrem Dorf vorbeigekommen war, hatte eines seiner Pferde gelahmt, weil es einen Stein in den Huf bekommen hatte. Jan, der am Wassergraben saß, hatte dem Kutscher geholfen und den Stein ganz vorsichtig entfernt, während er dem Pferd, das anfangs sehr nervös war, beruhigend zuredete. Als Belohnung war er sofort eingestellt worden. Es war gute Arbeit gewesen, es gab immer reichlich zu essen, und einen warmen Schlafplatz über dem Stall hatte er auch. Der reiche Herr besaß Plantagen in einem fernen Land im Westen, und der alte Stallknecht Joris hatte Jan an Winterabenden erzählt, was für ein Land das war, sehr warm, mit riesigen Plantagen, ein Land, in dem alle Weißen reich seien, nur deshalb, weil sie weiß waren. Sämtliche Arbeit werde von Negersklaven erledigt, dumme, unwissende Leute, die man aus Afrika holte und an die Plantagenbesitzer verkaufte. Diese Leute wurden dann zum arbeiten gehalten wie Pferde oder Maulesel. Joris wußte das alles, weil er früher als Matrose in diese Gebiete im Westen gefahren war. Er hatte alles mögliche erlebt, war von Seeräubern überfallen worden und hatte dabei ein Auge und drei Finger verloren. Das aufregendste, was er erzählte, war jedoch die Geschichte mit dem Gold, das dort in den großen Wäldern einfach herumlag. Joris hatte es natürlich nicht gefunden, denn er war nie lange genug dort gewesen, um selbst danach zu suchen, aber er wußte, daß es da war.
Mit offenem Mund hatte Jan diesen Geschichten immer gelauscht, und Joris hatte auch erzählt, daß in den letzten Jahren Soldaten in dieses Land fuhren. Einige dieser Schwarzen waren in die Wälder geflüchtet, weil sie nicht auf den Plantagen arbeiten wollten, und von Amsterdam

aus wurden Soldaten angeheuert, um sie einzufangen und wieder zu den Plantagen zu bringen. Joris hatte gesagt, daß er in jungen Jahren bestimmt auch gefahren wäre. Der achtzehnjährige Jan war fest entschlossen, Soldat zu werden und die Schwarzen in den Wäldern zu jagen. Außerdem würde er auf Goldsuche gehen, das war ja anscheinend ein Kinderspiel. Ja, Jan wußte Bescheid, und er würde als reicher Mann nach Holland zurückkehren.

Als er an seinem freien Sonntag im Monat den zweistündigen Weg zu seinem Heimatdorf auf sich nahm, um seinen Eltern zu erzählen, er würde als Soldat nach Surinam fahren, waren diese zunächst sehr überrascht. Er ging weg, warum denn? So eine gute Stelle würde er bestimmt nicht noch einmal bekommen. Und wo war dieses fremde Land, von dem er sprach? Waren da die Chinesen mit den Schlitzaugen?

Nein, hatte Jan geduldig geantwortet, keine Chinesen, sondern Neger sollte er dort fangen, Schwarze.

»Schwarze?« hatte Mutter ausgerufen. »Oh, Jan, aber das sind doch diese Wilden, die die Weißen in einem Topf kochen und aufessen und sich als Schmuck einen Knochen durch die Nase stecken.«

»Nein, Mutter, das sind entlaufene Sklaven«, hatte Jan gesagt, doch seine Eltern hielten das für keine gute Idee, ob nun Schlitzaugen oder Neger, diese Brut war doch unberechenbar. Und wie wollte Jan die denn fangen? Jan erklärte, daß das eine ganz einfache Sache sei. Die Schwarzen hätten schließlich nichts und die Soldaten alles: Gewehre, Kanonen, Pferde und so weiter. Aber am wichtigsten sei das Gold, daß dort zu finden war; er würde als reicher Mann zurückkehren. Für jeden würde

er etwas Schönes kaufen, ein großes Haus bauen, selber Pferde und Kühe halten.
Die Schwestern hatten mit glänzenden Augen und offenen Mündern zugehört. Würde Jan für sie auch etwas Schönes kaufen? Etwas ganz Schönes? Jan hatte es ihnen versprochen: Natürlich, sie brauchten es nur zu sagen. Antje wollte Schuhe, richtige Schuhe mit glänzenden Schnallen, und Miebetje wollte ein neues Kleid, und Mutter? Nun, Mutter würde einen warmen Rock und ein Schultertuch bekommen und Vater eine neue Mütze und einen Mantel. Oma, die still in einer Ecke saß, wußte nicht, worüber sie sprachen, aber die Schwestern hatten gerufen: »Oma, du bekommst ein Stövchen für die Füße und ein Schultertuch«, und Oma hatte gefragt: »Wo ist es?«
Die Schwestern hatten lachen müssen und in Omas taube Ohren gerufen: »Du bekommst es, wenn er aus Surinam zurückkommt und reich ist.«
Und nun war er also in Surinam und konnte es kaum erwarten, an Land zu gehen. Warm war es allerdings, ja, sehr warm.
Einige Wochen später war Jan auf seinem ersten Erkundungsmarsch. Wie anders war doch die Realität. Schrecklich war es hier mitten im Urwald, stickig, dunkel, sogar mitten am Tag. Siebenundzwanzig Tage waren sie schon im Wald und kamen nur sehr langsam voran, jedes kleine Stückchen Pfad mußte mühsam freigeschlagen werden. Die Lastträger schleppten alles, was sie brauchten, und sie brauchten eine Menge! Bisher hatten sie noch keinen einzigen Schwarzen gesehen oder gehört, aber die Männer hatten irgendwo ein Stück freigeschlagenes Gelände entdeckt, auf dem die Schwarzen

Mais anbauten. Leider war er noch nicht reif gewesen, sonst hätten sie ihn sich nehmen können. Es wäre eine willkommene Abwechslung zu den verschimmelten Erbsen, Graupen und dem eingesalzenem Fleisch gewesen, aus dem die Maden krochen. Auf Befehl des Hauptmanns hatten sie alles anzünden sollen, was jedoch wegen der Nässe nicht gelang, schließlich hatte man alles ausgegraben, in Stücke gehackt und verbrannt.

Jan fühlte sich hundeelend. Von den sechsundzwanzig Nächten hatte er keine einzige richtig schlafen können wegen der Moskitos. Jetzt band er sich nachts ein Tuch um den Kopf und legte diesen zum Schlafen in eine Mulde. Seine Arme und Beine waren mit entzündeten Stichen übersät, weil er jeden Insektenbiß mit schmutzigen Fingernägeln aufgekratzt hatte. Am schlimmsten waren aber die Schmerzen in der Leistengegend. Dort hatten die Grasläuse ihn gestochen, und auch die Stellen hatten sich entzündet; seine Uniform war schmutzig, stank, war ständig naß geworden und wieder getrocknet und machte alles nur noch schlimmer. Jeder Schritt, den er tun mußte, bereitete ihm schreckliche Schmerzen. Nein, so hatte er sich das nicht vorgestellt.

Nachts war es stockfinster. Man konnte kaum die Hand vor Augen sehen. Jedes Rascheln konnte eine Giftschlange sein oder ein anderes Tier. Alle litten dieselben Qualen, alle, außer den Lastträgern, denen auch die Insekten nichts auszumachen schienen und die barfuß müheloser gingen als die Soldaten mit den geschwollenen Füßen in den schweren Stiefeln.

Es wurde geflüstert, man vermutete, daß sie jetzt bald den ersten Marrons begegnen würden; man sollte sich möglichst leise verhalten und versuchen, sie zu überra-

schen. Überwältigte man einige, so mußten diese auf der Stelle erschossen und ihnen eine Hand abgehackt werden, um diese als Beweis mit in die Stadt zu nehmen. Für jede Hand bekam der Soldat eine Prämie. Sollte man einen Anführer erwischen, so mußte man den Kopf abschlagen, um ihn in der Stadt zu präsentieren.
Plötzlich ertönten Schüsse, und noch ehe die Soldaten ihre Gewehre schußbereit hatten, lagen schon vier von ihnen blutend am Boden. Die Lastträger waren plötzlich verschwunden; alles schrie durcheinander: »Flieht, flieht, rettet euer Leben, haut ab!«
Die Soldaten stoben in alle Richtungen auseinander, keiner kümmerte sich um den anderen; jeder versuchte, seine Haut zu retten. Auch Jan rannte und rannte, zwang sich durch Dornengestrüpp, das sein Gesicht zerkratzte, verlor seine Mütze und lief weiter. Da lag ein Baumstamm, er mußte darüber. Er versuchte zu springen, blieb aber mit dem Fuß hängen. Ein heftiger Schmerz durchfuhr ihn! Mit einem Schrei fiel er zu Boden, dabei bohrte sich ein spitzer Gegenstand in seine Hand. Als er die Hand befreit hatte und mit vor Angst geweiteten Augen auf das Blut starrte, das herausströmte, versuchte er aufzustehen. Er konnte nicht, sein Bein, was war mit seinem Bein? Erschaudernd sah er auf sein linkes Bein, das seltsam verrenkt unter ihm lag. Er wußte, daß er nicht mehr laufen konnte. Während er mit einer Hand versuchte, die Wunde in der anderen zuzudrücken, rief er laut: »Hilfe! Hilfe!«
Keine Antwort, alle waren fort. Wieder schrie Jan: »Hilfe! So hilf mir doch einer!«
Nichts. Er versuchte erneut aufzustehen, sank aber sofort wieder zu Boden; er rückte sich so zurecht, daß er sich

mit dem Rücken an einen Baum lehnen konnte. Noch immer blutete seine Hand; ihm war schwindlig, und er schloß die Augen. Das war es dann wohl. Er würde hier nicht wegkommen und vor Blutverlust und Hunger sterben. Vielleicht würde er sogar von wilden Tieren zerfleischt. Wie dumm war er gewesen, sich einzureden, daß er in diesem Land schnell einige Schwarze fangen und nebenbei auch noch Gold finden konnte. Wie dumm!

Als Jan die Augen wieder öffnete, sah er etwa zehn Meter von sich entfernt einen großen Schwarzen, der nur mit einem Lendenschurz bekleidet war. Gott steh mir bei! Ein Marron, – sein Gewehr, wo war sein Gewehr? Aber er hatte es fallenlassen, und er sah es unmittelbar neben dem Mann am Boden liegen. Der würde jetzt das Gewehr nehmen und ihn erschießen.

»Herr im Himmel«, betete Jan mit geschlossenen Augen, »mach, daß ich sofort tot bin, mach, daß er mir direkt ins Herz oder in den Kopf schießt. Laß mich nicht leiden. Laß mich sofort tot sein.«

Es dauerte zwei, höchstens drei Minuten, aber Jan erschienen sie wie eine Ewigkeit. Jeden Augenblick erwartete er den Schuß, in Sekunden sah er seine Heimat, seine Eltern, seine Schwestern, die Oma in ihrer Ecke. Er hörte Oma sagen: »Wo ist es?« Und die Schwestern antworteten: »Wenn er aus Surinam wiederkommt.« Alles sah er in Sekundenbruchteilen. Der Schuß, wo blieb der Schuß? Ganz kurz öffnete er die Augen und sah, daß der Mann jetzt nahe bei ihm stand. Vielleicht wollte er ihn ganz aus der Nähe treffen; gut, um so sicherer würde er dann tot sein. Doch erst jetzt sah er, daß der Mann sein Gewehr nicht in der Hand, sondern es an einen Baum gelehnt hatte. Der Mann bückte sich.

Wollte er ihn vielleicht lieber erwürgen oder mit seinem Buschmesser in Stücke hauen? Schützend hob Jan die Hände. Noch immer strömte das Blut aus der einen Hand. »Nein«, rief er, während er seine blutbeschmierten Hände vor das Gesicht hielt. Doch der Mann sagte: »Was ist denn? Steh auf, steh auf!« Jan sah auf sein Bein, vielleicht wollte der Mann ja mit ihm kämpfen, doch dieser ging in die Hocke und begann vorsichtig, ihm den Stiefel aufzuknüpfen. Jan stöhnte vor Schmerzen. Er öffnete den Stiefel, und Jan sah, daß er eine große Schwellung an der Stelle hatte, an der es gebrochen war. Nun schüttelte der Mann leicht den Kopf; er sagte etwas, während er ganz vorsichtig versuchte, das Bein in eine bessere Lage zu bringen. Er ging zu einem Strauch, schlug mit dem Buschmesser einige Zweige ab, säuberte sie und legte sie auf beiden Seiten an Jans Bein. Er sagte wieder etwas, aber Jan wußte nicht, was er meinte. Ein Stück entfernt lag sein Tornister. Der Mann ging hin und nahm etwas heraus, sein Halstuch. Er riß einige Streifen ab und begann vorsichtig, sie um das Bein und die Zweige zu wickeln. Jan begriff überhaupt nichts mehr. Wollte der Mann ihn denn nicht umbringen? Er war schließlich einer der gefürchteten Marrons. Der Mann sagte: »Hab keine Angst, ich bin gleich wieder da.« Dann ging er. Selbst wenn er gewollt hätte, wäre er nicht imstande gewesen zu fliehen, denn die Schmerzen waren schrecklich, und er fühlte sich erschöpft.

Nach einer Weile kam der Mann mit einem Begleiter zurück. Sie hatten eine Art Bahre aus Zweigen und Lianen bei sich. Ganz behutsam legten sie Jan darauf und brachten ihn weg.

Vielleicht wollten sie ihn ja im Dorf in aller Öffentlichkeit ermorden, dachte Jan, aber es war ihm egal. Nichts kümmerte ihn mehr, er würde ohnehin sehr bald sterben, wie, das spielte keine Rolle. Die Männer bahnten sich ihren beschwerlichen Weg. Mit Mühe krochen sie manchmal durch dichtes Gestrüpp, und sie wateten auch durch einen kleinen See, während sie die Bahre hochhielten, damit er nicht naß wurde. Es schien Stunden zu dauern. Jan hatte das Bewußtsein verloren. Als er wieder zu sich kam, lag er unter einem Blätterdach, und jemand wusch ihm das Gesicht mit frischem Wasser. Lauter schwarze Gesichter waren um ihn herum und betrachteten ihn; zumeist Frauen und Kinder, aber auch einige ältere Männer.

Die Frauen sahen nicht gerade freundlich aus, und er hörte, wie einige von ihnen in zankendem Ton mit den beiden Männern redeten. Jan konnte nichts verstehen, aber er begriff dennoch, daß die Frauen böse darüber waren, daß er in ihr Dorf gebracht worden war. Einer der Männer sprach in beruhigendem Ton auf sie ein und schien etwas zu erklären. Später entfernten sich die Frauen, und ein alter Mann schmierte sehr vorsichtig einen Brei aus Blättern und Kräutern auf Jans Bein und verband es. Es schmerzte nicht mehr so heftig. Dann zog er Jan alle Kleider aus, wusch ihn mit frischem Wasser, in dem ebenfalls Kräuter lagen, und behandelte alle Wunden und Schwären. Währenddessen sprach er ständig vor sich hin, und Jan fühlte sich allmählich beruhigt und entspannt. Dann brachte eine der Frauen ihm eine große Kalebasse mit einer herrlich kräftigen Suppe. Vorsichtig nahmen die Männer ihn dann von der Bahre und legten ihn in eine Hängematte. Welche Ruhe. Seine Hand war auch verbunden. Auf die Schwären in der Leiste hatte

man ihm eine fettige Paste geschmiert und ihm ein Schultertuch umgelegt. Keine feuchten, stinkenden, schweren Kleider, keine Moskitos, keine Schmerzen – welche Seligkeit! Endlich konnte er schlafen.
Und er schlief. Es war schon spät am folgenden Tag, als er die Augen wieder öffnete. Wieder kam der alte Mann, den alle Ta Jusu nannten, um ihn zu pflegen. Wieder bekam er diese herrliche Nahrung. Jan hatte das Gefühl, er sei im Paradies. Und das hier sollten die Menschen sein, deren Felder zerstört werden mußten, damit sie sich schließlich ergaben? Warum eigentlich? Weil sie dieses Leben dem eines Sklaven vorzogen? Es gab keine besseren Menschen auf der Welt, davon war Jan jetzt überzeugt. Hatte einer der Soldaten sich auch nur einen Augenblick um ihn gekümmert? Nein, alle hatten nur an sich gedacht.
Sechs Wochen blieb Jan in dem Dorf, sechs Wochen Ruhe und Glückseligkeit. Er sah den Frauen bei der Arbeit zu, er sah, wie sie Brote backten, Fisch trockneten und räucherten, Reis stampften und Mais schälten. Er hatte begriffen, daß sie große Nahrungsmittelvorräte anlegten und sah, wie geschickt sie alles zu verwenden wußten, Seile knüpften, Dächer deckten, Kräuter zu Medikamenten verarbeiteten. Und er schämte sich, daß er früher geglaubt hatte, sie seien sehr dumm, weil doch nur Weiße Verstand besaßen. Dabei konnten die Weißen noch einiges von diesen Schwarzen lernen.
Jetzt begriff er auch, wie diese kleine Gruppe von Schwarzen es schaffte, sich nicht von den Soldaten erwischen zu lassen und der Armee immer einen Schritt voraus zu sein. Er sah, wie die Frauen ihre Kinder versorgten und wie sie sich gegenseitig halfen. Oft standen sie in

seiner Nähe, wenn sie sich kunstvolle Frisuren flochten. Manchmal kam ein Kind zu ihm, zeigte ihm etwas und lachte ihm zu. Und immer wieder fragte sich Jan, warum man sie nicht friedlich hier in ihren Dörfern in den Wäldern leben ließ? Er schwor sich, nie mehr an der Verfolgung dieser Menschen teilzunehmen.
Eines Tages, als Ta Jusu ihn behandelte und vorsichtig den Brei auf seinen Wunden verteilte, fragte ihn Jan, der sich inzwischen recht gut verständigen konnte, weshalb die Männer ihn eigentlich nicht getötet hatten, er war schließlich ein Feind. Ta Jusu hatte ihm erklärt, daß ihrer Meinung nach nicht die Soldaten die Bösen waren, die wurden lediglich ausgenutzt. Die wirklichen Feinde waren die Pflanzer und das Gouvernement und jetzt auch dieser Schweizer Oberst, der geschworen hatte, die Schwarzen in den Wäldern auszurotten.
Als Jans Hand vollständig verheilt war, erlaubte ihm der alte Mann, aufzustehen. Sein Bein machte ihm große Schwierigkeiten, aber er bekam einen kräftigen Stock, der aus einem dicken Ast geschnitzt worden war, und konnte versuchen, ganz vorsichtig die ersten Schritte zu machen. Noch immer wurde sein Bein mit Blättern und Kräutern behandelt, und noch immer war es mit Baumwollstreifen und zwei Stöcken geschient. Alle Wunden und Entzündungen an seinem Körper waren verheilt; seine Kleider waren frisch gewaschen, und er trug immer das Schultertuch.
Nach sechs Wochen, als er schon wieder gut gehen konnte, sagte der alte Mann zu ihm, es würde Zeit, daß er wieder zurückginge. Sie händigten ihm eine Botschaft aus, die er dem Schweizer überbringen sollte. Jan war klar, daß das Oberst Fourgeoud war. Die Marrons wür-

den sich niemals ergeben, niemals; das einzige, was sie wollten, sei, in Frieden leben. Wenn sie nicht mehr verfolgt würden, versprachen sie, keine Plantagen mehr anzugreifen.
Jan wünschte sich, die Nachricht weiterleiten zu können, aber wie?
Am nächsten Tag brachte der alte Mann ihn mit einem Einbaum über einen kleinen Wasserlauf und setzte ihn hinter einer Plantage ab. Er konnte einfach dem Pfad folgen und über die Plantage gehen, bis er an das Haus kam. Dort würden sie ihn schon versorgen. Der alte Mann verließ sich darauf, daß er nichts über das Dorf verlauten lassen würde. Jan würde sich lieber die Zunge abschneiden, als auch nur ein Wort über das Dorf zu sagen, da konnte Ta Jusu ganz beruhigt sein.
Verwundert hatten die Sklaven auf dem Feld den Soldaten plötzlich auf der Plantage gesehen, und sehr erstaunt war auch der Pflanzer, der, als er nach seinem Mittagsschlaf aufgestanden war, einen Soldaten auf seiner Veranda vorfand. Dieser erzählte ihm seelenruhig, er habe sich verlaufen, nachdem er die Truppe aus den Augen verloren hatte. Sechs Wochen sei er durch die Wälder geirrt, bevor er die Rückseite der Plantage erreichte.
Na, diese neuen Soldaten aus Holland waren ja gut trainierte Leute, denn das hier war kein ausgelaugter, erschöpfter Mann, der da vor ihm stand, sondern jemand, der alle Entbehrungen gut überstanden hatte; frisch und munter sah er aus. Mit solchen Soldaten würden sie diesem Pack in den Wäldern sicher bald den Garaus machen, und dann würde dieser Krieg der Vergangenheit angehören. Der niederländische Staat hatte

also endlich schlagkräftige Truppen entsandt. Zufrieden begab sich der Pflanzer danach mit seinem Gast und seiner Familie zu Tisch, und am nächsten Tag reisten sie beide in seinem Zeltboot nach Paramaribo ab.
Das Kommando von Hauptmann Stoelman war nicht weniger erstaunt, als plötzlich einer der vielen totgeglaubten Soldaten vor ihm stand. Die meisten der zweiunddreißig Soldaten ihrer Einheit waren getötet worden oder ertrunken. Vier hatte man hier begraben müssen, weil sie ihren Verwundungen erlegen waren. Jan wurde nun dem Zug zugeteilt, zu dem auch Leutnant Andersma gehörte und der unter dem Befehl von Hauptmann Hamel stand. Dieser Zug machte sich gerade bereit für einen zwölfwöchigen Marsch. Sie hatten den Auftrag, einen bestimmten Abschnitt des Kordons zu sichern und fertigzustellen. Von dort aus sollten auch Angriffsversuche auf die Marrons dieses Gebiets unternommen werden.
Die Nachricht von Ta Jusu wollte Jan unbedingt weiterleiten. Aber wie? Und wem? Wenn er preisgab, daß er sechs Wochen bei den Marrons gelebt hatte, würde man von ihm verlangen, sie zu verraten, und das würde er niemals tun, niemals... Mit wem würde er ohne Gefahr für sich und für die anderen sprechen können?
Dieser Leutnant Andersma, das schien ein netter Kerl zu sein. Er war immer gut aufgelegt, und Jan hatte auch bemerkt, daß er nicht so rauh mit den Soldaten umging wie die anderen Offiziere. Er würde Leutnant Andersma darauf ansprechen. Aber wo? Nicht in der Kaserne. Das war zu riskant. Ob er ihn in seinem Haus aufsuchen sollte? In Fort Zeelandia?
In den nächsten Tagen trieb sich Jan ständig in der Nähe des Forts herum und beobachtete das Haus des Leut-

nants. Am Nachmittag des dritten Tages nahm er all seinen Mut zusammen und wollte schon anklopfen, als er eine vornehme Dame mit einer Sklavin kommen sah. Die Dame war kaum bei der Veranda, da öffnete Leutnant Andersma auch schon die Tür und kam heraus. Lachend legte er seinen Arm um die Schultern der Dame und ging mit ihr hinein. Jan war klar, daß er jetzt nicht vorstellig werden konnte, um über die Marrons zu sprechen, aber gut, er würde eben warten, bis die Dame wieder gegangen war. Doch als es bereits dunkelte und die Dame noch immer nicht herausgekommen war, ging er zurück zur Kaserne.
Zwei Tage später versuchte er es erneut. Er sah den Leutnant auf der Veranda sitzen. Jan ging schnurstracks auf ihn zu und fragte, ob er ihn kurz sprechen dürfe.
»Über was möchtest du mit mir sprechen, Soldat?« fragte Leutnant Andersma, während er sich einmal kräftig räkelte und die Füße von einem Schemel nahm.
»Über die Marrons, Herr Leutnant«, sagte Jan verlegen.
»Darüber wird schon viel zuviel geredet, Junge«, lachte Andersma, »aber erzähle ruhig, vielleicht erfahre ich ja etwas Neues.«
Jan begann zu erzählen, was ihm passiert war. Als er seine Geschichte mit der Bemerkung beendete, daß die Marrons so gut und fürsorglich zu ihm gewesen waren, brach Andersma in lautes Gelächter aus: »Junge, das ist eine schöne Geschichte, wirklich nett. Merke sie dir, dann kannst du sie in Holland den Mädchen erzählen. Ha, ha, aber du meinst doch wohl nicht, daß ich dir glaube?«
»Es ist alles wahr, Herr Leutnant, und der alte Mann, dieser Ta Jusu, der sagte...sagte«, Jan stotterte vor Verlegenheit.

»Ha, ha, Soldat, Schluß jetzt. Deine Geschichte ist nett; gut, um sie bei einem Lagerfeuer deinen Freunden zu erzählen, wenn die den Mut verlieren«, lachte Andersma, »ha ha, das ist wenigstens eine originelle Methode zu versuchen, sich vor dem Dienst zu drücken, ha.«
In diesem Moment sah Jan wieder diese Dame kommen. Als sie nahe an der Veranda war, stand Andersma auf und ging ihr einige Schritte entgegen. »Sarith, mein Liebling, komm; dieser Soldat erzählt eine amüsante Geschichte.« Andersma hakte sich bei der Dame ein und zog sie kurz an sich. »Weißt du, was er behauptet? Er sagt, daß er im Wald von den Marrons gerettet worden sei und daß sie ihm ein gebrochenes Bein geheilt hätten. Jetzt will er mich auch noch überreden, den Entlaufenen kein Haar zu krümmen. Ist das nicht herrlich, mein Schatz? Wollen wir nicht lieber in den Urwald ziehen und uns dort bei den Marrons in eine Hängematte legen? Ha, ha.«
Die Dame lachte jetzt auch und sagte: »Er wird es geträumt haben.«
Noch immer lachend sagte Andersma: »Soldat, erzähl deine Geschichte lieber dem Hauptmann, dann hat der wenigsten auch mal was zu lachen. Guten Tag.«
Jan begriff, daß das Gespräch beendet war, und murmelte: »Guten Tag, Leutnant, gnädige Frau.« Er drehte sich um und verließ die Veranda.
Jetzt erst wußte er, daß kein Mensch ihm Glauben schenken würde. Lieber sagte er gar nichts mehr, es würde ohnehin nichts nützen. Wenn er doch nur heraus konnte aus dieser Armee, weg, irgendwohin, auf jeden Fall weg, weg! Doch eine Weigerung, an dem Marsch teilzuneh-

men, bedeutete dasselbe wie zu desertieren, und darauf stand die Todesstrafe. Es blieb ihm also nichts anderes übrig, als mitzugehen, aber er wußte, daß er es nie fertigbringen würde, auf einen Marron zu schießen, und wenn sich die Gelegenheit ergab, würde er sie sogar warnen oder ihnen helfen.

Inzwischen hatten die Angriffe der Marrons Paramaribo wieder in Angst und Schrecken versetzt. Oberst Fourgeouds Männer erlitten eine Niederlage nach der anderen. In einem kurzen Zeitraum wurden nacheinander die Plantagen Peron, Suynigheid und La Felicité überfallen. Die Anführer Baron und Joli-Coeur waren zwar schon vor einem Jahr umgekommen, doch ihre Namen machten immer noch die Runde. Vor allem die Geschichte von Joli-Coeur wurde immer wieder erzählt. Joli-Coeur hatte mit seiner Truppe die Plantage Rodenback angegriffen. Den Verwalter, einen gewissen Schulz, der wegen seiner Greueltaten gegenüber den Schwarzen bekannt war, hatten sie erwischt und an den Füßen aufgehängt. Indessen waren die Schwarzen durch das Plantagenhaus gegangen und hatten die Vorräte geplündert. Schulz erkannte Joli-Coeur, der auf dieser Plantage geboren und aufgewachsen war, bis ihm im Alter von zwölf Jahren die Flucht gelang. Der Verwalter hatte ihn zitternd angefleht: »Erkennst du mich denn nicht, Joli-Coeur, weißt du denn nicht mehr, wer ich bin; ich war doch gut zu dir, ließ dich als Kind sogar an meine eigene Tafel! Erlöse mich!«

Joli-Coeur hatte tanzend geantwortet: »Ich erinnere mich ganz genau, Schulz, vor allem erinnere ich mich an das eine Mal, als du meine Mutter vergewaltigt hast und meinen Vater, der ihr helfen wollte, zu Tode prügeln ließest. Daran erinnere ich mich. Ja, ich werde dich erlö-

sen!«, woraufhin er ihm mit einem Hieb seines scharfen Buschmessers den Kopf vom Rumpf schlug.
Diese Geschichte kannte jeder, und sie wurde beim Erzählen immer weiter ausgeschmückt. Mal hatte Joli-Coeur Schulz zuerst auf den Boden geworfen, und die Schwarzen hatten um ihn herumgetanzt; mal hatte er vierundzwanzig Stunden hängen müssen, und als er dann um etwas zu trinken bat, hatten die Schwarzen eine Flasche Wein vor ihm auf den Boden gegossen, so daß er keinen Tropfen abbekam. Auf alle Fälle war es so, daß, wenn ein Kind unartig war, die Sklavin, die es versorgte, nur zu sagen brauchte: »Wenn du nicht lieb bist, kommt Joli-Coeur«, um ihren Willen durchzusetzen.
Noch bevor die Truppe von Reindert Andersma sich auf den Weg gemacht hatte, verbreitete sich Ende August die Nachricht, daß ein Kommando von hundert Soldaten, dreißig Schwarzen Jägern und den nötigen Lastträgern unter dem Befehl von Hauptmann Boltz in einem Sumpfgebiet von den Marrons angegriffen worden war. Diese hatten es vor allem auf die Schwarzen Jäger abgesehen, die sie als Verräter betrachteten, und ohne sich groß um die Europäer zu kümmern, war unter den Schwarzen Jägern ein Blutbad angerichtet worden. Aber auch von den europäischen Soldaten waren nur wenige ausgehungert und krank in die Stadt zurückgekehrt; der Rest war bereits vorher der Erschöpfung und den Krankheiten erlegen.
Wieder spitzten sich die Streitigkeiten zwischen Oberst Fourgeoud und Gouverneur Nepveu zu, weil letzterer meinte, Fourgeoud würde unnötig Menschenleben opfern, indem er während der Regenzeit Märsche machen ließ.

Von den fünfzehnhundert Mann, die vor 1775 aus Europa gekommen waren, waren höchstens noch zweihundert am Leben. Die übrigen hatten in den surinamischen Urwäldern den Tod gefunden, nicht durch die Marrons, sondern weil sie an Krankheiten, Hunger und Erschöpfung zugrunde gegangen oder in den Sümpfen ertrunken waren. Auch sie waren ein Spielball in den Händen der Weißen gewesen, die sie ausgenutzt hatten: die Pflanzer, das Kolonialgouvernement, die Geschäftsführer der Handelshäuser in den Niederlanden. Diese Leute konnten einfach nicht akzeptieren, daß Menschen einen Guerillakrieg führten, um »frei« zu sein. Sie brauchten die Sklaven. Alles mußte geopfert werden, um für sie zu produzieren, was ihnen viel Geld einbrachte: Baumwolle, Kaffee und Zucker, vor allem Zucker.

Sarith

Als Sarith erfuhr, daß Reindert Andersma für Wochen an der Boven-Commewijne zwischen L'Esperance und der Tampocokreek sein würde, kannte ihre Begeisterung keine Grenzen. Ganz in der Nähe, auf der anderen Seite des Flusses, lag Klein Paradijs. Reindert würde von seinem Biwak aus über eine verlassene Plantage gehen können und dann genau gegenüber sein. Sie brauchte also nur einen Sklaven mit einem Boot hinzuschicken, um ihn abzuholen. Noch bevor die Soldaten sich aus Paramaribo aufmachten, war sie wieder zurück auf der Plantage. Sie war sehr liebevoll zu Julius, der sich freute, daß seine Frau neuerdings so gute Laune hatte und von sich aus auf die Plantage zurückgekehrt war.

Sariths Verhalten hatten zwei Hintergründe. Erstens hatte sie gemerkt, daß sie wieder schwanger war, und sie mußte sich eingestehen, daß sie nicht wußte, ob nun Julius oder Reindert der Vater des Kindes war, das sie erwartete. Doch Julius durfte auf keinen Fall etwas von ihren Zweifeln erfahren. Reindert hatte ihr wieder und wieder gesagt, daß sie sich von ihm nichts erwarten sollte. Er hätte Frau und Kinder in Holland, und er wollte weder seine noch Sariths Stellung gefährden. Der andere Grund war, daß sie Julius' Einverständnis brauchte, daß die anwesenden Soldaten von Zeit zu Zeit die Plantage besuchen durften. Sie erzählte Julius ausführlich, daß diese armen Kerle es doch so schwer hatten in ihrer Kaserne. Jetzt, da sie in der Nähe waren, wäre Julius doch bestimmt einverstanden, wenn sie ab und zu mal für eine kräftige Mahlzeit oder ein Bad auf die Plantage kämen oder eine Nacht bei ihnen verbringen würden. Julius, der wie alle Plantagenbesitzer sehr gastfreundlich war, hatte natürlich nichts dagegen; diese armen Leute hatten es wirklich schwer, und vor allem diejenigen, die im letzten Jahr schon auf der Plantage gewesen waren, sollten ihm herzlich willkommen sein. In der folgenden Zeit fuhr oft ein Boot zum anderen Flußufer, um einen Offizier abzuholen, und dieser Offizier war immer Leutnant Andersma. Wenn Julius manchmal von einer Inspektion oder dem Besuch einer anderen Plantage zurückkam, erfuhr er stets von Sarith, daß ein Offizier dagewesen sei, der bei ihnen gegessen und sich eine Weile ausgeruht hatte, während Kwasiba seine Kleider wusch und bügelte.
Plötzlich, Mitte September, mußte Julius für einige Wochen nach Paramaribo und wollte von dort aus gleich

nach Jüdisch-Savanna zum alljährlichen Laubhüttenfest weiterreisen; Sarith würde ja selbstverständlich mitkommen. Aber zu seiner großen Verwunderung weigerte sie sich; Julius verstand die Welt nicht mehr. Sarith, die jede Gelegenheit, von der Plantage wegzukommen, mit beiden Händen ergriff, wollte jetzt zu Hause bleiben. »Ach, zu dieser Jahreszeit ist es so warm und staubig in der Stadt«, sagte sie, »nein, ich bleibe lieber hier.«
»Aber hast du denn keine Angst?« fragte Julius »Du hast doch selbst gesagt, daß du dich hier nicht sicher fühlst.«
»Ach was«, antwortete Sarith, »die Marrons trauen sich bestimmt nicht in die Nähe; es ist doch bekannt, daß in dieser Gegend so viele Soldaten sind.«
So beschloß Julius, dann eben allein zu fahren und nicht nach Jüdisch-Savanna weiterzureisen, sondern nach Erledigung der Geschäfte in etwa zehn Tagen zurückzukommen.
Einige Tage, nachdem Julius abgereist war, lag Sarith mit Reindert Andersma in ihrem Bett. Er hatte seinen Zug einen Tag zuvor mit der Mitteilung verlassen, er würde etwa drei Tage eine eigene Spur verfolgen und wolle dies allein tun. Darüber, was die Sklaven im Haus von der Sache hielten, machte sich Sarith keine Gedanken. Minimini kümmerte sich nur um Jethro und redete nicht viel. Nicolette hatte sie eingeschüchtert. Aber vor Kwasiba sollte sie auf der Hut sein. Kwasiba war sehr ungehalten. Das merkte sie an der Art, wie sie sie ansah, und außerdem bediente Kwasiba Reindert nicht mit der erforderlichen Unterwürfigkeit. Sie schickte immer eine der anderen Sklavinnen, um ihn zu bedienen. Doch Sarith hatte sich vorgenommen, Kwasiba etwas Geld zu geben, um sich deren Stillschweigen zu sichern.

Es war Ruhezeit. Sie hatten um ein Uhr ausführlich getafelt, jetzt war es halb vier. Reindert war gerade aufgewacht. Er sah sie an, lächelte und strich ihr mit einem Finger über den nackten Bauch.
»Rein, ich glaube, ich bin schwanger«, sagte Sarith leise.
»Ach, wirklich?« fragte Rein. »Und wer, glaubst du, ist der Vater?«
»Ich weiß es nicht, schlimm, nicht wahr?« sagte Sarith.
»Wir werden es so halten, daß dein Mann der Vater ist, das ist für alle Beteiligten das beste«, sagte Rein.
»Bin ich nicht eigentlich eine schlechte Frau?« fragte Sarith nun.
»Eine herrlich appetitliche schlechte Frau«, lachte Rein, während er sie in die Arme nahm.
Plötzlich hörten sie draußen einen Tumult, Rufe und Schreien: »Herr im Himmel, die Marrons!« Rein war mit einem Satz aus dem Bett gesprungen; das einzige, was er trug, war eine dünne Schlafhose. Er öffnete die Zimmertür, rannte in den Flur und starrte aus dem offenen Fenster, das ihm bis zur Taille ging. Im selben Augenblick krachte ein Schuß, und tödlich getroffen stürzte er zu Boden. Mit vor Angst geweiteten Augen saß Sarith aufrecht im Bett und drückte ihr dünnes Batisthemd an den Körper. Sie hatte den Schuß gehört. Was war passiert, wo war Rein? Dann hörte sie Jethro weinen und nach Minimini rufen. Im nächsten Augenblick waren die beiden bei ihr im Zimmer; ihnen folgte Kwasiba, die außer Atem die Zimmertür schloß und heiser flüsterte: »Versteck dich, mein Gott, Misi, versteck dich, die Marrons sind hier.« Sie zerrte Sarith vom Bett, machte eine Schranktür auf, drängte sie, Mini-mini und Jethro hinein, schloß die Tür und schob einen Paravent davor.

Gleich darauf war viel Lärm im Flur und auf der Treppe. Die Zimmertür wurde aufgestoßen und fünf Marrons sprangen herein. »Wo sind sie, wo sind die Weißen?« rief einer zu Kwasiba.
»Weiße? Hier sind keine Weißen mehr«, sagte Kwasiba, »den einzigen hast du schon getötet.« Dabei zeigte sie auf Reins Körper, der im Flur lag.
»Die anderen, wo verstecken die sich?«
»Es gibt keine anderen, die sind alle in der Stadt.« Kwasiba sagte das mit äußerster Ruhe.
Inzwischen hatte sich eine Gruppe Plantagensklaven draußen versammelt, und einer der Marrons rief ihnen aus dem Fenster, neben dem Reinderts Leichnam lag, zu: »Alle herhören, wir haben den Weißen schon getötet, ihr dürft gehen, lauft weg, ihr seid frei.«
Ein lautes Jubeln ertönte, und schon stoben alle auseinander. Plötzlich sagte eine laute Stimme: »Nun, dann werde ich heute nacht hier schlafen! Gehst du nicht weg, Frau?«
»Ach, nein«, sagte Kwasiba, »wenn du hier schlafen willst, dann bleibe auch ich, um dir etwas zu kochen, und dann kannst du dich mal ordentlich satt essen.«
»Ja, Frau, du hast recht, koche mir etwas, koche uns allen etwas.«
»Wer bist du denn, Bruder?« fragte Kwasiba nun.
»Ich bin Agosu.«
Die Sklaven hatten den Namen Agosu in letzter Zeit oft genannt. Er war einer der neuen Anführer. Als Kwasiba den Namen hörte, bekam sie Angst, aber sie ließ sich nichts anmerken und fuhr fort: »Du bist also Agosu. Deinen Namen habe ich schon gehört, du bist ein großer Mann.«

Agosu lachte und sagte: »Hast du schon gehört, ja? Nun, geh jetzt kochen, der große Mann hat Hunger. Ich warte hier.«

Sarith und Mini-mini hörten, wie Kwasiba aus dem Zimmer ging; sie hörten auch, daß Agosu im Zimmer auf und ab ging, manchmal innehielt und mit sich selbst sprach. Beide hatten Todesangst. In dem Schrank war es stockdunkel. Zuerst hatten sie sich zitternd zusammengekauert, Sarith immer noch nackt und mit dem Nachthemd in der Hand, danach hatte sie es vorsichtig angezogen. Mini-mini hatte sich hingesetzt und Jethro auf den Schoß genommen. Sie hatte dem Jungen vorsichtig ins Ohr geflüstert, daß er mucksmäuschenstill sein mußte, kein Geräusch machen und nicht weinen durfte, weil sie sonst entdeckt und ermordet würden. Jethro, der vier Jahre alt war, hatte schon soviel über diese schrecklichen Marrons gehört, die Menschen ermordeten, daß er begriff, daß es um Leben und Tod ging, und er machte wirklich keinen Mucks. Sarith hatte solche Angst, daß sie sich zusammenreißen mußte, damit ihr Zähneklappern nicht gehört wurde. Das war alles nicht wahr, versuchte sie sich einzureden; das passierte nicht wirklich, es war ein Alptraum. Nachher würde sie aufwachen, und alles würde wieder normal und sicher sein. Aber der Alptraum dauerte an. Ab und zu hörten sie Schritte, das Verrücken eines Stuhls und eine Stimme. Und Rein, wo war Rein, was war mit ihm geschehen? Sie wagte nicht, Mini-mini zu fragen, aus Angst, ihre Stimme wäre zu laut. Sie biß sich auf die Finger und mußte sich zwingen, nicht laut zu schluchzen. Mini-mini drückte Jethro an sich. Oh, wenn nur dem Kind nichts passierte, wenn diese Schwarzen doch gingen, vielleicht gingen sie wirklich bald weg, weil sie glaubten, daß keine Weißen mehr im Haus seien. Dieser Offizier, dieser Kerl, der es mit der Misi trieb, der war sicher tot; sie hatte ihn am Boden in seinem Blut liegen sehen. Wenn sie nur ganz still blieben hier im Schrank, dann würden die Kerle vielleicht gehen, ohne sie zu entdecken. Sie wußte, daß ihre Mutter jetzt dabei war, Essen zu kochen; vielleicht gingen sie ja, wenn sie gegessen hatten.

Die Minuten erschienen Mini-mini wie eine Ewigkeit. Nach einer Weile hörte sie Kwasiba kommen. Sie sprach laut, daß sie Essen gebracht hätte und alle Männer unten auch zu essen hätten.

Agosu öffnete jetzt das Fenster, das die ganze Zeit über geschlossen gewesen war, und rief: »Bringt das Werkzeug weg und dann kommt wieder, um noch mehr zu holen.« Nachdem er gegessen hatte, legte er sich auf das Bett und sagte: »Es ist schon dunkel, ich bleibe hier.«

Kwasiba setzte sich in den Schaukelstuhl und unterhielt sich mit ihm; sie fragte ihn alles mögliche, wie sie arbeiteten, wie sie lebten, und immer wieder sagte sie: »Ja, ihr habt recht, ihr habt es ihnen richtig gegeben, diesen teuflischen Weißen.«

Kwasiba hatte beim Hinuntergehen keinen der Haussklaven mehr angetroffen. Sie wußte, daß sicher nicht alle geflüchtet waren, sondern ein Teil sich vielleicht irgendwo versteckt hatte. Sie war zu der Überzeugung gelangt, daß es in dieser Situation am besten sei, diesen gefährlichen Agosu in dem Glauben zu lassen, daß sie ganz auf seiner Seite stand; vielleicht war es ein gutes Zeichen, daß er bleiben wollte, denn dann würde er zumindest das Haus nicht anzünden, wie es sonst so oft geschah.

Vielleicht würden bald die Soldaten kommen. Vielleicht würden sie diesen Kerl vermissen, der es mit der Misi trieb und jetzt tot am Boden lag. Wenn die drei im Schrank nur stillhielten und kein Geräusch machten. Deshalb blieb sie auch vorsorglich im Zimmer und unterhielt sich mit Agosu. Sie redete sehr laut, um ihnen zu signalisieren, daß er immer noch im Zimmer war, und auch, weil sie hoffte, daß ein eventuelles Geräusch dadurch übertönt würde. Sie redete ohne Unterlaß und fragte alles mögliche, während sie im Schaukelstuhl saß. Ob es stimmte, was die Leute sich von Joli-Coeur erzählten, ob dieser dem elenden Schulz wirklich den Kopf abgeschlagen hatte? Was war dran an den Grausamkeiten, die man sich von den Kämpfern erzählte?
Agosu berichtete: Ja, es stimmte alles. Manchmal verhielten sie sich grausam, aber alle Grausamkeiten der Schwarzen machte nicht einmal ein Tausendstel von der Grausamkeit aus, die Weiße den Schwarzen angetan hatten. Eigentlich wollten die Schwarzen ja gar nicht Gleiches mit Gleichem vergelten. Sie wollten nur in Freiheit leben dürfen. Aber weil die Weißen das einfach nicht zu verstehen schienen, mußten sie manchmal grausam sein. Kwasiba wußte doch, daß die Schwarzen vom Wesen her nicht grausam waren. Jede Greueltat hatten sie von den Weißen gelernt. Ein Schwarzer beging nie grundlos ein Verbrechen, deshalb ließen sie auch die weißen Soldaten in Ruhe; das waren doch auch meist Unschuldige. Nein, der Glaube der Schwarzen ließ es nicht zu, einen Unschuldigen grausam zu behandeln. Wenn er das tat, konnte sein Kra (Geist) ihn verlassen. Ganz anders war das mit den Weißen, denn die hatten offenbar nicht einmal einen Kra. Wußte Kwasiba denn, was die Soldaten

taten, wenn sie ein Dorf der Marrons fanden? Frauen und Kinder wurden ermordet, mit dem Degen schlitzte man ihnen die Bäuche auf und manchmal, ja, manchmal... Agosu bekam einen starren Blick, während er Kwasiba das folgende erzählte:
»Sie haben unsere Kinder wie Bananen in einem Mörser zerstampft, bis sie tot waren. Aber ich schwöre dir«, Agosu stellte sich hin, während er das sagte, »wenn ich ein weißes Kind finde, lasse ich die Mutter zuschauen, wie ich dem Kind einen Finger abschneide, dann noch einen Finger und dann noch einen, dann eine Hand, dann einen Fuß, den anderen Fuß, bis ich es vor den Augen der Mutter in Stücke geschnitten haben werde.«
Im Schrank hatte Sarith das Gefühl, sie würde ohnmächtig; das stand ihr also bevor; vor ihren Augen würden sie ihr Kind in Stücke schneiden. Jethro war auf Mini-minis Schoß eingeschlafen. Als sie die Worte Agosus hörte, drückte sie das Kind noch fester an sich und legte ihm die Hand auf das Ohr, um zu verhindern, daß er etwas davon hörte. Sarith drückte sich so eng an Mini-mini, als würde sie am liebsten in sie hineinkriechen.
Offenbar hatte sich Agosu jetzt auf das Bett gelegt. Die Stille wurde nur hin und wieder von dem Knarren des Schaukelstuhls unterbrochen. Stunden verstrichen. Im Zimmer schlief Agosu mit Unterbrechungen; im Schaukelstuhl dämmerte Kwasiba vor sich hin und auch Minimini war im Schrank eingeschlafen. Nur Sarith schlief nicht, sie war hellwach. Das war ihre Strafe, ja, sie glaubte es ganz fest, so bestrafte Gott die Menschen, die schlecht waren. Hatte sie nicht heute nachmittag Rein gefragt, ob sie nicht eine schlechte Frau war? Heute nachmittag, es schien ihr, als wäre es vor hundert Jahren

gewesen. Und Rein? Was war mit ihm? Ob er geflohen war? Oder tot? An allem war ihr Lebenswandel Schuld, und leise betete sie: »Lieber Gott, laß das hier vorübergehen, laß sie mich und Jethro nicht ermorden, ich werde mich bessern, ich verspreche es.« Sie überlegte, was für schlechte Dinge sie getan hatte. Oh, so viele, nicht nur das mit Rein, sondern ach, auch früher, das mit Rutger, als sie Elsa soviel Kummer bereitet hatte; sie hatte Ashana zu Tode prügeln lassen, und Julius, wie schlecht war sie zu Julius gewesen. Sie hatte ihn vor allem geheiratet, ohne ihn zu lieben, und sie hatte ihn betrogen. »Oh, Gott, vergib mir«, betete sie, »ich werde nicht mehr schlecht sein, laß ihn uns nichts antun, ich flehe Dich an.«

Es wurde hell, sie hörten Agosus Stimme und dann Kwasiba sagen, daß sie ihm Kaffee und etwas zu essen holen würde. Er ging auf und ab, sah mal aus dem Fenster, rief manchmal etwas hinunter.

Im Schrank konnten sie durch einen Spalt unter der Tür sehen, daß es hell wurde. Jethro wachte auf. Mini-mini flüsterte in sein Ohr, daß er immer noch mucksmäuschenstill sein sollte. Er mußte ganz dringend Pipi machen, aber wie denn und wo? In der Not zog Minimini einen Mantel von Masra Julius von einem Haken und knüllte ihn zusammen. Jethro sollte da hineinpinkeln, so konnte es nicht aus dem Schrank fließen. Sarith hatte fürchterlichen Durst. Was würde mit ihr geschehen? Ob Rettung kommen würde? Würden Agosu und seine Männer von sich aus gehen, würde er sie entdecken?

Die Stunden schleppten sich dahin. Kwasiba hatte mitten am Tag wieder angefangen zu kochen. Sarith, Minimini und Jethro konnten das Essen riechen, während

Agosu es aß; vor allem Jethro hatte schrecklichen Hunger, aber am allermeisten hatte er Angst, solche Angst, und lautlos weinte er in Mini-minis Schoß. Diese hielt ihn und streichelte ihm über das Haar. Wie viele Stunden waren bereits verstrichen? Wie lange saßen sie schon in dem Schrank? Es wurde immer wärmer und stickiger. Wie lange würde diese Qual noch dauern? Diese Unsicherheit, im einen Augenblick nicht zu wissen, was im nächsten passieren würde. Jetzt mußte Jethro ganz dringend sein großes Geschäft machen. Er flüsterte Mini-mini ins Ohr, sie flüsterte zurück, daß es einfach nicht ginge. Auch Sarith zischte ihm zu, er solle es sich verkneifen. Aber es ging wirklich nicht, Jethro konnte nicht mehr länger warten.
Dann hörten sie Agosu am Fenster etwas rufen: »Wartet, ich komme!« Sie hörten das Schlagen der Zimmertür und Agosus Schritte auf dem Flur. Jetzt war Kwasiba also allein im Zimmer. Ganz vorsichtig öffnete Mini-mini die Tür und flüsterte: »Psst.«
Kwasiba kam näher: »Mein Gott, seid doch still, bleibt da.«
Mini-mini flüsterte, was los war; also dann schnell, Kwasiba nahm Jethro entgegen, sie mußten sich beeilen. In der Kammer, wo die Nachttöpfe standen, riß sie ihm die Hose herunter und sagte: »Schnell, schnell!«, und Jethro tat sein Bestes und machte sein Geschäftchen ganz schnell in den Nachttopf. Rasch zog sie ihm die Hose wieder hinauf und wollte ihn gerade zum Schrank zurückbringen, als Agosu schon in der Tür stand. Kwasiba erstarrte vor Schreck, und Jethro wurde leichenblaß. »Ach, so ist das also, wo kommt dieser kleine Weiße her?«

Kwasiba stellte sich vor das Kind und hielt ihn hinter sich fest, während sie sagte: »Ach, laß ihn doch, den Armen, laß ihn doch.«
Agosu ging in die Kammer mit den Nachttöpfen: »Wo ist seine Mutter?«
»Er hat keine Mutter mehr, die ist schon tot«, sagte Kwasiba, während sie sich, das Kind weiter mit ihrem Körper schützend, umdrehte.
Sarith lehnte sich im Schrank völlig benommen an Mini-mini. Sie hatte so viel von der Hölle gehört, aber sie wußte genau, daß das, was sie jetzt durchmachte, die Hölle war und dies ihre Strafe. Jetzt würde es passieren, jetzt würde dieser schreckliche Schwarze ihr Kind in Stücke schneiden. Sie merkte nicht, daß sie ihre Fingernägel in Mini-minis Arm krallte vor Angst. Dann hörte sie Agosu sagen: »Ich hatte dir doch gesagt, was ich mit einem weißen Kind tun würde.«
Jethro, der sich an Kwasibas Beine klammerte, sah plötzlich ein Messer und schrie: »Nein, nein!«
Kwasiba hob abwehrend die Hände und rief: »Nein, wenn du das tust, dann wird dich dein Kra verlassen, das willst du doch nicht, du brauchst deinen Kra, um zu kämpfen; ich flehe dich an, laß das Kind in Ruhe.«
Im Schrank hatte Sarith das Gefühl, ihr Herz würde stehenbleiben; Mini-mini war bereit hinauszuspringen, nichts interessierte sie mehr, dieser schreckliche Agosu sollte ihr die Finger abschneiden, aber nicht Jethro, oh nein, nicht Jethro. Agosu kam mit gehobenem Messer einen Schritt näher, und im selben Augenblick erklangen Stimmen und Schritte auf der Treppe, und jemand rief: »Agosu, schnell, nichts wie weg hier, Boote kommen, Boote voller Soldaten...«

Agosu warf noch einen Blick auf Kwasiba, dann drehte er sich um und eilte davon. Im Schrank hörten die beiden Frauen, wie seine nackten Füße mit großen Schritten die Treppe hinunterrannten.
Dann Lärm und Tumult auf der Vorderseite. Es wurde geschossen, gerufen, gepfiffen, Männer liefen um das Haus und die Treppe hinauf.
»Sarith, Sarith, Jethro?« und völlig außer Atem stand Julius im Zimmer. Er sah Kwasiba mitten im Zimmer mit einem weinenden Jethro in den Armen. »Wo ist die Misi?« rief er, und im nächsten Augenblick wurde der Wandschirm umgeworfen, und eine benommene Sarith fiel aus dem Schrank, gefolgt von Mini-mini. »Du lebst, Gott sei Dank, ihr lebt. Oh mein Gott.«
Julius sank auf das Bett und sah seine Frau an, die völlig verwirrt und benommen in einem hauchdünnen Nachthemd auf dem Boden lag. Kwasiba setzte den weinenden Jungen auf den Schoß seines Vaters und rief, während sie sich auf das Bett warf: »Oh mein Gott, oh mein Vater.«
Julius sah vom einen zum anderen; es schien, als sähe er nichts, nur eines wurde ihm bewußt: Sie lebten, seine Frau und sein Kind waren am Leben.
In all den Stunden, genau von dem Augenblick an, als an diesem Morgen um drei Uhr ans Fenster geklopft und gerufen wurde: »Schnell, Masra, steh auf, die Marrons haben Klein Paradijs angegriffen«, hatte er damit gerechnet, seine Familie ermordet vorzufinden. Er war sofort abgereist, hatte die Ruderer gegen den Strom anrudern lassen, selbst die Ruder genommen und nur einen einzigen Gedanken gehabt: Was würde er vorfinden, wenn er nach Hause kam?
»Lieber Gott«, hatte er gebetet, »laß sie am Leben sein.«

Es war ihm egal, ob seine Plantage gebrandschatzt würde oder verloren war, wenn sie nur lebten, und Gott hatte seine Gebete erhört. Aber wie? Wie waren sie am Leben geblieben?
»Kwasiba«, flüsterte Sarith mühsam, »Kwasiba hat uns gerettet; es ist Kwasiba zu verdanken, daß wir noch leben.«
Und jetzt, da ihr langsam klar wurde, was geschehen war, begann sie leise zu weinen, nicht aufsässig und schreiend, wie sie es tat, wenn sie ihren Willen durchsetzen wollte, sondern leise, fast lautlos flossen ihre Tränen. Auch Mini-mini weinte. Sie hatte Jethro an sich gedrückt und hielt ihn mit beiden Armen ganz fest, während sie den Körper vor und zurückwiegte.
»Wenn Kwasiba nicht gewesen wäre, wären wir nicht mehr, Kwasiba hat uns gerettet«, das war alles, was Sarith sagte, und Julius sah zu Kwasiba, die noch immer auf dem Bett lag und rief: »Diese Verfluchten, diese Teufel.«
Dann redeten plötzlich alle durcheinander, Jethro wollte etwas sagen, Sarith wollte etwas sagen, Kwasiba stand auf, um Zuckerwasser für alle zu holen. Als sie die Tür öffnete, sah Julius plötzlich wieder den Fuß einer Leiche, die dort auf dem Flur lag. Dieser Kerl, was machte dieser Kerl hier?
Und plötzlich stieg all das in ihm auf, was er in seiner Angst bisher verdrängt hatte, all die Geschichten, dieses Gerede über seine Frau und – diesen Kerl, der da jetzt tot am Boden lag.
»Sarith, dieser Mann, was tat der hier?«
»Welcher Mann?«
»Dieser Andersma, Leutnant Andersma, der dort am Boden liegt.«

»Ist er tot?« Sarith hielt sich die Hand vor den Mund. Rein war tot, und es war ihre Schuld. Oh, was sollte sie jetzt tun? Was sollte sie sagen?
»Ja, er ist tot, und was tat er hier?«
Sarith schluckte: »Er war hier, um uns zu beschützen.«
Julius stand auf und ging zur Tür, während er fragte: »Beschützen? In einer Schlafhose?« Was er im Flur sah, erfüllte ihn mit Abscheu: Drei Vögel saßen auf der Fensterbank in der Nähe der Leiche, und zwei pickten an ihr herum. Julius wollte gerade auf den Flur gehen, als er hinter sich einen lauten Schlag hörte; Sarith, die auch aufgestanden war und hinter ihm stand, hatte dasselbe gesehen. Dann war sie ohnmächtig geworden.
Eine Stunde später saß Julius mit Jethro auf dem Schoß in seinem Büro. Er hatte die Soldaten gerufen, um den Leichnam wegzubringen und zu begraben.
Als Sarith ohnmächtig geworden war, hatte er Mini-mini und Kwasiba aufgetragen, sich um die Misi zu kümmern. Er selbst war mit Jethro hinuntergegangen. Er hatte seinem Sohn die Hand vor die Augen gehalten, damit er das grausame Bild nicht zu sehen brauchte. Kwasiba hatte sich auf die Suche nach etwas Eßbarem gemacht und auch noch einiges gefunden. Jethro stürzte sich auf das Essen. Julius hatte begriffen, daß Sarith, Mini-mini und Jethro mehr als vierundzwanzig Stunden im Schrank eingesperrt gewesen waren, während Kwasiba diesen schrecklichen Agosu unterhalten und davon abgebracht hatte, weiterzusuchen.
Es war jedoch etwas anderes, was seit seinem letzten Besuch in der Stadt an ihm nagte; er war bei Abraham und Rebecca gewesen, bei denen an diesem Tag auch ein ehemaliger Rabbiner zu Besuch war. Der hatte sich nach

seiner Frau erkundigt. Als er geantwortet hatte, sie sei auf der Plantage geblieben, hatte der Rabbiner gefragt, ob das nicht gefährlich wäre. Julius hatte geantwortet, daß Sarith es selbst nicht gefährlich fände, außerdem wären so viele Soldaten in der Umgebung. »Gerade darin liegt die Gefahr«, hatte der Rabbiner gesagt. Julius hatte ihn verständnislos angesehen, und dieser hatte väterlich weitergesprochen: »Mein lieber Freund, ich will mich nicht in Ihre Angelegenheiten einmischen, aber wissen Sie denn nicht, was sich ganz Paramaribo über Ihre Frau erzählt?«

Und dann war ihm alles berichtet worden; Sarith hatte ein Verhältnis mit diesem Andersma, verbrachte sogar ganze Nächte in seinem Haus. Jeder sprach darüber; es ging schon eine ganze Weile so. Und er, er hatte keine Ahnung. Und als er nach der bangen Fahrt nach Hause gekommen war, hatte er als erstes die Leiche dieses Kerls da am Boden liegen sehen.

Jethro erzählte, was für eine Angst er gehabt hatte, so schlimm sei das Schießen gewesen, »und dann rannte Onkel Rein aus Mamas Zimmer und dann lag er am Boden und Blut, Papa, viel Blut, und Mini-mini kam, und...«

»Ruhig, mein Junge, ruhig, alles ist vorbei, alles ist gut, denk nicht mehr daran, Papa ist bei dir.« Julius drückte das Kind an sich und fragte dann leise: »Dieser Onkel Rein, war der oft hier?«

Jethro nickte. »Ja, so viele Male, Papa, und er hatte selbst auch ein Gewehr, Papa, ein ganz schönes, und wenn er es gehabt hätte, dann hätte er zuerst geschossen, und dann wären die bösen Kerle tot. Aber als er aus Mamas Zimmer kam, hatte er kein Gewehr.«

Julius nickte: »War er denn oft in Mamas Zimmer?«
»Oh ja, wenn er kam, ging er immer in Mamas Zimmer, und er war sehr nett, er hat mir so Dinger von seinem Gewehr geschenkt. Ist er jetzt tot, Papa, und wer bekommt dann sein Gewehr? Denn wenn man tot ist, kann man nicht mehr schießen, oder?«
»Nein, wenn man tot ist, kann man nicht mehr schießen«, sagte Julius leise und streichelte dem Kind über den Kopf.
Hundert Gedanken schossen ihm durch den Kopf. Das hatte Sarith also gemacht, ihn betrogen; deshalb hatte sie nicht mitkommen wollen, als er in die Stadt fuhr, und er, Dummkopf, hatte nichts geahnt, rein gar nichts; er hatte sogar noch geglaubt, daß Sarith blieb, weil sie sich auf der Plantage inzwischen wohlfühlte. Jeder hatte es gewußt, jeder, nur er nicht.
Mini-mini kam herein, um Jethro zu holen. Sie wollte ihn baden und ins Bett bringen. Er hatte soviel durchgemacht. Die Misi hatte sich beruhigt. Kwasiba hatte sie mit Riechsalz wieder zu sich gebracht und sie starkes Zuckerwasser trinken lassen.
Julius sah Mini-mini an. Ob er sie fragen sollte, was sie von diesem Andersma und Sarith wußte? Aber nein, warum sollte er das arme Mädchen da hineinziehen, er wußte schließlich genug. Er blieb noch eine Weile im Büro, im Haus war nun alles ruhig. Draußen hörte er die Soldaten. Außer Kwasiba und Mini-mini waren alle Haussklaven weggelaufen, wie viele von der Plantage noch da waren, wußte er nicht. Er stand auf, ging hinaus und sagte den Soldaten, daß sie im Haus des Aufsehers übernachten konnten. Der Fähnrich meinte, die Marrons würden sicher nicht wiederkommen, auch hätten sie

schon alles mitgenommen, was sie brauchen konnten. Er hätte Glück, daß sie ihm das Haus nicht angesteckt hatten. Andersma hätten sie am Waldrand begraben. Julius fragte sich, wieviel der Fähnrich über Andersma und seine Frau wußte, aber er schwieg. Er begab sich ins Haus und ging auf der Hintergalerie auf und ab. Es war schon Mitternacht.

Er mußte mit Sarith reden; sein Verstand sagte ihm zwar, daß er besser bis morgen warten sollte, aber er hielt es nicht mehr länger aus. Er mußte sie sprechen, und zwar jetzt. Oben stieß er die Zimmertür auf. Sarith lag im Bett, schlief aber nicht.

»Dieser Andersma, was tat der hier?« fragte er barsch. Sarith erschrak, sie setzte sich auf. »Er war zufällig hier und wollte uns verteidigen.«

»In einer Schlafhose?« Julius wurde wütend; sie hatte also vor, ihn anzulügen. Er kam einen großen Schritt näher und schrie sie an: »Ich will die Wahrheit, lüg mich nicht an, ich weiß alles, die ganze Stadt weiß es, warum war er hier?«

Sarith wagte nicht, etwas zu sagen; sie sah den wütenden Mann und schlug die Augen nieder. Julius griff sie an den Schultern und riß sie hoch: »Sag es, hattest du ein Verhältnis mit ihm? Du hast mit ihm geschlafen, stimmt's? Komm schon, gib's zu.« Als Sarith immer noch nichts sagte, schlug er ihr heftig ins Gesicht. »Gib's zu, sag's mir, hattest du ein Verhältnis mit ihm?«

Sarith begann zu weinen. »Ja, oh, ja, aber...«

»Warte, du Schlampe.« Wieder schlug er sie, und dann stieß er sie weg, so daß sie rückwärts zu Boden stürzte. Sarith schrie, sie hatte Angst vor ihm: »Nein, oh nein, Julius, hör auf.«

Julius' Gesicht war rot vor Wut, und mit bebender Stimme fragte er: »Und wie lange läuft das schon, ein Jahr, zwei Jahre, wie lange machst du mich schon lächerlich, na? Sag's mir.« Er kam näher und legte die Hände um ihren Hals. Sarith hatte nun schreckliche Angst; er würde sie umbringen, oh Gott, er würde sie erwürgen. »Nein«, schrie sie, »nein, Hilfe, nein.«

Im nächsten Augenblick sprang jemand zwischen sie und schob Julius zur einen Seite und Sarith zur anderen. Es war Kwasiba. Sie hatte unten den Streit verfolgt, und als sie Sarith so schreien hörte, war sie hochgerannt. »Masra, hör auf«, rief sie, »die Marrons haben sie nicht umgebracht, willst du das jetzt tun, bist du verrückt, willst du ins Gefängnis?« Kwasiba sah den Masra mit vor Wut verzerrtem Gesicht vor sich stehen. Er hatte auch allen Grund, wütend zu sein, dachte sie. Aber sie mußte ihn beruhigen; sie konnte es doch nicht zulassen, daß er in seiner Wut etwas Schreckliches tat. »Komm, Masra, geh mit«, sagte sie und nahm ihn bei der Hand, »du mußt schrecklich müde sein, komm, ich werde dich massieren.« Und sie führte ihn aus dem Zimmer. Willenlos ließ er es mit sich geschehen, seine Erregung hatte ihn völlig erschöpft.

In seinem Büro zog Kwasiba ihm das Hemd aus. Er legte sich auf das Kanapee, und sie begann seinen Rücken zu massieren. Immer, wenn er von einem langen Ritt über die Felder oder von einer anstrengenden Bootsfahrt nach Hause gekommen war, hatte sie ihn massiert. Das war angenehm, beruhigend und entspannend. Gleichmäßig kneteten ihre alten, kräftigen Finger seinen Rücken, und sie redete. Diesmal jedoch nicht über Kleinigkeiten, sondern über ihn und die Misi. Die Misi hatte Fehler

gemacht, ja, und war dumm gewesen. Er war ihr so ein guter Mann, das wußte Kwasiba. Aber es tat ihr jetzt bestimmt leid, und, ach, sie meinte es eigentlich nicht böse, sie war nur als Kind schrecklich verwöhnt worden, hatte immer nur das getan, wozu sie Lust hatte. Jetzt, da sie wußte, daß er sich das nicht gefallen ließe, würde sie es bestimmt nicht wieder tun. Er sollte ihr verzeihen, ja, das sollte er, und der Kerl hatte seine Strafe doch schon bekommen. Er sollte sich besinnen: »Denk doch an die Kinder, denk an sie.«
Julius war still und hörte auf Kwasibas Worte: »Kinder?« Er fragte, wovon sie eigentlich sprach, es gab doch nur Jethro.
»Weiß Masra denn nicht, daß Misi schwanger ist.«
Auch das noch, Sarith schwanger, bestimmt ein Kind von diesem Soldatenkerl. Julius spürte, wie die Wut wieder in ihm hochstieg: »Ein Soldatenkind.«
»Nein, Masra, es ist dein Kind, ich weiß, daß es dein Kind ist.« Kwasiba massierte und redete weiter, sie wußte ganz sicher, daß sich die Misi jetzt ändern würde. Das Geschehene hatte auch sie sehr mitgenommen. Sie würde jetzt lieb zu ihm sein, keine Zerstreuung mehr suchen, sondern zu Hause bleiben, wirklich, Masra konnte ihr ruhig glauben, sie kannte ihre Misi so gut.
Als die Massage nach einer guten halben Stunde vorbei war, stand Julius auf; er mußte Sarith noch mal sprechen.
»Tu ihr nichts, Masra, ich bitte dich.«
»Nein, ich tue ihr nichts.« Er ging nach oben; Kwasiba blieb am Treppenabsatz stehen, und als er das Zimmer betrat, folgte sie ihm leise. Im Zimmer sagte er zu Sarith, die ihr Gesicht im Kissen vergraben hatte: »Setz dich hin.«

Sie setzte sich auf, lehnte sich an einen der Bettpfosten. »Kwasiba sagte, daß du schwanger bist.«

»Ja, ich wollte es dir bei deiner Rückkehr sagen«, bestätigte Sarith.

»Was wolltest du mir sagen, daß du schwanger bis von deinem Leutnant?«

»Nein, Julius«, Sarith begann wieder zu weinen, »es ist dein Kind.«

»Woher willst du das wissen? Wie viele Male hast du mit ihm geschlafen; ist die Chance nicht erheblich größer, daß es sein Kind ist? Wärst du nicht die Mutter von Jethro, ich würde dich aus dem Fenster werfen, du Hure. Nein, ich schicke dich nicht weg, aber erwarte nichts von mir, hörst du. Wenn du gehen willst, um so besser, wenn du bleibst, tue es Jethro zuliebe. Dieses andere Kind ist allein deine Sache, und wenn du bleibst, benimmst du dich, hast du gehört? Denn sonst, Gott bewahre mich, erwürge ich dich eigenhändig, du Schlampe.« Er drehte sich um und schlug die Tür hinter sich zu.

Julius

Eine Woche war verstrichen, als Julius endlich die Bilanz über die Plünderung der Plantage fertiggestellt hatte. Jeden Tag hatte er in seinem Büro gesessen und sich den Kopf darüber zerbrochen, wie ihr Leben nun weitergehen sollte. Er hatte Kwasiba Bettzeug ins Büro bringen lassen und schlief auf dem Kanapee. Sarith sah er kaum. Ein Teil der Sklaven war zurückgekommen, vor allem die Haussklavinnen und einige der älteren Feldsklaven. Doch praktisch alle jungen Männer waren fort; alles in

allem hatte er jetzt weniger als die Hälfte. Das gesamte Werkzeug war ebenfalls verschwunden. Er brauchte mindestens dreißig neue Sklaven und eine völlig neue Ausrüstung. Außerdem mußte er Lebensmittel besorgen.
Geld hatte er keines, denn die letzte Ernte war so schlecht ausgefallen, daß er sogar Verlust gemacht und seine kleinen Reserven hatte aufbrauchen müssen. Wo konnte er Geld leihen? Die Banken vergaben kaum noch Darlehen und an Juden erst recht nicht. Aber wenn er kein Darlehen bekommen konnte, wie sollte es dann mit der Plantage weitergehen? Von was sollten sie leben, und wie sollte er den großen Betrag für die Entlaufenen-Kasse aufbringen? Der Jahresbeitrag für die Pflanzer stieg unaufhörlich, und nützen tat es gar nichts; man bezahlte davon eine teure Armee, deren Soldaten es heimlich mit den Frauen trieben. Wo konnte er Geld bekommen?
Dann fiel ihm Rutger ein. Der sollte ihm helfen. Es war allgemein bekannt, daß Le Chasseur ein Agent war, der nicht vorschnell Darlehen gewährte, und schon gar nicht in der jetzigen Zeit. Aber schließlich und endlich war er sein Schwager, Sarith und Elsa waren Schwestern, Stiefschwestern zwar, aber dennoch Schwestern. Nun, am besten wäre es, wenn Sarith zuerst mit Elsa sprach und ihre Notlage darlegen würde. Er würde also Sarith benötigen. Na ja, wenn sie seine Frau bleiben wollte, dann sollte sie auch etwas dafür tun.
Er ging in Sariths Zimmer. Die ganze Woche über war sie ständig in ihrem Zimmer geblieben. Sie erschrak, als sie ihren Mann hereinkommen sah. War er gekommen, um sich zu streiten? War er böse? Doch Julius begann kurz angebunden zu erzählen, daß es schlecht um die Plan-

tage stand. Wenn er die Plantage halten wollte, mußte er dringend Sklaven und Werkzeug kaufen. Dazu brauchte er Geld und mußte folglich ein Darlehen aufnehmen. Rutger war seine Chance. Sarith sollte in die Stadt fahren und Elsa die ganze Notlage erklären. Elsa würde ihren Mann dann bestimmt überreden können.

»Ich soll Elsa um ein Darlehen bitten? Nein, das tue ich nicht.« Sarith war empört, das war doch die Höhe! Von allen Menschen ausgerechnet Elsa.

»Warum denn nicht, sie wird es bestimmt verstehen.«

»Nein, das tue ich nicht, du kannst alles von mir verlangen, aber das nicht, nein, nein«, schrie sie. Julius wurde nun richtig wütend. »Warum nicht? Da muß doch mehr dahinterstecken, sag es mir, sag es.« Er packte Sarith bei den Schultern. »Früher wart ihr Freundinnen, aber jetzt besuchst du sie nie mehr, und sie sind auch noch nie hier gewesen, warum, sag es.«

»Ich weiß nicht«, Sarith zuckte die Achseln, »das ist doch alles nur Gerede.«

»Was für ein Gerede?«

Sarith schwieg, aber Julius wurde immer ungeduldiger. Was war das nun schon wieder für eine Heimlichtuerei. »Was für Gerede, sag es!« schrie er. Sarith bekam es mit der Angst. »Ach, von früher, vor langer Zeit, daß ich, daß ich... ihr den Mann wegnehmen wollte.«

Julius sah seine Frau an und sagte bedachtsam: »Und es war nicht nur Gerede, stimmt's? Ja, jetzt erinnere ich mich, du wolltest ihm den Kopf verdrehen, ja, jetzt wird mir alles klar.« Plötzlich sah er eine Szenerie vor sich, die sich auf Hebron an Rebeccas Hochzeit abgespielt hatte. Er erinnerte sich, wie er Sarith mit Rutger hatte stehen sehen und wie sie sich lächelnd an ihn gelehnt

hatte. »Und wer weiß, inwieweit dir das auch noch gelungen ist, du Hexe!« Wütend ging er hinaus.
Nachmittags sah er sie auf der Veranda und sagte: »Mach dich fertig, wir fahren morgen in die Stadt, Jethro und Mini-mini kommen auch mit. Du brauchst nicht zu Elsa zu gehen, diese Erniedrigung werde ich dir ersparen, aber ich warne dich – du benimmst dich wie eine anständige Frau und fährst auch gleich wieder mit uns zurück!«
In Paramaribo wußte jeder natürlich schon längst, was auf Klein Paradijs geschehen war. Jeder bedauerte Sarith wegen der Ängste, die sie hatte ausstehen müssen, und jeder bewunderte Kwasibas Geistesgegenwart und Schläue.
»Sie hat eine Belohnung verdient«, sagte Esther, »sie hat dir das Leben gerettet«, und Sarith dachte: Sogar zweimal an einem Tag. Natürlich wußte auch jeder, was mit Leutnant Andersma passiert war. Man ließ Julius und Sarith gegenüber nichts verlauten, aber es wurde getuschelt, und die Geschichte wurde bei jedem Erzählen pikanter: Julius hätte bei seiner Ankunft Andersmas Leichnam völlig nackt angetroffen. Und auch Sarith wäre nackt aus dem Schrank gekommen... Julius fühlte sich zum Gespött gemacht, und wenn jemand sich erkundigte, wie es seiner Frau ginge, ob sie den Schock schon überwunden habe, fragte er sich angewidert, welcher Schock gemeint war, der Überfall von Agosu oder der Tot ihres Liebhabers?

JAN

Als Leutnant Andersma den Militärposten mit der Mitteilung verlassen hatte, er sei etwas Besonderem auf der Spur und werde drei Tage lang fort sein, hatten die Fähnriche hinter seinem Rücken lachen müssen. »Etwas Besonderem«, hatte Fähnrich Bels amüsiert gesagt, »wohl einer besonderen Frau?«

Dieser Leutnant wollte sie wohl für dumm verkaufen. Vielleicht meinte er ja wirklich, keiner hätte bemerkt, daß er ein Verhältnis mit der Frau von Klein Paradijs hatte. Auch die Soldaten dachten sich ihren Teil. Nun ja, es war ihnen eigentlich ziemlich egal, denn je länger sie auf ihrem Posten bleiben konnten, um so besser. So konnten sie wenigstens unter einem Blätterdach schlafen und ein Rauchfeuer gegen das Ungeziefer entfachen.

Jan war da anderer Meinung, denn während Andersmas Abwesenheit war die Gruppe diesem gnadenlosen Bels ausgeliefert, einem durch und durch gemeinen Kerl. Dieser Fähnrich hatte es auf ihn abgesehen; er wußte das, seit sie vor einigen Wochen aus der Stadt gekommen waren.

Nach zehn Tagen waren einige Soldaten bereits todkrank gewesen. Die Lastträger mußten nun auch die Kranken und deren Gepäck tragen. Irgendwann hatte Fähnrich Bels dem Lastträger, der vor Anstrengung schon fast nicht mehr vorwärtskam, noch eine Tasche zugeworfen. Als der Schwarze durch dieses zusätzliche Gewicht zusammenbrach, hatte der Fähnrich ihm noch einen verärgerten Tritt versetzt. Jan, der das alles beobachtete, hatte den Fähnrich angeschrien: »Das kann ein Mann doch gar nicht tragen.«

»Dann trag du es, Soldat«, hatte der Fähnrich gerufen, und Jan hatte ohne ein Wort die Tasche des Schwarzen genommen und umgehängt. Leutnant Andersma, der zufällig in der Nähe war, hatte zum Fähnrich gesagt: »Von diesem einfachen Soldaten können Sie sich noch eine Scheibe abschneiden, Fähnrich Bels!«
Der Fähnrich hatte Jan mit haßerfüllten Augen angesehen und eine Verwünschung gemurmelt. Ab diesem Moment hatte er es bei jeder Gelegenheit auf ihn abgesehen, ihn sogar einmal – angeblich versehentlich – fast in einen Tümpel gestoßen, und als Jan wenig später stolperte, war das nicht über einen Stock gewesen, sondern über den ausgestreckten Fuß von Fähnrich Bels.
Als der Leutnant nach drei Tagen nicht zurückgekommen war, entstand eine Unruhe zwischen den Lastträgern. Es wurde von einem angeblichen Überfall geflüstert, der auf Klein Paradijs verübt worden sein sollte. Fähnrich Bels war mit zwei Soldaten gegangen und mit der Nachricht zurückgekehrt, daß Leutnant Andersma tot sei, getötet von einem Gewehrschuß der Marrons während des Überfalls auf die Plantage. Der Plantagenbesitzer sei in dem Moment nicht dort gewesen. Als er am nächsten Tag zurückkam, habe er die Leiche von Leutnant Andersma im Flur gefunden.
Die Truppe stand nun unter dem Befehl von Fähnrich Bels. Sie mußten weiter in Richtung Marowijne. Nach einigen Tagen begegneten sie an einem Posten einem anderen Kommando, das unter dem Befehl von Hauptmann Mayland stand. Sie hatten das Dorf Gado sabi entdeckt; der Zugang war von einigen Schwarzen des Freien Korps gefunden worden, doch man hatte das Dorf nicht einnehmen können, denn als die Marrons die Sol-

daten sahen, hatte einer von ihnen zwei Häuser auf der Vorderseite angezündet. Das Feuer hatte auf einen Teil des Sumpfes übergegriffen, und die Soldaten mußten unverrichteter Dinge umkehren, während sich die Marrons in den Urwald zurückzogen.

In dieser Gegend vermutete man allerdings noch einige kleinere Dörfer, die Fähnrich Bels ausheben wollte. Der Zug Hauptmann Maylands, der schon seit drei Monaten unterwegs war, würde nach Devils Harwar weiterziehen, wo sich ein Militärhospital befand. Mehr als die Hälfte der verbliebenen Soldaten war kurz davor, vor Erschöpfung zusammenzubrechen.

Die Truppe von Fähnrich Bels zog weiter in Richtung Norden. Jan hatte es nicht leicht, denn er bekam immer mehr die Schikanen von Fähnrich Bels zu spüren. Oft erhielt er lächerliche Aufträge und wagte nicht, sie zu verweigern, weil er wußte, daß Bels ihn dann als Meuterer oder Befehlsverweigerer melden würde. Nun kamen sie an einen Sumpf. Sollten sie ihn umgehen oder durchqueren?

»Wir müssen jemanden vorausschicken, um herauszufinden, ob wir ihn durchqueren können«, sagte der Fähnrich, »los, Jan, nur zu!«

»Ich? Warum ich?« Ängstlich sah Jan auf den Sumpf. War da nicht gerade ein Krokodil?

»Ja, Jan, du, oder hast du etwa Angst?«

Der Fähnrich gab ihm einen Stoß, und im nächsten Augenblick stand er schon bis zu den Knien im Sumpf. Der zähe Schlamm umschloß seine Füße; mit Mühe zog er sie wieder heraus und versuchte vorsichtig weiterzugehen in der Hoffnung, daß seine Kameraden genug Lärm machten, um Krokodile und Schlangen zu vertreiben. Immer tiefer sank er ein, er hatte schon mehr als fünfzig

Meter zurückgelegt; es schien hoffnungslos. Jetzt reichte ihm der Schlamm schon bis über die Brust. Er sah sich um. Keiner folgte ihm. Dann sah er den Fähnrich eine Bewegung nach links machen, und ein Soldat rief: »Geh nicht weiter, Jan, wir werden ihn umgehen.«
Wieder eine Schikane vom Fähnrich. Er hatte wahrscheinlich nie die Absicht gehabt, den Sumpf zu durchqueren. Den ganzen Tag mußte Jan nun in seinen stinkenden Schlammklamotten weitergehen. Wieder würde er Entzündungen, Wunden und Blasen bekommen. Er fror, als würde er bereits Fieber haben.
Plötzlich Aufregung in der Vorhut, man war auf ein kleines Feld der Marrons gestoßen: reifes Getreide, Kassave und Bananen. Die Soldaten plünderten das Feld, danach wurde es völlig zerstört. Jan machte nicht mit und versuchte, sich möglichst abseits zu halten. Er sah zwar, daß Fähnrich Bels ihn im Auge behielt, doch er tat, als wäre er vollauf damit beschäftigt, sein Gewehr zu reinigen, das naß geworden war.
Am nächsten Tag fühlte Jan sich krank und schleppte sich mühsam voran. Irgendwann wurde angehalten. Die Truppe sollte ausschwärmen, jeder in eine andere Richtung. Jan kämpfte sich etwa hundert Meter durch dichtes Gestrüpp, sah umgefallene Baumstämme, wollte darüberklettern, und dann sah er plötzlich, etwa hundertfünfzig Meter weiter, Dächer und Frauen, die vor ihren Hütten bei der Arbeit waren. Er konnte sich genau vorstellen, was sich dort abspielte, Frauen, die für Nahrung sorgten, spielende Kinder... Er mußte weg hier, schnell weg, und keiner durfte das Dorf entdecken.
So schnell er konnte, lief er zurück, rief, daß hier kein Durchkommen war, vielleicht eher auf der anderen Seite,

sicher auf der anderen Seite. Der Fähnrich und die anderen Soldaten wunderten sich über den stillen, ängstlichen Jan, der plötzlich so aufgeregt schien, obwohl er nichts entdeckt hatte. Doch dann kamen andere Soldaten, die eine ähnliche Richtung wie Jan eingeschlagen hatten. Einer von ihnen war in einen Baum geklettert und hatte ein Dorf gesehen. Man wollte sich leise heranpirschen und dann angreifen. So geschah es auch, und eine Viertelstunde später wurden Frauen, Kinder und Greise im Dorf durch eine Horde blindwütiger Soldaten aufgeschreckt, die schossen und auf sie eindroschen. Ein wahres Blutbad folgte, alle vierzehn Einwohner des Dorfes wurden ermordet; am Ende wurden den Toten die Hände abgehackt, damit man in der Stadt die Prämien kassieren konnte.

Jan hatte nicht an diesem Massaker teilgenommen, er war mutlos neben einen Baum zusammengesackt, den Kopf in die Hände gestützt. Als die Soldaten aufgeregt aus dem Dorf zurückkamen, die Degen und Hände blutbeschmiert, war plötzlich in der Ferne leises Weinen zu hören. Das Weinen eines Kindes. Es war also noch ein Kind da, kommt, das mußte auch noch dran glauben. Die Soldaten gingen in die Richtung, aus der das Weinen kam, und Fähnrich Bels, der Jan die ganze Zeit beobachtet hatte, rief: »Los, Jan, geh mit, das darfst du machen.«

»Nein«, schrie Jan, »nein, nein.«

»Warum denn nicht, Jan, hast du etwa Angst?« rief der Fähnrich.

Jan erwiderte nichts, er hielt sich den Arm vor das Gesicht und legte den Kopf auf die Knie. An sein Ohr drangen einige dumpfe Schläge. Dann war es einen Augenblick still, und er hörte den Fähnrich sagen:

»Schau, Jan, für dich!«
Als Jan den Kopf hob, sah er das blutbeschmierte, zerschmetterte Köpfchen eines Kindes. Mit einem gellenden Schrei sprang er hoch, um im nächsten Augenblick wieder zu Boden zu sinken, er konnte sich nicht mehr halten, er konnte sich nicht mehr beherrschen, und unkontrollierbar kamen die Tränen, er schluchzte wie ein Kind, laut und herzzerreißend.
Die Soldaten waren zunächst etwas verdutzt, dann begann Fähnrich Bels laut zu lachen: »Ha, ha, ha«, und schon bald schüttelte sich die ganze Gruppe vor lachen, und von allen Seiten tönte es ihm entgegen: »Jan, hast du Angst? Jan, hast du Angst?«
Ab diesem Moment war Jan der Spielball aller Soldaten. Jeder machte sich über ihn lustig! Oft wurde er mit einem Frosch oder einer Schlange beworfen, und wenn er sich erschrak, hörte er von allen Seiten: »Jan, hast du Angst? Jan, hast du Angst?«
Ermutigt von diesem Erfolg zogen sie weiter. Vielleicht fanden sie ja noch mehr Dörfer. Wenn Jan nachts schlafen gehen wollte, war seine Hängematte entweder klatschnaß, oder es lag eine Schlange an ihrer Stelle. Beim Essen fiel manchmal eine abgeschlagene schwarze Hand in seinen Teller und einmal sogar die Hand des kleinen Kindes: »Jan, hast du Angst? Jan, hast du Angst?«
Jan fühlte sich immer elender, manchmal hatte er hohes Fieber und lag schlotternd am Boden. Am nächsten Tag war das Fieber verschwunden, aber er war so geschwächt, daß er keinen Schritt machen konnte. Und immer dachte er dann daran, wie naiv und dumm er gewesen war. Er durfte froh sein, wenn er lebend aus dieser grünen Hölle herauskam.

Zuletzt versagten seine Kräfte. Er wurde jetzt getragen. Der schwarze Lastträger, dem er einmal geholfen hatte, war der einzige, der sich um ihn kümmerte und ihm hin und wieder etwas zu trinken gab. Der Arzt, der bei ihnen war, hatte bereits gesehen, daß Jan nicht mehr lange leben würde. In seinen Fieberträumen sprach Jan lauter wirres Zeug, er redete über Gold, über Frieden, über gute Schwarze, über Großmutters Stövchen und einen warmen Rock. Bevor er starb, sagte er zu dem schwarzen Lastträger, der ihm Wasser gab: »Sag ihnen, daß es kein Gold gibt in Surinam.«

Julius

Sarith hatte sich vorgenommen, Kwasiba eine Belohnung zu geben; sie wußte zwar noch nicht, was, aber eine Belohnung sollte sie bekommen. Als die Familie jedoch nach Klein Paradijs zurückkehrte, war Kwasiba krank. Sie hatte hohes Fieber, Schmerzen in der Brust, ihre Wangen waren eingefallen und ihre Augen stumpf.
»Kwasiba, was ist denn?« fragte Sarith erschrocken.
»Ach, Misi, ich bin schon alt, ich bin müde«, war die schwache Antwort.
»Was kann ich dir geben, was kann ich für dich tun?«
Kwasiba lächelte schwach und sagte: »Ich will nichts. Dort, wo ich hingehe, kann man keine Reichtümer mitnehmen, Misi, ich will nichts, aber sorgt gut für mein Kind, sorgt für Mini-mini, laßt sie bei euch bleiben und sorgt für sie, das ist alles, was ich will.«
Sarith überlegte sich, daß das keine Belohnung dafür sein konnte, was Kwasiba für sie getan hatte, denn es

würde keinerlei Mühe kosten, Mini-mini zu behalten. Sie würde Mini-mini ohnehin nie entbehren können, nein, sie würde keine bessere Sklavin finden. Wenn Jethro groß sein würde, dachte sie, und Mini-mini nicht mehr brauchte, dann sollten sie ihr die Freiheit geben. Später erst, denn einem Sklaven die Freiheit schenken, kostete Geld, und das hatten sie jetzt nicht.
Wenige Tage später starb Kwasiba. Julius war nicht da, als es geschah. Er war in die Stadt gefahren, um neue Sklaven zu besorgen. Als er zurückkam und Sarith ihm erzählte, daß Kwasiba gestorben sei, sagte er traurig: »Und ihre Belohnung hat sie nie bekommen.«
»Sie wollte keine Belohnung«, sagte Sarith, »ich habe sie gefragt, aber sie wollte nichts. Sie bat nur darum, daß Mini-mini bei uns bleibt und daß wir gut zu ihr sind.«
Die Plantage begann wieder zu produzieren, die neuen Sklaven hatten ihre Arbeit aufgenommen. Im Haus gab es viel zu tun für Nicolette, die zu den Sklaven gehörte, die zurückgekommen waren, weil sie ein Kind erwartete. Der Vater des Kindes war ein Sklave, der unweit von den De Ledesmas in der Saramaccastraat wohnte. Ferner waren im Haus noch die Köchin Freda und Nicolettes Schwester.
Es wurde Neujahr. Sarith wagte nicht, zu fragen, ob sie in die Stadt fahren könnten. Seit dem Überfall hatte Julius immer in seinem Büro geschlafen. Sarith blieb meistens in ihrem Zimmer, wo sie im Bett lag oder einfach herumging, während ihr Leib sich allmählich rundete.
Es regnete viel. Als Julius nach einer anstrengenden Bootsfahrt nach Hause kam, war er müde, verspannt und sehnte sich nach einer kräftigen Massage von Kwasiba. Ruhelos ging er auf der Hintergalerie auf und ab und

sagte zu Sarith, die gerade die Treppe herunterkam: »Gibt es eine Sklavin, die massieren kann? Ich habe Rückenschmerzen.«

»Mini-mini kann massieren, laß sie es machen«, sagte Sarith, und zu Mini-mini, die auf der Vorderveranda mit Jethro spielte, sagte sie: »Mini-mini, geh dem Masra den Rücken massieren.«

Ganz anders als bei Kwasiba fühlte es sich an, überlegte Julius, als er auf dem Kanapee lag und Mini-minis Finger auf seinem nackten Rücken spürte. Viel liebevoller und leichter, und er entspannte sich. Er vermißte die Stimme von Kwasiba, die beim Massieren immer geredet hatte, und er sagte zu dem Mädchen: »Deine Mutter redete immer, wenn sie mir den Rücken massierte, erzähle mir etwas.«

»Ich weiß nicht, was ich erzählen soll, Masra«, sagte Mini-mini.

»Mini-mini, ist das nicht der Name aus der Geschichte von Koprokanu?« bemerkte Julius.

»Ja, Mini-mini war der Name eines der Kinder«, bestätigte sie.

»Nun, erzähl mir die Geschichte«, sagte Julius.

Mini-mini lachte und mit ihrer leisen, melodischen Stimme begann sie die Geschichte von der Mutter zu erzählen, die vier Kinder hatte: Mini-mini, Fremantania, Fremanbonia und Koprokanu. Sie liebte die ersten drei und das vierte nicht, weil es nicht so schön schwarz war wie die drei anderen, sondern eine gelbliche Hautfarbe und kupferfarbenes Haar hatte. Und als Mini-mini das Lied der Mutter sang, wenn sie nach Hause kam, klang ihre Stimme so schön, daß Julius ein glückseliges Gefühl überkam. Er genoß die zärtlichen Finger auf seinem

Rücken und die liebliche Stimme, die so leise erzählte und sang. Und nach der Massage mußte er den ganzen Abend an Mini-mini denken.
Am nächsten Tag ritt er zu Pferd durch die Felder. Er kam völlig durchnäßt nach Hause, und wieder bat er sie, ihn zu massieren, etwas zu erzählen und zu singen. Und so ging es weiter, Tag für Tag, es wurde etwas Selbstverständliches. Julius merkte, daß er sich den ganzen Tag über nach dieser Stunde sehnte, die er mit Mini-mini allein in seinem Büro verbringen würde, auf dem Kanapee lag, ihre zärtlichen Finger auf seinem Rücken spürte und ihre Stimme hörte. Das war keine Massage, es war ein Streicheln, eine herrliche, zärtliche Liebkosung, von der er immer hoffte, sie würde niemals enden. Als Mini-mini keine Geschichten mehr einfielen, bat Julius sie, einfach die Lieder zu singen, die sie auch mit Jethro sang. Manchmal drehte er sich um, um sich auch die Schultern massieren zu lassen, und dann sah er sie an. Wie schön sie war, so lieb, so zärtlich. Er betrachtete ihren Mund und ihre großen, dunklen Augen; manchmal rutschte ihr das Kopftuch weg, und er sah den schönen dicken Zopf, der sich mitbewegte. Ab und zu streckte er die Hand nach ihr aus und streichelte ihr Gesicht, ihre nackten Schultern.
Ihm wurde immer klarer, daß er Mini-mini liebte. Den ganzen Tag dachte er nur an sie. Jede Minute, die er nicht bei ihr war, hatte er das Gefühl tiefen Heimwehs, ein intensives Verlangen, auf dem Kanapee zu liegen, ihre liebevollen Finger zu spüren und ihre leise Stimme zu hören. Das war Liebe.
Es wäre ihm ein leichtes gewesen, sie mit Gewalt zu nehmen. Er war ihr Herr. Aber das wollte er nicht. Die

Gefühle, die er für sie empfand, waren zu aufrichtig, zu rein, um so etwas zuzulassen. Er begehrte sie zwar, aber sie sollte sich ihm in Liebe hingeben oder gar nicht. Es entging Mini-mini natürlich nicht, was ihren Herrn bewegte, und sie wußte auch, daß er sie nicht gleichgültig ließ, er war so gut, so vertrauenerweckend. Doch es lag nicht in ihrer Natur, einen Mann zu verführen, und sie hatte Angst vor einer Enttäuschung.

Indessen fand Julius, daß sein Sohn Jethro, der schon fünf war, beginnen sollte, Lesen und Schreiben zu lernen. Am frühen Abend saß er mit Jethro und Mini-mini in seinem Büro und brachte dem Jungen Buchstaben und Zahlen bei. Da Mini-mini immer dabei war, lernte sie ebenfalls, und wenn die beiden tagsüber zusammen waren, übten sie, zuweilen draußen im Sand mit einem Stöckchen und manchmal auf einer Schiefertafel mit einem Griffel. Jeden Abend saßen die drei beim Schein der Lampe, und wenn Sarith am Büro vorbeiging und hineinsah, spürte sie, daß etwas Intimes zwischen diesen drei Menschen war, an dem sie keinen Anteil hatte. Manchmal hörte sie Jethro rufen: »Oh, Mini-mini, dein a sieht aus wie eine Kaulquappe.«

Und Mini-mini erwiderte mit leiser Stimme: »Und die Zweier von dir sehen aus wie Entchen.«

Und dann konnte sie Julius etwas sagen hören, über das alle drei lachen mußten.

Jeden Nachmittag massierte Mini-mini jetzt den Masra, und jeden Nachmittag mußte er sich zusammenreißen, um sie nicht in die Arme zu nehmen, zu küssen und ihre Liebkosungen zu erwidern.

Sarith hatte nicht gedrängt, daß sie in die Stadt fahren wollte. Genierte sie sich vielleicht wegen des Kindes, das

sie in sich trug? War es, weil sie wußte, daß es ohnehin kein Geld gab, das großartig hätte ausgegeben werden können?
Das Kind wurde im April geboren. Mitten in der Nacht und während eines heftigen Schauerregens war Mini-mini ins Sklavendorf gerannt, um Hilfe zu holen. Es war ein Mädchen, ein mageres kleines Wesen mit einem kahlen Kopf, und als es kurz die Augen öffnete, konnte man erkennen, daß sie blau waren. Es war Mini-mini, die den Masra holte und ihn drängte, zu seiner Frau zu gehen. Als er das Kind sah, fragte er: »Wie heißt sie?«
Sarith wußte keinen Namen, Julius auch nicht; es war ihm gleichgültig, wie sie das Kind nennen würde, und sie beschloß, ihr den Namen Eva zu geben.
War es wegen der Geburt, daß Julius an diesem Nachmittag plötzlich daran denken mußte, daß Mini-mini auch einmal ein Baby gehabt hatte? Als sie ihn an diesem Tag massierte, sagte er: »Heute möchte ich die Geschichte von Mini-mini hören.«
Das Mädchen dachte, er meinte die Geschichte, die sie schon früher erzählt hatte, die Geschichte von Koprokanu, und sie sagte: »Aber die habe ich doch schon so oft erzählt, Masra.«
»Nein, nicht die Geschichte von Koprokanu, deine Geschichte, die von Mini-mini, von dem Kind, das du bekommen hast, und von seinem Vater.«
Mit leiser Stimme erzählte Mini-mini die Geschichte von Hendrik und seinem Versprechen, zu sparen und sie freizukaufen, wie er sie zurückgewiesen hatte, ihr eine andere, eine Freie vorgezogen hatte, und von dem Kind, das nicht hatte leben dürfen. Seufzend schloß sie, es sei töricht gewesen zu glauben, daß ein freier Mann eine

Sklavin heiraten würde; sie sei eine Sklavin, nicht gut genug für einen Freien. Als sie das sagte und Julius Tränen in ihren dunklen Augen sah, konnte er sich nicht länger beherrschen. Er schlang die Arme um sie und zog sie an sich, während er flüsterte: »Sag so etwas nicht, Mini-mini, glaube mir, der allerbeste Mann der Welt ist nicht gut genug für dich. Wenn es in meiner Macht stände, dir so jemanden zum Mann geben zu können, glaube mir, ich würde es tun.« Er küßte sie auf die Augen, auf den Mund, streichelte und liebkoste sie. Und Mini-mini? Sie erwiderte seine Küsse und seine Zärtlichkeit, denn auch sie liebte ihn, und sie wußte schon längst, daß in diesem Mann nichts Böses schlummerte, sondern daß er es nur gut mit ihr meinte. Was sie beide so lange hatten kommen sehen und was sie zu vermeiden versucht hatten, geschah nun. Sie liebten sich und gestanden sich gegenseitig diese Liebe auf dem Kanapee im Büro. Nach diesem einen Mal geschah es viele Male.
Julius Gedanken drehten sich nur noch um Mini-mini. Wenn sie ihm den Rücken massierte und er diese liebevollen Hände spürte, glaubte er, daß er sein ganzes Leben lang nur auf diese Frau gewartet hatte. Jeder Augenblick, den er nicht in ihrer Nähe war, war erfüllt von einem intensiven Verlangen. Er wurde fast eifersüchtig auf Jethro, weil der ständig bei ihr sein, auf ihrem Schoß sitzen, ihre Arme um sich spüren konnte. Es war nun klar für Julius; er liebte niemand anderen als sie. Am liebsten hätte er es in die Welt hinausgeschrien, ja, er liebte Mini-mini.

Sarith hielt es auf Klein Paradijs nicht mehr aus. Zum ersten Mal seit ihrer Hochzeit war sie länger als sechs Monate am Stück auf der Plantage geblieben. Zunächst war sie noch zu sehr von dem Überfall und vor allem dem Tod von Rein Andersma geschockt gewesen, um Lust zu haben, sich zu amüsieren. Sie blieb in ihrem Zimmer und dachte über vieles nach. Sie warf sich vor, es sei ihre Schuld, daß Rein jetzt tot war, und oft erwachte sie nachts aus einem Alptraum, in dem sie den Überfall erneut durchlebt hatte. Julius schien sie jetzt völlig egal zu sein, und sie wußte nicht, was schlimmer war, seine Verachtung oder seine Gleichgültigkeit.
Ihre Mutter hatte sie kurz nach der Entbindung besucht und war einige Wochen geblieben. Sarith hatte in allen Einzelheiten erfahren, wie Fourgeouds Armee, unterstützt von den Schwarzen Jägern, das Cottica-Gebiet durchstreift hatte und wie es ihnen gelungen war, einige noch unversehrte Dörfer und sämtliche Felder der Schwarzen zu zerstören. Die Marrons waren auf die andere Seite des Flusses Marowijne ausgewichen und befanden sich nun in Französisch-Guyana. Die Kolonisten atmeten erleichtert auf. Endlich waren sie dieses Pack in den Wäldern los. Jetzt hatten sie nichts mehr zu befürchten, und endlich konnte auch dieses teure Staatsheer verschwinden, das so viel Geld verschlang und dessen Soldaten es außerdem auf ihre Frauen abgesehen hatten.
Julius beachtete das Baby überhaupt nicht, es war Sariths Kind, nicht seins. Als Sarith im Juni zu ihm sagte, sie wolle für eine Weile in die Stadt fahren, sagte er: »Meinetwegen.«

»Ich werde das Kind mitnehmen und Nicolette auch.«
Wieder hatte Julius gesagt: »Meinetwegen.«
Und so war Sarith abgereist und hatte sich wieder im Haus ihrer Schwester einquartiert. Esthers Kinder waren von dem Baby begeistert. Sarith ging wieder aus. Ihr fiel jedoch auf, daß sie von manchen Bekannten nicht mehr eingeladen wurde und auch, daß manche Plantagenbesitzer inzwischen alles andere als reich waren. Es entging ihr auch nicht, daß über sie getuschelt wurde. Oft erkundigte man sich nach ihrer Tochter Eva. Sie wuchs heran, und auf dem kahlen Köpfchen wuchsen ganz deutlich die ersten blonden Haare, während es weder in Sariths Verwandtschaft noch in der von Julius jemanden gab, der blondes Haar und blaue Augen hatte. Nein, alles war jetzt wirklich ganz anders als früher, und als es Ende September wieder so warm und staubig in der Stadt wurde, beschloß Sarith, nach Klein Paradijs zurückzufahren.
Zu Hause fiel ihr sofort die Vertraulichkeit zwischen Julius, Jethro und Mini-mini auf. Jethro konnte nun schon ganz gut lesen. Er und Mini-mini lasen zusammen von einem Blatt, auf das Julius etwas geschrieben hatte, und dieser sah lächelnd zu. Eines Morgens, als Mini-mini in Jethros Zimmer beschäftigt war, bemerkte sie plötzlich ihren leicht gerundeten Bauch und sprach sie an: »Was, Mini-mini, bist du schwanger?«
Verlegen antwortete das Mädchen: »Ja, Misi.«
»Und wer ist der Vater?« fragte Sarith. Mini-mini ließ den Kopf hängen und antwortete nicht.
»Wer ist der Vater, ist es einer der Sklaven hier?«
»Nein, Misi, Misi kennt ihn nicht«, war die schüchterne Antwort.

Sarith ging davon aus, daß es dann wohl ein Sklave eines Besuchers der Plantage gewesen sein mußte. Diese Mini-mini. Sie hatte immer geglaubt, daß sie so zurückhaltend und scheu war, aber sie hatte sich offenbar in dem Mädchen getäuscht.

Doch Sarith bemerkte in den kommenden Wochen noch mehr. Hatte sie schon vermutet, daß irgend etwas zwischen diesen drei Menschen war, an dem sie nicht teilhatte, sah sie jetzt die Art, in der Julius Mini-mini ansah, und sie hatte auch einmal beobachtet, wie Mini-mini diesen Blick erwiderte. Das waren keine Blicke zwischen Herr und Sklavin, sondern die zweier Liebender. Zuerst erschreckte sie der Gedanke. Das war doch überhaupt nicht möglich. Das sah Julius auch nicht ähnlich, aber sie begann, genauer aufzupassen, und ihr fiel vor allem auf, daß Julius jeden Tag massiert wurde und daß die beiden lange im Büro waren. Das geschah immer während der Mittagsruhe, wenn Mini-mini zuerst mit einem Fächer neben Jethros Bettchen gesessen hatte, bis dieser eingeschlafen war.

Sarith wurde böse; jetzt wollte sie genau wissen, welches Spiel hier gespielt wurde. Sie wartete, bis Julius und Mini-mini zusammen im Büro waren. Dann ging sie zur Tür und versuchte leise, die Klinke herunterzudrücken, doch die Tür war abgeschlossen. Sie versuchte, durch das Schlüsselloch zu sehen, aber der Schlüssel steckte und sie konnte nichts erkennen. Sie mußte einfach wissen, was sich da drinnen abspielte.

Leise ging sie um das Haus herum. Auf der einen Seite befand sich das offene Fenster des Büros, aber zu hoch für sie, um hineinschauen zu können. Was nun? Sie ging ganz leise wieder hinein und schlich nach oben. Das

Büro lag genau unter einer selten benutzten Kammer, in der nur Körbe und Schachteln mit Kleidern aufbewahrt wurden. Sarith betrachtete den Boden, ab und zu war zwischen den Dielen ein kleiner Zwischenraum. Vorsichtig bückte sie sich und legte sich flach auf den Bauch. Durch einen Spalt sah sie die beiden zusammen auf dem Kanapee liegen. Es stimmte also. Sie schaute wieder hinunter. Von Gewalt konnte keine Rede sein, nein, das war ein Spiel zärtlicher Liebkosung, Streicheln, Geflüster.
Sarith war außer sich. Diese schamlose Mini-mini, na warte, der würde sie es zeigen. Sie sagte zunächst nichts über das, was sie gesehen hatte, sondern wartete, bis Julius am nächsten Morgen seine Felder inspizierte. Dann ließ sie Mini-mini in ihr Zimmer rufen. »Wer hat dich geschwängert?«
Mini-mini sagte nichts und sah verlegen zu Boden.
»Sag's mir, wer?« sagte Sarith ruhig.
Noch immer antwortete Mini-mini nicht.
»Ich kenne ihn nicht, was? Ich kenne meinen eigenen Mann wohl nicht. Ist es nicht Masra Julius, der dich geschwängert hat?« Sarith sprach immer lauter. Neben ihr auf dem Tisch lag ein flacher Stock, der beim Kafferösten benutzt wurde. Sie nahm den Stock, und mit einem heftigen Hieb sauste er auf Mini-minis Schulter nieder. Der nächste Schlag traf sie ins Gesicht. Doch noch bevor Sarith ihr den dritten Schlag versetzen konnte, ging eine kleine Gestalt auf Sarith los und ergriff ihre Hand. »Schlag Mini-mini nicht, schlag Mini-mini nicht!« Es war Jethro. Sarith erschrak kurz, faßte sich aber schnell, gab dem Kind einen Stoß zur Seite und rief: »Verschwinde«, und wieder ließ sie den Stock auf Mini-mini hinuntersausen. Jethro prallte an die Wand, federte

wie ein Ball wieder zurück und begann, Sarith mit seinen kleinen Fäusten zu bearbeiten, während er schrie: »Schlag sie nicht, laß Mini-mini in Ruhe!« Als er sah, daß seine Mutter trotzdem weitermachen wollte, drehte er sich um, warf sich Mini-mini an den Hals und bildete so mit seinem eigenen kleinen Körper einen Schild für sie. Weinend rief er immer wieder: »Schlag sie nicht, schlag sie nicht!«

Sarith forderte ihn auf: »Geh zur Seite, Jethro, laß sie los, ich werde es dieser Schlampe zeigen!«

»Sie ist keine Schlampe, laß die Finger von ihr, du bist selbst eine Schlampe!« schrie er.

Mini-mini befürchtete, daß Sarith jetzt auf Jethro losgehen würde, und weinte: »Nein, Masra Jethro, ach nein, laß mich los, laß mich los.«

Sarith, die nun nicht weiter auf Mini-mini einschlagen konnte, schrie das Kind an: »Laß los, Jethro, oder ich schlage dich auch!«

»Laß sie in Ruhe, ich sag es meinem Vater, ich erzähle es Papa, daß du Mini-mini schlägst!«

Sarith begriff, daß sie so nicht weitermachen konnte, und kreischte: »Verschwindet, beide. Aber dich, du Teufelin, dich kriege ich noch!«

Mini-mini trug eilig Jethro mit hinaus, dieser sagte leise zu ihr: »Komm, Mini-mini, komm mit in mein Zimmer, ich werde dir helfen, ja?«, und in seinem Zimmer nahm er wie ein kleiner Kavalier ein Schüsselchen Kokosöl und bestrich damit vorsichtig ihre Striemen. Als er gegen Mittag Hufgetrappel hörte, rannte er auf die Hintergalerie, um seinen Vater zu begrüßen und ihm aufgeregt zu erzählen, daß seine Mutter Mini-mini geschlagen hätte. Julius eilte in Jethros Zimmer. Als er die verletzte Mini-

mini dort auf dem Boden sitzen sah, kniete er nieder und sagte leise: »Mini-mini, wie gerne hätte ich dir das erspart, sie weiß Bescheid, nicht?«
Mini-mini nickte. Julius ging zum Zimmer seiner Frau, Jethro hinter ihm her, der zwar nicht verstand, was nun genau passieren würde, aber sehr wohl spürte, daß es ernst war.
»Mini-mini ist schwanger, und ich bin der Vater; hast du sie deshalb geschlagen?« fragte Julius kurz angebunden.
»Ja, das habe ich«, sagte Sarith.
»Du? Von allen Menschen ausgerechnet du, du dreckige Hure?« sagte Julius.
»Was? Soll ich denn alles gutheißen, was hier hinter meinem Rücken passiert?« Sarith schrie und stampfte auf.
»Nicht hinter deinem Rücken, nichts passiert hier hinter deinem Rücken; ich liebe sie und bekenne mich offen dazu, ich liebe sie und nur sie, hörst du?« Auch Julius schrie jetzt.
»Nun, dann halte dir deine Konkubine gefälligst woanders, aber nicht in meinem Haus, das brauche ich nicht zu dulden«, sagte Sarith.
»Gut, in Ordnung, sie wird das Haus verlassen, aber vorläufig bleibt sie hier, und wenn du es wagst, sie auch nur zu berühren, glaube mir, dann werde ich dich verprügeln, daß dir Hören und Sehen vergeht. Du bist gewarnt.« Julius drehte sich um und ging hinaus.
Sarith begann nun zu überlegen. »Sie wird das Haus verlassen«, hatte Julius gesagt. Das bedeutete, daß er sie irgendwo unterbringen und öffentlich als Konkubine anerkennen würde. Er würde sie und ihr Kind versorgen, ihr vielleicht sogar ein Haus kaufen, noch mehr Kinder

bekommen und viel Zeit bei ihr verbringen. Sarith hatte jetzt schon so wenig Geld, weil sie so hohe Schulden hatten. Wie würde es dann erst sein, wenn Mini-mini seine Konkubine war? Aber Mini-mini gehörte schließlich ihr, sie war ihre Sklavin. Sie mußte handeln, und zwar schnell. Es durfte ihm nicht gelingen, aus ihrem Verhältnis eine öffentliche Angelegenheit zu machen. Sie würde Mini-mini verkaufen. Mit ihrem Eigentum konnte sie schließlich tun und lassen, was sie wollte, aber dazu brauchte sie die Eigentumspapiere, aus denen ersichtlich war, daß Mini-mini ihr gehörte. Unmöglich, ihn darum zu bitten. Vielleicht würde er versuchen, sie mit Geld abzuspeisen. Nein, er durfte nichts erfahren, nichts ahnen.

Am nächsten Tag ging Julius nicht aufs Feld. Er befürchtete wohl, daß in seiner Abwesenheit etwas passieren würde. Sarith verhielt sich ganz normal, war sogar freundlich zu allen. Sie sagte auch nichts, als sie hörte, daß Mini-mini ein Wort buchstabierte. Obwohl Sarith längst wußte, daß Mini-mini Lesen und Schreiben lernte, hatte sie dazu geschwiegen. Julius wurde aus dem Verhalten von Sarith nicht schlau, eigentlich traute er ihr nicht, doch auch am Tag darauf war sie freundlich und nett zu Mini-mini.

Am nächsten Tag ging er wieder aufs Feld. Er war kaum fort, als Sarith schon in sein Büro ging, die Tür hinter sich schloß und sich auf die Suche nach den Papieren machte.

Als sie vor sieben Jahren nach Klein Paradijs gekommen war, hatte ihr Stiefvater Julius die Eigentumspapiere von Kwasiba übergeben. Auf diesen stand, daß die Sklavin Kwasiba von Jacob Aaron, dem Besitzer der Plantage

Bethel, gekauft worden war. Unten auf dem Dokument war ein Vermerk über die Kinder von Kwasiba: Caro, geboren 1747; Kwassi, geboren 1749, gestorben 1749; Mini-mini, geboren 1750. Sie nahm das Dokument an sich und versteckte es in ihrem Zimmer. An den darauffolgenden Tagen war sie sehr nett zu Jethro und Mini-mini und suchte Anlässe, um sich mit Julius zu unterhalten. Dann sagte sie eines Tages, sie würde für einige Tage in die Stadt fahren müssen. Jethro sollte mitfahren, weil sie es Esther und Rebecca versprochen hätte. Diese wollten nämlich ein Fest für alle Kinder der Verwandtschaft ausrichten, und vor allem Esther fände, daß Jethro seine Cousins öfter sehen sollte. Julius hatte keine Einwände. »Natürlich muß Mini-mini auch mit«, hatte Sarith gesagt. »Jethro kann nun mal nicht ohne sie auskommen.« Ich auch nicht, dachte Julius, doch er sparte sich diesen Kommentar und sagte nur: »Bleib nicht länger als eine Woche; Jethro muß mit seinem Unterricht fortfahren.«

Drei Tage später, noch vor Mittag, hatte sich Sarith bereits mit den Kindern und den Sklavinnen im Haus der de Ledesmas niedergelassen, und nach der Mittagsruhe ließ sie sich zurechtmachen, um auszugehen. Sie sagte niemandem, wohin sie ging, und nahm als Begleitung nur einen Laufburschen ihrer Schwester mit. An der Börse, wo am Nachmittag praktisch alle Herren zusammenkamen, um zu kaufen und zu verkaufen, schickte sie den Laufburschen mit der Nachricht hinein, sie wolle Herrn Beunekom sprechen. Frauen durften das Börsengebäude nicht betreten.

Als Herr Beunekom herauskam und Sarith sah, dachte er, daß es wohl eine sehr wichtige Sache sein mußte,

wenn eine so schöne Dame persönlich hierher kam, um mit ihm zu sprechen. Sie sagte, sie hätte eine Sklavin zu verkaufen, einen Mischling. Beunekom solle sie noch am selben Abend in der Saramaccastraat abholen. Der Preis spiele keine Rolle, Beunekom solle ihn selbst bestimmen. Abends empfing sie ihn herzlich und begleitete ihn auf den Hinterhof, wo die Sklavenunterkünfte waren. Die Tür öffnete sich, und Mini-mini sah die Misi im Schein einer Laterne, die vom Laufburschen gehalten wurde. Neben ihr stand ein widerlicher, dicker Kerl mit Hängebauch und hinterhältigem Gesichtsausdruck. Die Misi sagte: »Du gehst mit diesem Masra!«
Mit weichen Knien war Mini-mini aufgestanden. Jedes weitere Wort war überflüssig, sie wußte, was nun mit ihr geschehen würde.
Am nächsten Morgen beim Aufwachen fand Jethro Mini-mini nicht neben sich im Bett, sondern Nicolette. »Wo ist Mini-mini?« fragte er.
»Mini-mini ist nicht da«, antwortete Nicolette.
»Geh weg«, schrie Jethro. »Ich will Mini-mini«, und dann lauter: »Mini-mini«, doch es kam keine Antwort; und wieder schrie er: »Mini-mini.«
»Sie ist nicht da«, sagte Nicolette noch mal.
Jethro sprang aus dem Bett und rannte barfuß die Treppe hinunter zu den Sklavenunterkünften auf dem Hof; er stieß die Tür ihrer Kammer auf und rief: »Mini-mini, wo bist du?«
Eine der anderen Sklavinnen sagte leise zu ihm: »Sie ist nicht mehr da, kleiner Masra, sie ist nicht mehr da, sie ist weg.«
Jethro konnte es nicht verstehen; Mini-mini war doch immer da. Er rannte zurück ins Haus, die Treppen hin-

auf, in das Zimmer seiner Mutter und sagte zu Sarith, die noch im Bett lag: »Mama, wo ist Mini-mini? Akuba sagt, sie ist weg.«

»Ja, sie ist weg, und sie kommt auch nicht mehr wieder, laß dir von Nicolette helfen.«

»Nein«, schrie Jethro, »ich will Mini-mini, wo ist sie?«

»Schrei doch nicht so, Junge, sie kommt nicht wieder zurück, nie mehr, hörst du, ich habe sie verkauft.« Sariths Stimme war sehr ruhig. »Und wenn du bis morgen so weiterschreist – sie ist für immer weg.«

»Nein, ich will nicht, ich will Mini-mini wiederhaben.« Jethro weinte jetzt mit aller Macht. Wie seine Mutter früher stampfte er auf und begann mit Gegenständen um sich zu werfen. »Ich will Mini-mini.«

»Sei still, Jethro, und geh aus meinem Zimmer.« Sarith verlor die Geduld.

»Ich will Mini-mini, ich werde es Papa sagen, ich sage es Papa«, weinte Jethro weiter.

»Tu's doch, dein Papa kann auch nichts machen. Mini-mini gehörte mir, ich habe sie verkauft, und sie wird nicht wiederkommen«, sagte Sarith ruhig.

Esther und zwei der Cousins waren auf den Lärm hin hochgekommen und sahen Sarith ruhig im Bett sitzen, während Jethro sich wie ein Wilder aufführte. »Was ist denn bloß los?« wollte Esther wissen und sah verwundert auf die Szenerie.

»Ach, er schreit nach Mini-mini, aber die ist weg, ich habe sie verkauft, er muß sich eben daran gewöhnen«, sagte Sarith.

»Du hast was? Das ist doch nicht möglich«, sagte Esther erschrocken. »Warum hast du das getan, Sarith? Sieh doch, was du deinem Kind damit antust.«

»Weil sie ein Kind von Julius erwartet, darum«, sagte Sarith nun böse.
»Aber das ist doch kein Grund, sie gleich zu verkaufen. Und Mini-mini erst recht nicht«, erwiderte Esther. »So viele Sklavinnen bekommen ein Kind von ihrem Herrn. Mini-mini war doch selbst auch so ein Kind.«
»Das verstehst du nicht, Esther.« Sarith war aufgestanden. »Sie ist keine einfache Sklavin; sie ist seine Konkubine, seine Geliebte«, und auch ihr wurde jetzt bewußt, daß ihr genau das aufgefallen war: die Art, wie Julius das Mädchen ansah. Sie wußte genau, daß dies wahre Liebe war.
»Aber verkaufen?« fragte Esther wieder. »Wer weiß, wo sie hingerät, das arme Kind.«
»Das arme Kind?« schrie Sarith jetzt. »Denkt denn überhaupt einer an mich? Soll ich es dulden, daß in meinem eigenen Haus die Geliebte meines Mannes wohnt, soll ich das etwa?«
»Nein«, sagte Esther und schüttelte den Kopf, »nein, das geht nicht, natürlich nicht. Das braucht keine Frau zu akzeptieren. Aber gab es denn keine andere Lösung?«
»Nein, ich habe sie verkauft und damit basta. Ich will nichts mehr davon hören. Jethro, sei jetzt still. Nicolette, geh ihn waschen.«
Aber Jethro begann noch lauter zu schreien: »Ich will Mini-mini«, und als Nicolette versuchte, ihn anzufassen, biß er ihr so fest in die Hand, daß der blutige Abdruck seiner Zähne zu sehen war.
»Dann laß ihn eben«, beschloß Sarith, »er wird sich schon wieder beruhigen, und in einigen Tagen wird er sie schon vergessen haben.« Alle gingen aus dem Zimmer und ließen Jethro zurück. Der hatte nicht genau verstan-

den, was seine Mutter und seine Tante alles besprochen hatten. Er setzte sich mutlos auf den Boden, lehnte den Kopf auf die angezogenen Knie und weinte, denn eines hatte er sehr wohl verstanden: Mini-mini war weg, und zwar für immer.

Julius

Nie hätte Julius später sagen können, was der Grund dafür gewesen war, daß er sich in diesen Tagen so merkwürdig gefühlt hatte. War es eine Vorahnung gewesen? Als das Zeltboot abgelegt hatte, hätte er am liebsten gerufen: »Komm zurück, Mini-mini, geh nicht fort!« Er hatte sich selbst beruhigen müssen und sich gesagt, er solle sich nicht so kindisch benehmen; sie würde doch lediglich für eine Woche fort sein. Aber er hatte so ein merkwürdiges Gefühl, er war sehr unruhig, ging ständig durch das Haus, von der Vorderveranda zur Hintergalerie, von seinem Büro nach oben, erfüllt von einem einzigen Gedanken: Wenn nur Mini-mini nichts passiert war. Aber was sollte ihr denn schon passieren? Sie war doch schließlich so oft in der Stadt. Sarith war nach ihrem Streit so ungewöhnlich ruhig und ausgeglichen gewesen. War sie nicht mehr böse? Führte sie etwas im Schilde? Sie würde Mini-mini doch nichts antun? Und dann war ihm plötzlich dieser Vorfall in den Sinn gekommen, von dem er gehört hatte:
Sarith hatte lange vor ihrer Hochzeit die Haussklavin auf Hebron zu Tode prügeln lassen. Keiner hatte je erfahren, warum. Es war ein richtiger Schock für die ganze Familie gewesen, denn diese Sklavin war wohl die Vertraute

gewesen, die früher für die Kinder gesorgt hatte. Aber würde Sarith Mini-mini so etwas antun können? Sie kannten sich schon von Kindesbeinen an, und es wurde sogar gemunkelt, daß Mini-mini das Kind des jungen oder alten Aaron war. Er versuchte, sich zu beruhigen, mußte sich aber dennoch eingestehen, daß er keine Ahnung hatte, wozu Sarith imstande war; er kannte sie wirklich nicht.

Auch am Tag nach der Abreise war er sehr unruhig und ging rastlos durch das Haus. Am dritten Tag, als er gerade durch die Felder ritt, überlegte er, daß er schnell handeln sollte. Er hatte vorgehabt, Mini-mini freizukaufen; das wäre in drei Monaten, nachdem die Ernte verkauft worden wäre. Doch warum eigentlich warten? Warum lieh er sich das Geld nicht einfach bei jemandem, um es in drei Monaten zurückzuzahlen, und begann sofort mit der Prozedur? Das würde er tun, gleich morgen in die Stadt fahren, sich irgendwo fünfzehnhundert Gulden ausleihen und den Antrag wegschicken. Sie könnte dann bereits frei sein, wenn das Kind geboren würde. Dann wäre auch das Kind frei. Wohin sollte sie gehen, wenn sie frei war? Er fühlte sich jetzt, nachdem er sich den Plan zurechtgelegt hatte, viel ruhiger und er nahm sich vor, am Ende der Woche in die Stadt zu fahren.

Als er wieder zu Hause war, öffnete er die Schublade, in der die Papiere der Sklaven waren. Als er sie öffnete, sah er sofort, daß jemand darin gestöbert hatte. Die Papiere lagen anders. Eine schreckliche Ahnung befiel ihn, und er begann fieberhaft zu suchen. Wo waren die Unterlagen von Kwasiba? Er war sich ganz sicher, daß sie hier gewesen waren, aber er fand sie nicht. Das war es also! Um Gottes willen! Was hatte Sarith vor? Wollte sie

Mini-mini verkaufen? Ihn schauderte bei dem Gedanken, und er rief: »Benny, Benny!«
Als Benny angerannt kam, befahl er ihm, das kleine Boot unverzüglich bereitzumachen. »Nimm zwölf Ruderer, so daß sie in zwei Schichten rudern können, und jetzt sofort in die Stadt!« Benny wollte noch einwerfen, daß sie die Ebbe abwarten müßten, aber dazu hatte Julius keine Zeit; sie mußten jetzt sofort los, gegen den Strom. Das Boot machte unterwegs keinen Halt. Ab und zu griff Julius selbst zu den Riemen, um zu helfen, aber er brachte nicht viel zuwege und beschränkte sich darauf, nervös dazusitzen, während die Ruderer alles gaben. Den ganzen Nachmittag und die ganze Nacht über ruderten sie, sowohl bei Flut als auch bei Ebbe, und gegen halb zehn am nächsten Morgen erreichten sie Paramaribo.
In der Saramaccastraat hatte Jethro den ganzen Tag über geweint; er hatte nichts gegessen, sondern nur in seinem Nachthemdchen in der Zimmerecke gesessen und nach Mini-mini gerufen, bis er eingeschlafen war. Nicolette hatte ihn ins Bett gelegt, aber als er beim Aufwachen immer noch keine Mini-mini sah, war er hinuntergegangen, hatte sich auf die Treppe gesetzt und jeden Sklaven gefragt: »Weißt du, wo Mini-mini ist?«
Jedem hatte er leid getan, und sie antworteten leise: »Nein, mein kleiner Masra, ich weiß es nicht.«
Jethro hatte wieder leise angefangen zu weinen, aber plötzlich hielt er inne, das war die Stimme seines Vaters! Er lauschte: Ja, das war Papa! In wenigen Sätzen war er unten an der Treppe und sah im Vorderzimmer seinen Vater. »Oh, Papa, Papa!« Er streckte beide Arme zu seinem Vater aus, der ihn auffing. In seinen Armen rief er:

»Mini-mini ist weg, Mama hat sie verkauft!«
Esther hatte in Ruhe mit ihrem Schwager sprechen wollen, aber der hörte ihr überhaupt nicht zu. Er setzte Jethro auf den Boden und rannte die Treppen hinauf. Im Zimmer stand er Sarith gegenüber, und seine Stimme war heiser vor Zorn, als er sie anschrie: »Wo ist sie? Was hast du mit ihr gemacht?«
Sarith blieb völlig ruhig und antwortete: »Ich habe sie verkauft, sie ist meine Sklavin, ich kann sie verkaufen, wann immer ich will.«
»Wem hast du sie verkauft, los, sag's mir!«
Julius griff seine Frau beim Arm; sie riß sich los und sagte: »Ich weiß es nicht, einem Händler, der sie weiterverkaufen wollte, sie ist wahrscheinlich schon auf irgendeiner abgelegenen Plantage.«
»Was bist du bloß für ein Mensch.« Seine Stimme zitterte. »Du bist ein Ungeheuer, eine Bestie! Ihre Mutter hat dir das Leben gerettet; du hast ihr am Sterbebett versprochen, für ihre Tochter zu sorgen, und dann verkaufst du sie! Du elendes Miststück!«
»Soll ich es denn hinnehmen, daß deine Konkubine in meinem Haus ist?« schrie Sarith.
»Du Biest, du verfluchtes Miststück!« schrie Julius und wollte sie an der Kehle packen. Doch Esther ging dazwischen und schob Julius weg. »Beruhige dich doch, beruhige dich! Was Sarith getan hat, war nicht richtig; aber es stimmt, ein Mann kann doch nicht seine Konkubine im eigenen Haus halten?«
»Nein, das kann ein Mann nicht«, antwortete Julius zynisch, »das kann er nicht tun, aber er kann erlauben, daß seine Frau ein Kuckuckskind bekommt. Das kann er, ja?«

Esther schwieg betreten und sagte dann: »Komm, Julius, komm, beruhige dich erst einmal«, und sie zog ihn mit sich aus dem Zimmer. Julius drehte sich noch mal um und sagte zu Sarith: »Wenn ihr etwas passiert ist, ich schwör's dir, erwürge ich dich eigenhändig!«
Jethro, der mit angsterfüllten Augen alles mitverfolgt hatte, ergriff die Hand seines Vaters und fragte: »Wirst du sie finden, Papa?«
»Hab keine Angst, mein Junge, ich bringe sie zurück, das verspreche ich dir, sie wird wiederkommen!« Damit eilte er hinaus. Esther wollte noch etwas sagen, bekam aber keine Gelegenheit mehr.
Natürlich wußten alle Sklaven im Haus, was geschehen war, und Benny hatte in der Zwischenzeit von ihnen erfahren, wie Masra Beunekom vorgestern abend mit Misi Sarith hergekommen war und Mini-mini mitgenommen hatte. Als Benny seinen Masra draußen sah, sagte er nur: »Masra Beunekom hat sie mitgenommen.«
Julius hastete zur Börse, dort würde dieser am Vormittag bestimmt zu finden sein.
Jeder kannte Masra Beunekom, einen Händler, der meistens die sogenannten »Salzwasserneger« verkaufte. Die frisch angelieferten Schwarzen wurden für die erste Zeit in einem Sklavendepot untergebracht, bis sie verkauft wurden. Das geschah in der Öffentlichkeit, meistens einige Tage nach der Ankunft des Schiffes. Die Sklaven mußten sich dazu auf einen Tisch stellen und wurden von allen Seiten begutachtet und betastet. Doch die großen Transaktionen wurden bereits an der Börse abgeschlossen.
Herr Beunekom war jedoch nicht an der Börse, nun, dann vielleicht im Sklavendepot. Julius und Benny eilten

zu dem Depot, doch auch dort war er nicht. Ein Sklave, der dort arbeitete, sagte, daß Masra Beunekom sicher nicht kommen würde, da es zur Zeit keine Sklaven zu verkaufen gäbe. Es seien nur einige gebrechliche Schwarze im Depot. Julius wollte sicherheitshalber doch einen Blick hineinwerfen, und der Sklave öffnete ihm die Tür mit einem großen, rostigen Schlüssel. Minimini war nicht da. Julius wurde immer nervöser und ängstlicher. In jeder Minute, die verstrich, konnte ihr etwas Schlimmes passieren. Auf zum Haus von Masra Beunekom!

Mini-Mini

Als die Misi plötzlich den Entschluß gefaßt hatte, mit ihr und Jethro in die Stadt zu fahren, hatte Mini-mini ein ungutes Gefühl gehabt, und als sie dann am Abend diesen Kerl vor der Tür ihrer Kammer hatte stehen sehen, hatte sie sofort verstanden. Vorbei, alles vorbei. Wie hatte sie nur glauben können, jemals frei zu sein und mit dem Mann, den sie liebte, zusammenleben zu können? Wieder war alles nur ein Traum gewesen.

Dieser Kerl hatte sie in sein Haus gebracht und in ein Zimmer gesperrt. Welch ein Glück, hatte sie zunächst gedacht, denn sie hatte befürchtet, er würde sie in ein Bordell bringen. Da wußte sie noch nicht, was ihr bevorstand, denn Beunekom überlegte noch, wie er diese schöne Sklavin möglichst gewinnbringend veräußern könnte. Doch zunächst wollte er selbst seinen Spaß mit ihr haben. Als er eine Weile später mit nacktem Oberkörper und einer Lampe in das Zimmer kam, wußte sie,

was er wollte. Sie hatte sich gewehrt, getreten, gekratzt. Doch das hatte ihn nur noch mehr erregt, und schließlich hatte er sie brutal geschlagen und sie zu Boden geworfen. Dann hatte er sie vergewaltigt. Als es vorbei war, hörte sie benommen, wie der Schlüssel im Schloß knirschte, dann war sie wieder allein im Dunkeln.
Mini-mini weinte. Wenn doch der Masra wüßte, was mit ihr geschah. Am nächsten Tag hatte ein alter Sklave ihr einen Eimer Wasser gebracht, damit sie sich waschen konnte. Voller Mitleid hatte er sie angesehen.
Den ganzen Tag hatte sie deprimiert in einer Zimmerecke gesessen und sich den Knöchel gerieben, den sie sich beim Kampf am Abend zuvor verstaucht hatte. In der Nacht kam Beunekom wieder, der jetzt offensichtlich sturzbetrunken war. Mini-mini ekelte sich vor ihm, doch diesmal wehrte sie sich nicht, denn sie wußte, daß ihr das ohnehin nicht helfen würde.
Sie suchte nach einer Fluchtmöglichkeit, doch die Tür war verschlossen und die Fenster waren verriegelt. Mit ihren Kräften völlig am Ende setzte sie sich wieder auf den Boden. Da hörte sie plötzlich etwas. War das nicht die Stimme von Masra Julius? Ach, vielleicht bildete sie es sich nur ein; sie humpelte zum Fenster. Sie hörte, wie der alte Sklave die Vordertür wieder schloß und die Schritte sich entfernten. So laut sie konnte rief sie: »Masra, hilf mir, ich bin hier! Hol mich hier raus, ich flehe dich an, hol mich hier raus!«
Mit einem Satz war Julius wieder an der Tür: »Mach auf, mach sofort die Tür auf!«
Die Tür wurde geöffnet, Julius schob den alten Sklaven einfach beiseite und lief zur Rückseite des Gebäudes. »Mini-mini!« rief er.

»Ja, Masra«, klang es von drinnen.
»Öffne die Tür«, befahl Julius dem Schwarzen. Aber dieser schüttelte ängstlich den Kopf. »Ich habe keinen Schlüssel«, sagte er.
Julius fragte nicht weiter; er warf sich solange mit seinem gesamten Gewicht gegen die Tür, bis sie aus dem Schloß sprang. Im nächsten Augenblick hatte er Mini-mini in seinen Armen. »Ach, Mini-mini, mein Liebling, mein Schatz, was ist mit dir passiert? Vergib mir, daß du wegen mir so leiden mußtest.« Mini-mini konnte nur schluchzen; Julius wollte sie stützen, doch als er sah, daß sie kaum gehen konnte, trug er sie hinaus. Zu dem verängstigten Sklaven sagte er: »Sag deinem Herrn, daß ich das Geld heute noch vorbeibringe, und auch die Tür werde ich bezahlen.«
Als sie einige Häuser weiter waren, bemerkte er erst, daß er nicht recht wußte, wohin er mit Mini-mini gehen sollte, aber er konnte sie auch nicht länger tragen.
Er stellte sie vorsichtig hin, noch immer schluchzte sie, und er strich ihr über das Haar. Fieberhaft überlegte er, was jetzt zu tun war. Die de Ledesmas waren ausgeschlossen. Plötzlich fiel ihm etwas ein. Seine Tochter Miriam war mit einem Sohn des Händlers De la Parra verheiratet und wohnte in der Molenstraat. Ja, zu Miriam. Die hatte bestimmt eine Kammer im Hof frei, in der Mini-mini erstmal untergebracht werden konnte. Aber der Weg dorthin war weit, das würde sie nicht schaffen. Benny sollte nach einer Kutsche Ausschau halten. Julius setzte sich währenddessen neben Mini-mini auf den Gehsteig. Einige Passanten sahen verwundert den weißen Mann an, der da neben der Farbigen saß.
»Masra Jethro«, fragte Mini-mini, »wie geht es ihm?«

Erst jetzt dachte Julius wieder an Jethro. Er mußte erfahren, daß er sie gefunden hatte. Benny kam mit der Kutsche. Julius half Mini-mini hinein und setzte sich neben sie. »Saramaccastraat«, sagte er zum Kutscher. Mini-mini erschrak, aber er beruhigte sie gleich wieder: »Du wirst dort nicht bleiben, wir holen nur Masra Jethro.«
Die Kutsche hielt vor dem Haus der de Ledesmas. Julius schickte Benny hinein, um Jethro zu holen. Er sollte nichts über Mini-mini sagen, nur, daß Jethros Vater ein Stück mit ihm ausfahren wollte. Benny ging durch die Sklavenpforte hinein und sah Jethro, der noch immer auf der Treppe neben dem Fenster saß. »Psst«, sagte Benny, und als Jethro kam, flüsterte er diesem etwas ins Ohr. Jethro rannte die Treppen hinauf, während er den Schlafanzug auszog. Zu einer Sklavin, die ihm die Tür öffnete, sagte Benny: »Masra Julius läßt Masra Jethro holen, um ein bißchen auszufahren.«
Jethro war inzwischen schon wieder unten, nackt, die Kleider in der einen und die Schuhe in der anderen Hand, und er wäre auch so auf die Straße gerannt, hätte Benny ihm nicht schnell noch die Hose angezogen. In der Kutsche warf Jethro sich in Mini-minis Arme: »Oh, Mini-mini, du bist da, oh, Mini-mini, geh nie mehr fort«, und sein Vater, der glücklich zusah, sagte: »Nein, Jethro, sie geht nie mehr fort, sie bleibt bei uns. Für immer.«

12. KAPITEL

OKTOBER 1778

Am Anfang des Jahres 1778 war es dem Staatsheer unter dem Befehl von Oberst Fourgeoud zusammen mit dem Korps der Schwarzen Jäger gelungen, praktisch alle Dörfer sowie die meisten Felder der Marrons zu vernichten. Die Marrons selbst waren auf das andere Ufer der Marowijne geflüchtet, das französisches Territorium war.
Im Februar kam eine Nachricht des Prinzen von Oranien, daß die Truppen unter Fourgeoud ihren Auftrag erfüllt hatten und zurückkehren sollten. Viele Einwohner befürchteten jedoch, daß die Marrons wieder angreifen würden, und ersuchten darum, daß die Truppen bleiben durften. Eine lange Korrespondenz folgte. Indessen waren auch die Franzosen nicht gerade glücklich, die Marrons auf ihrem Territorium zu wissen. Man fragte Fourgeoud um Rat. Der wollte die Marowijne überqueren und die Marrons endgültig vernichten, doch das getraute sich Gouverneur Nepveu nicht. Er befürchtete dann Konflikte mit den Franzosen. Die Marrons blieben auf der anderen Seite des Flusses. Die Franzosen störten sie nicht.
Im April 1778 verließ Fourgeoud mit dem kläglichen Rest seiner Truppen das Land. Von den etwa fünfzehnhundert Mann waren nur noch hundert am Leben. Der Oberst beklagte sich über den Undank des Gouvernements von Surinam, das seine guten Dienste nicht anerkannte.

Inzwischen hatten die surinamischen Kolonisten und Pflanzer ganz andere Sorgen. Aufgrund des Krieges, den England mit seinen Besitztümern in Nordamerika führte, waren viele Seeräuber auf dem Ozean. Regelmäßig wurden Schiffe aus Surinam gekapert. Zudem herrschten beim Vieh und unter den Menschen immer mehr Krankheiten. Auch Gouverneur Nepveu erkrankte im Juni schwer.

Elsa

Elsa kam gerade die Treppe herunter, als die kleine Abigael unten im Flur zu ihr sagte: »Ich darf doch mit, Mama, stimmt's?«

»Mit? Wohin denn, Kind?« fragte Elsa.

»Zu dem Fest vom Esau morgen«, sagte Abigael ungeduldig.

»Aber natürlich darfst du auch mit!« sagte Elsa lachend, und noch bevor sie ausgesprochen hatte, rief Abigael: »Siehst du, Jonathan, siehst du wohl!« und streckte die Zunge nach ihrem Bruder aus, der grinsend aus dem Eßzimmer kam. Elsa verstand schon. »Ärgere sie doch nicht immer so, Jonathan«, sagte sie zu ihrem zweiten Sohn. Elsa ging in das Eßzimmer und dachte sich, wie unterschiedlich ihre Kinder doch waren. Der zehnjährige Gideon, der schon ein richtig großer Junge war, war immer sehr lieb zu seiner Schwester. Dann war da die vierjährige Abby und noch ein Baby mit anderthalb Jahren, Charlotte. Jonathan ärgerte Abby sehr oft, und dann mußten Elsa oder Maisa dazwischen gehen, weil sie sich wirklich sehr stritten. Jetzt hatte er Abby wieder erzählt,

daß sie nicht auf das Fest von Esau mitkommen durfte, weil das angeblich nur für Jungen war.
Elsa hatte noch immer ein besonders herzliches Verhältnis zu Esau. Dreizehn war er jetzt, und morgen würde die Bar-Mizwa sein, das Fest, das in allen jüdischen Familien das wichtigste Ereignis im Leben eines Jungen war. Danach wurde man als Mann betrachtet. Die surinamischen jüdischen Familien machten daraus immer ein rauschendes Fest, und obwohl die finanzielle Lage bei vielen gar nicht rosig aussah, würde niemand an diesem Tag sparen.
Die Familie de Ledesma mit ihren fünf Söhnen hatte also alle Hände voll zu tun. Elsa überlegte sich, daß es vielleicht besser wäre, Charlotte zu Hause zu lassen; sie hustete ein bißchen und war nicht sehr kräftig. Nein, es wäre besser, wenn Charlotte mit Maisa zu Hause bleiben würde. Nur Afanaisa würde mitgehen und ihr helfen. Abigael jedoch freute sich sehr auf den morgigen Tag mit all den anderen Kindern. Elsa dachte an die Familie in der Saramaccastraat und automatisch auch an Sarith, denn Sarith war mehr dort als auf Klein Paradijs.
Es war vor zwei Jahren für Julius sehr aufwendig gewesen, Mini-mini in einem Häuschen in der Weidestraat unterbringen zu können. Er hatte sich eine Menge Geld von Rutger leihen müssen, um Mini-mini freizukaufen und das Haus zu mieten. Rutger hatte Elsa erzählt, daß der große Kerl ihm so leid getan hatte, als dieser ihm sein Herz ausschüttete, daß Mini-mini diejenige wäre, die er liebte, nach der er sich sehnte, die ihm die Liebe und Geborgenheit schenkte, nach der er sein Leben lang gesucht hätte. Elsa konnte sich das gut vorstellen, denn sie wußte, was für ein liebevoller Mensch Mini-mini war,

was man von Sarith beim besten Willen nicht behaupten konnte. Rutger hatte das Darlehen für die Plantage nicht erweitern können, hatte aber Julius den nötigen Betrag aus der eigenen Tasche geliehen, und so wohnte Mini-mini nun in der Weidestraat, hatte inzwischen bereits zwei kleine Jungen und wurde, so oft es ging, von Julius und Jethro besucht.

Es hatte den Anschein, daß Sarith sich mit der Situation abgefunden hatte, obwohl Maisa von einer der Sklavinnen der de Ledesmas gehört hatte, sie habe Mini-mini mehr als einmal vorgeworfen, ihr nicht nur den Mann, sondern auch den Sohn weggenommen zu haben. Elsa meinte, daß von Wegnehmen hier wohl keine Rede sein konnte, weil Mini-mini Jethro schließlich von Geburt an versorgt hatte. Kein Wunder, daß der sie mehr liebte als seine eigene Mutter, die er kaum kannte.

Die kleine Eva war ein lebhaftes Mädchen. Sie war strohblond und hatte hellblaue Augen. Natürlich wurde oft darüber getuschelt, aber Sarith behauptete, daß wäre ganz normal, schließlich sei Elsas Tochter Abby auch fast blond. Allerdings hatte Rutger hellbraunes Haar, und Maisa fand, daß Abigael ihrer Großmutter, Misi Elisabeth, verblüffend ähnlich sah.

Elsa saß am Fenster. Es war warm und staubig. Dieses Jahr war kein gutes Jahr für die Kolonie gewesen; es wurde viel geklagt, und die Krankheiten bei den Menschen und beim Vieh nahmen zu. Auf vielen Plantagen waren Kühe, Pferde und Maulesel auf unerklärliche Weise verendet, und auch unter dem Wild in den Wäldern war die Sterblichkeit hoch, so hoch, daß nicht einmal die Aasgeier mehr Interesse zeigten. Maisa kam herein und fragte, ob die Misi schon ein Kleid für den heutigen Abend ausgesucht hätte. »Heute abend? Ach ja, stimmt.« Rutger und sie mußten zu einem Theaterstück des neuen jüdischen Theaters.

1775 war in Paramaribo ein holländisches Theater eröffnet worden, zu dem die Juden keinen Zutritt hatten. Einer der wichtigsten Initiatoren war Hendrik Schouten gewesen, ein Holländer, der 1772 eine Farbige geheiratet hatte, eine gewisse Susanne Hansen. Er litt sehr darunter, daß seine Frau in den vornehmen weißen Kreisen Paramaribos nicht akzeptiert wurde, und schrieb deshalb oft satirische Gedichte über die Gesellschaft. Rutger fand es unverständlich, daß jemand, der so sehr unter einer Diskriminierung litt, selbst nicht anders handelte und ein Theater betrieb, in dem Juden unerwünscht waren. Die Juden hatten schließlich ihr eigenes Theater eröffnet, in dem zwölf Aufführungen im Jahr stattfanden.

Am nächsten Tag war in dem großen Haus der De Ledesmas eine Menge los: eine Kutsche nach der anderen fuhr vor, Kinder spielten auf den Treppen und auf dem Hof, und in dem großen Vorsaal befanden sich schon viele erwartungsvolle Gäste.

Abraham Cohen unterhielt sich gerade mit Rutger. Er hatte einen gewissen Joachim Morpurgo bei sich zu Gast, der aus einer kleinen Stadt in Italien kam. Dort hatten die Juden viel über die Kolonie Surinam gehört, in der Juden gewisse Privilegien genossen und wo portugiesische Juden ein schönes Dorf mit dem Namen Jüdisch-Savanna gegründet hatten, ein neues Jerusalem am Fluß. Der Ruhm dieses Ortes war sogar bis nach Norditalien vorgedrungen, wohin es eine Gruppe polnischer Juden nach vielen Irrungen durch Europa schließlich verschlagen hatte. Einige wohlhabende Familien, etwa vierzig

Menschen, wollten nun die Reise nach Surinam unternehmen, um sich in Jüdisch-Savanna niederzulassen, und Joachim Morpurgo war gekommen, um sich alles anzusehen und vorzubereiten. In Jüdisch-Savanna war er bereits gewesen, und er war begeistert. Natürlich hatte er auch schon gehört und selbst sehen können, daß der Ort ein bißchen heruntergekommen war, weil viele reiche Familien in die Stadt gezogen und dort geblieben waren. Doch er und seine Leute würden Jüdisch-Savanna neues Leben einhauchen. Geld war genug vorhanden, um Plantagen zu bewirtschaften; sie selbst würden in Jüdisch-Savanna bleiben, denn da gab es alles, was man brauchte: eine schöne Synagoge, Häuser, die restauriert werden konnten, einen Bäcker, einen Metzger und den berühmten Friedhof.

Joachim Morpurgo wäre eigentlich auch bei den De Ledesmas zu Gast gewesen, aber er fühlte sich schon seit zwei Tagen nicht wohl und hütete deshalb das Bett. Rutger konnte vielleicht später kurz bei ihm vorbeischauen und mit Joachim einen Termin vereinbaren. Dieser hatte nämlich um ein beratendes Gespräch mit Rutger hinsichtlich der zu erwartenden Kosten einer Plantagengründung gebeten.

Als die Familie am Nachmittag nach einem anstrengenden Tag wieder nach Hause fuhr, saß Abigael bei Rutger auf dem Schoß. Mit dem Daumen im Mund war sie kurz eingeschlummert, aber als die Kutsche an dem Haus des Lehrers hielt, war sie wieder hellwach. Rutger stieg aus, und das Kind streckte ihm die Arme entgegen: »Mit, Papa, darf ich mit?«

Seine Tochter auf dem Arm, ging Rutger hinter den Cohens her ins Haus. Die Jungen wollten auch ausstei-

gen, aber Elsa sagte: »Nein, bleibt ihr lieber hier, schließlich ist ein Kranker dort, und soviel Anstrengung wollen wir ihm nicht zumuten.«
Kurz darauf kam Rutger wieder heraus. Er hielt Abigaels Hand fest und drückte ihr ein Taschentuch vor den Mund; er war blaß und sagte gedämpft zu Elsa: »Weg, weg, ich gehe mit Abigael zu Fuß, laß Maisa die Jungen heiß baden. Dich auch, schnell, beeile dich, es ist Gelbfieber.«
Elsa erschrak. Oh, nein, nicht diese schreckliche Krankheit. Die Kutsche fuhr bereits, und wenige Augenblicke, nachdem sie zu Hause ausgestiegen waren, war auch Rutger schon da. »Verbrennt die Kleider von Abigael, meine auch, schnell, laß Maisa sie so heiß wie möglich mit Kräutern baden, und alle müssen einen Schluck Schnaps trinken.«
Abigael begann zu weinen, weil ihr schönes neues Kleid verbrannt werden sollte. Und als sie Schnaps trinken mußte, da war es nach einem anstrengenden Tag mit so vielen Süßigkeiten wohl kein Wunder, daß sie sich in Maisas Rock erbrach.
Rutger machte sich ernste Sorgen; er hatte sich fürchterlich erschrocken, als er mit Abigael und dem kleinen Daniel Cohen an der Hand ans Krankenbett von Joachim getreten war. Er hatte die Symptome sofort erkannt: die blutroten Lippen und Nasenlöcher, die blutunterlaufenen Augen, und Joachim hatte nichts sagen, nur stöhnen können. Es schien, als würde tief aus seinem Innern eine Art Grollen kommen. Ja, Rutger kannte die Symptome. Er hatte nicht schnell genug das Zimmer wieder verlassen können und sich selbst verflucht, daß er Abigael mitgenommen hatte. Auch Elsa war schrecklich

beunruhigt, vor allem, nachdem Abigael sich erbrochen hatte und weinend eingeschlafen war.
Am nächsten Tag sprang das Kind wieder fröhlich herum, und das beruhigte Elsa ein bißchen. Gelbfieber war eine fürchterliche Krankheit, aber sie hatten offenbar die richtigen Maßnahmen getroffen.
Einige Tage später jedoch erreichte sie die Nachricht, daß Joachim Morpurgo gestorben und der jüngste Sohn der Cohens, Daniel, erkrankt war. Auch in der Saramaccastraat war Jacob de Ledesma krank, und es stellte sich heraus, daß in vielen Familien die gefürchtete Krankheit ausgebrochen war.
Dann fühlte sich Abigael eines Morgens schlapp, nachmittags mußte sie im Bett bleiben, sie hatte Fieber. Die gefürchteten Anzeichen waren bereits zu erkennen. Ein Heilmittel gegen diese gefürchtete Krankheit kannte man nicht. Maisa saß mit einer Schüssel warmem Wassers in das sie Kräuter gegen das Fieber getan hatte, an Abigaels Bett und trocknete immer wieder Gesicht und Stirn.
»Die anderen Kinder sollten nicht in das Zimmer kommen, Elsa«, sagte Rutger besorgt, »und laß Charlotte ausschließlich von Afanaisa versorgen. Die beiden müssen vorläufig unten im Hinterzimmer bleiben.«
Nervös ging Elsa im Zimmer ihrer Tochter auf und ab. Das Kind hatte hohes Fieber und phantasierte, ab und zu kam sie kurz zu sich und weinte; sie wollte etwas sagen, doch sie brachte kein Wort heraus, und im nächsten Augenblick strömte eine dicke, schwarzrote Flüssigkeit aus ihrem Mund. Elsa mußte das Kind halten, während Maisa die Bettwäsche wechselte und das kleine Mädchen vorsichtig mit dem Schwamm wusch. Dann wieder Stöhnen, Winseln, Muskelzuckungen.

Elsa konnte es nicht mehr mitansehen. Mein Gott, warum mußte das kleine Mädchen so leiden. Während sie das Kind ansah, betete sie still: »Laß sie wieder gesund werden, Herr im Himmel, ich bitte Dich, ich flehe Dich an, laß mein Kind wieder gesund werden, bitte.«
Der folgende Tag brachte keine Besserung, im Gegenteil, es wurde schlimmer. Maisa und Elsa wechselten sich ab am Bett des Kindes, das keinen mehr erkannte. Ab und zu kam Rutger in das Zimmer. Schweigend und mit traurigen Augen betrachtete er seine kleine Tochter, die ausgezehrt im Bett lag und keuchend atmete. Dann kam die Nachricht, daß in der Saramaccastraat Jacob de Ledesma gestorben war. Nun waren dort auch noch Esau und Joshua erkrankt, und am nächsten Tag starb der kleine Daniel Cohen. Elsa fühlte sich am Ende ihrer Kräfte, sie betete immer wieder, Gott möge ihre Tochter verschonen. Als sie irgendwann in Abigaels Zimmer kam, sah sie dort Gideon neben dem Bett stehen. »Gideon«, sagte sie erschrocken, »wir hatten doch abgemacht, daß ihr hier nicht hineinkommen solltet.«
Mit Tränen in den Augen sah Gideon seine Mutter an. »Warum muß sie so leiden, Mama? Warum?« Er streichelte den Kopf seiner Schwester und fächelte ihr Luft zu.
Aus dem Bett vernahm man nur ein Stöhnen. Nach einer Weile sagte Maisa leise zu Elsa, sie solle sich etwas ausruhen. Elsa ging in ihr Zimmer. Mutlos saß sie auf dem Bett und betete wieder zu Gott, er möge doch ihre Tochter gesund werden lassen. Dann hörte sie, wie sich die Tür langsam öffnete. Es war Gideon. Er kam auf sie zu und umarmte sie so fest, als wollte er in sie hineinkriechen.

»Was ist denn, Gideon?« Sie sah ihren Sohn an, und noch bevor dieser etwas sagen konnte, kannte sie die Antwort. »Nein, nein«, rief Elsa, und Gideon nickte, während er die Arme wieder um seine Mutter schlang und den Kopf an sie lehnte. »Sie ist tot, Mama, Abigael ist tot«, rief er schluchzend, und auch Elsa konnte sich nicht mehr beherrschen und brach in Tränen aus.

Es war Vorschrift, daß die Opfer des Gelbfiebers so schnell wie möglich begraben werden sollten, und schon am nächsten Morgen wurde die kleine Abigael zu ihrer letzten Ruhestätte gebracht.

Elsa war untröstlich, und auch Rutger weinte und konnte an nichts anderes mehr denken als an seine Tochter.

Levi Fernandez war zusammen mit Tante Rachel schon einige Tage zuvor in die Stadt gekommen. Sie waren jetzt in der Heerenstraat, denn auch Rebecca war krank. Fast in allen bekannten Familien gab es inzwischen Todesfälle.

Dann erkrankte Gideon. Elsa war verzweifelt. Sie flehte zu Gott, ihr nicht auch noch den Sohn zu nehmen, oh, bitte nicht ihren großen Sohn, das Kind, das, auch wenn sie es sich nicht eingestehen wollte, eigentlich immer ihr Liebling gewesen war. Nicht Gideon, nein, lieber Gott, bitte nicht Gideon. Es war Maisa, die Tag und Nacht an Gideons Bett saß, ihm das Gesicht und den Körper mit Wasser wusch, in dem Kräuter gekocht waren, die Laken wechselte, ihn festhielt, wenn er Muskelzuckungen hatte. Rutger und Elsa kamen immer wieder in das Zimmer, aber sie konnten nur hilflos mit anschauen, wie Maisa ihr Kind pflegte. Mutlos verließen sie nach einer Weile wieder den Raum.

Dieses verfluchte Land mit seinen tropischen Krankheiten, dachte Rutger. Ein Kind hatte er bereits verloren. Er flehte zu Gott, ihm nicht auch noch den Sohn zu nehmen. Elsa kam aus dem Zimmer, es wurde frisches Wasser benötigt. Sie ließ es den Laufburschen unten aus dem Regenwasserbecken holen und brachte es selbst ins Zimmer. Als sie den Raum betrat, sah sie Maisa vor dem Bett knien. Der Junge lag ganz ruhig, kein Keuchen und kein Stöhnen, keine Muskelzuckungen.

»Mein Gott, nein!« Elsa hatte das Gefühl, als müßte sie schreien, aber Maisa drehte sich zu ihr um und sagte leise: »Schau, Misi, schau, er hat kein Fieber mehr, und er atmet leicht, er wird wieder gesund.«

Elsa rannte zum Bett, tatsächlich, Gideons Kopf glühte nicht mehr, er keuchte nicht, sondern atmete ruhig. »Oh, Maisa, er wird wieder gesund, Dank deiner Pflege, Maisa, Dank deiner Pflege.« Sie wollte Maisa umarmen, doch diese hob abwehrend die Hand und sagte: »Rühr mich nicht an, Misi.«

Jetzt sah Elsa Maisa genauer an, und erst jetzt sah sie, was Maisa schon seit zwei Tagen gespürt hatte; die angeschwollenen blutroten Lippen, die blutunterlaufenen Augen.

»Nein, Maisa!« rief Elsa.

Maisa wollte sich an einem Bettpfosten festhalten, aber die Hände, die immer gewaschen, gepflegt und getröstet hatten, diese Hände hatten nicht mehr die Kraft, und langsam glitt sie neben dem Bett zu Boden.

Drei Tage später war Maisa tot. Gideon erholte sich langsam. Inzwischen waren Rebecca und auch Esau gestorben, der gerade erst seine Bar-Mizwa gefeiert hatte.

Auch Joshua wurde wieder gesund, aber jetzt ging es auch Jethro sehr schlecht.

Sarith

In dem trauernden Haus in der Saramaccastraat saß Sarith im Zimmer bei ihrem kranken Kind. Alles erschien ihr so unwirklich, dieses sonst immer so fröhliche Haus, in dem jetzt alle trauerten, weil zuerst der Vater und dann noch einer der Söhne gestorben war. Sarith selbst konnte nichts tun. Sie hatte Angst, als Jethro plötzlich dieses schwarze Blut ausgespuckt hatte, und war weinend aus dem Zimmer gerannt. War das ihre Strafe? Würde sie ihr Kind verlieren?
Es war Nicolette, die zusammen mit Julius das Kind pflegte. Sarith hatte einen Laufburschen zu Julius in die Weidestraat geschickt. Sie hatte nie geglaubt, daß sie so etwas tun würde, aber als sie Jethro so krank daliegen sah, hatte sie keinen anderen Ausweg gewußt. Julius war schon seit gestern morgen bei seinem Sohn. Jethro glühte vor Fieber. Ab und zu tauchte er kurz aus seinem Delirium auf, sah seinen Vater an, und seine Lippen murmelten: »Mini-mini.«
»Mini-mini ist nicht hier, mein Junge«, antwortete Julius, während er den Kopf des Kindes wieder auf das Kissen legte. Auch Sarith kam jetzt an sein Bett. Wieder flüsterte Jethro: »Mini-mini.«
Julius sah sie kurz an: »Er fragt nach Mini-mini.«
Sarith nickte. Julius sagte:«Ich gehe sie holen.«
Sarith nickte erneut. Er konnte Mini-mini gerne holen gehen, wenn Jethro das nur gesund machen würde.
Julius stand auf, ging langsam aus dem Zimmer und die Treppen hinunter, doch noch bevor er unten angekommen war, hörte er einen gedämpften Schrei. Mit zitternden Knien drehte er sich um und sah seine Frau, die

Hand vor den Mund gepreßt, oben stehen. Schluchzend rief sie ihm zu: »Er lebt nicht mehr, Julius, zu spät. Er ist tot, oh Gott, mein Jethro ist tot.«

Julius

Zwei Wochen später waren sie im Zeltboot auf dem Weg nach Klein Paradijs. Julius saß zusammen mit Sarith und der kleinen Eva im Boot. So hatte er sich seine Heimreise nicht vorgestellt. Welche Trauer. Sein Sohn, sein hübscher, gescheiter Jethro lebte nicht mehr. Wieviel Schmerz hatten sie in Paramaribo erlebt. Fast in jeder Familie war jemand verstorben. In der Saramaccastraat hatte die Krankheit sieben der zweiundzwanzig Sklaven das Leben gekostet, und mit Angst im Herzen fragte sich Julius, was er auf Klein Paradijs vorfinden würde.
Auch dort hatte es einige Todesfälle gegeben, und jeder wußte, daß ihr kleiner Sohn gestorben war.
Sarith sprach während der Reise wenig; niedergeschlagen und traurig sah sie Julius an. Früher hatte er sie geliebt, doch das war lange vorbei. Jetzt liebte er Minimini. Wenn sie doch nur mit ihm reden könnte. Aber seit der Sache mit Rein Andersma war eine tiefe Kluft zwischen ihnen entstanden, und sie waren sich fremd. Nur Jethro war es gewesen, der sie noch verbunden hatte.
Julius hatte ihr zwei Tage zuvor gesagt, daß er auf die Plantage zurückkehren würde. Er hatte sie nicht gebeten, mitzukommen, und sie hatte ihm seine Verwunderung angesehen, als sie geantwortet hatte: »Wir fahren mit.«
Julius sah während der Fahrt vor sich hin und grübelte. Was hatte das alles für einen Sinn? Was für Träume hatte

er gehabt, als er vor fast siebenundzwanzig Jahren mit der Plantage begonnen hatte. Alles schien so verheißungsvoll. Ein Kerl von zwanzig Jahren war er gewesen. Mit dem Geld seines Vaters hatte er angefangen, und schon bald war alles gut gelaufen. Eine Kaffeeplantage. Es war kein besonders großes Gelände, aber der Kaffee erzielte gute Preise. Und dann kam die Pockenepidemie 1764, der seine erste Frau, sein Sohn und viele Sklaven zum Opfer gefallen waren. Von da an war eigentlich alles immer nur bergab gegangen.
Als sie die Plantage erreichten, sah er sich um. Es sah alles ziemlich verwahrlost aus; es gab nicht genug Sklaven für die Arbeit, und auch die Ernte war im letzten Jahr nicht so gut ausgefallen, wie er es sich erhofft hatte. Von dem Geld, das er vor drei Jahren nach dem Überfall der Marrons hatte aufnehmen müssen, hatte er noch nichts zurückgezahlt. Als er ausstieg, war ihm der Aufseher entgegengekommen. Er sprach ihm sein Beileid zum Tod von Jethro aus und erzählte, daß die Krankheit auch hier schon zwölf Sklaven dahingerafft hatte. Die viele Arbeit konnte nicht mehr bewältigt werden. Selbst wenn alle Sklaven auf dem Feld und an der Kaffeemühle eingesetzt würden, wäre dies nicht möglich.
Julius schwieg, was sollte er auch dazu sagen? Hatte er das alles nicht bereits vorhergesehen? Abends saß er still auf der Hintergalerie. Eigentlich war es ihm egal, er hatte keinen Ehrgeiz mehr, was die Plantage betraf. Das einzige, was er noch wollte, war mit Mini-mini zusammen sein. Wie sehr sehnte er sich nach ihrer Nähe, danach, ihre tröstende Hand zu spüren, ihre sanfte Stimme zu hören. Er sah sie wieder vor sich, als er ihr erzählt hatte, daß Jethro gestorben war, den tiefen Kummer in ihren

Augen, die Trauer um dieses Kind, das sie als ihr eigenes betrachtet hatte. Könnte er doch bloß für immer in ihrer Nähe sein! Und warum eigentlich nicht? Warum sollte er mit dieser Plantage weitermachen? Er hatte ohnehin nicht das Geld dafür. Sollte er sich noch weiter verschulden? Für wen? Wenn er in ein paar Jahren tot sein würde, was dann? Jethro, der die Plantage hätte betreiben können, war tot. Seine beiden Töchter waren beide gut verheiratet und hatten wenig Lust, eine verschuldete Plantage zu erben. Und Sarith? Sarith hatte Klein Paradijs nie geliebt. Wenn er nicht mehr wäre, würde sie sofort versuchen, alles zu verkaufen. Also weshalb sollte er weitermachen? Er sollte lieber sofort versuchen, alles zu verkaufen. Das Gelände würde nicht viel einbringen, denn es war unwahrscheinlich, daß zum jetzigen Zeitpunkt jemand eine ramponierte Plantage an der Boven-Commewijne kaufen wollte. Im Gegenteil, die Plantagen, die jetzt noch gekauft wurden, lagen alle deutlich näher an der Stadt. Er faßte einen Entschluß; er würde sich nicht noch höher verschulden. Nein, er würde verkaufen. Und würde er die Plantage nicht los, dann zumindest die Sklaven, die Trockenanlage, das Werkzeug und so weiter. Das, was nach Abzug der Schulden noch blieb, würde er unter Sarith, sich selbst und Mini-mini aufteilen, und er würde dann in die Stadt ziehen und bei ihr wohnen.

Und Sarith? Ach, Sarith hatte sich bei ihm ohnehin nie glücklich gefühlt und Klein Paradijs nie als ihr Zuhause empfunden. Und Eva? Nun, es tat ihm leid, aber er konnte das Kind nicht als sein eigenes betrachten. Natürlich trug sie seinen Namen, und er würde auch für sie sorgen, aber es war Sariths Kind.

Am folgenden Tag teilte er Sarith seinen Entschluß mit

und erklärte ihr, daß sie gehen und mitnehmen könne, was und wen sie wolle. Obwohl es in jüdischen Familien fast nie eine Scheidung gab, könne sie sich als »frei« betrachten, und wenn sie einen anderen Mann heiraten wolle, so würde er alles tun, um das auch gesetzlich in Ordnung zu bringen. »Meinen Kindern werde ich meinen Namen geben, und da du es sowieso erfahren hättest, sage ich es dir lieber selbst«, sagte Julius.
Sarith nickte; sie hatte es erwartet. »Dann heißen diese Mischlingskinder also auch Robles de Medina«, sagte sie.
Julius sah sie an. »Dein Kind heißt Robles de Medina«, sagte er kurz angebunden, »diese Mischlingskinder, meine Kinder, werden Robles heißen, einfach Robles.«
Einige Wochen später legte ein vollbeladenes Zeltboot von der Plantage ab. An Bord waren Sarith, die kleine Eva und Nicolette mit ihren beiden Kindern und ihrer Mutter. Das Boot war beladen mit dem, was Sarith alles mitnahm an Hausrat und Möbeln. Sie wollte einen kurzen Halt in Paramaribo machen und dann nach Hebron weiterfahren, denn sie sehnte sich danach, dort zu sein, bei ihrer Mutter und ihrem Stiefvater, an dem vertrauten Ort ihrer sorglosen Kindheit.
Während der Anleger immer kleiner wurde, dachte sie, daß die Plantage in einiger Zeit völlig verlassen sein würde, leer und verwaist. Nur noch Gebäude würden übrigbleiben, bis diese von Gestrüpp überwuchert und in einigen Jahren einstürzen würden. Die Natur würde ihre Rechte zurückfordern, Sträucher und Bäume würden dort wachsen und nach einem Jahrzehnt würde der Ort nicht mehr vom Rest des Urwaldes zu unterscheiden sein. Klein Paradijs an der Boven-Commewijne gehörte dann für immer der Vergangenheit an.

SCHLUß

Elsa

Es war die letzte Februarwoche 1779.

Gouverneur Jan Nepveu war sehr krank. Das war zwar schon seit Monaten der Fall, doch nun war sein Zustand so ernst, daß man jeden Augenblick mit seinem Ableben rechnete. »Der Fuchs«, wie er von vielen genannt wurde, würde also sterben, und sogar die Pflanzer, die zu seinen Lebzeiten immer gegen ihn opponiert hatten, mußten jetzt zugeben, daß er der Kolonie während seiner Amtszeit viele gute Dienste erwiesen hatte, und wenn es nur die Existenz des militärischen Kordonstreifens war, der nun einen Teil des undurchdringlichen Urwaldes zugänglich machte.

Elsa saß auf der Hintergalerie ihrer Wohnung in der Gravenstraat und sah auf den Hof, auf dem Jonathan und Gideon mit Amimbas Jungen spielten. Gideon war immer noch von der überstandenen Krankheit gezeichnet. Sie seufzte. Diese schreckliche Epidemie. Sie hatte heute wieder eine Schürze von Abigael in der Hand gehabt und sie in den Schrank gelegt. Ihre liebe, kleine Abigael, ihr Engelchen, das die Schürze nie mehr tragen würde. Sie fehlte ihr, aber wie dankbar war sie Gott, daß er ihr nicht Gideon genommen hatte, und wer weiß, vielleicht bekam sie wieder ein kleines Mädchen, denn seit einigen Wochen wußte sie, daß sie wieder schwanger war. Doch wie sehr sie Maisa vermißte. Sie fehlte ihr so sehr, daß es fast körperlich schmerzte. Erst nach Maisas Tod war Elsa richtig klargeworden, wie abhängig sie von ihr gewesen war. Sie war der Mittelpunkt gewesen, um den sich alles drehte. Der Haushalt war Maisas Haushalt gewesen. Elsa hatte erst jetzt gemerkt, wie wenig sie eigentlich darüber wußte. Sie wußte nicht einmal, wo alles eingekauft wurde, was sie brauchten, denn Maisa hatte immer für alles gesorgt.

Vor einigen Tagen war Lena, die Köchin, zu ihr gekommen und hatte gesagt, daß ihnen das Mehl ausgegangen war. Elsa war zum großen Schrecken von Lena plötzlich in Tränen ausgebrochen, die nicht verstand, warum die Misi wegen eines so nichtigen Anlasses gleich weinen mußte. Doch das war nicht der Grund gewesen; Mehl war nun mal knapp. Aber Elsa war plötzlich so schmerzlich bewußt geworden, wie sehr Maisa ihr fehlte. Die hätte immer einen Rat gewußt.

Elsa ging durch den Kopf, daß ihre Familie eigentlich ein Musterbeispiel für die gesamte surinamische Gesellschaft war. War nicht jeder völlig abhängig von den Sklaven? So wie sie sich ohne Maisa verloren fühlte, so wäre die gesamte Kolonie ohne Sklaven verloren. Sie machten alles, wußten alles, und die Weißen konnten nichts und wußten nichts. Die Weißen brauchten die Schwarzen, aber die Schwarzen keine Weißen. Den Marrons war es schließlich gelungen, nicht nur zu überleben, sondern eine gut funktionierende Gesellschaft im Urwald aufzubauen.

Wenn Weiße sich im Urwald verirrten, bedeutete das den sicheren Tod, denn sie waren ihm hilflos ausgeliefert. Wenn es die Schwarzen in dieser Kolonie nicht mehr

gäbe, dann würde die gesamte Gesellschaft wie ein Kartenhaus in sich zusammenfallen. So viele Plantagen hatten schon aufgeben müssen, weil nicht mehr genug Sklaven da waren.
Elsa dachte daran, was Rutger ihr vor zwei Wochen über Julius Robles de Medina erzählt hatte. Er hatte ihn in seinem Büro aufgesucht und ihm mitgeteilt, daß er Klein Paradijs aufgeben würde. Er hatte nicht genügend Sklaven, um die Plantage weiterführen zu können. Die Schulden von vor drei Jahren hatte er noch nicht einmal bis zur Hälfte abbezahlt. Jetzt verkaufte er alles: die Sklaven, die Trockenanlage und das, was vom Vieh noch übrig war. Rutger hatte ihn ermutigen wollen, es noch einmal zu versuchen, aber Julius hatte ihn mit Tränen in den Augen angesehen und traurig gefragt: »Wofür? Für wen?«
Elsa hatte Mitleid mit Julius. Vielleicht hatte er ja recht, Mini-mini war ihm bestimmt eine liebevolle Frau. Und Sarith? Sie war nach Hebron gefahren, aber würde dort sicher nicht lange bleiben, weil es ihr zu langweilig war. Eigentlich tat Sarith Elsa auch leid: eine ruhelose und unerfüllte Frau, die nie mit dem zufrieden sein konnte, was sie hatte.
Zur Mittagsstunde war plötzlich Sydni, der Sklave von Vater Levi, mit einer Nachricht an der Hintertür. Elsa erschrak: Es würde doch nichts mit ihrem Vater sein? Sydni erzählte, daß er von Masra Levi hergeschickt worden war, weil Großmutter Fernandez krank war. Die Familie war bereits von Hebron nach Jüdisch-Savanna gereist. Großmutter Fernandez hatte jedoch besonders nach Elsa verlangt, und Vater Levi war der Meinung, daß seine Tochter einfach nach Jüdisch-Savanna reisen

mußte, weil Großmama wahrscheinlich nicht mehr lange leben würde.
Rutger selbst konnte sie nicht begleiten, denn auch der Zustand des Gouverneurs war so schlecht, daß jeder Tag der letzte sein konnte, und Rutger, der jetzt ein wichtiger Mann war, mußte in der Stadt bleiben, um bei der Beerdigung anwesend zu sein.
Eigentlich hatte Elsa keine Lust zu fahren, weil es das erste Mal sein würde, daß sie ohne Maisa verreiste, und sie dachte widerwillig daran, daß Großmama ihr Leben lang jeden herumkommandiert hatte und das auf ihrem Sterbebett sicher immer noch nicht lassen konnte. Aber ihr blieb keine andere Wahl, schon allein wegen ihres Vaters, und Sydni hatte ihr klargemacht, daß die alte Granmisi wohl nicht mehr lange leben würde. Achtundsiebzig war sie jetzt schon, das war wirklich ein beachtliches Alter.
Am nächsten Tag reiste Elsa also mit Sydni nach Hebron. Rutger hatte Alex gebeten, sie zu begleiten, und auch Amimba und deren ältester Sohn Rutty fuhren mit. Sie übernachteten dort in einem leeren Haus, denn Vater, Tante Rachel und auch Sarith mit der kleinen Eva waren bereits in Jüdisch-Savanna. Am Tag darauf wurde die Reise fortgesetzt, und es war bereits Nachmittag, als sie ihr Ziel erreichten.
Als Elsa die alte Dame im Bett liegen sah, dachte sie sich, daß Großmama ganz und gar nicht wie jemand aussah, der bald sterben würde. Ihr Körper mochte ja schwach sein, aber die Stimme war es ganz und gar nicht, als sie Elsa zu sich rief und ihr sagte, daß sie die Granatketten, die Diamantbrosche und zwei Goldketten haben sollte. Die beiden Blutkorallenketten wären für ihre Töchter.

Noch bevor Elsa sagen konnte, daß sie nur noch ein Töchterchen hatte, fuhr Großmama fort: »Ich weiß sehr gut, daß ihr nur noch Charlotte habt, aber trauere nicht um Abigael. Sie ist bei Gott, mein Kind, und bestimmt bekommst du eine andere Tochter.«
Auch das Porzellangeschirr mit den jüdischen Motiven wollte sie Elsa geben, ebenso wie den handgeknüpften Wandteppich. Elsa sollte sehr vorsichtig damit sein, denn es waren uralte Familienstücke, die schon von Großmamas Ururgroßmutter aus Portugal nach Brasilien mitgenommen und später von ihrer Großmutter aus Brasilien nach Surinam gebracht worden waren. Es wäre zwar schade, daß Elsa selbst keine Jüdin war, doch Großmama war ganz sicher, daß Elsa ihre jüdischen Vorfahren in Ehren halten würde. Tante Rachel und Sarith wurden ebenfalls mit Kostbarkeiten bedacht, und auch Esther und die Kinder von Rebecca wurden nicht vergessen.
Am nächsten Tag erreichte sie die Nachricht, daß Seine Exzellenz Jan Nepveu am Tag zuvor, am 27. Februar, verstorben war.
»Ist er mir also doch noch zuvorgekommen«, sagte Großmama.
Zwei Tage später war auch Großmama entschlafen. Sie lag ruhig in ihrem Bett, und Afi, ihre Sklavin, hatte schon mindestens fünf Minuten zu ihr gesprochen, bis ihr auffiel, daß die Granmisi ungewöhnlich still war. Erst dann hatte sie begriffen, daß sie tot war.
Elsa hatte die ganze Zeit über nicht mit Sarith gesprochen. Sie hatte zusammen mit ihrer Mutter im Elternhaus von Tante Rachel gewohnt, in dem jetzt nur noch Tante Sarah und ihre Tochter lebten. Elsa war im Haus von Großmama Fernandez untergebracht worden.

Noch am selben Nachmittag wurde die Witwe Fernandez beerdigt. Zur Beerdigung kamen nicht so viele Menschen, wie Großmama es sich vielleicht gewünscht hatte. Viele ihrer alten Freunde waren selbst verstorben, und andere befanden sich bei der Beerdigung des Gouverneurs in der Stadt. Auf dem schönen, gepflegten Friedhof von Jüdisch-Savanna würde sie neben dem Grab ihres Mannes ruhen. Auch den marmornen Grabstein hatte sie schon vor fünfundvierzig Jahren zusammen mit ihrem Mann in Italien bestellt. Traditionsgetreu gingen die Frauen nicht mit auf den Friedhof. Auf den Schultern von acht Sklaven wurde der Sarg, dem der Trauerzug folgte, aus dem Haus getragen.

Elsa war hinausgegangen. Sie stand vor dem Haus, ihre Gedanken waren bei Großmama. Sie betrachtete die anderen Häuser. Jüdisch-Savanna verfiel. Jüdisch-Savanna, hundert Jahre zuvor der Stolz der jüdischen Gemeinde und ganz Surinams, war im Abstieg begriffen. Merkwürdig, wie das Leben spielte.

Plötzlich stand Sarith neben ihr. »Wie geht es dir, Elsa?« fragte sie.

»Es geht so«, antwortete Elsa verwundert darüber, daß Sarith, die sie seit Jahren gemieden hatte, sie jetzt unvermutet ansprach.

Sarith sah sie an und sagte: »Elsa, kannst du mir verzeihen? Kannst du mir all das, was ich dir angetan habe, verzeihen?«

Elsa sah plötzlich wieder vor sich, was sie an jenem Nachmittag durch das Schlüsselloch beobachtet hatte. Rutger und Sarith zusammen im Bett, ein Bild, das sie viele Jahre verfolgt hatte, und sie sah noch etwas anderes, ein Bild, das sie gar nicht selbst gesehen hatte:

Ashana an einen Baum gebunden und Sarith, die dem Basya befahl, sie auszupeitschen. Jetzt sah sie Sarith an und sagte: »Nicht ich muß dir verzeihen. Schau, ich habe es überstanden; es war schlimm für mich, aber es liegt hinter mir. Aber wie hast du es überstanden? Nicht ich muß dir verzeihen, sondern du solltest versuchen, dir selbst zu verzeihen.«

Sarith sagte nichts und sah zu Boden, dann drehte sie sich um und wollte weggehen. Elsa dachte daran, daß Sarith alles verloren hatte, ihren Sohn, ihren Mann, die Plantage. Es war eine einsame Frau, die dort wegging, aber es war doch auch die Freundin ihrer Kindheit, ihre Schwester!

»Sarith!« rief Elsa. Sarith blieb stehen und drehte sich um. »Komm«, sagte Elsa und streckte die Hand aus. »Komm, laß uns einen Spaziergang machen.« Ein zögerndes Lächeln erschien auf dem Gesicht von Sarith, dann reichte sie ihrer Stiefschwester die Hand.

Hand in Hand gingen sie vom Haus in Richtung Friedhof. Das Gemurmel der Stimmen kam ihnen entgegen. Das waren die Stimmen der Männer, die den Kaddisch sprachen, während sie auf dem Friedhof zwischen den Gräbern ihrer Vorfahren standen, der portugiesischen Juden, der ersten Kolonisten, die nach den Engländern das Wagnis auf sich genommen hatten, Surinam zu ihrer Heimat zu machen.

Bitte beachten Sie die folgenden Seiten